인디아나 텔러

1

스프링문

INDIANA TELLER, Lune de printemps
by SOPHIE AUDOUIN-MAMIKONIAN

인디아나 텔러
1 스프링 문

펴 낸 날 | 2015년 1월 15일 초판 1쇄

지 은 이 | 소피 오두인 마미코니안
옮 긴 이 | 이원희
펴 낸 이 | 이태권
책임편집 | 송수남
책임미술 | 장상호
펴 낸 곳 | (주)태일소담
　　　　　서울특별시 성북구 성북로8길 29 (우)136-825
　　　　　전화 | 745-8566~7 팩스 | 747-3238
　　　　　e-mail | sodam@dreamsodam.co.kr
　　　　　등록번호 | 제2-42호(1979년 11월 14일)
　　　　　홈페이지 | www.dreamsodam.co.kr

ISBN 978-89-7381-417-6 04860
　　　　978-89-7381-418-3 (세트)

이 도서의 국립중앙도서관 출판시도서목록(CIP)은 서지정보유통지원시스템 홈페이지
(http://seoji.nl.go.kr)와 국가자료공동목록시스템(http://www.nl.go.kr/kolisnet)에서
이용하실 수 있습니다.(CIP제어번호: CIP2014038374)

• 책값은 뒤표지에 있습니다.
• 잘못된 책은 구입하신 곳에서 교환해드립니다.

소피 오두인 마미코니안
Sophie Audouin-Mamikonian

이원희 옮김

인디아나 텔러

Indiana Teller

1

스프링 문

Spring Moon

소담출판사

차례

포식 동물

나는 포식 동물이 싫다. 특히 '우리' 중 하나에게 쫓길 때는 정말 싫다. 놈은 두 발로 걷지만 동물의 정신을 지녔다. 나는 몸을 숨기기에 적당한 곳을 찾았다. 얼굴에 땀이 줄줄 흘러내리고 호흡이 너무 가쁘다.

쿵쿵거리는 소리가 들린다. 이어서 으르렁거리는 소리. 내 심장이 빠르게 뛴다.

그간의 삶이 주마등처럼 스쳐 간다. 가까워지는 발소리. 나는 숨을 죽인다. 놈에게 발각되었다.

내 이름은 인디아나

나는 열여덟 살이고 괴물이다.

그렇다고 보랏빛 얼룩점이나 촉수가 달린 부류의 괴물을 말하는 것은 아니다. 큰 '가루'들과 함께 인간들을 공격하지도 않는다. 인간을 닮은 가장 위험한 무리에 섞여 있지만 나는 위험한 존재가 아니다.

그렇다, 나는 위험하지 않다. 지금껏 파리 한 마리 죽이지 않은 걸 보면. 사실 그럴 필요가 있었다면 파리쯤이야 벌써 죽였겠지만.

나한테는 그 어떤 특징도 없다. 이마에 흉터도, 캐러멜색 눈이나 차가운 아름다움, 긴 이빨 같은 것도 없고 피에 굶주려 있지도 않다. 모든 인간과 마찬가지로 배꼽이 있고, 슈퍼맨의 피와는 달리 누군가에게 내 피를 줘봐야 아무런 영향도 주지 않을 것이다.

그리고 눈은 푸르디푸르다. 가운데는 파랗고, 가장자리로 갈수록 푸른색이 짙어져서 그런지 피곤할 때는 놀란 부엉이 같다.

아, 한 가지 있긴 있다. 머리털은 좀 이상하다. 황금빛이 도는 금발인데 머리카락 끝이 새카맣다. 검은색 머리끝을 없애려고 잘라봐야 소용없다. 머리털이 어찌나 빨리 자라는지 사흘이면 다시 나오기 때문이다.

생긴 건 귀여운 모양이다. 어릴 적부터 나를 돌봐주는 유모 내니는 내가 귀엽다고 한다. 아마도 사랑의 눈으로 봐서 그럴 것이다. 가장 독특한 것은 내 이름이다. 인디아나. 엄마가 영화 주인공 인디아나 존스의 '광팬'이었기 때문이다.

인디아나 텔러가 내 이름이다. 이름부터 비극적이다.

그래도 내게는 두세 가지 장점이 있다. 보통 사람보다 훨씬 잘 보고, 청각과 후각도 아주 발달해 있다. 군중 속에 있을 때는 불편한 점도 있지만.

그렇다고 그게 바로 포식 동물의 특성이라고 말하진 않길 바란다. 토끼도 귀가 밝아서 소리를 잘 들으니까.

우리는 대가족이다. 많은 사촌, 할아버지 칼 텔러와 할머니 앰버 텔러, 그리고 엄마 제시카.

정신이 온전치 못한 엄마는 할아버지의 표현에 따르면 '비정상인' 또는 '정신이 이상한' 종족을 위한 특별 요양원, 즉 정신병원에서 지내고 있다. 엄마는 현재와 과거, 미래를 구별하지 못하는 정신분열증을 앓고 있다. 자신이 어디에 있는지 전혀 모르고, 심지어 자신이 누구인지 모를 때도 있다. 그런 엄마를 보는 것이 너무 가슴 아파 나는 엄마를 거의 만나러 가지 않는다. 여섯 번을 보면 겨우 한 번쯤 알아볼까, 엄마는 나라는 존재를 지각하지 못한다.

아마도 나를 원망하기 때문일 것이다.

어쨌거나 나 때문에 엄마는 내 아버지를 죽였다.

1
늑대가 아닌 존재

나와는 달리 우리 집안 이야기는 전혀 평범하지 않다. 나는 존경받는 루가루* 집안에서 태어났다. 우리 집안이 존경받는 것은 할아버지가 강력한 루가루 무리 중 하나의 수장이자 북아메리카에 사는 다른 루가루 무리 전체를 지배하는 최고 수장이기 때문이다.

루가루 집안이라고 하는 이유는 할아버지와 할머니 두 분이 다 루가루라 불리는 늑대인간이기 때문이다. 내 아버지도 루가루이지만, 엄마는 아니다.

아, 그렇다고 뱀파이어들과 물어뜯고 싸우며 으르렁거리는 루가루 이야기를 하려는 것은 아니다.

전혀.

어쩌다 마주친 뱀파이어가 목을 물어뜯으려 할 때 내가 할 수 있는 일이라곤 고작 '아악' 하고 비명을 내지르는 것이다.

◆ 루가루loup-garou는 프랑스어로 늑대인간을 뜻한다(늑대를 가리키는 루loup은 남성형, 루브louve는 여성형이다). 영어로는 워울프werewolf이고, 그리스어에서 온 리칸트로프lycanthrope 또는 리칸트로피lycanthropy는 늑대lycos로 변신하는 인간anthrope을 일컫는다.

나는 루가루 종족의 일원이 아니다. 다시 말해 나는 루가루가 아니다.

우리는 몬태나 주에 살고 있다. 몬태나는 면적 3700만 헥타르에 인구 100만 미만으로 알래스카, 와이오밍과 함께 미국에서 인구밀도가 가장 낮은 주이다.

몬태나 주에는 시팅불*이 이끄는 인디언 수족과 샤이엔족이 커스터** 중령의 기병대를 물리친 격전지로 잘 알려진 도시, 리틀 빅혼이 있다. 오늘날 리틀 빅혼은 옐로스톤 국립공원과 함께 많은 이들이 찾는 관광지가 되었다. 그래서 우리는 조심스럽게 피하는 곳이기도 하다.

나의 조부모 같은 루가루는 인간을 멀리한다. 인간들이 쇠스랑이나 횃불을 들고 떼로 덤비는 꼴을 보고 싶다면 몰라도.

게다가 루가루는 게으르다. 전속력으로 질주하는 사슴과 시속 40킬로미터를 내기 힘든 소, 둘 중 루가루가 어느 동물을 선택하겠는가?

루가루는 진짜 늑대와 흡사하다. 소를 매우 좋아한다. 그래서 우리 집안은 몬태나의 대평원에서 소를 사육한다. 우리 목장은 세계에서 소 사육이 가장 활발한 곳 중 하나이다. 브라무신, 뷰링고, 산타 거트루디스, 텍사스 롱혼 같은 육우 품종과 우유를 위한 라인백, 랜들 같은 젖소를 순종 또는 교잡으로 사육하고 있다. 몇 년 전부터는 기름기 없는 고기가 유행이라 앵거스, 키아나나, 심멘탈 같은 유럽 품종을 수입해 온다.

이 지방에서 가장 뛰어난 우리 과학자들과 유전학자들이 오래전부터 내

◆ 인디언 수족Sioux의 추장(1831~1890): 리틀 빅혼에서 커스터가 이끄는 막강한 기병대를 섬멸한 전설의 주인공. '앉은 황소'라는 뜻의 시팅불은 인디언들에게 용맹성, 인내심, 지혜, 관용 등 최고 지도자의 자질을 갖춘 이상적인 인물이다.

◆◆ 조지 암스트롱 커스터(1839~1876): 미국 남북전쟁 당시 북군으로 활약하며 인디언 학살의 주범이었으나 시팅불이 이끄는 인디언들에게 패했다.

려오는 전통적인 지식을 바탕으로 품종을 개량했다. 그래서 더 튼튼하고 생산적인 우리 소들은 아주 인기 있는 품종이 되었다.

그런 노력으로 우리는 부유해졌다. 비밀을 지키기 위해서 돈은 꼭 필요했다.

그렇다고 이것이 다른 농가보다 조금 많이 이색적인 부농富農에 대한 이야기는 아니다. 부자여야 하는 것은 선택의 여지가 없는 일이다. 사람들이 우리 루가루의 존재를 알아서는 안 된다. 오직 돈만이 우리를 지킬 수 있다. 수상쩍게 보이는 것은 우리를 괴물로 만들어버릴 뿐이다. 그래서 소를 기른다.

따라서 나는 '음매 음매' 울어대는 가축들, 구체적으로 말하면 유럽산 소들 속에서 살았다. '보스 토러스◆' 패밀리라고 해도 과언이 아니다. 지적 수준에 비해 대화는 약간 제한적이다. 우리 집안에서는 나만 소들에게 특별한 애정이 없다.

사실 나는 루가루는 아니라 할지라도 다른 무엇이라 추정된다.

여섯 살 때 내가 좀 다르다는 걸 알았다. 나는 가족들과 달랐다. 할머니가 봄맞이 대청소를 한다면서 모두 집 밖으로 내보냈기 때문에 나는 할아버지와 산책을 하고 있었다.

"할아버지, 나는 왜 몸에 털이 없어요?" 나는 뿌루퉁한 얼굴로 손을 내밀며 물었다.

막 변신하고 앉은 할아버지는 그 커다랗고 하얀 송곳니를 드러냈다. 하지만 나는 물러서지 않았다. 무섭지 않았다. 할아버지의 변신은 다시 말해, 늑대 모습일 때는 말을 못 하는데 질문을 하는 건 바보 같은 짓이라는 뜻이었

◆ 보스 토러스Bos taurus: 유럽, 아프리카, 아시아에서 서식하는 소의 학명이다.

다. 나는 할아버지가 대답을 해주기 위해 다시 인간 모습으로 변신할 거라고 생각했지만, 할아버지는 엎드리면서 등에 올라타라는 신호를 했다. 한 번도 루가루에 올라탄 적 없는 사람은 일체가 되려고 애쓰는 동물의 등을 타고 달리는 기분이 얼마나 짜릿한지 모를 것이다.

할아버지가 어찌나 빠르게 달리는지 붕붕 날아가는 기분이 들어 깔깔대고 웃던 기억이 지금도 생생하다.

그날은 광란의 질주 때문에 질문이 싹 달아났다. 하지만 나중에 꽃무늬 원피스 차림의 통통한 내니가 잠자리를 봐주려고 침대로 왔을 때, 나는 유모의 금빛 눈을 빤히 쳐다보다 늘 따뜻한 유모의 뺨을 만지며 물었다.

"유모, 왜 나는 털이 없어?"

질문이 좀 서툴러서 그렇지, 나는 왜 다른 아이들처럼 변신할 수 없는지 물은 것이었다.

내니의 금빛 눈이 슬픔으로 어두워졌다.

"내 귀염둥이. 내 아기늑대, 내 귀여운 송곳니." 유모는 노래하듯 다정하게 말했다. "얌전히 말 잘 들으면 얘기해줄 날이 올 거야. 너는 사랑으로 태어난 아이란다."

하지만 나는 고집이 셌다. 이런 대답에 만족할 내가 아니었다. 아무도 대답해주려 하지 않았지만 나는 기회가 있을 때마다 묻고 또 물었다.

신경 쓰이는 것이 또 있었다. 아이들이 변신하기 시작하면 더 이상 나랑 놀지 못한다는 것이었다. 내니가 그런 아이들을 멀리 떼어냈기 때문이다. 나는 소꿉친구들을 잃었고, 느닷없이 어린 늑대로 변신하는 친구들이 싫어졌다. 당연히 아이들도 이내 눈치챘고 털 없는 나를 골리려고 더 자주 변신을 했다.

그래서 나는 날이면 날마다, 밤이면 밤마다 늑대가 되기를 고대했다.

하지만 그런 일은 일어나지 않았다. 짜릿한 일이라곤 일어나지 않았다. 힘이 더 세졌다거나 이상하게 여길 만한 일은 전혀 없었다. 유감스럽게도.

내가 여덟 살 때 내니가 비밀을 털어놓았다. 나는 고집불통이라 다루기 힘든 아이였다.

"유모, 나빠!" 나는 또다시 친구들에게 왕따를 당하고 나서 소리를 질러댔다. "너무 못됐어. 모두 다 못됐어! 내가 달라서 나를 싫어하는 거잖아!"

나는 울음을 터뜨렸다. 침대 옆에 쪼그리고 앉은 내니는 나를 안고 아기 달래듯 흔들어주었다. 하지만 그것만으로 진정이 되기에는 내가 너무 컸다. 나는 무조건적인 사랑을 주는 유모를 힘껏 밀쳐버렸다. 그러자 내니가 한 가지 비밀을 속삭였다.

"너는 늑대는 아니지만 늑대의 아들이야. 그리고 넌 말이지, 늑대보다 훨씬 세고, 훨씬 강력한 존재가 될 거야."

이 말에 나는 눈물을 뚝 그쳤다.

"뭐가 되는데, 유모?" 나는 미심쩍다는 얼굴로 물었다. "늑대보다 더 센 게 뭔데?"

내니는 묘한 미소를 지으며 속삭였다.

"시간을 거슬러 가는 존재. 가장 신기하고, 귀하고, 경이로운 존재. 네게 그 능력이 나타나기 시작하면 모두 네 앞에 꿇어 엎드릴 거야. 하지만 비밀로 간직하고 있어야 해. 절대로 아무에게도 말하면 안 돼, 알았지?"

그렇게 말하고서 내니는 아주 인상적인 행동을 했다. 인간 모습일 때도 몹시 날카로운 그녀의 손톱으로 자신의 엄지와 나의 엄지를 찌른 다음 두 손가락을 맞대고 꾹 누른 것이다.

"이렇게 루가루가 인간 모습일 때는 너를 감염시키지 않아. 하지만 늑대 모습일 때는 이러면 절대로 안 된다. 알았지, 인디아나? 감염이 되면 괴물로 변할 수도 있어. 그러면 아주 위험해져. 자, 맹세해."

나는 어찌나 놀랐는지 손가락이 아픈데도 가만히 있었다.

"맹세할게, 유모." 나는 입속말로 중얼거렸다.

"피에 걸고!" 내니가 읊조렸다. "독이 있는 내 피에 걸고 비밀을 지킬 것을 맹세하며, 발설하는 사람은 즉사한다!"

이윽고 내니는 내 손을 놓아주었다.

여덟 살 아이가 비밀을 지키기란 그리 쉬운 일이 아니다. 내니가 시킨 맹세는 확실히 효과가 있었다. 나는 그날 내니가 털어놓은 말을 아무에게도 하지 않았다. 희한하게도, 그리 깊은 상처도 아니었는데 아직 엄지에 흉터가 남아 있다. 오늘처럼 피곤하거나 신경이 예민할 때 나는 그 흉터를 만지작거린다.

다음 날부터 나는 우리 종족 중에서도 나에 대한 연구를 시작했다.

그런데 이상하게도 시간을 거슬러 가는 존재에 대한 기록이 전혀 없었다. 하다못해 동화나 전설, 풍문도 없었다. 역사가들은 대체 뭘 하는 거지?

털이 없고, 변신하지 않고, 높은 체열이나 엄청난 힘이 있는 것도 아닌 이상한 종족. 더 빨리 달리지도 못하고, 제 목숨을 지킬 만큼의 힘도 없어서 공격을 받으면 묵사발이 되고 마는 존재. 인간들은 몰라도 루가루, 뱀파이어, 요정, 엘프, 마법사 같은 특이한 종족들은 시간을 거슬러 가는 존재에 관한 소문을 들어본 적이 있었다. 하지만 이들도 시간을 거슬러 가는 존재에 관해 자세한 기록을 남기지 않았다. 그저 페이지 하단에 주석으로 고작 다음과 같이 언급했다. '매우 특이한 인종으로 시간 여행을 할 수 있는데 인간에게서만 나타나기 때문에 진짜 이름은 알려진 바 없다. 아주 드물게 태어난다. 우리는 이 인종의 자손들을 '아크로노트'라 부른다.'

아크로노트achronaute는 부정 접두사 'a', 시간을 뜻하는 '크로노chronos', 여행가를 뜻하는 노트naute를 합성한 것으로 시간에 구애받지 않는 '시간 여행가'란 뜻이다.

내가 바로 그 경이로운 아크로노트가 될지도 모른다니. 나는 덜 학문적인 이름, '시간을 거슬러 가는 존재'라는 표현이 더 마음에 든다.

구체적으로 어떤 능력을 말하는 걸까? 미래를 여행할 수 있다면 그건 엄청난 능력이다. 주식 시세를 조작하거나 천재지변 또는 기근을 예고할 수도 있다. 물론 후자가 윤리적으로 더 찬양받을 만한 일이다. 나도 동의한다. 하지만 그 정도야 조금만 비범하면 가능한 일일 수도 있다. 시간 여행가는 현재와 특히 과거의 지구 곳곳으로 이동한다. 그래, 그거라면 정말 대단한 능력이다. 그리스도나 파라오들의 시대로 돌아갈 수도 있고, 침몰하는 배를 보고, 보물을 찾고(내가 좀 돈, 돈 하는 것 같지만 우리 집안은 돈이 많을수록 좋기 때문이다), 메이플라워호에서 하선하는 승객들을 볼 수도 있다는 건데……. 아니, 그렇지 않다. 시간 여행가는 자기가 태어난 그날까지만 시간을 거슬러 갈 수 있다.

나는 전쟁의 신 마르스의 달, 3월 21일, 봄의 달빛을 받으며 태어났다. 좋은 징조인 것 같다. 야호!

정말 신기한 건 엄마가 태어난 날도 정확하게 3월 21일이다. 하하. 엄마와 나는 봄의 달빛을 받으며 태어났다. 딸에게는 아주 로맨틱하지만, 아들에게는…… 굳이 언급하지 않겠다.

나는 불안했다. 엄마가 지닌 그 이상한 능력이 엄마를 미친 사람으로 만들었기 때문이다. 따라서 내게는 두 가지 가능성이 있다.

① 나는 결국 늑대로 변신하는 능력도, 시간을 거슬러 가는 능력도 없이 낙심 끝에 미치광이가 될 것이다. 유모의 바람에도 불구하고.

②마침내 시간을 거슬러 가는 능력이 나타나겠지만 엄마처럼 정신분열증에 걸릴 것이다.

와우. 이런 다이내믹한 삶이 진심으로 마음에 든다고 외칠 수 있을까.

우리가 천년에 한두 명 나올까 말까 할 정도로 희귀하다는 사실을 생각하면, 더군다나 한 집안에서 한 세대 간격으로 두 명이나 태어났다는 건 정말이지 믿기지 않는 일이다.

내가 화를 낼 때 가족들이 경직되는 것은 시간을 거슬러 가는 잠재적 능력(아는 사람이 거의 없다) 때문이 아니라 은연중에 내 몸이 털로 뒤덮이기를 바라기(솔직히 말하면 나도 그러길 바란다!) 때문이었다.

나는 끊임없이 감시당하는 기분이었다. 그래서 이따금 울부짖고 싶었다.

늑대처럼.

2

무도회

아버지 벤자민 텔러는 순수 혈통의 루가루였다. 라틴어로 호모 루푸스 또는 그리스어로 늑대를 뜻하는 '리코스'와 인간을 뜻하는 '안트로포스'를 합성한 리칸트로포스의 고귀한 후예이고, 우리 리코스 목장의 주인인 나의 할아버지 칼과 할머니 앰버 텔러 부부의 외동아들이었다. 아버지는 무도회에서 내 엄마 제시카 젠킨스를 만났다.

아버지를 따라간 내니가 그 자리에 함께 있었다.

"인디아나." 내니가 눈을 반짝이면서 말했다. "네 엄마는 정말 매혹적이었어."

여덟 살 반이 된 나는 침대에 누워 방긋 웃었다. 나는 '매혹적'이란 말이 좋았다. 연약하면서도 부드러운 이미지를 연상시키는 말이다.

"제시카는 그 크고 파란 눈에 아주 잘 어울리는 푸른색 드레스를 입고 있었지. 밝은 갈색의 긴 머리가 한쪽 어깨 위로 구불구불 흘러내렸어. 제시카를 보는 순간 네 아빠는 벼락이라도 맞은 얼굴이었단다."

나는 정말 어렸다. 이 말에 깜짝 놀라며 무도회장 지붕에 내려친 번개를 맞아 만화영화에서처럼 머리털이 새까맣게 탄 채 쭈뼛쭈뼛 선 아버지의 모습을 상상했으니.

"번개를 맞고 아빠가 불에 탔어?"

유모가 웃음을 터뜨렸다.

"아니, 그게 아냐, 내 아기. 그건 그냥 비유야. 네 아빠 눈에는 제시카밖에 보이지 않았지. 우아하고 아주 날씬한 제시카와 훤칠한 키에 건장한 벤자민. 두 사람이 춤을 추는데 그렇게 잘 어울릴 수가 없었어. 다른 커플과는 비교되지 않을 정도로 환상적인 한 쌍이었단다."

유모는 내 침대 머리맡에 있는 사진을 응시했다. 사진 속 부부는 기쁨과 행복으로 빛나는 불변의 미소를 머금고 있었다. 황갈색 광채가 흐르는 머리에 파란 눈의 날씬한 엄마, 금발과 금빛 눈의 훤칠한 아빠. 정말 잘 어울리는 한 쌍이었다. 내니는 추억에 잠긴 듯 잠시 잠자코 있었다. 나는 침묵을 깨뜨리며 물었다.

"엄마는 자신이 시간을 거슬러 가는 존재라는 걸 알았어?"

내니가 소스라치면서 열려 있는 방문을 힐끔 쳐다본 뒤 나에게 목소리를 낮추라는 손짓을 했다.

"쉿, 크게 말하지 마, 내 아기. 늑대는 귀가 밝아. 그러니까 암호를 정하자. 이제부터 우리끼리 그 능력을 말할 때는 약자로 RT♦라고 하는 거야. 알았지?"

나는 다음 이야기가 궁금해 고개를 끄덕였다.

"아니, 몰랐어. 제시카는 그때 열여섯 살이었고, 입양되었기 때문에 자신의 뿌리를 전혀 몰랐거든. 친부모를 찾으려고 여기저기 수소문하면서 애를

♦ 'rebrousse-temps'은 프랑스어로 시간을 거슬러 간다는 뜻이다. 이니셜은 RT.

써봤지만 끝내 찾지 못한 걸로 알고 있어. 그리고 당시는 RT 능력이 나타나기 전이었고."

아, 이건 좋은 정보였다. 엄마가 어렸기 때문에 그 능력이 나타나지 않았다는 건 나도 더 자라야 능력이 나타날 거란 뜻이었다.

"그리고 아빠랑 엄마는 바로 결혼했어?"

"당장은 아냐. 엄마가 너무 어렸잖아. 네 아빠는 청혼하려면 2년을 기다려야 했어. 네 엄마의 양부모는 딸이 아직 여물지 않았다고 생각했거든."

어른들은 자기들이 하는 말이 아이들에게 얼마나 헷갈리는 표현인지 모르는 모양이다. 나는 엄마를 상상하며 '풋사과'를 떠올리고 있었다. 내니가 내 표정을 봤는지 이렇게 덧붙였다.

"결혼할 준비가 되지 않았다는 뜻이야. 네 할아버지와 할머니도 같은 생각이었는데, 네 아빠와 엄마가 굴하지 않고 도전해 결국 양가 부모님을 설득해냈지."

나는 깜짝 놀랐다. 루가루의 세계에서 도전은 결코 가볍게 여길 일이 아니었다. 한바탕 싸움이 벌어져 털이 풀풀 날아다니는 광경을 상상하던 나는 유모가 치고받고 싸운 것이 아니라 논쟁을 벌였다고 말했을 때 적잖이 실망했다. 게다가 2년씩이나 설득에 설득을 거듭해 결국은 부모에게 승낙을 받아냈다니 정말 믿기지 않았다.

내니의 이야기가 끝나갈 때 마룻바닥이 흔들렸다. 할아버지 칼이 방 앞을 지나고 있었다. 할아버지는 키가 220센티미터에 체중이 260킬로그램에 이르는 거구라서 문지방을 넘을 때는 허리를 숙여야 했다. 그래서 나는 주의가 흐트러졌다.

"할아버지는 진짜 너무 뚱뚱해." 나는 아이답게 직설적으로 말했다.

내니가 웃었다. 내 말에 웃는 유모를 보는 것이 나는 좋았다.

"인디아나, 루가루는 변신해도 몸무게가 더 나가진 않아. 모습이 변해도 몸무게는 그대로니까. 네 할아버지는 우리 무리에서 가장 힘이 세고 가장 강하고 가장 뚱뚱한 알파 늑대이고, 네 할머니도 알파 늑대로서 할아버지 곁에서 우리를 다스리고 있어. 모든 루가루가 두 분에게 복종해야 하지. 우리는 칼 텔러의 덩치가 자랑스러워. 근사하잖아!"

내니도 골격이 튼튼했다. 몸무게가 80킬로그램이나 나가기 때문에 늑대 모습일 때는 꽤 멋져 보였다.

할아버지의 힘이 얼마나 센지는 나중에 알았다. 할아버지가 늑대로 변신하면 지방이 고밀도 근육질로 바뀌었다. 나는 할아버지가 도망치는 성난 황소와 근육 대 근육으로 대결한 끝에 황소를 패대기치는 모습을 본 적 있다. 할아버지보다 덩치가 네 배나 큰 황소였는데.

여러 종류의 가루가 존재한다. 할아버지는 루가루가 아니라 티그르-가루나 우르스-가루◆라고 하는 편이 차라리 더 잘 어울릴 것이다. 아무튼 호랑이나 곰은 300킬로그램에서 500킬로그램은 너끈히 나가는 동물이니 늑대와는 차원이 다르다. 루가루는 육중한 체중 탓에 인간 모습으로는 여러모로 생활이 불편하므로 대부분의 시간을 늑대 모습으로 지낸다. 그래서 나는 비만을 대수롭지 않게 생각하는 이들에게 충고한다. 늑대/곰/사자/호랑이-가루가 될 확률이 5만 분의 1이라도 너무 뚱뚱하면 조심해야 한다고.

루가루는 수가 그리 많지 않아서 그만큼 은신하기가 쉽다. 아메리카 대륙을 통틀어 루가루의 수는 기껏해야 만 명쯤 된다. 아버지는 인간과 사랑에 빠지는 바람에 반순응주의자가 되었다. 인간과의 결혼이 권장받는 일은 아니었지만 당시에는 금지된 일도 아니었다.

◆ 프랑스어로 티그르tigre는 호랑이를 뜻하며, 우르스ours는 곰을 뜻한다.

적어도 늘대의 유전자를 물려받지 않은 내가 태어나기 전까지는 그랬다. 하지만 내가 태어난 뒤로는 모든 것이 달라졌다. 지금은 루가루가 인간을 사랑할 경우, 그 인간은 처형된다. 아무런 예고도 없이. 몇몇 루가루가 규칙을 위반하려다 뼈저리게 후회했다. 루가루를 사랑했다는 이유로 가차 없이 희생된 인간만큼은 아니겠지만.

루가루가 특히 미국과 캐나다에 사는 것은 털 많은 동물들이 남아메리카의 열대림에 적응하기는 힘들기 때문이다.

그리고 루가루는 초식성이 아니라 전적으로 포식성이다.

늘대인간이 등장하는 영화를 볼 때 우리는 눈물이 날 정도로 웃는다. 루가루의 변신은 순간적으로 이루어진다. 변신하는 데 30분이나 걸리면 살 희망이 그만큼 줄어드는 것이다. 루가루는 순식간에 인간에서 늘대로, 늘대에서 인간으로 변한다. 즉시 다리가 네 개가 되면서 감전된 것처럼 온몸을 떨고, 살과 털이 말 그대로 폭발하듯 솟아나는데, 마치 뼈를 떠나고 싶지만 수천 개에 이르는 희끄무레한 필라멘트에 묶여 있어 그러지 못하는 것 같다. 골격도 눈 깜짝할 사이에 변한다. 이어서 살과 털이 다시 고무줄처럼 찰싹 들러붙고, 남자나 여자 대신 남성 늘대나 여성 늘대가 나타난다. 볼만하지만 비위가 약한 사람들에게는 별로 권할 만하지 않다. 어떻게 하는 건지는 나도 모른다. 나는 루가루가 아니다. 루가루들은 재채기하는 것처럼 쉬운 일이라고 한다. 고통스러운 것이 아니라 몸을 푸는 정도라면서.

순수 혈통의 루가루가 인간을 물면 물린 인간은 살아남는다고 해도 감염될 가능성이 크다. 그리고 그것은 대형 사고다. 인간의 형질이 하프늘대로 전환되기 때문이다. 일종의 잡종 괴물인 하프늘대는 루가루 무리에게 끊임없이 쫓긴다. 커다란 아가리에 긴 갈퀴 발톱, 식욕이 엄청난 털북숭이 두발짐승으로 변한 이 괴물을 '세미'라고 한다. 늘대인간에 관한 가장 널리 알려진 민간설화는 이 세미를 모델로 한 것이다. 순수 혈통의 루가루와는 달리 세미는 죽으면 다시 인간 모습이 된다. 루가루는 늑대 모습으로 죽으면 늑대로 남고, 인간 모습으로 죽으면 인간으로 남는다. 마치 두 모습 다 본래 모습인 것처럼. 하지만 세미는 반쪽인 늑대를 유지하는 것이 불가능하다. 아무도 이유를 모르지만 어쨌든 그렇다.

몇몇 예외를 제외하고 루가루는 인간 사냥을 좋아하지 않는다. 인간의 살이 전혀 맛없다고 생각하기 때문이다. 선택의 여지가 없을 경우에나 인간을 잡아먹을까, 루가루는 진짜 늑대처럼 통통한 초식동물을 선호한다.

반면에 세미는 인간을 아주 좋아한다. 비유법으로 하는 말이 아니라 정말로 인육을 먹을수록 만족해하고 강력한 힘을 얻는다. 세미를 이기려면 적어도 루가루 둘이 있어야 할 정도로 힘이 장사다. 루가루가 철저하게 세미를 사냥하게 된 이유가 바로 인육에 대한 소문 때문이었다.

문제는 세미가 인간의 지능을 지니고 있어서 시체를 눈에 띄게 두지 않는다는 것이었다. 먹다 남은 것은 땅속에 묻어버리기 때문에 흔적이 남지 않는다. 뼈다귀 몇 개, 약간의 살점이 전부다. 해마다 실종자가 수천 명에 이른다. 대부분 세미 짓이지만 우리 루가루의 책임이 크다.

이따금 정말 아주아주 드문 일이지만 본능을 억제하고 인간을 공격하지 않는 세미들이 있다. 그렇다고 해도 이들이 루가루 무리에 들어올 수는 없다. 그래서 세미끼리 반쪽 무리라 불리는 공동체를 결성해, 루가루에게 물렸지만 살아남은 세미를 받아들이고 있다. 이들은 아무도 해치지 않고 자기 땅에서 루가루 무리만큼이나 평온하게 살고 있다. 우리 루가루 무리의 땅과 인접한 구역이 이 세미들의 땅이라, 나는 그중 악셀이라는 이름의 세미와 친구가 되었다.

그러니까, 내가 잡아먹힐 뻔한 이후에.

3

악셀

정말 이상한 우정이었다. 누군가와 친구가 될 수 있을지 첫눈에 알 수는 없다. 내가 악셀에게 보낸 시선은 비명을 지르며 달아나는 상황에 처하면 누구나 던지는 그런 것이었음에 틀림없었다.

열세 살, 내가 심하게 얻어터지고 난 직후였다. 남성호르몬 테스토스테론이 한창 왕성한 인간 소년이 늑대 무리 속에서 사는 건 멍청한 짓이다.

우리 루가루 무리에는 아이들이 30명 있고 그중 10명이 내 또래였다. 모두 부모의 사랑을 받고 자라는 남녀 루가루였다. 나만 달랐다. 나는 너무 느리고 서툴러서 아이들은 나를 놀이에 끼워주려고 하지 않았다. 내가 무리를 지배하는 알파 늑대의 손자라 해도 아이들 눈에는 그저 잡종에 멍청한 인간일 뿐이었다. 매정한 아이들은 나에게 무관심했다. 나를 아예 거들떠보지도 않았다.

아이들이 변신을 시작하면 내니가 그들과 나를 멀리 떼어놓는 이유를 마침내 알게 되었다. 어린 늑대의 침 속에 든 독은 나중에야 나타나기 때문에 감염되는 경우가 극히 드물지만 내니는 혹시라도 내가 물려 세미로 변할까 봐 걱정했던 것이다.

루가루 아이들은 나보다 훨씬 힘이 세고 훨씬 민첩해서 그들을 경쟁자로 생각하는 것 자체가 무의미했다. 하지만 어릴 때는 하늘에서 별이라도 따올 듯 불가능한 일을 시도하기 마련이고, 나 또한 예외는 아니었다. 나는 외톨이로 지내는 게 싫었고 누구에게도 뒤떨어지고 싶지 않았다. 그래서 미친 듯이 체력을 단련했다. 날마다 아침 일찍 일어나서 수 킬로미터를 달렸고, 녹초가 되어 학교에 도착했다. 인간치고는 굉장히 빠르다고 할 정도의 반사운동 훈련도 했다. 그리고 근육 강화를 위해 매일 무거운 짐을 들었다.

하지만 아무리 노력해도 아이들이 더 셌다. 포기하지는 않았지만 그들의 코를 납작하게 만들 수 있는 유일한 곳은 교실이라는 사실을 곧 깨달았다. 물론 우리도 학교가 있다. 가급적이면 인간들과 어울리지 말아야 하는 루가루의 아이들이 공부의 필요성을 느꼈을까? 그전까지는 나도 세상에 대한 막연한 분노 때문에 공부를 거부하고, 가능한 한 반항하고 밉살스럽게 행동했다. 그러다 유일하게 좋아하는 수학 공부를 처음으로 열심히 했고, 좋은 성적을 받았다. 깜짝 놀란 선생님은 나를 독려했다. 아이들은 코웃음을 치면서 요행이라고, 아니 커닝한 거라고 비웃었다. 그런 반응에 오기가 발동해서 다른 과목도 모두 열심히 공부했다. 성적이 오르고 올라 마침내 반에서 일등을 하게 되자 상황이 바뀌었다. 나는 선생님의 질문에 가장 먼저 대답하는 학생이 되었다. 아이들이 육체적으로 나를 능가하는 만큼 나는 지적으로 아이들을 월등히 앞서게 되었다.

루가루 아이들은 인간이 더 뛰어나다는 것을 몹시 기분 나빠했다. 내가 경쟁자로 여겨지자 아이들은 나를 꺾으려고 했다. 하지만 그것이 여의치 않자 아이들은 쉬운 길을 택했다.

나를 두들겨 패는 것이었다.

힘으로는 당할 수 없었기 때문에 나는 도망을 다녀야 했다.

나는 사륜 바이크를 타고 달아났다. 운반에 적합한 온갖 실용적인 차 외에도 사륜 바이크 몇 대가 있었다. 우리는 어릴 적부터 바이크 운전을 배웠다. 펑크가 나지 않는 바퀴라 숲에서도 속도를 낼 수 있어 편리하기 때문이다.

고통을 무릅쓰고 나는 보름달의 환한 달빛을 받으며 한참 동안 분노의 질주를 했다. 그리고 너무 늦게 내가 무슨 짓을 저질렀는지 깨달았다.

우리 땅의 경계를 넘어버린 것이다. 우리 땅은 방대하니까 다른 방향으로 달렸다면 이런 일이 일어나지 않았을 텐데, 이 방향으로는 20킬로미터만 더 가면 이웃의 땅이었다.

말뚝이나 울타리를 쳐서 경계를 표시할 필요는 없었다. 루가루와 세미 모두 냄새로 나무에 영역 표시를 해놓기 때문이다. 하지만 내 후각이 냄새의 차이를 식별할 만큼 발달하지 않은 것이 문제였다.

아니나 다를까, 성난 털북숭이가 달려들었다. 전혀 예상치 못했던 나는 사륜 바이크에서 떨어져 3미터쯤 나뒹굴며 숨을 헐떡였다.

내가 숨을 돌리는 사이 무시무시한 아가리가 코앞에 와 으르렁거렸다.

세미! 역한 냄새 때문에 털북숭이 세미와 뒤엉켜 있는 것이 유쾌하지 않았다. 방금 신선한 살코기를 먹은 것이 틀림없었다. 아니, 똥밭에서 구른 것 같기도 했다. 나는 숨을 들이쉬다 후회했다. 그냥 똥이 아니라 쇠똥 냄새였다.

세미가 어떤지 알기 때문에 나는 눈을 감지 않았다. 내 식대로 죽음과 정면으로 맞서기 위한 다분히 용감하거나 또는 어리석은 행동이었다.

갑자기 세미가 코를 실룩거렸다. 나는 숨을 멈췄다.

"너한테서 늑대 냄새가 나." 세미는 물어뜯지 않으려고 억제하면서 힘들게 발음했다.

이제 죽었구나. 세미는 루가루를 싫어하고, 루가루도 세미를 싫어하는데.

나는 너무 아프고 너무 지쳐서 더는 버틸 수가 없었다.

"어서 끝내." 내가 말했다.

세미의 까만 눈이 휘둥그레졌다.

"내가 잡아먹기를 바라?"

"꼭 그런 건 아니야. 하지만 난 너를 이길 수 없으니까."

내 가슴을 짓누르던 무게가 사라졌다. 나는 눈을 돌렸다. 눈앞에 세미가 서 있었다. 달빛을 받아 시커먼 털이 빛났다.

"너 뭐야?" 세미가 성난 목소리로 물었다. "넌 루가루 최고 수장의 손자잖아? 여긴 왜 왔지? 뭐, 합병이라도 하자고? 아니면 내가 너를 죽이길 기다렸다가 전쟁을 선포한 다음 우릴 다 죽이고 우리 땅을 빼앗으려고?"

아, 그래도 내가 누군지 알아봤으니 당장 죽이지는 않겠구나. 나는 지끈지끈 쑤시는 머리를 문질렀다.

"에이, 뭐 때문에 일을 복잡하게 꾸미겠어? 너 하나 잡는 데 할아버지에게 그런 핑곗거리가 필요할까?"

세미가 으르렁거렸다.

"살고 싶으면 나를 자극하지 않는 게 좋을 텐데."

"나를 잡아먹는 것도 뭐 그리 좋은 방법은 아니지."

세미가 나를 물끄러미 쳐다봤다.

"그 점에서는 의견이 일치하네."

세미가 무겁게 주저앉았다. 하지만 나는 세미가 마음만 먹으면 눈 깜짝할 사이에 내 목을 물어뜯을 수 있다는 사실을 잘 알았다.

"넌 이름이 뭐야?"

나는 머리가 많이 아팠지만 세미의 얼굴을 보니 대화하고 싶은 눈치였다.

"인디아나."

세미는 바로 반응하지 않았다. 어처구니없는 내 이름에 익숙해질 시간이 필요한 건가?

"개 이름, 인디아나 존스♦?"

"응. 이상하게 인디애나 주를 생각하는 사람은 아무도 없네."

세미도 인디애나 주는 생각나지 않았다는 듯 시큰둥하게 물었다.

"루가루 무리에서 사는 너한테 엄마가 그런 이름을 지어줬어?"

"응, 엄마가 유머 감각이 좀 있지."

"아, 그런 건가."

"네 이름은?"

"브라운, 악셀 브라운."

세미는 머뭇거렸다. 나는 브라운이 그의 본명이 아니라는 결론을 내렸다.

나는 진창에 자빠져 있는 꼬락서니가 싫어서 물었다.

"나 일어나도 될까…… 악셀?"

"네 맘이지, 인디아나."

내 이름을 발음하는 목소리에서 웃음기가 느껴졌다. 신경에 거슬렸다.

"그래서 이제 어떡할 건데? 나를 잡아먹겠다는 거야, 아니라는 거야?" 생각보다 훨씬 도발적인 말투가 되었다.

악셀은 알 수 없는 표정으로 잠시 나를 빤히 쳐다봤다.

"글쎄. 그보다 우리 땅에 왜 들어왔는지 그것부터 말하는 게 순서 아닌가?"

"무작정 바이크를 몰다 길을 잃었어." 나는 바지에 묻은 진흙을 떼어내면

___

♦ 스티븐 스필버그와 조지 루카스 두 감독의 영화 〈인디아나 존스〉의 이름은 당시 조지 루카스가 키우던 개의 이름을 따왔다.

서 말했다. "화가 나 있었거든."

잠시 침묵이 흘렀다. 늑대가 길을 잃을 수도 있나? 의문을 품던 악셀은 내가 루가루가 아니라는 사실을 알아차린 모양이었다.

이 침묵이 무엇을 의미하는지 잘 알기 때문에 이런 순간이 정말 싫었다.

"피 냄새가 나는데……." 악셀이 코를 킁킁거리며 말했다.

천만다행으로 입맛을 다시는 것 같지는 않았다. 나는 이맛살을 찌푸렸다.

"녀석들한테 엄청나게 얻어맞았거든."

"녀석들이 누군데? 그리고 왜?"

"내 친구들. 내가 반에서 일등을 했다는 이유로."

세미가 한숨을 내쉬었다.

"얻어맞았는데 친구는 무슨…… 나 같으면 친구라고 부르지 않겠다."

"나도 그럴 거야. 이제부터는."

나는 루가루의 교육을 받고 자랐다. 루가루는 인간보다 훨씬 공동체 생활이 필요하다. 따라서 무리에서 내쳐진다는 것은 참을 수 없는 일이었다.

"어떻게 된 건지 얘기해봐." 악셀이 부드럽게 말했다.

동정 어린 말에 눈물이 차올랐다. 나는 눈물을 닦으면서 부러 성을 냈다.

"왜? 할아버지를 상대할 때 이용하려고?"

악셀은 콧구멍을 벌름거렸는데 짜증스럽다는 표시였다.

"아니, 난 이해가 안 되는 걸 못 참아. 상황이 이해되지 않으면 너를 이해해줄 수 없으니까."

잠시 머뭇거리던 나는 인내심을 갖고 기다려주는 악셀을 보고 천천히 털어놓기 시작했다. 마치 종기에 꽉 찬 고름을 입으로 빨아 내뱉듯 나는 그날 밤 낙심과 슬픔, 분노를 뱉어냈다.

긴 이야기였다. 밤이 이슥해져 있었다. 보름달이 기울기 전에 사냥을 더

해야 했지만 악셀은 내 말에 귀를 기울였다. 분위기에 취했는지, 정신이 약간 나가 있었는지, 이야기가 술술 나왔다.

물론 전부가 아니라 일부만 이야기했다. 우리 부족 외에는 아무도 엄마에게 시간을 거슬러 가는 능력이 있다는 사실을 몰랐다. 엄마가 살아 있다는 걸 아는 나도 얼마 전부터는 면회가 허락되지 않았다. 내가 자주 만지작거리는 엄지의 흉터가 누구에게도 발설하면 안 된다는 내니의 경고를 상기시켜주었다. 나는 루가루 속에서 인간으로 사는 고충을 토로했다. 상황을 구구절절 알지 못하는 악셀로서는 판단하는 데 어려움이 있었다.

"너를 인간인 외조부모에게 보냈다면 좋았을 텐데. 루가루는 절대 너를 받아들이지 않을 거야. 가장 속물적인 무리니까!"

몇 년 전이었다면 반박했겠지만 나는 잠자코 있었다. 악셀의 말이 틀리지 않기 때문이다.

사실 할아버지와 할머니는 외갓집인 젠킨스 일가에 그들의 딸 제시카가 죽었다고 거짓말을 했다. 딸을 잃고 상심한 외할아버지와 외할머니는 나를 자주 보고 싶어 했지만, 우리 집에서는 마이애미에 있는 외갓집으로 나를 보내려 하지 않았다.

악셀이 파리한 달을 힐끔 쳐다보더니 일어나서 기지개를 켰다.

"아주 재미있는 시간이었지만 넌 이제 돌아가는 게 좋겠어. 네 할아버지, 할머니가 미친 듯이 사방으로 찾아다니고 있을 거야. 루가루들이 네 흔적을 찾아 여기까지 왔다가는……. 난 시끄러운 일이 벌어지는 걸 원치 않아."

나는 아직 머리가 아팠기 때문에 고개를 살살 끄덕였다. 악셀이 내가 손목에 묶은 키를 빼는 순간 멈춘 모습 그대로 얌전히 서 있던 바이크를 끌고 왔다.

나는 불쑥 이상한 말을 내뱉었다.

"우리…… 다시 만날 수 있을까? 세미에 대해 알고 싶은데. 여러 가지 얘기를 들었지만 전부 다 사실은 아닌 것 같아서."

"예를 들면?" 악셸이 재미있다는 어조로 물었다.

나는 머뭇거렸다. 악셸이 나를 잡아먹지는 않았지만 솔직히 말했다가는 격분할지도 몰랐다. 악셸은 내가 망설이는 이유를 알아차리고 말했다.

"걱정 말고 해봐. 아무 짓도 안 할 테니까."

"그게…… 세미는 위험하다고 들었어."

"맞아." 악셸이 흡족한 어조로 대꾸했다.

"그리고 미치광이들이라는 말도 있고."

"미치광이도 몇 명 있어." 악셸이 서글픈 어조로 대꾸했다.

"움직이는 것은 모조리 잡아먹는데, 변신했을 때는 특히 인간을 좋아한다고."

악셸이 뻣뻣해졌다.

"난 너를 잡아먹지 않았잖아."

"그래서 좀 더 알고 싶어졌어."

악셸이 나를 빤히 쳐다봤는데 긴장하는 빛이 역력했다. 나는 악셸이 싫다고 할 줄 알았다.

"그래, 좋아." 마침내 악셸이 대답했다.

"뭐?"

"좋다고. 네가 세미의 삶을 알고 싶어 하는 것 못지않게 나도 루가루의 삶이 궁금해. 서로에게 도움이 될 테니 나쁘지 않지."

나는 어찌나 놀랐는지 바로 대답하지 못했다.

"핸드폰 있어?"

악셸이 미소를 지었는데 긴 송곳니들이 드러나는 것으로 보아 불쾌한 모양이었다.

"당연히 있지. 그것도 없을까 봐?"

나는 전화번호를 알려주고 나서 바이크에 올라탔다. 그러고는 시동을 걸면서 마치 방금 생각난 것처럼 돌아보며 말했다.

"아, 세미는 가장 뛰어난 전사라고 하던데…… 세미 한 명을 쓰러뜨리려면 루가루 둘이 필요할 정도로."

달빛을 받아 반짝이던 악셀의 두 눈이 가늘어졌다.

"아! 그건 절대 안 돼."

"나 아무 말도 안 했는데."

"속셈이 빤하잖아. 나한테 훈련을 받고 싶은 거지?"

나는 요란하게 부르릉거리는 엔진을 껐다.

"나를 봐!" 내가 두 손을 펴 보이며 말했다. "다들 나보다 날쌔고 민첩하고 힘이 세. 그런데 아무도 나한테 걔들의 약점을 알려주지 않고 싸우는 방법도 가르쳐주지 않는다면 나는 계속 얻어터지며 살아야 해! 어른 루가루들은 아예 나를 도와주려고도 하지 않는데……."

"왜 내가 그 부탁을 들어줄 거라고 생각하는데?"

나는 머쓱해졌다. 좀 유치한 제안이 되겠지만 어차피 나는 달리 돌파구가 없었다.

"나는 루가루 최고 수장의 하나밖에 없는 손자야. 내가 늑대 무리를 다스리는 일은 절대 없겠지. 하지만 언젠가 목장은 내 것이 될 거야. 그런 친구를 이웃으로 두는 건데 나쁘지 않잖아?"

어쩌면 내가 조부모보다 먼저 늙어 죽을지 모른단 말은 굳이 하지 않았다.

악셀이 비웃음을 흘렸다.

"설득력이 뚝 떨어지는 말이네. 설마 내가 도와주지 않았다는 이유 하나만으로 우리 땅을 침략한다거나 뭐 그러진 않겠지?"

제기랄.

문득 좋은 생각이 났다.

"돈을 줄게."

악셀의 두 눈이 빛났다. 빙고!

"얼마나……?"

"개인 과외 수준으로 시간당 50달러."

나는 특별 수업의 보수가 얼마인지 전혀 몰랐다. 악셀은 나직하게 휘파람을 불었다.

"그 정도 보수라면 누군가를 죽여줘야 하는 거 아닌가?"

"푸하하. 재밌네. 그럼? 받아들이겠어?"

"그럴 돈은 있고?"

"할아버지가 용돈을 주시는데 아직 쓸 기회가 없었어."

"코흘리개의 돈을 갈취하는 느낌이 드는 건 왜지?" 악셀이 냉소적으로 말했다.

"내가 어린 건 맞는데 돈을 갈취하는 건 아니지. 제안한 건 나니까, 오케이?"

악셀이 손바닥에 침을 탁 뱉더니 내밀었다. 나는 아무렇지도 않게 그 손을 잡았다.

"협상 체결. 우리 둘이 친구가 된 건가?" 악셀이 부드럽게 물었다.

나는 신중해야 했다. 늑대들 간의 협상은 문서로 남겨야 하는데…….

"그렇다고 할 수 있지." 내가 아주 바보 같은 짓을 저지른 느낌이 들었다.

악셀이 코를 킁킁거렸는데 내 귀에는 억지로 웃음을 참는 소리로 들렸다.

"좋아. 전화할게, 또 보자."

그렇게 말하고 악셀은 사라졌다. 어찌나 빠르게 움직이는지 인간의 눈으로는 좇을 수가 없었다. 나는 숨이 멎을 뻔했다. 루가루보다 더 빠르다니!

나는 생각에 잠긴 채 끈적거리는 손을 땅바닥에 문질렀다. 집으로 돌아가려면 그럴듯한 모습으로 꾸며야 했다.

강물에 빠졌다고 할까?

아니, 내가 그 정도로 바이크 운전이 서툴지는 않다. 하지만 악셀이 달려들면서 내 몸에 침이 묻었다. 바이크도 만졌으니 가족들은 세미의 냄새를 대번에 맡을 것이다. 그래서 나는 옷을 입은 채로 차가운 강물에 뛰어들었고, 가는 동안 부들부들 떨었다. 다행히 집 근처에서 나를 찾아 나선 정찰대와 마주쳤는데, 그때는 이미 콧물이 줄줄 흘러내리기 시작했다.

나는 감쪽같이 속였다. 모두 내가 사라졌다가 차가운 강물에 빠졌다는 사실 때문에 아연실색해 세미의 냄새를 맡을 경황이 없었다. 나는 일주일 동안 집 밖으로 한 발자국도 나가지 못하는 신세가 되었고, 그것 역시 웃음거리가 되었다. 아무튼 나는 지독한 감기에 걸려 침대에 꼼짝없이 누워 있어야 했다.

악셀에게서는 전화가 오지 않았다. 화가 났지만 나를 괴롭힌 아이들도 벌을 받았기 때문에 위안으로 삼았다. 할아버지가 무슨 일이었는지 알기 위해 아이들을 불러들였다. 내니가 내 몸에서 얻어맞은 자국을 발견했고, 학교 선생님은 구타와 내 좋은 성적이 관계가 있음을 알아챘다. 할아버지는 이런 일이 처음이 아니었으며, 약아빠진 어린 늑대들이 표가 나지 않게 절대로 얼굴은 때리지 않았다는 사실도 알게 되었다. 내가 맞았다고 징징거리거나 고자질하는 아이가 아님을 알고 그런 것이었다. 고자질이 아주 멍청한 짓이라는 걸 가르쳐준 사람은 할아버지였다.

아이들이 사과하러 왔을 때 나는 침대에 누워 있었는데, 때마침 숨이 넘어갈 듯 기침이 나왔다. 아이들은 그제야 나에게 나쁜 짓을 했다는 사실을 깨닳고 당황했다. 앓아눕는 일이 전혀 없는 그들에 비하면 나는 아주 약골이었다. 특히 이성에 눈을 뜨게 해준 예쁜 세라피나—작년까지만 해도 보기만 하면 머리를 잡아당기고 싶었는데 그때 나는 사춘기였다—와 멍청한 뚱보 처키도 와 있었다. 이 애의 이름은 내 이름보다 최악이었다. 처키의 가족들(윗대 조상들도 아직 살아 있다)은 영화 〈사탄의 인형 처키〉를 매우 싫어했다. 그냥 인형도 아니고 피투성이 인형의 이름이 하필 처키라니 기분 좋을 리 없었다.

처키는 사실 악동이 아니었다. 다른 아이들을 따라 나를 괴롭힌 것은 맞지만, 그리 영리하지 않아서 위험한 아이는 아니었다. 뚱보라서 어린 늑대들 중 가장 느렸다. 뚱뚱한 것이 지금은 놀림거리여도 훗날에는 장점이 될지도 모르는데…… 뚱보는 눈물을 글썽이며 덜덜 떨고 있었다.

문이 너무 좁아 거구의 할아버지가 어깨를 틀며 문턱을 넘어왔을 때 아이들은 완전 얼어서 주눅이 든 표정이었다.

기억해보면 나는 언제나 할아버지를 존경과 당혹의 눈으로 바라보았다. 존경은 늑대들의 최고 수장이기 때문이었고, 당혹은 내가 아는 사람 중 가장 뚱뚱하기 때문이었다.

침대에 누운 내가 미소를 지어 보이자 할아버지도 행복한 미소로 화답하고는 아이들을 내려다봤다.

"이 녀석들." 할아버지가 나직이 말했는데도 내 침대가 흔들리는 것 같았다. "자기보다 똑똑하다고 때려?"

'자기보다 약하다'라고 말하지 않아서 얼마나 고마웠는지.

친구들, 아니 이제는 아니니까 옛 친구들이 불에 달군 낚싯바늘에 걸린 벌레처럼 몸을 꿈틀거렸다.

"우리는 모르는 일입니다." 한 아이가 대답했다.

"그냥 장난이었습니다!" 다른 아이가 울먹거리며 말했다.

"닥쳐라!" 할아버지가 호통쳤다. **"이놈들이 감히 나한테 거짓말을 해?"**

귀가 먹먹했다. 달나라까지 들렸을 것이다.

나머지 아이들은 겁을 먹고 고개를 푹 숙였다.

"앞으로 너희보다 공부를 잘한다는 이유로, 또는 너희보다 약하다는 이유로(이런, 할아버지가 결국은 말해버렸네) 내 손자를 때리는 놈은 우리 무리에서 추방된다, 알았느냐?"

와, 이건 협박인데! 너무 놀란 나는 이불 밖으로 얼굴을 내밀었다가 기침이 어찌나 심하게 나오는지 목구멍이 찢어질 뻔했다. 질겁한 아이들이 사형선고라도 받은 양 수장을 쳐다봤다. 그도 그럴 것이 죽는 날까지 나를 괴롭히면 안 된다는 강력한 경고가 아닌가.

이것으로 할아버지는 가까운 친구들로부터 나를 떼어놓았다. 이날부터 할머니와 할아버지는 나를 우리 무리뿐만 아니라 종족 전체를 이끌어갈 정치가로 키우기로 결심했다. 어떻게 무리를 다스리고 분쟁을 해결하는지 방법을 설명해주었다. 처세술이 뛰어난 할아버지와 할머니 밑에서 나는 차츰 상황의 이면을 살피는 습관을 들였다. 누군가 어떤 행동을 할 때는 그럴 만한 진짜 이유가 있었다. 그러면서 나는 빠르게 성숙해졌고, 아이들은 점점 더 나를 피했다.

금방 알아채지는 못했다. 아이들이 몇 주 동안 나에게 무관심하긴 했지만, 원한을 품었기 때문이라고만 여겼다. 그러다 그런 무관심한 태도가 내 또래 아이들이 할 수 있는 것보다 훨씬 오래 계속될 경우 아주 심각한 문제가 된다는 걸 깨달았다. 어느 날, 나는 더는 참을 수 없어 세라피나를 붙잡고 물어보기로 했다. 리코스 목장은 방대해서 쉽지 않은 일이었다. 루가루 200명에게는 충분한 공간이 필요하기 때문에 우리는 30만 헥타르 이상의 땅을 소유

하고 있었다. 내 조부모의 저택을 중심으로 U자 모양으로 건물이 둘러서 있고, 멀찍이 떨어진 곳에 우리 부족이 아닌 루가루들의 전원주택들이 마을을 형성하고 있었다. 루가루는 자연을 사랑한다. 봄여름이면 골짜기에 꽃이 만발한다. 강 두 개가 골짜기를 가로지르지만 깎아지른 협곡이라서 강이 범람해도 침수되지 않는다. 정말 경이로운 곳이다. 내가 늑대와 다르지 않았다면 나는 세상에서 가장 행복한 소년이었을 것이다.

나는 학교 담장에 기대 숨어 있었다. 학교는 주택가에서 멀리 떨어져 있어서 아이들이 아무리 소리를 질러도 잘 들리지 않았다.

나를 보자마자 세라피나의 눈빛이 불안해졌다. 세라피나는 토끼 사냥을 하다 내 화살이 처키를 꿰뚫을 뻔한 수업이 끝나고도 한참을 늑장 부리다 나왔는데, 내가 갔을 거라고 생각한 모양이었다.

"안녕, 세라프?" 나는 감정이 담기지 않은 어조로 인사했다. "잘 지내?"

"뭐?"

세라피나는 퉁명스럽게 대꾸했다. 그래서 말을 걸기 위해 열심히 궁리해 놓은 내 계획은 수포로 돌아갔다.

나는 가슴을 펴고 빨리 다가가려다 비틀비틀 넘어졌고, 하마터면 이마에 혹이 생길 뻔했다. 세라피나는 한숨을 내쉬고는 내가 일어나는 동안 말했다.

"혹이 생겨도 내가 그런 거 아니다, 뭐!"

세라피나가 내 무릎을 쳐다봤다.

"무릎에서 나는 피도 내가 그런 거 아냐."

물론 그녀의 탓이 아니라고 대답해주려던 순간, 나는 세라피나의 말에 충격을 받고 물었다.

"왜? 내가 이를까 봐 겁나?"

세라피나가 입술을 깨물었다. 세라피나는 자신이 예쁘다는 사실을 잘 아는 소녀였다. 그래서 우리 말고는 그 예쁜 모습을 봐줄 사람이 아무도 없는 벽촌에서 사는 것이 가장 큰 불만이었다. 금빛에 가까운 황갈색 눈, 금발. 어제는 세라피나를 경멸했는데 오늘은 세라피나에게 키스를 하고 싶었다. 빌어먹을 사춘기.

"그래." 세라피나가 퉁명스럽게 인정했다. "추방되고 싶진 않아, 너 때문에!"

나는 어깨를 으쓱했다.

"세라프, 너도 잘 알잖아. 칼이 농담으로 한 말이라는 걸(나는 이때까지 아이들 앞에서는 한 번도 할아버지라고 하지 않았다). 그런 사소한 일로 너를 추방하는 일은 절대 없을 거야!"

"천만에, 네 할아버지가 우리 부모님과 모든 늑대 무리에게 메시지를 보냈어." 세라피나가 반박했다. "'내 후계자를 건드리지 마라, 아니면…….' 저리 비켜. 오늘은 숙제가 많아서 너랑 얘기할 시간 없어."

거짓말. 오늘은 금요일이고 내일은 학교에 가지 않는데. 허탈해진 나는 비켜섰다. 그 순간 내 핸드폰이 울렸다.

심장이 쿵쿵 뛰었다. 내게 전화를 거는 건 엄마의 정신병원이 유일한데 대부분 무슨 문제가 생겼을 때였다. 핸드폰 화면에는 모르는 번호가 떠 있었다.

"안녕! 잘 지내, 인디아나?"

나는 멀어져 가는 세라피나의 뒷모습을 힐끔 쳐다보고는 조심스럽게 소곤거렸다.

"악셀?"

"응."

"어디야?"

침묵.

"이상한 질문이다."

나는 정신을 차렸다.

"아, 미안해. 전화 안 할 거라고 생각했거든."

"네가 다 낫길 기다렸지. 청각이 뛰어난 루가루에게 둘러싸여 있을 때 연락하고 싶진 않았어."

악셀이 피식 웃었다. 나는 웃고 싶지 않았다.

"내가 아팠던 건 어떻게 알아?"

이 질문에 악셀은 몹시 즐거워했다.

"털북숭이 집회에서 온통 그 얘기뿐이었어. 후계자에게 일어난 사고에 대해. 강물 얘기는 꾸며낸 거지? 아니면 정말 강을 못 본 거야?"

"일부러 그랬어." 내가 볼멘소리로 대꾸했다.

악셀은 대번에 알아차렸다.

"아, 알겠다. 내 냄새, 내 침 때문이었구나. 잘했어. 아직도 나한테 훈련을 받고 싶어, 후계자?"

"후계자라고 부르지 마."

악셀이 킥킥거렸다.

"하지만 네 신분을 상기시킨 건 너 아니었던가?"

악셀이 나를 보지 못하는 이 기회를 놓치지 않고 나는 혀를 쏙 내밀었다. 완전 짜증 나는 타입!

하지만 이내 기분이 좋아졌다.

"어디서, 언제?"

"너희 땅에서 나올 수 있어?"

"응. 지난번에는 너무 화가 나서 아무 말도 안 하고 나갔거든. 내일은 숲에서 달리거나 산책하다 해 지기 전에 돌아오겠다고 말하고 나가면 아무 문제

없어."

"거짓말을 하든 말든 그건 네가 알아서 해." 악셀이 천천히 말했다. "내일 아침 9시에 지난번 장소에서 만나. 거기서 멀지 않은 곳에 빈터가 있어."

그러고서 악셀은 재미있다는 어조로 덧붙였다.

"그리고 작은 호수가 있으니까 씻게 비누 가져와. 미안한데 네 냄새 안 좋거든."

"푸하하."

나는 전화를 끊었다.

핸드폰에서 삐이, 신호음이 울렸다. 나는 기계적으로 전화를 받으려고 하다가 문자메시지가 왔다는 걸 깨달았다. 모르는 번호. 아주 짧은 SMS. $.

와, 돈을 잊지 말라고 상기시키는 악셀의 문자였다.

그날 밤 나는 잠을 이루지 못했다. 두렵기도 하고 흥분이 되기도 했다. 마침내 루가루와 싸워 이길 방법을 배우게 되는 것이었다.

다음 날, 내니의 매서운 눈초리를 받으며 나는 팬케이크를 후닥닥 먹어치웠다.

내니를 어떻게 묘사하면 좋을까? 마음씨 착한 여자, 아무튼 여성 루가루였다. 내니가 누군가를 죽인다는 건 한순간도 생각할 수 없다. 내니는 늑대치고는 몸집이 작지만, 인간일 때는 큰 편이고 통통했다. 틀어 올린 은빛 머리에 촌스러운 취향의 꽃무늬 원피스, 언제나 변함없이 튼실한 허리에 질끈 동여맨 앞치마. 내니는 모든 식구를 보살피면서 기분 좋게 집안일을 하고 요리사 셋을 관리했다(늑대라고 날고기만 먹는 게 아니다. 진짜 늑대는 그렇지만 루가루는 맛있는 걸 즐긴다). 우리 루가루는 세상에서 가장 중요한 무리이고, 입맛이 다양하기 때문이다. 충직한 조수 매기는 내니를 그림자처럼 따라다녔다. 같은 사람을 보는 느낌이 들 정도로 둘은 아주 많이 닮았다. 그리고 결벽증 환자처럼 지저분한 꼴을 보지 못했다. 무서운 우리 할머니조차 둘의 깔끔병에는 두 손 두 발 다 들 정도였다.

집 안에는 먼지 한 톨 없다. 행주는 늘 빳빳하고 뽀송뽀송하다. 소를 키우는 곳도 예외가 아니다. 사냥을 나갔다 흙투성이가 되어 돌아온 늑대들이 변신하기 전에 씻도록 하는 것도 내니의 몫이다. 늑대 새끼들이 태어나서 제일 처음 보는 얼굴도 내니였다. 내니는 훌륭한 산파이기 때문이다.

몇몇 루가루에게는 마지막으로 보는 얼굴이기도 하다. 마지막 순간을 지켜주고 시신을 깨끗이 씻기는 것도 내니이기 때문이다.

엄마가 아버지를 죽였을 때 나를 돌봐준 것도 내니였다. 내니가 나를 달래주었다. 내 눈물을 닦아주고 밤새도록 잠든 내 곁을 지켜주었다. 무릎을 다쳤을 때 상처를 치료해주는 것도, 화가 났을 때 풀어주는 것도 내니였다. 내 삶에서 가장 중요한 순간에 늘 곁에 있었던 것도 할아버지, 할머니보다 내니였다. 내니가 비밀을 말해주고, 여러 가지 이야기를 해주고, 전혀 몰랐던 일들을 알려주었다. 내가 미치지 않은 것은 내니 덕분이다. 그렇다고 할아버지와 할머니가 나를 사랑하지 않는 건 아니다. 천만에! 두 분은 나를 아주 많이 사랑한다.

아니었다면 나를 살려두지 않았을 테니까.

4
피와 땀

나는 약속 장소에 일찍 도착했다. 세미는 아직 오지 않았다. 그 틈을 타 기지개를 켜면서, 미친 듯이 속도를 내며 바이크를 몬 탓에 뻐근해진 근육을 풀었다. 초조한 마음에 몇 번이나 바이크에서 떨어질 뻔했고, 아드레날린이 급상승했다.

그때 부르릉거리는 엔진 소리가 나, 나는 소스라치게 놀랐다. 바이크는 신중하게 빈터 부근의 울창한 나뭇가지 속에 감춰놓았는데 늑대들이 냄새로 찾아낸 건가? 나는 이런저런 생각할 것 없이 무작정 나무 뒤로 가서 숨었다.

시커먼 차림의 젊은이가 큰 오토바이를 타고 조용히 나타났다. 20대로 보였다. 악셀인지 아닌지 알 수가 없었다. 어둠 속에서만 악셀을 봤는데 지금은 인간으로 변신한 모습이었다. 그는 시동을 끄고 오토바이에서 내려 냄새를 맡았다.

"인디, 나와도 돼, 나야!"

맙소사, 아직 친해지지도 않았는데 벌써 약칭으로 부르다니. 약칭이나 별명 같은 거 별로 좋아하지 않는데.

나는 나무 뒤에서 나왔다.

"인디아나라고 불러. 너 악셀 맞아?"

악셀이 고개를 까딱했다.

"너를 위해 잠정적으로 보여주는 인간 모습이야."

우리의 몇몇 루가루만큼 거구는 아니지만 늠름한 체격이었다. 120킬로그램의 근육질 몸매. 왜 악셀을 내 또래라고 생각했을까? 가까이에서 보니 적어도 스물다섯 살은 되어 보이고, 일명 '배드 보이' 같은 반항아 인상을 풍겼다. 검정 진, 검정 부츠, 검정 티셔츠, 징을 박은 검정 조끼, 어쩌나 온통 시커머니 검은 피부가 푸른빛으로 보일 정도였다. 약간은 과장된 모습. 나에게 겁을 줄 생각이라면 실패! 괴물들 속에서 사는 내가 온통 시커멓게 치장한 것에 깊은 인상을 받을까? 어둠 속에서 무리에 섞여 있으면 눈에 띄지도 않을 것이다. 심지어 눈빛도 새까맸는데, 우리 루가루의 금빛에 가까운 황갈색 눈빛에 익숙했기 때문에 그 눈빛이 아주 잠깐 낯설었다.

악셀은 나의 머리끝만 까만 금발을 빤히 쳐다봤지만 아무 말도 하지 않았다.

"훈련받을 준비는 됐지?"

나는 고개를 쳐들고 허세를 부렸다.

"어떻게 하는 건지 시범이나 보여줘."

내가 미쳤나, 낡은 추리닝 차림으로 오다니.

1라운드가 끝났을 때 추리닝은 땀에 젖어 있었다.

2라운드가 끝났을 때 추리닝은 피에 젖어 있었다.

악셀이 제일 먼저 가르친 것은 몸의 균형을 잡는 법이었다. 악셀의 말에 따르면 나는 인간치고는 반사운동이 제법 빠르지만 균형 감각이 부족했다. 그 약점을 알기 때문에 아이들이 끈질기게 나를 괴롭히는 것이었다. 악셀은 나에게 쓰러진 나무 밑동에 올라서서 한 발을 공중으로 쳐든 채 다른 한 발로 재빨리 뛰어내리는 훈련을 몇 시간 동안 반복시켰다. 그다음은 흔들거리는 징검다리를 뛰어서 시냇물을 건너게 했다. 내가 실패할 때마다 면박을 주면서 일으켜 세우고는 다시 시작하게 했다.

한 시간 후, 나는 지쳤다.

두 시간 후, 나는 고통스러웠고 여기저기서 피가 났다.

세 시간 후, 나는 악셀을 죽이고 싶을 만큼 증오심이 일었다.

악셀은 잠시 훈련을 중단하더니, 가학 취미가 있는 고문관에서 어미 닭으로 변했다.

악셀은 상처를 치료해주고 먹을 것을 주었다(내가 뭘 먹었는지 생각도 나지 않는다, 악셀이 뭘 먹었는지도). 그리고 한 시간 동안 평온하게 나와 이야기를 나누었다. 악셀은 훈련 계획을 짰고, 월 단위로 단계를 높이는 것이 적당할 것 같다고 말했다.

나는 약간 놀라서 얼마나 훈련을 받으면 되겠느냐고 물었다. 순진하게도 '몇 달'이면 될 거라고 생각했다.

"4년에서 6년 정도." 악셀은 태연하게 대답했다.

나는 숨이 멎을 뻔했다. 그리고 기분이 상했다.

최악은 나에게 낮잠을 자게 한 것이었다. 내가 항변했지만 악셀은 자기가 선생이고 나는 제자라고 잘라 말했다. 하기 싫으면 돈 주고 떠나면 그만이라면서.

그렇게 시작된 훈련을 4년 동안 계속했고, 나중에는 6년의 '육' 자만 들어도 신물이 올라왔다.

다행히 학교 수업을 제외하면 나는 가장 자유로운 소년이었다. 할아버지와 할머니는 성적이 좋으면 내가 뭘 하는지 알려고 하지 않았다. 두 분은 우리 소유의 땅에서는 내가 안전하다는 사실을 알고 있었다. 그것으로 충분했다.

만약 두 분이 내가 날마다 외출한다는 사실을 알았다면 상황이 달라졌을 것이다. 나는 아주 조심했다. 내가 들켜서 벌을 받는 날, 악셀은 사형을 받을 테니까.

4년 동안은 악셀을 만나 훈련하는 것이 순조로웠다. 한겨울에 길이 끊겨 악셀을 만나러 가지 못할 때는 혼자서 훈련했다.

악셀은 균형을 잡아주는 데 1년을 보냈다. 훈련이 다 끝날 때쯤이면 서커스단 곡예사 수준이 되어 있을 것 같았다. 그사이 나는 한 번도 루가루를 상대로 훈련 결과를 시험해보지 않았다. 악셀에게서 모든 걸 배우기 전에는 아이들에게 달라진 모습을 보여주고 싶지 않았다. 지금이 바닥났기 때문에 할아버지에게서 돈을 타기로 했다. 물론 세미와 훈련을 하는 데 돈이 필요하다는 말을 할 수는 없었다. 그래서 체력 단련을 할 계획인데 돈이 좀 필요하다고 말했더니 할아버지는 군말 없이 돈을 주었다. 그런 점에서 할아버지는 멋졌다. 세미에게 배운다는 걸 알면 가차 없이 악셀을 죽였겠지만 할아버지에게 돈은 문제가 되지 않았다. 돈은 수단이지 목적이 아니었다.

열네 살이 되던 해, 악셀은 유연성 훈련을 시켰다. 몸의 균형과 같은 거라고 생각했는데 완전히 달랐다. 유연성을 키우는 데는 균형을 잡을 때와는 전혀 다른 근육들을 집중적으로 사용했다. 마침내 나는 아무런 흔적도 남기지 않고 숲을 지나갈 수 있게 되었다. 악셀은 다른 동물의 냄새로 내 냄새를 감추는 방법도 가르쳐주었다. 악셀의 몸에서 쇠똥 냄새가 진동했던 것이 바로 그런 이유였다(첫 만남부터 의도적인 것이었다). 그 이듬해에는 힘을 길러주고, 식물에 대한 지식을 가르쳤다. 악셀은 내가 루가루를 병들게 하는 풀이라든가 후각을 마비시키는 풀, 눈을 멀게 하는 풀, 청각을 잃게 하는 풀 같은 치명적인 독초들에 대해 잘 알아두기를 바랐다.

이런 것은 도서관에 가서 몇 날 며칠 책을 뒤진다고 얻을 수 있는 정보가 아니었다. 잘 살펴보니 독초는 쉽게 찾아낼 수 있었다. 루가루에게 치명적인 식물은 여러 종류가 있는데 그중 몇 개는 우리 지방에서 거의 모르는 것이고, '늑대의 골칫거리'라 불리는 식물 '바꽃'만 잘 알려져 있다. 종 모양의 하얀 꽃이 피어 '투구꽃'이라고도 한다. 바꽃의 향기를 맡을 경우 루가루는 중병에 걸린다. 바꽃을 먹었을 경우 루가루는 심한 알레르기 반응을 일으키며 먹은 양에 따라 사망에 이를 수 있다. 루가루가 유일하게 견디지 못하는 금속은 은이다. 늑대 모습이든 인간 모습이든 은 목걸이를 걸었을 경우 움직이지 못할 정도로 중병에 걸린다. 그리고 은으로 만든 우리 안에 루가루를 가두면 미쳐버리고 만다.

왜 악셀이 나한테 이 모든 것을 알려주려고 하는지 처음에는 이해하지 못했다. 나는 늑대들의 공격을 견뎌내려고 또는 눈 깜짝할 사이에 얻어맞지 않으려고 훈련을 받는 것이지 그들을 죽이려는 것이 아니었다.

내가 시큰둥해하면서 왜 그런 걸 알려주느냐고 묻자 악셀이 대답했다.

"루가루만 너를 공격하는 게 아냐. 자제력을 잃은 세미와 맞닥뜨리면 어떡할 건데? 너는 우리가 공격하기 아주 쉬운 상대야. 다른 누구보다도 약하니까. 내가 네게 달려들었을 때 인간의 피 냄새 때문에 미쳐 있었다면 넌 어떻게 됐을 거 같아?"

악셀도 나도 답을 알고 있었다. 나는 죽었을 것이다. 악셀은 나를 잡아먹었을 것이고, 나중에 엄청나게 후회했을 것이다. 내 유령도 후회했을 것이고.

악셀의 설명을 듣고 이해한 뒤로 나는 강철과 은(금속치고는 무르기 때문에)으로 합금한 단검을 비롯해 여러 가지 무기를 몸에 감추고 다녔다. 악셀은 가능한 한 날카롭게 만든 강철 단검으로 자신에게 시험해보라고 했다. 이 훈련은 악셀도 나도 마음에 들지 않았다. 나는 가학 취미가 있는 사디스트가 아니었고 단검에 찔린 상처는 쉽게 낫지도 않았다. 악셀과 나는 은으로 별 모양의 표창, 일명 슈리켄◆을 만들어 허리춤에 꽂고, 가죽 주머니에 바꽃을 넣고 다녔다.

힘을 기르는 훈련은 확실히 덜 재미있었다. '폭군' 악셀은 50킬로그램이나 되는 자루를 등에 지고 맨발로 수 킬로미터를 달리게 했다. 또 악셀이 20킬로미터쯤 떨어진 곳에 깃발을 꽂아두면 나는 악셀에게 붙잡히기 전에 깃발의 위치를 알아내 깃발을 손에 넣어야 했다. 악셀은 한 시간 정도 나보다 앞섰다.

가학 취미가 있는 빌어먹을 세미에게 쫓길 때는 정말 입에서 단내가 나도록 뛰어야 한다.

나는 한 번도 깃발을 획득하지 못했다. 악셀이 항상 이겼다. 하지만 나는 포기하지 않았고 날이 갈수록 빨라졌다.

악셀은 나무 밑동을 들어 올리거나 나무를 베고 톱질까지 하게 했다. 나는 제재소를 차려도 될 지경이었다. 도끼를 다루는 것은 내가 희망하는 직업에 속하지 않았지만 악셀은 내가 도끼를 잘 다루길 바랐다. 세미의 머리를 베고, 상체를 절개하고 심장을 도려내려면 도끼를 잘 써야 했다. 그리고 칼 이외의 다른 무기들도 완벽하게 다루게 했다. 그래서 내 병기에 강철과 합금한 은 화살과 활이 더 추가되었다. 그 무기들을 집으로 가져갈 수는 없었기 때문에 훈련이 끝난 뒤에는 악셀에게 맡겼다.

토끼 사냥 수업에서 빗나간 화살이 처키를 맞힐 뻔했던 뒤로 나는 활을 잡지 않았다. 그래서 내가 오랜만에 쏜 화살은 하마터면 내 발에 꽂힐 뻔했다.

◆ 일본의 특수 전투 집단 닌자가 사용하는 것으로 알려진 창의 하나.

...

악셀은 배꼽을 잡고 웃었다. 악셀이 활시위를 메기고 당기는 시범을 보여주었다. 악셀이 유연한 동작으로 날린 화살은 100미터 떨어진 나뭇잎의 줄기를 맞혔다. 나는 열심히 연습했고 마침내 과녁을 맞히는 데는 성공했다.

악셀의 숨은 노력이 성과를 나타내기 시작했다.

체력 단련 덕분인지 놀랍게도 내 키가 훌쩍 자란 것이다. 내 눈빛과 머리, 체형은 엄마에게 물려받았다고 생각한다. 하지만 아버지의 유전자도 섞여 있어서 내 키는 190센티미터에 이르렀다. 악셀의 훈련 덕분에 나는 루가루 못지않게 동작이 작아졌다. 나를 무슨 두꺼비 보듯 깔보던 여자아이들이 신경에 거슬릴 정도로 관심을 갖고 곁눈질하기 시작했다.

고백하자면 내 꿈속에도 나타나는 세라피나가 나에게 눈독을 들였다. 어느 날은 키스라도 할 듯 교태를 부렸고, 다음 날은 늑대의 송곳니로 나를 물어뜯을 듯 잔인하게 굴면서 조롱했다. 나는 증오하는 동시에 사랑하는 것이 가능한지 알 수가 없었다.

내가 열여섯 살이 되자 악셀은 유연성과 균형, 힘, 특히 인내력을 종합하는 프로그램을 준비했다. 이번에는 빨리 달리는 것만이 아니라 멀리까지 오래 달리는 것이 과제였다. 오래 달리는 것은 악셀의 도움이 필요 없기 때문에 나는 수 킬로미터씩 혼자 달리며 돈도 절약하고 내 머릿속에 거미줄처럼 얽힌 의혹과 두려움도 떨쳐냈다.

나의 슬픔, 절망도 가라앉았다. 소년 소녀 늑대들은 함께 어울리지만 나는 늘 왕따였다. 늘 그렇듯 나는 그들과 노래도 부르지 못했다.

인간 문화 중 루가루가 가장 좋아하는 것이 바로 음악이었다.

루가루에게 음악은 거의 마약과 같았다. 목장에서는 큰 스피커를 통해 온종일, 심지어 밤에도 음악이 흘러나왔다.

어떤 멜로디든 상관없지만 특히 금관악기와 타악기를 많이 사용한 바그 너의 클래식 음악을 좋아했고, 함께 모여 노래하는 것도 즐겼다. 노래라고 해봐야 루가루 십여 명이 무아지경 상태에서 합창으로 울부짖는 수준이지만 그들에게는 노래를 부르는 것이었다.

인간 모습일 때가 아니라 늑대 모습일 때 주로 합창을 했다. 물론 인간 모습일 때도 노래 부르는 걸 좋아했지만 확연한 차이가 있었다.

노래는 루가루 무리의 규범에 속한다. 루가루는 보름달이 떴을 때 특별히 노래하는 것이 아니라 함께 모여 있을 때마다 노래를 부른다. 한 루가루가 노래를 시작하면 이내 다른 루가루들이 따라 부른다. 영광을 찬미하는 야생적인 노래. 그렇게 합창할 때 어떤 기분이냐고 물으면 답변은 다양했지만 늘 귀에 들어오는 말이 있었다. "전체 속의 하나가 된 느낌이야."

바로 그것이 나에게는 없었다. 나는 소속감이 없었다.

호기심이 발동한 내가 어느 날 악셀에게 세미들도 노래를 부르냐고 물었다. 우리의 아지트 빈터에서 조용히 식사를 하는 중이었고, 깜짝 놀란 악셀은 음식물을 잘못 삼켜 하마터면 질식할 뻔했다.

"아니." 악셀이 퉁명스럽게 대답했다. "우리는 늑대가 아니라 세미야."

세미라고 말하는 목소리에 힘이 들어가 있었다. 마치 세미는 수치가 아니라 명예인 것처럼. 나는 악셀을 유심히 관찰했다. 세미의 눈은 순종 루가루처럼 무조건 금빛이 아니었다. 악셀의 눈은 새까맣고 촉촉했다. 나는 악셀의 눈에서 쓰라린 감정의 빛을 보았다.

나는 머쓱해서 핫도그를 내려다보다 분위기를 바꾸려고 다른 질문을 했다.

"어쩌다 그렇게 됐어?"

"어쩌다 세미가 됐느냐고?"

"응."

대답하지 않을 거란 생각이 들 만큼 악셀은 오래 침묵을 지켰다. 이윽고 악셀이 말문을 열었다.

"여성 늑대에게 물렸어. 젬마라는 루가루가 나를 사랑했지. 우리는 서로 사랑했어. 정말 미치도록. 처음에는 젬마가 루가루인지 몰랐어. 젬마의 루가루 무리는 너희와 마찬가지로 인간과 가까이 지내는 걸 금지했기 때문에. 젬마는 내 형질을 전환시키면 내가 인간이 아니게 되니까 같이 살 수 있다고 생각하고 독한 결심을 했던 모양이야. 난 그걸 전혀 모르고 청혼했으니 젬마로서는 결정적인 기회를 잡은 거지."

흘려듣고 넘길 이야기가 아니었다.

"젬마는 개의 모습으로 다가와서 나를 물고는 우리 안에 가뒀어. 내가 변형되자 그녀는 고기와 동물의 피를 먹이면서 나를 길들이기 시작했지. 젬마에게나 나에게나 정말 지옥이 따로 없었어. 나는 몇 주 동안 고통에 시달리면서 젬마를 증오했어. 무슨 일이 일어났는지 묻지 않았고 정상으로 돌아오길 바랐지만 불가능한 일이더라고. 그러다 시간이 흘렀고, 피에 대한 굶주림을 억제할 수 있게 되었지."

"그래서 어떻게 됐는데?"

"젬마가 나를 놓아주더군. 나는 젬마를 죽이려다가 그냥 떠나버렸어."

믿기지 않는 이야기였다. 내가 그다음을 추측해서 말했다.

"그런데 젬마는 포기하지 않았구나, 그렇지?"

악셀은 슬픈 미소를 지었다.

"한순간도. 젬마는 어둠 속에 숨어서 내 자제력이 무너지길 호시탐탐 노리고 있었어."

"그걸 눈치챘어?"

"응. 어느 날 바람의 방향이 갑자기 바뀌었을 때 젬마의 냄새가 나는 거야. 너무 많이 울어서 빨개진 젬마의 눈을 보니까 견딜 수가 없더라고. 나는 그제야 젬마가 나를 너무 사랑해서 나 없이 살 수 없다는 걸 깨달았어. 몇 번이고 헤어지려 했지만 젬마에 대한 내 사랑도 어느새 깊어졌던 거야. 원한 속에 깊이 묻혀 있어서 몰랐을 뿐이었어. 몇 달을 버티고 버티다 나는 끝내 손들고 말았지. 모르긴 몰라도 젬마의 고집이 노새 수십 마리를 합친 것보다 더 셀 거야, 아마!"

"세미로 변형된 뒤에 얼마 동안이나 함께 지냈어?"

"4개월 20일 열일곱 시간 동안. 나는 세미가 순수 혈통의 루가루에게 그 정도로 멸시받는지 정말 몰랐어. 그런데도 젬마가 무리에게 내 존재를 밝힐 수밖에 없었다는 사실 역시 그때는 정말 이해할 수 없었고. 어느 날 저녁, 젬마는 루가루들에게 나를 자랑스럽게 소개했지. 그렇게 많은 루가루를 보는 건 난생처음이었어. 나는 매료됨과 동시에 공포에 사로잡혔어. 나에게 적대적이라는 걸 느꼈거든. 그 무리의 수장이 인간을 죽여본 적 있느냐고 물었어. 나는 없다고 대답했지. 젬마와 달리 나는 수장이 우리에게 이미 사형선고를 내렸다고 직감했어. 내 직감이 맞았는데, 젬마는 경솔하게 수장에게 대항했어. 아름답고 순진하고 자존심 강한 내 사랑 젬마."

악셀은 옛 생각에 젖어 잠시 침묵했다.

"수장이 변신하더니 젬마의 목을 물어뜯었어."

나는 침을 삼켰다. 그리고 먹던 핫도그를 내려놓았다. 더는 배고프지 않았다.

"그 정도로는 젬마를 죽이지 못했지만 젬마는 목에서 피가 흘러 숨을 쉴 수 없었고, 비명을 지르지도 못했어. 내가 덤벼들었지만 뒤에 있던 늑대 넷이 나를 꼼짝 못 하게 했지. 나는 옴짝달싹할 수가 없었어. 수장이 신호를 보내자 다른 늑대 둘이 달려들어 젬마를 무참히 살육했어."

"어떻게 그럴……."

나는 목소리가 갈라져 더는 말을 잇지 못했다. 목이 메어 물을 조금 마셔야 했다. 악셀은 마치 다른 사람 이야기를 하듯 담담한 어조로 자신의 이야기를 이어나갔다.

"그래서 어떻게 했어?"

악셀은 잠시 주저하다 대답했다.

"세미는 루가루와 달리 보름달이 떴을 때만 변신하는 게 보통이야. 하지만 극도로 흥분하면 변신이 가능해. 나는 변신해 늑대 둘을 죽이고 도망쳤어. 격분한 채 달아나면서 복수를 다짐했지. 하지만 젬마의 무리가 나를 추격해오기 전에 상황이 바뀌었어. 네 할아버지가 나를 찾아냈거든. 더 정확하게 말하면 어두운 골목길 모퉁이에서 네 할아버지와 맞닥뜨렸어."

나는 경직되었다.

"내 할아버지 칼 텔러?"

"응. 내가 덤비려고 했기 때문에 네 할아버지는 나를 때려눕혔어. 내가 깨어나자 네 할아버지는 그 무리가 한 짓은 정도를 벗어난 일이라고 하셨지. '루가루는 명을 어겼다 해서 종족을 죽이지는 않는다. 수가 많지 않기 때문에!' 하고 호통쳤을 때는 이제 죽는구나 생각했어. 하지만 이내 덧붙이셨지. '너한테 일어난 일에 대해 사과하는 의미로 사형선고는 철회했다. 너는 세미의 목장에 와서 살아도 된다. 목장은 우리 이웃에 있다.' 그렇게 말하고 네 할아버지는 떠나셨어. 그때 나는 네 할아버지에게 큰 감동을 받았지. 정말 멋진 분이야."

"나도 알아."

나는 악셀이 왜 나를 도와주었는지 이해가 되었다. 단순히 돈 때문만이 아니라 할아버지에 대한 고마움의 표시이기도 했다.

악셀은 기지개를 켜면서 긴장 때문에 뭉친 어깨 근육을 풀었다.

"그래서 세미 무리를 찾아갔고, 나를 받아들여줬어. 내 이야기는 이것으로 끝."

"미안해." 내가 잠시 후에 말했다. "그렇게 아픈 사연이 있는지도 모르고."

"괜찮아."

내가 악셀의 사생활에 대해 질문한 것은 그것이 마지막이었다.

마침내 내가 열일곱 살이 되었을 때, 악셀은 싸움 기술을 가르쳤다.

사실 악셀은 처음부터 그것을 가르치려고 했었다. 악셀이 루가루의 힘을 어떻게 이용하는지 보여주었지만 그의 키가 너무 크고 힘이 너무 세서 내가 훈련을 받아들이기에는 무리가 있었다. 여전히 힘은 훨씬 약했지만 키가 거의 비슷해지면서 진정한 훈련이 시작되었다.

악셀이 인내력이나 힘을 이용해 달리기에서 이겼을 때 나는 자존심이 상했다. 악셀이 더 빠르고 더 강하다는 건 알고 있었다. 그래도 그동안 배운 것들을 적절히 활용하면 맞대결에서 승산이 있으리라 생각했는데.

첫 훈련에서 나는 흙바닥에 코를 박으며 고꾸라졌다. 두 번째에도 마찬가지였다. 수없이 했지만 나아지지 않았다. 악셀은 질풍처럼 번개처럼 내달렸다. 인간의 모습이든 세미의 모습이든(나는 보름달이 떴을 때 몰래 집을 빠져나가 훈련을 받은 적도 있었다) 나는 악셀을 당해낼 수 없었다.

악셀은 나를 물지 않기 위해 노력했다. 세미 모습으로는 나를 감염시킬 위험이 없지만 매우 조심했다. 내 팔다리 정도는 순식간에 뽑아버릴 수 있기 때문이었다. 초대형 개로 유명한 롯트와일러의 턱뼈 힘이 $149kg/cm^2$인데 루가루의 턱뼈 힘은 $560kg/cm^2$에 이른다. 마스티프와 몸무게가 비슷한 악셀의 턱뼈 힘은 열 배나 더 셌다. 악셀이 커다란 바위를 100미터 이상 던지는 걸 내 두 눈으로 직접 보았다.

루가루를 이기려면 슈퍼맨이 되거나 가공할 무기가 필요했다. 바주카 정도는 있어야 할 것이다.

나는 옛 친구들을 죽이려는 것이 아니라 그들이 나를 존중해주길 바라는 것이기 때문에 그들과 싸워 이기는 방법만 배우면 되었다.

하지만 싸움 기술을 배우면서부터 내 얼굴이나 몸에 상처가 생겼다.

지금까지 훈련하면서 상처가 많이 나지 않았던 것은 악셀이 기본적으로 내 힘과 유연성, 지구력의 향상을 목적으로 했기 때문이었고, 그래서 누구의 의심도 받지 않았다. 하지만 훈련 강도가 높아질수록 조금씩은 다칠 수밖에 없었다. 무슨 방법을 찾아야 했다. 온몸에 멍 자국이 있으면 의심을 사기 때문이었다. 특히 모성애로 나를 보살펴주는 내니의 예리한 눈을 피하기란 쉬운 일이 아니었다.

그래서 나는 일주일 내내 처키에게 시비를 걸었다. 처키는 멍청해서 내가 왜 그러는지 눈치채지 못하고 할아버지의 명을 어길 수 있는 아이였다. 하지만 처키가 벌을 받지는 않도록, 내가 공격받은 것이 아니라 공격한 것으로 믿게끔 일을 꾸몄다.

한번은 소 떼를 다른 방목장으로 이동시키는 중이었다. 그날 나는 일부러 말을 타고 늑대보다 더 빠르게 이동했다. 늑대들이 흥분하면 도발하기 쉽기 때문이었다.

우리는 남쪽 방목장에 있었다. 해는 이미 지평선을 향해 기울었고, 풀밭은 푸르스름한 빛을 띠고 있었다. 우릴 지켜보는 산맥은 거대하고 굳건했다. 아직은 날이 더웠다. 소 떼는 불안한 기색이 역력했다. 말과 달리 늑대의 냄새를 맡은 소들이 겁을 먹은 것이었다.

그게 목적이었다.

어린 루가루 열 명이 소 떼를 포위하고 뒷다리를 차며 날뛰는 소들의 장딴지를 깨물어 제압했다(몰이꾼들의 가장 큰 걱정은 가축들을 통제할 수 없는 상황이었다). 우리는 그렇게 소 떼를 몰았고, 새 목장까지 4미터 정도 남았을 때였다. 갑자기 소 떼가 멈춰 섰다. 앞에 뭔가 불안하게 하는 것이 있으면 우직한 소들은 한 발짝도 떼지 않았다. 네드와 세라피나가 으르렁거리며 주동하는 소의 다리를 물려고 하자 간신히 소가 움직였다.

불안해진 소 떼는 점점 속도를 내며 달리기 시작했다. 그리 민첩하지 않은 처키는 친구들을 따라잡기 위해 전속력으로 달려야 했다. 친구들의 비웃는 울음소리에 처키가 흥분했다. 나는 그 기회를 놓치지 않았다. 일단 소 떼를 새 목장으로 몰아넣은 뒤 나는 처키를 놀렸다.

"어이, 뚱보!" 내가 말 위에서 소리쳤다. "따라오는 게 그렇게 힘드냐? 아니면 나를 잡아보든가!"

나의 야생마는 기꺼이 경주에 응했다. 늑대가 빨리 달리면 말은 더 빨리 질주했다. 늑대가 사냥감을 잡는 것은 지구력이 좋기 때문이다. 늑대는 말보다 덜 빠르지만 훨씬 오래 달릴 수 있었다. 나는 그렇게 처키를 흥분하게 만들고는 여유 있게 먼저 집 앞에 도착했다.

그러고는 야생마 브론코에서 내려 기다렸다. 처키는 나보다 몇 초 늦게 도착해 변신을 하더니 주먹을 휘두르며 덤벼들었다.

나는 달려드는 처키의 공격을 피하면서 머리가 뽑히지 않게 방어했다. 그렇게 한참을 싸웠고, 둘 다 땅바닥에 뒹굴게 되자 처키가 숨을 헐떡이며 공격을 멈췄다.

서로에게 멋진 하루였다. 아무도 내가 왜 그렇게 즐거워하는지 몰랐다. 처키는 벌을 받지 않았지만 나는 벌을 받았다. 그건 중요하지 않았다.

나는 처키와 주먹다짐하며 싸우는 습관이 생겼다. 어떤 면에서 그건 놀이였다. 처키는 자기 힘을 믿고 주먹을 마구 휘둘렀다. 나는 몇 번은 피했지만 꽤 많이 얻어맞았다. 그 어떤 훈련을 받아도 결코 늑대보다 빠를 수는 없었기 때문이다. 대신 균형 감각과 반사운동 덕분에 공격을 피할 수 있었다. 처키는 악셀만큼 민첩하지 않았다. 악셀은 지금껏 내가 만난 존재 중 가장 날쌘 세미다. 맨손으로는 이길 가능성이 전혀 없었다. 그렇다고 내 단검을 사용했다가는 필사적으로 달려드는 루가루 또는 세미를 죽이거나 다치게 할수 있었다. 더군다나 바꽃 가루를 묻힌 단검인데. 죽일 확률이 매우 높았다.

악셀은 다른 종족의 약점에 대해서도 알려주었다. 뱀파이어는 루가루와 마찬가지로 불과 은에 약하고, 물푸레나무나 떡갈나무(전나무는 소용없다) 말뚝을 심장에 박으면 죽일 수 있다. 요정은 마늘 가루와 고춧가루에 약하고, 유령은 소금과 은에, 마법사는 소금과 권총에 약하며, 엘프는 철에 알레르기가 있다. 슈퍼맨이 크립토나이트◆에 약한 것처럼 종족마다 약점이 있기 마련이었다.

뱀파이어, 루가루, 요정, 엘프, 유령, 마법사 들이 서로 가깝게 지내긴 하지만 그 이상의 관계는 아니다. 루가루들은 그들을 존중하고, 그들 역시 루가루들을 귀찮게 하지 않는다. 초자연적 존재들은 모두 최선을 다해 살고 있었다.

그리고 어쨌든 나는 악셀 덕분에 마침내 스스로를 지킬 수 있게 되었다.

◆ 슈퍼맨이 크립톤이란 행성에서 가져온 광석의 일종.

5
뜻밖의 초대

열여덟 살 생일이 지나고 두 달 후 고등학교를 졸업했다. 졸업식 날, 다들 하는 대로 공중으로 모자를 던졌다. 나도 축하받을 자격이 있었지만 함께 기쁨을 나눌 친구가 없었다. 나는 외톨이에다 폐쇄적이라는 평판이 나 있었다. 내 일상은 악셀과 훈련하거나 내 방 또는 서재에 틀어박혀 책을 읽는 것이 거의 전부였다. 사회생활이 제로에 가까웠다. 그래서 검은색 토가 차림의 아름다운 세라피나가 내게 다가왔을 때는 깜짝 놀랐다.

"안녕!" 세라피나가 금빛 눈을 생글거리면서 말했다. "졸업식치고는 시시하다, 그치?"

"으, 응." 나는 바보처럼 어물어물 대답했다.

"연말 무도회가 다음 주 토요일이야. 이제 졸업도 했는데…… 내 파트너가 되어줄래?"

나는 침을 삼켰다. 오, 할아버지의 송곳니여, 이렇게 아름다운 여성 루가루가 인간을 파트너로 원하다니 웬일이지?

"어, 그래. 네가 원한다면." 내가 생각해도 한심한 대답이었다.

세라피나는 눈부시게 예쁜 미소를 지었다.

"좋아. 나 데리러 올 거지?"

파티는 우리 저택에서 열릴 것이고, 세라피나의 집은 기껏해야 20미터쯤 떨어진 곳에 있기 때문에 좀 낯간지럽다는 생각이 들었지만 나는 얼간이처럼 대답했다.

"으, 응, 물론이지!"

세라피나는 활짝 웃었다.

"좋았어."

그러더니 내 볼에 입을 맞추었는데, 내 입꼬리에 거의 닿을 듯했다.

나는 마치 불에 덴 것처럼 화들짝 놀라 뒷걸음칠 뻔했다. 세라피나는 당황하는 나를 보며 피식 미소를 짓더니 빙그르르 돌아서서 금발을 휘날리며 떠났다.

"너 쟤한테 찍혔구나."

나는 소스라치게 놀랐다. 늑대들에게는 소리 내지 않고 움직이는 빌어먹을 습성이 있어 처키가 다가오는 걸 전혀 알아채지 못했다.

"함부로 말하지 마."

"세라피나가 파트너로 너를 선택했잖아, 네드가 아니라."

세라피나와 나를 쭉 지켜보고 있었는지 화가 난 네드의 얼굴이 붉으락푸르락했다.

"에이. 내 귀염둥이 펀칭볼이 다른 손으로 넘어가게 생겼네." 처키가 슬쩍 말하며 웃었는데 누가 '떡대' 아니랄까 봐 웃음소리도 컸다.

나는 하늘을 쳐다보며 어이없다는 제스처를 취했지만 처키의 말이 틀리진 않았다. 검은색 토가 차림의 네드가 뻣뻣한 얼굴로 다가왔다. 함께 자랐기 때문에 나는 녀석을 잘 알았다. 네드는 건방지고 자신만만한 루가루였다.

세라피나는 방금 네드의 자존심을 한 방에 무너뜨린 것이다. 크림색 털의 늑대라서 인간 모습일 때도 크림색 머리털이지만 다른 루가루와 마찬가지로 눈은 금빛이었다.

"나 세라피나와 사귀고 있어." 네드가 온몸을 부르르 떨면서 으르렁거렸다.

나는 긴장을 풀면서 싸우고 싶지 않다는 표시를 했다.

"아, 그랬구나." 나는 가능한 한 감정이 섞이지 않은 부드러운 어조로 말했다. "몰랐어. 잘돼가?"

나의 말투에 네드는 당황했다.

"잘된다고 할 수 없겠지." 네드가 씁쓸하게 대답했다. "내가 아니라 너를 무도회 파트너로 선택했는데."

나는 네드와 싸울 마음이 전혀 없었다. 처키를 상대하는 것이 훨씬 쉬웠다. 우리끼리는 일종의 놀이니까. 정말 공격적인 루가루를 상대로 싸우면 무슨 일이 일어날지 전혀 알 수 없었다. 어린 루가루들의 코를 납작하게 만들겠다는 내 첫 번째 목표가 4년이 지난 지금은 정말 우습게 생각되었다. 나는 조용히 지내고 싶었다. 내 비장의 카드를 벌써부터 꺼내 보이고 싶지 않았다. 카드를 숨겨두는 것은 세미의 전형적인 수법이었다.

그래서 나는 조심스럽게 말했다.

"세라피나에게 거절한다고 말할게. 정말 미안해. 아무래도 세라피나가 질투심을 유발하려고 나를 이용한 것 같아."

루가루들은 상대가 두려워하면 대번에 느낄 수 있다. 네드는 내가 평온하다는 걸 느꼈을 것이다. 나는 네드가 두려워서가 아니라 그를 동정하기 때문에 그렇게 말한 것이었다. 네드가 긴장을 풀었다.

"네가 그걸 어떻게 알아?"

"어렵지 않지. 세라피나는 언제나 나를 시시하고 한심한 인간으로 취급했어. 그랬던 애가 갑자기 나를 파트너로 선택할 이유가 전혀 없잖아."

내가 지금 뭐라는 거야? '셀프 디스'까지 할 필요는 없잖아, 자존심 상하게.

네드는 머뭇거리다 멀찍이 떨어져서 우리 둘을 관찰하는 세라피나를 힐끔 쳐다봤다. 마치 주먹다짐이라도 하길 바라는 듯 세라피나는 눈을 동그랗게 뜨고 우리 쪽을 주시하고 있었다. 네드가 고개를 설레설레 저었다.

"아니, 그럴 필요 없어. 너도 무도회를 즐길 권리가 있으니까. 세라프가 너랑 가고 싶다고 했으면 그런 거겠지. 난 신경 쓰지 마, 알아서 할게."

이번에는 내가 당황했다. 반박할 겨를도 없이 네드는 이미 사라졌다. 나는 한숨을 쉬었다.

"빌어먹을!" 처키가 말했다. "너 때문에 내 돈만 잃었잖아."

나는 어리둥절한 얼굴로 돌아봤다.

"뭐라고?"

"모두 네드가 너를 아작 낼 거라고 생각해서 내기를 했거든. 뭐, 큰돈은 아니지만!"

나는 눈살을 찌푸렸다. 드디어 내가 관심을 받게 된 건가.

"나를 놓고 내기를 해? 전혀 영광스럽지 않은데." 내가 면박을 주었다.

"근데 나는 너한테 걸었거든!"

처키는 생각보다 멍청하지 않았다. 우리의 싸움이 구실에 지나지 않는다는 걸 눈치챘던 것이다. 그런데 왜 모른 체한 걸까? 아무튼 나는 처키의 공격을 몇 번 피할 수 있었으니 다른 애들의 공격도 피하지 못할 이유가 없었다. 처키의 말이 그 사실을 깨닫게 해주었다.

처키는 내가 뭐라고 말하기 전에 멀어져 갔다. 나는 좀 더 신중해야 했다.

그 순간 정신이 번쩍 들었다. 내가 지금 무슨 생각을 하는 거야? 단검이나 별 모양 표창, 바꽃 가루 없이는 승산이 없었다. 또 할아버지의 루가루 무리를 상대로 싸우다니 말도 안 되는 일이었다. 그렇다고 애타심 때문에 하는 말은 아니다. 내가 진다고 확신하기 때문에 그렇다.

일주일이 너무 빠르게 지나갔다. 여러 대학에서 나를 받아들이겠다는 답변이 왔다. 루가루도 누구든 원하면 대학에 갈 수 있었다. 우리 집안은 대체로 과학 분야를 선택했다. 다른 부족은 금융이나 상업 관련 분야를 선호했다. 하지만 루가루라는 정체를 숨겨야 하기 때문에 대학을 다니는 것이 그리 쉬운 일은 아니었다.

게다가 내 경우는 문제가 훨씬 복잡했다. 그래서 가족회의가 열렸다.

우리는 저택에 살고 있다. 혹독한 겨울을 견디기 위해서다. 추위는 가볍게 넘길 일이 아니다. 할아버지는 루가루들을 보호하는 일이라면 돈이 얼마가 들든 개의치 않았고, 할머니는 돈의 힘을 잘 알고 있었다. 할머니가 볼품 없던 이 집을 엘리자베스 시대풍의 균형미를 갖춘 근사한 저택으로 꾸몄다. 무도회장은 500명 이상을 수용할 수 있었고, 실내를 밝혀주는 샹들리에 5개의 무게를 지탱할 수 있도록 천장을 보강했다. 할머니는 18세기 프랑스 화가 프랑수아 부셰의 패널화들을 사서 벽면을 장식했는데 손님들의 감탄을 자아냈다. 목가적인 풍경 속의 양치기들을 묘사한 그림이었다. 나는 코웃음이 나왔다. 그림 속 양치기들은 양을 지키는 데 있어서는 우리 상대가 되지 못할 것 같았다.

할머니가 현대적인 것을 좋아하는 반면, 할아버지는 고전적인 것을 좋아했다. 그래서 현대 작가 자코메티의 두상 옆에 16세기 브뤼헐의 그림이나 프톨레마이오스의 조각상이 나란히 놓여 있었다. 내가 보기에는 조화롭지 않았다.

우리는 가끔씩만 이웃을 만났다. 때로는 손님들이 찾아오기도 했다. 하지만 우리 집안은 외부인의 방문을 꺼렸다. 그래서 질소를 주입한 냉장 컨테이너에 견본 쇠고기를 실어 보내는 것으로 방문을 차단했다. 인터넷 덕분에 이동하거나 외부인을 불러들이지 않고 국외로도 사업을 확장할 수 있었다. 할아버지는 크게 안도했다. 우리 땅으로 들어오는 외부인이 적을수록 더 안전하기 때문이다. 할아버지는 루가루들을 인간에게서 멀리 가둘 수만 있다면 목장을 울타리로 둘러쌌을 것이다. 루가루는 가만히 있질 못하고 이동하는 성향이 있어서 더 넓은 세상에 나가 모험을 즐겼다. 내 아버지가 그런 경우였다. 나는 할아버지가 아들이 죽고 난 뒤 폐쇄적으로 변했으리라 생각한다.

우리는 가족회의를 위해 가장 은밀한 장소인 파란 응접실에 모였다. 황금빛이 두드러진 근사한 벨벳이 벽에 드리워 있었다. 편안하고 푹신한 의자들, 벽난로는 성능이 좋아서 아주 따뜻했다. 나는 나무 타는 냄새를 좋아해서 어릴 적에는 이 방에서 많은 시간을 보내며 공상에 잠겼다. 이 응접실 옆방은 웅장한 서재였다. 수천 권에 이르는 책이 있었는데 특히 동화, 전설, 우리 종족과 지구 상의 여러 종족에 관한 야화들이 있었다. 물론 인간들의 책도 많았다.

루가루는 낮보다 밤을 좋아하기 때문에 이날 아니, 이날 밤, 할아버지와 할머니가 나를 불렀다.

이유는 잘 알고 있었다. 할아버지와 할머니는 대학 진학을 단념시킬 생각이었고, 나는 절대로 그 뜻을 따르지 않겠다고 단단히 마음먹었다.

파란 응접실로 이르는 넓은 복도를 지나가다 나는 거울 앞에 섰다. 그리고 거울에 비친 인간을 뚫어져라 응시했다. 큰 키에 건장한 체격, 머리끝만 까만 헝클어진 금발, 의문이 가득한 파란 눈, 악셀에게 여러 번 얻어맞았지만 반듯한 코. 마지막 결투에서 맞은 광대뼈는 아직 부어 있었다. 나는 거울에서 눈을 떼고 응접실로 들어갔다.

엄마는 물론 없었다. 하지만 할아버지의 동생 부부인 종조부 조와 종조모 제인, 할머니의 남동생 둘과 여동생 둘(진외종조부인 자레드와 제임스, 진외종조모인 사라와 체리)이 있었다. 루가루에게 이렇게 형제자매가 많은 것은 드문 일이라 할머니가 자랑스러워했다. 할머니에게 가장 큰 실망거리는 아들이 하나밖에 없다는 것이었다. 그런데 그 외동아들마저 잃자 상심한 할머니는 엄마를 증오했다. 그렇지만 이상하게도 나는 사랑해주었다. 내가 훌쩍 자라면서 엄마보다 아버지의 유전자가 우세하게 나타나자 나와 가까워진 것이다. 최근의 일이었다. 하지만 대학 문제에서 나는 할머니의 숨겨둔 발톱을 보았다. 할머니는 내가 얼마나 인간들 속에서 살고 싶어 하는지 잘 알고 있었다. 루가루도 내 가족이지만 인간 역시 내 가족이었다.

할머니가 내 뺨에 입을 맞췄다. 할머니는 까치발을 들 필요가 없었다. 할머니와 나는 키가 거의 비슷했다. 아마 무리 중 가장 날씬한 여성 루가루일 것이다. 80킬로그램이나 나갈까. 그 나이에도 불구하고 할머니는 알파 늑대였다. 모든 늑대와 마찬가지로 금빛에 가까운 황갈색 눈, 아버지와 마찬가지로 금발, 세월의 주름이 잡히긴 했지만 할머니는 40대로 보였다. 할머니의 실제 나이는 아흔두 살이다. 할머니는 마흔 살에 내 아버지를 낳았고, 아버지도 늦게 결혼했다.

할아버지가 나를 포옹했다. 나를 안기 위해 몸을 많이 숙이지 않아도 된다는 걸 알았을 때 할아버지도 놀라고 나도 놀랐다.

"키가 정말 많이 컸구나." 할아버지는 마치 나를 처음 보는 것처럼 놀라며 금빛에 가까운 황갈색 눈을 찡그렸다. "근육 강화 운동을 한 거니? 어릴 때 너무 많이 하면 좋지 않은 건 알지? 성장에 방해가 될 수 있어."

"성장 얘기를 하기엔 너무 늦었어요, 할아버지." 내가 웃으면서 말했다. "키가 너무 크진 않았으면 좋겠는데."

내 말에 충격을 받은 듯 한동안 침묵이 흘렀다. 루가루들은 키가 클수록, 몸집이 클수록 좋아했다.

할머니가 웃음을 터뜨리며 두 분이 앉은 소파 앞 의자에 나를 앉혔다.

"그래, 네 말이 맞다, 인디아나. 너한테는 키가 큰 게 별로 도움이 안 되겠구나." 할머니가 과일 주스 한 잔을 내 손에 쥐여주며 말했다. "너를 왜 불렀는지 아니?"

"네, 알아요. 내가 대학에 가는 걸 원치 않으시잖아요."

할머니는 멍하니 입을 벌리더니 할아버지가 언짢은 기색을 보이자 남편을 쏘아봤다.

"여보, 솔직한 걸 나무라면 안 돼요." 할머니가 핀잔을 주었다. "이 아이에게 거짓말하지 말라고 가르친 건 우리예요."

할머니가 남편의 손을 다정하게 토닥였다. 나는 애정이 가득한 두 분의 모습을 보고 목이 멨다.

4년 동안이나 두 분을 속인 나는 얼굴이 붉어졌다. 그때였다. 검은색 머리털(많지는 않지만 털이 시커먼 루가루도 있다)에 금빛 눈의 종조모 제인이 나섰다. 누가 고약한 분 아니랄까 봐 매몰차게 내뱉었다.

"이 아이를 밖으로 내보내는 건 있을 수 없는 일이에요. 그게 규율인데. 시간을 거슬러 가는 잠재력이 있는 아이를 외지로 보낼 수는 없죠. 다들 머리가 어떻게 된 거 아니에요?"

이 말은 격한 언쟁의 발단이 되었다. 덕분에 나는 누가 내 편인지 대번에 알 수 있었다. 할머니, 늘 아내가 원하는 반대로 하는 종조부 조, 밖에서 공부를 했고 완벽하게 나를 이해해주는 진외종조부 자레드, 내 아버지를 아들로 생각할 만큼 몹시 사랑했던 진외종조모 사라가 내 편이었다. 할아버지와 종조모 제인, 진외종조부 제임스, 진외종조모 체리는 내 편이 아니었다. 나를 포함해 5대 4, 일단은 유리하게 시작되었다. 만장일치를 이끌어내는 것은 내 몫이었다.

나에게 고약하게 구는 사촌들이 참석하지 않아 천만다행이었다. 그랬다면 절대적으로 불리했을 테고 나는 결코 떠나지 못했을 것이다.

나는 아직까지 시간 속으로 사라진 적이 없다. 시간을 거슬러 가는 능력이 아직까지 나타나지 않았기 때문이다. 따라서 현재로서는 내가 우리 집안에 도움이 되리란 기대를 할 수 없었다.

전혀. 무, 제로.

뱀파이어, 요정, 다른 루가루 무리, 모든 종족이 시간을 거슬러 가는 능력이 있는 존재를 얻고 싶어 했다. 왜 그럴까?

아크로노트는 특급 스파이이기 때문이다. 아크로노트는 어떤 장소든 구애받지 않고, 어떤 장벽도 없다. 아크로노트는 보이지도 않고, 냄새도 나지 않는다. 아무도 감지해낼 수 없다. 머지않아 그 귀한 능력이 나타날 텐데 그러면 나는 아마 제일 먼저 스칼렛 요한슨이나 지젤 번천, 메간 폭스 같은 섹시한 여성들이 샤워하는 모습을 훔쳐볼 것이다. 모두들 아크로노트를 잡아가려고 작전을 짜고 있다. 그래서 엄마 같은 아크로노트들은 늘 감시하면서 그들에게서 희망의 싹을 꺾어버려야 한다. 한마디 말로.

'소용없다. 우리는 다 알고 있으니까.'

엄마도 자신에게 그런 능력이 있음을 몰랐었다. 시간을 거슬러 가는 능력이 나타나려면 육체적 고통과 정신적 충격이 필요했다.

엄마는 나를 낳고 그 산고로 인해 시간 속으로 사라졌다.

6
자유를 호소하다

그 결과 할아버지와 할머니는 아크로노트에 관한 연구를 시작했고, 시간을 거슬러 가는 능력이 나타나려면 충격적인 일이 필요하다는 사실을 알아냈다. 출산보다 더 육체적, 정신적 충격을 주는 일이 있을까?

내 탯줄을 자른 것은 우리 병원 의사였다. 내가 우리 병원이라고 한 것은 저택에서 200미터 떨어진 곳에 위치한 병원에서 여러 명의 전문의가 최첨단 시설을 갖추고 루가루를 전담으로 치료하기 때문이다. 제아무리 강한 루가루일지라도 자주 다친다. 골절된 뼈가 너무 빨리 유착되어 비뚤게 붙어버린 경우에는 다시 부러뜨려 똑바로 붙여야 하기 때문에 병원은 꼭 필요했다.

아무튼 의사가 내 탯줄을 잘랐을 때 엄마는 미소를 지으며 산모복만 남긴 채 펑, 하고 사라졌다. 분만실은 공포에 휩싸였다. 아버지는 너무 놀라 나를 떨어뜨릴 뻔했다. 간호사가 자지러지게 우는 아기를 받아 들었고, 아버지는 믿기지 않는다는 얼굴로 침대를 손으로 더듬었다. 잠시 후 갑자기 엄마가 다시 나타났다.

"이게 대체 무슨 일이야?" 모두가 합창하듯 외쳤다.

엄마는 아무것도 몰랐다. 아버지도 몰랐다. 하지만 루가루가 태어날 때는 늘 그렇듯 그 장면도 비디오로 녹화되었다. 5대 조상(어쩌면 그 윗대일지도 모르는) 헨리는 녹화 영상을 보다가 심장마비를 일으킬 뻔했다. 헨리는 늙었지만 정신은 온전했다. 천 살이나 먹은 조상 헨리는 아크로노트를 딱 한 번 길에서 마주쳤을 뿐인데도 단번에 엄마가 아크로노트임을 알아봤다.

몇 주 동안 아버지는 메시아처럼 환대를 받았다. 그도 그럴 것이 시간을 거슬러 가는 존재를 집에 들여놨으니!

나는 아버지가 그걸 싫어했다고 생각한다. 아버지는 매혹적인 젊은 여자와 사랑에 빠졌다. 그런데 걸핏하면 사라졌다가는 뭘 봤는지 완전히 홀린 상태로 돌아오는 UFO 같은 여자와 사는 일이 쉽지는 않았을 것이다. 하지만 엄마도 온 세상이 눈에 보이는데 그 유혹을 뿌리칠 수 없었겠지.

식구들은 엄마에게, 아기에게 젖 먹일 시간을 주었다. 나는 허약했다. 아버지와 할아버지, 할머니는 내가 늑대가 아니란 사실에 적잖이 실망했다. 엄마는 시간 여행과 나를 돌보는 일로 바빠져 남편을 약간 등한시했다.

그러다 할아버지, 할머니가 엄마를 이용하기 시작했고, 상황은 아주 나빠졌다.

정신병원에 감금된 다른 환자들은 엄마에 대해 전혀 몰랐다. 철저하게 대비해놨기 때문이다. 비밀은 잘 지켜졌다. 우리 루가루 무리에게 충성스러운 의사와 간호사 들 역시 입도 뻥긋하지 않았다. 그들은 엄마를 돌보고 지키는 팀의 일원이었다.

우리 집안이 부유해진 것은 엄마 덕분이었다. 할아버지와 할머니는 엄마를 좋아하지 않았다. 과거를 여행하고 돌아온 엄마가 이내 벽장이나 어딘가에 숨겨진 유골을 찾아냈기 때문이다.

아버지는 이를 악물고 참았다. 이따금 엄마는 못 볼 것이라도 봤는지 얼빠진 얼굴로 돌아왔다. 정신병원에 감금된 특별 환자들은 정상인과 비교해 제정신이 아니라고 여겨지는 별난 존재들이었다.

평의회가 열렸다. 인간 아기가 태어난 것이 처음은 아니었다.

반면에 인간 아기를 살려둔 것은 처음이었다.

잔혹하게 보일 수 있지만 인간 아기는 죽이기 때문이다.

하지만 소수인 데다 언제 발각될지 모르는 루가루 종족은 혈통이 약화되는 위험을 무릅쓸 수 없었다. 그래서 그 문제를 논의하기 위해 모였다.

단 이번에는 문제가 그리 간단하지 않았다. 내 엄마는 아크로노트이고, 아버지는 최고 수장의 아들이었다.

인간인 나를 죽이지 않은 것은 루가루 무리의 지도자들이 관대해서가 아니었다. 그들은 아크로노트가 하나가 아니라 둘이라면 얼마나 큰 이득일지 잘 알았다. 나에게 늑대의 특징은 전혀 없지만 자라면서 시간을 거슬러 가는 능력이 나타날 가능성이 있음을 계산한 것이다.

지금까지도 나는 그들의 희망을 저버리고 있지만.

어쨌든 할아버지와 할머니는 엄마를 좋아하지 않았지만 그래도 첫 손자를 죽이는 일은 주저했다. 진정한 루가루 손자가 있었다면 아마 위장 사고사라도 당했겠지만 나는 첫 손자였다. 그래서 두 분이 나를 살려준 것이다. 단지 그뿐이다.

친가와 외가의 종조부, 종조모 들, 나머지 친척들은 내 조부모가 월권을 행사한다고 판단했다. 그래서 그들은 투표하기로 했다. 인간은 절대 살려두면 안 된다, 된다. 이런 딜레마는 쉽게 해결될 문제가 아니었다. 혈통이 약해지는 위험을 감수할 수는 없었다. 할아버지와 할머니는 마음에 들지 않았지만 다수의 의견을 따라야 했다. 무리의 수장이 법을 만들지만 그렇다고 수장에게 모든 권한이 있는 건 아니었다. 루가루 무리가 결정할 때도 있었다.

법은 모든 무리에게 적용되지만 사안마다 각 무리의 알파 늑대가 해결하는 것이 보통이었다. 규율을 위반한 루가루를 어떻게 할지 결정하는 것은 수장인 알파 늑대의 몫이었다. 도망치는 루가루(무슨 일이 있어도 도망치지 말아야 한다)에게 가차 없이 내려지는 사형을 제외하면 사형을 면할 길이 있었다. 그래서 악셀이 과거를 털어놨을 때 깜짝 놀랐었다. 루가루 젬마는 죽을 이유가 없었다.

물론 루가루와 사랑에 빠진 인간에 대한 사형에는 이론의 여지가 없었다. 악셀 같은 일이 드물지는 않았다. 하지만 악셀은 유일하게 위기를 모면한 '젊은' 세미였다. 다른 세미들은 훨씬 나이가 많았다. 순수 혈통의 루가루가 멋대로 인간을 물어뜯던 시대에 태어난 세미들이기 때문이다.

평의회가 열린 지 몇 주 후, 아버지는 문득 모든 것이 나 때문이라는 사실을 깨달았다. 다 내가 태어났기 때문에 일어난 일이었다. 나라는 존재는 아내를 빼앗아갔을 뿐만 아니라 늑대도 아니었다.

아버지는 나를 미워하기 시작했다. 유감스럽게도 그 당시 우리 무리에는 심리학자가 없었다. 아기를 미워하는 것은 미친 짓이었기 때문이다. 그때부터 우리는 실비라는 아름다운 여성 루가루를 심리학자로 양성했는데 목소리가 부드럽고 성격이 쾌활했다. 나는 실비와 친하게 지내면서 그녀의 도움으로 열등감을 극복할 수 있었다.

나는 시간을 거슬러 갈 수 없기 때문에 정확하게 무슨 일이 일어났는지 몰랐다. 할아버지와 할머니는 침묵했다. 내니만이 몇 년에 한마디씩 정보를 흘렸다. 엄마가 시간 여행에서 돌아왔을 때 아버지는 만취한 상태였다. 루가루가 술에 취하는 것은 작정하지 않고는 불가능한 일이다. 신진대사가 매우 빨라 알코올 효과가 오래가지 못하기 때문이다. 부부 사이에 무슨 일이 있었는지는 아무도 몰랐다. 울부짖는 소리가 났지만 아무도 누가 내지르는 소리인지 알지 못했다. 루가루들이 사냥을 떠나 저택은 거의 비어 있었고, 남은 이들은 깊은 잠에 빠져 있었다. 놀라 소스라치며 잠에서 깬 할머니와 내니는 본능적으로 늑대로 변신했다.

할머니와 내니가 침입자에게 달려들 기세로 내 부모님 방으로 뛰어들었을 때, 나는 요람에서 자지러지게 울고 있었고, 엄마는 요람을 흔들어주며 아버지 옆에 서 있었다. 사방이 핏자국이었다.

그리고 아버지의 가슴에는 은으로 만든 칼이 꽂혀 있었다.

엄마한테서는 아무 말도 들을 수 없었다. 정신이 분열된 것이다. 시간 속으로 사라지는 일이 점점 잦아졌고, 많은 정보를 가지고 돌아왔지만 일관성이 없고 확실치 않았다.

아크로노트들은 사라질 때 옷을 남기고 몸만 사라졌다가 항상 자신이 떠났던 그 자리에 다시 나타난다. 따라서 쉽게 감금할 수 있다. 어떤 점에서 정신만 여행하는 것이기 때문에 원하는 곳은 어디든 갈 수 있다. 속도 자체는 아무 의미가 없고, 다만 생각의 속도에 제한을 받을 뿐이다. 백악관 대통령 침실에 가보고 싶다? 피라미드를 구경하고 싶다? 멋진 몸매를 만들고 있는 영화배우의 헬스장에 가보고 싶다? 엄마는 어디든 마음대로 갈 수 있었다. 생각만 하면 갈 수 있었다. 아크로노트에게는 어떤 비밀도, 어떤 금고나 비밀번호 같은 것도 감출 수 없다.

하지만 너무 오래 떠나 있을 수는 없었다. 몇 시간 후에는 정신이 배고픔과 갈증을 느끼기 때문이었다. 생리적 욕구에 대해서는 굳이 말하지 않겠다.

우리의 루가루들은 왜 엄마를 죽이지 않았을까? 루가루는 잔혹하진 않지만 비정하다. 정당한 이유 없이 무리 중 하나를 죽이면 즉시 투옥되고 때로는 사형선고를 받는다. 엄마는 루가루가 아니었다. 가족회의에서 할아버지는 며느리를 보호하기 위해 싸웠다.

엄격하게 말하면 당신의 아들을 죽인 내 엄마를 위해 싸우지는 않았다. 사실은 송곳니로 목을 물어뜯고 싶었을 것이다. 할아버지는 자신이 이끄는 루가루 무리를 지켜줄 수 있는 아크로노트를 위해 싸웠다.

그때의 흉터는 남아 있지 않지만(모든 늑대와 마찬가지로 불로 지져야만 흉터가 남는다) 한파가 닥치는 날이면 할아버지는 다리를 절었다. 할아버지의 시선이 내게 머물 때 나는 할아버지가 무슨 생각을 하는지 알 수 있다.

엄마는 몇 달간 집행유예를 받았다.

가족회의에서 할아버지의 손을 들어준 것이다. 정신이 분열된 상태에서 엄마가 자제력을 갖기란 불가능하다는 이유였다.

어느 날 엄마는 과거가 아니라 미래를 여행하고 돌아왔다.

영화 〈백 투 더 퓨처〉에 나오는 드로리언을 타고 다니는 것도, 그렇다고 마귀할멈도 아니었다. 엄마는 돌아와서 다음 주의 주요 주식 시세를 정확하게 읊어댔다.

그날부터 엄마를 죽이자는 말은 누구 입에서도 나오지 않았다. 네 시간씩 교대로 24시간 엄마를 지키면서 엄마가 하는 말을 모조리 기록했다. 늑대들이 과학기술을 신뢰하지 않아서가 아니라 아크로노트들이 무형화될 때 기계가 고장 나는 경향이 있어 귀중한 정보를 잃어버릴 수도 있기 때문이었다. 우리 집안은 더욱 강력해지고 엄청난 부자가 되었다. 굳이 소를 사육하지 않아도 될 정도였다.

할아버지와 할머니가 다투던 소리가 지금도 생생하게 기억난다. 나는 떠날 때가 되었다고 생각했다. 다른 루가루는 모두 필요한 존재지만 나는 정말이지 우리 무리에 아무런 도움이 되지 않았다.

그때였다. 마치 내가 마음속으로 하는 말을 들은 것처럼 할아버지가 나를 돌아보더니 물었다.

"무슨 공부를 하고 싶으냐?"

"경영학이요, 할아버지. 특히 M&A."

할아버지의 눈이 휘둥그레졌다. 목장을 경영하는 건 할아버지이지만 돈을 관리하고 투자하는 것은 할머니였다.

"기업 인수와 합병을 뜻하는 거예요, 여보." 할머니가 설명했다.

나는 고개를 끄덕이면서 열심히 설명했다.

"아주 매력 있어요. 할아버지, 골드만삭스니 로스차일드 같은 이름 들어보셨죠? 인수 합병 업계를 주도하는 대형 투자은행들인데 의뢰해온 고객들에게 수십, 수백 억 달러 규모의 합병을 성사시켜주죠. 대단하잖아요."

그건 사실이었다. 내가 수학을 좋아한다는 걸 알게 된 뒤로 경영에 관련된 것은 뭐든 끌렸다.

할아버지가 짙은 눈썹을 찡그렸다. 할머니와 마찬가지로 할아버지도 거의 백 살에 가깝다는 것이 믿어지지 않을 만큼 얼굴이 젊었다.

"하지만 누군가 네가 잠재적 아크로노트라는 사실을 알면 위험하다는 건 알지?"

나는 고개를 끄덕였다.

"네, 그렇겠죠. 모두 시간을 거슬러 가는 존재를 원하니까요. 다른 종족이 나라는 존재를 알면 서로 데려가려고 난리가 나겠죠. 알아요, 할아버지. 하지만 늑대의 특징도 전혀 나타나지 않았는데 시간을 거슬러 가는 능력이라고 나타나겠어요? 나는 모르겠어요. 그동안 충격적인 사건들이 많았지만 한 번도 시간 속으로 사라지지 않았어요. 힘들 때도 있었고 두려움에 떨기도 했고 다치기도 했지만 그런 일은 일어나지 않았어요. 할아버지, 여기서 나는 아무짝에도 쓸모없으니까 제발 밖에 나가 공부해서 쓸모 있는 사람이 되게 도와주세요."

할아버지의 눈이 또다시 커졌다. 할아버지는 기분이 상한 모양이었다.

"여보, 인디아나는 이제 다 컸어요." 할머니가 남편을 진정시켰다. "우리가 평생 이 아이를 새장에 가두고 지켜줄 수는 없어요. 비록 송곳니나 갈퀴 발톱은 없지만 우리 살과 피를 받은 아이라는 사실을 잊지 말아야지요. 손자를 믿어주고 밖에 나가 공부하겠다는 아이를 자랑스러워하자고요, 여보."

할머니는 나를 쳐다보며 미소 지었다. 나는 울컥해 목이 멨다.

"우리 모두 인디아나를 대견해하고 있잖아요."

친척들이 잠시 떠들썩하게 으르렁거렸지만 형식적인 것이었다. 하나둘 할머니의 의견을 받아들였다. 루가루는 귀가 밝기 때문에 나는 내 감정을 들킬까 봐 쿵쾅거리는 심장박동을 늦추려고 노력했다. 마침내 투표가 끝났다.

만장일치로 나는 자유의 몸이 되었다. 너무 오랫동안 숨죽이고 있던 나는 기쁜 나머지 친척들을 끌어안았다. 너무 뜻밖인지 모두 흠칫 놀라는 눈치였다. 나는 흥분했고, 악셀의 훈련 덕분에 동작에는 에너지가 넘쳤다. 친척들은 포옹을 받아주면서 나를 평가하고 있었다. 나를 달리 보는 것이 분명했다. 내가 스스로 나를 지킬 수 있다고 느껴지자 심지어는 종조모 제인까지 나를 꼭 안아주었다. 나는 자리에 가서 앉다가 아직 끝난 것이 아님을 알았다. 할아버지가 아주 진지한 얼굴로 나를 뚫어져라 쳐다봤다.

"몬태나 대학은 서부의 하버드라고 평가받는다." 할아버지가 몬태나 대학 이외의 다른 대학은 선택할 수 없다고 못을 박는 것이었다. "좋은 대학이고 여기서 그리 멀지도 않아. 돈은 우리가 보내주마. 학비를 벌겠다고 쓸데없이 아르바이트 같은 건 하지 말라는 뜻이야, 알았니? 그리고 가급적 인간들은 사귀지 않길 바란다. 외딴곳에 집을 마련해줄게. 그리고 방학은 꼭 집에 와서 보내야 한다."

나는 항변하려고 입을 열었지만 할아버지는 손을 들어 내 입을 다물게 했다.

"아니, 이건 협상할 수 있는 게 아니다."

오케이, 나는 언제 싸우고 언제 져주어야 하는지 알고 있었다. 나는 고개를 숙였다. 아무튼 이것만으로도 기대 이상의 성과 아닌가.

"차를 한 대 내어주마."

함박 미소를 세 번은 지었던 것 같다. 내가 너무 티를 냈는지 할아버지가 다시 손을 들었다.

"포르쉐나 페라리 같은 차는 기대하지 마. 너는 아직 그런 차를 타고 다닐 자격이 없으니까. 초보에게는 튼튼한 사륜구동차가 적당해."

나는 슬픈 표정을 지었지만 속으로는 쾌재를 불렀다. 똥차를 준다고 해도 감지덕지할 판이었다.

할머니가 짓궂은 미소를 보냈다.

"사실 할아버지는 너를 탱크나 요새에 가둘 수만 있다면 그렇게 해야 안심하실 거다."

나는 할머니에게 미소를 지어 보였다. 내 느낌도 그랬다.

태어나서 처음으로 나는 믿을 수 없을 만큼 자유로워진 느낌이었다. 나의 모든 문제를 뒤로하고 나와 같은 인간들 속에서 익명으로 살 수 있게 되는 것이었다.

아무튼 선구자는 자기 고향에서는 인정받지 못한다고 하지 않는가.

7
고약한 키스

내가 떠난다는 소식은 순식간에 퍼졌다. 루가루는 매우 수다스럽고 험담과 소문을 좋아했다. 깜짝 놀랄 소식이었는지 옛 동무들이 마치 우연인 것처럼 하나둘 내 눈앞에 얼쩡거렸다. 시작은 처키였다. 뚱보가 불쑥 나타났을 때 (구석진 장소에서는 심장마비를 일으키지 말아야 한다) 나는 놀라지 않았다. 이미 익숙했다. 갈색 머리 뚱보 처키의 붉은빛 얼굴은 땀으로 번들번들했다. 다른 아이들보다 훨씬 반짝이는 금빛 눈만은 정말 아름다웠다. 처키가 나를 빤히 쳐다보면서 툴툴거렸다.

"너는 내 펀칭볼이야. 근데 떠난다는 소문은 대체 뭐야?"

"다른 애로 찾아봐, 뚱보." 내가 응수했다. "나 몬태나 대학에 다니게 됐어."

처키는 마치 울음을 터뜨릴 것 같은 얼굴로 물었다.

"사실이었어? 정말 떠난다고? 나는 애들이 또 나를 놀리는 줄 알았는데."

"처키, 여기서는 내가 할 일이 아무것도 없다는 걸 다들 잘 알잖아. 아무리 노력해도 난 너희처럼 될 수 없어. 여기서 허송세월을 보내는 것보다는 인간들 속에서 공부하는 것이 우리 공동체에 훨씬 유익할 거야."

처키는 잠자코 내가 방금 한 말을 곰곰이 생각하는 눈치였다.

"아."

"이제 알겠어?"

"그래, 너한테는 늘 쉽지 않았지." 처키가 마침내 무겁게 대답했다.

뭐지, 이 반응은? 이 녀석이 지금 머리에 쥐가 나도록 뇌를 굴린 건가…….

"아니, 늘 그렇지는 않았지." 나는 시큰둥하게 대꾸했다.

처키는 어깨를 으쓱하더니 놀라운 말을 했다.

"네가 보고 싶을 거야."

처키는 숨이 막힐 정도로 나를 와락 끌어안고 나서 뛰어갔다.

파리라도 한 마리 있었다면 내 입으로 들어왔을 것이다. 입을 다무는 데 시간이 좀 걸렸으니까. 처키는 이틀 사이 두 번이나 나를 놀라게 했다.

다음 차례는 네드였다. 세라피나를 좋아하는 네드. 나는 말을 돌보는 중이었다. 말들은 늑대 냄새에 익숙하긴 했지만 내가 돌볼 때도 안심하는 것 같았다. 네드는 내내 기다리고 있었는지 내가 건초 한 다발을 드는 순간 등 뒤에서 말했다.

"안녕! 도와줄까?"

심장박동이 빨라지긴 했지만 나는 놀란 내색 않고 태연하게 대답했다.

"거절하지는 않을게."

네드는 흠칫 놀라는 것 같았다. 루가루 힘이 더 센 거야 이미 오래전에 안 사실이니 도움을 받는다고 체면을 구기는 것은 아니었다(고마워요, 심리학자 실비!).

내가 건초 다발 하나를 들고도 낑낑대는 반면 네드는 두 다발을 가볍게 들었다. 우리는 마구간 칸마다 건초를 한 다발씩 넣어주었다.

나는 말의 냄새, 야생적인 아름다움, 반들거리는 털을 좋아했다. 늑대 역시 아름답고 머리털도 아주 근사하지만.

우리 둘은 나란히 서서 한동안 묵묵히 일했다. 거의 평온했다.

"세라피나와는 잘돼가?" 네드가 마침내 물었다.

나는 한숨을 내쉬었다. 침묵하고 싶었다.

"네드, 나 세라피나와 아무 사이도 아냐. 물론 예쁜 아이지. 내가 루가루였다면 세라피나가 나를 껴안았을지도 모르겠어. 하지만 너도 알다시피 나는 인간이야. 공주님이 두꺼비에게 키스하는 건 동화 속에나 나오는 얘기라고."

네드가 비아냥거렸다.

"얼마 전까지는 그랬겠지. 하지만 너 왕자 맞잖아."

나는 일손을 멈추고 어리둥절한 얼굴로 네드를 쳐다봤다.

"뭐라고?"

네드는 돌아서서 열린 문을 통해 광활하게 펼쳐진 목장을 바라봤다.

"여긴 왕국이야, 인디아나. 네 할아버지와 할머니가 군주니까 넌 왕자 맞다고. 아, 물론 완벽한 왕자는 아니지. 넌 우리 종족이 아니니까. 그래도 왕자는 왕자야. 그러니까 세라피나를 조심해."

그렇게 말한 네드는 내가 말할 틈도 주지 않고 가버렸다.

이번에는 파리가 내 혀에 둥지를 틀 수 있을 정도였다. 나는 한동안 입을 멍하니 벌리고 있었다. 대체 왜 이제 와서 하나같이 나를 놀라게 하는지 짜증스러웠다.

나는 찜찜한 기분으로 일을 마치고 샤워를 하러 집으로 돌아갔다. 저녁에 무도회가 열리기 때문이다. 말 냄새를 풀풀 풍기며 무도회에 갈 수는 없다. 루가루는 후각이 예민하니까.

집으로 가는 도중 여러 아이들과 마주쳤고, 내가 떠난다고 확인해줄 때마다 다들 놀라는 표정이었다. 그들이 나를 일원으로 생각하리라고는 상상도 하지 못했기 때문에 그렇게 놀라는 반응이 내심 즐거웠다. 나는 루가루는 아니지만 그들 중 하나였던 것이다. 이제는 내가 그렇게 생각하지 않는데.

대학에 가도 좋다는 허락을 받은 뒤 처음으로 가슴이 찡했다. 이제 정말 집을 떠나는 것이 실감 나기 시작했다.

이날 저녁에는 여러 가지 시련이 있었다. 그 첫 번째가 턱시도였다.

루가루는 모든 인간과 마찬가지로 옷을 입는다. 하지만 변신하는 순간 옷이 찢어지는 특성상 아무 옷이나 입으면 숨이 막힐 우려가 있다. 압력을 견딜 수 있는 진 같은 천이 그랬다. 그래서 여름에는 모두 얇은 옷을 입었다. 겨울에는 옷을 입고 벗는 데 낭비되는 시간이 많았다. 밤에 잘 때 아무것도 입지 않는 것은 화재나 공격을 받았을 때 빨리 반응할 수 있기 때문이었다.

나도 같은 습관이 있었다. 내 옷은 대체로 낡았고, 움직이는 데 편하도록 헐렁한 편이었다. 방으로 들어간 나는 침대 위에 놓인 근사한 연미복을 보고 멍하니 서 있었다.

윤기가 흐르는 검은색 연미복은 무슨 갑옷처럼 보였다.

"이건 또 뭐야⋯⋯." 나는 혼잣말을 중얼거렸다.

"연미복이야." 등 뒤에서 흡족한 목소리가 말했다. "입으면 아주 근사할 거야, 내 아기."

내니였다. 유모가 있어서 다행이었다. 아니면 절대로 입고 나갈 생각을 하지 못했을 것이다. 나는 샤워를 했고, 내니의 강요에 못 이겨 머리를 감았다. 이윽고 유모가 옷 입는 걸 도와줬는데 이때부터 지옥이 시작되었다.

10분쯤 지나자 벨트 때문에 허리가 조이고, 빳빳한 깃 때문에 목이 졸리고, 구두 때문에 발이 으스러지는 것 같고, 나비넥타이가 울대뼈에 걸려 갑갑했다.

내가 넥타이를 약간 느슨하게 풀려고 하자 내니가 손을 찰싹 때렸다.

"멋지니까 가만히 있어. 그리고 이거나 받아."

내니가 내민 조그만 플라스틱에 난초꽃 팔찌가 들어 있었다.

"이걸 뭐 어쩌라고?" 내가 질겁한 얼굴로 물었다.

"너를 위한 게 아냐, 키다리 베타." 내니가 빙긋이 웃었다. "네 파트너를 위한 거지. 그 거만하기 짝이 없는 세라피나와 무도회에 간다면서?"

내니의 말에 가시가 있었다. 이유는 모르지만 내니는 세라피나를 아주 싫어했다.

"그렇게 됐어."

"오늘 저녁 세라피나는 저 혼자 튀려고 틀림없이 잔뜩 꾸미고 나타날 거야."

와우, 이게 칭찬이야, 욕이야. 아무튼 내니의 말은 독설처럼 들렸다.

나는 시계를 차고 있지 않았지만 저택의 괘종시계가 8시를 알렸다. 거추장스러운 연미복 차림으로 세라피나의 집으로 간 나는 이날만 벌써 세 번째 멍하니 입을 벌렸다.

세라피나는 정말 아름다웠다. 나는 난초꽃 팔찌를 내밀면서 변변한 말 한마디 못 했다.

세라피나는 팔찌를 받아 들고 빙그르르 돌면서 활짝 웃었다.

"어때, 마음에 들어?"

나는 세라피나의 늘씬한 몸매에 눈이 휘둥그레졌다. 몸에 딱 맞춘 듯 금실로 짠 롱 드레스, 금빛 하이힐 샌들, 검은색 아이라인으로 돋보이게 한 금빛 황갈색 눈, 이미테이션 보석을 박은 헤어네트로 감싸 몇 가닥만 구불구불흘러내리게 한 금발. 마치 황금 조각상을 보는 것 같았다.

"너…… 정말 눈부시게 아름답다." 나는 간신히 입을 뗐다.

"고마워." 세라피나는 교태를 부리듯 말하고는 의례적으로 덧붙였다.

"너도."

세라피나가 내 팔을 잡았다. 저택까지 가는 길이 아주 짧게 느껴졌다. 이상하게도 귀가 뜨거워지는 느낌이었다.

하이힐 덕분에 세라피나의 키는 나와 비슷했다. 내 모습이 루가루만큼 인상적이지는 않지만 마주치는 이들의 놀라는 표정으로 보아 우리가 아름다운 커플로 보이는가 보다고 생각했다.

나는 루가루처럼 귀가 밝지 않은데도 믿기지 않는다고 쑥덕거리는 소리를 들을 수 있었다.

"근데 쟤, 네드랑 사귀는 거 아니었어?"

"세라피나가 예쁘게 컸네. 그런데 왜 인디아나의 팔을 잡고 오지?"

"쟤네 둘 괜찮을까? 네드가 보면 인디아나를 죽이려 들 텐데."

요컨대 우리는 단연 눈에 띄었다. 이것이 바로 세라피나의 목적이었다. 세라피나는 이런 반응일 줄 알았다는 듯 아주 오만한 얼굴이었다.

커다란 무도회장 입구에 도착한 세라피나의 눈이 휘둥그레졌다. 다섯 샹들리에의 화사한 불빛 아래 성대한 뷔페가 차려져 있고, 시중드는 이들이 맥주와 위스키, 물, 과일 주스, 샴페인을 들고 다녔다.

나와 세라피나는 손님들을 맞이하는 내 할아버지와 할머니에게 정중하게 인사했다. 멋쟁이 할아버지는 세라피나의 뺨에 입맞춤했지만, 우리 커플을 살피는 할머니의 입술은 일그러졌다. 우리는 마침내 현악 4중주 선율이 흐르는 무도회장으로 들어갔다.

"와, 이거 다 물려받는 거잖아, 네가!" 세라피나가 경탄했다.

나는 무슨 말인지 모르는 척하면서 시니컬하게 받았다.

"뭘 물려받아? 할아버지, 할머니보다 내가 먼저 죽을 텐데!"

세라피나는 묘한 눈길로 나를 쳐다보면서 속삭였다.

"사고가 일어날 수도 있잖아."

내가 반박하려는 순간 세라피나는 깔깔대고 웃더니 친구들을 찾으러 간다면서 툭 내뱉었다.

"첫 번째 춤은 내가 예약했다."

내가 남자답지 못하다는 건 알지만, 세라피나는 두려움을 주는 동시에 내 마음을 사로잡았다. 나는 맥주 한 잔을 들고 망설이다 도로 내려놨다. 지뢰밭에 들어와 있는데 술에 취해선 안 될 일이었다. 더군다나 나는 알코올의 영향을 전혀 받지 않는 루가루와는 달랐다.

나는 마지못해 물 한 잔을 집었다. 시중드는 이가 의아한 시선으로 쳐다보다 어깨를 으쓱했다.

나는 물을 홀짝거리며 돌아다녔다. 우리 무리는 목장 일로 매우 바빠서 모두 한자리에 모이는 일은 드물었다. 이렇게들 연미복과 롱 드레스를 차려입고 있으니 눈이 부셨다. 그래서 뭔가 잘못되고 있다는 걸 알아차리는 데 시간이 좀 걸렸다. 대부분 먹고 떠들어대며 웃고 있었지만, 눈살을 찌푸리거나 분노의 눈빛을 한 이들도 보였다.

나는 지레짐작으로 나 때문이라고 생각하고 가슴을 졸였다. 하지만 엿들은 대화에 나에 대한 언급은 없었다. 한순간 안도하면서도 계속 귀를 기울이고 있자니 '위험'이라는 말이 들렸다.

차츰 일의 윤곽이 드러났다. 우리 루가루 무리는 최고 수장이 가진 우선권 문제로 다른 부족 무리와 갈등이 있었다. 할아버지는 미국 곳곳에 흩어져 사는 루가루 무리 전체를 지배하고 있었다. 늑대들의 대통령이나 다름없었다.

옛날에는 수장으로 선출되기 위해 루가루끼리 힘겨루기를 했다. 힘이 센 루가루가 이겼고 패배한 루가루는 사형에 처해졌다. 세월이 흐르면서 루가루도 개화했고 이제는 인간과 마찬가지로 투표를 통해 최고 수장을 선출한다. 민주주의 만세!

하지만 이 제도에 불만을 품은 경쟁 관계의 무리가 이날 오후 할아버지에게 결투 신청을 했던 것이다.

죽을 때까지 싸우는 혈투.

나는 침을 삼켰다. 혈투에 비하면 내 문제라는 것은 얼마나 사소한가. 나는 손님들을 맞이하는 할아버지에게 달려갔다. 할아버지는 아주 행복해 보였다.

할아버지는 우리의 지배를 받는 이웃 수장과 인사를 나누고 있었다. 나는 할아버지 뒤에 서 있다가 늑대들이 내 말을 들을까 봐 속삭였다.

"할아버지, 단둘이 얘기 좀 할 수 있을까요?"

끊이지 않고 도착하던 손님들이 마침내 뜸해졌다. 할아버지가 놀란 얼굴로 돌아봤다.

"어여쁜 소녀와 재미있게 놀지 않고 이 늙은 할아버지를 찾다니 놀랍구나."

나는 피식 웃었다.

"중요하게 할 얘기가 있어서요."

할아버지가 눈살을 찌푸렸다.

"결투 얘길 들은 게로구나."

내 얼굴이 파랗게 질렸다. 할아버지가 모두가 보는 앞에서 결투를 언급한 것은 그만큼 효과적이었다.

"왜 할아버지에게 결투 신청을 해요? 미친 짓이에요!"

"루이스는 나와 대결해 두 번 연거푸 졌으면서도 아직 정신을 못 차렸어. 결투를 하자고 하면 내가 겁먹을 줄 안 모양이야. 진짜 비즈니스를 하겠다고 마음먹고 달려들면 사업은 얼마든지 확장할 수 있어. 그런데 루이스가 우리의 힘과 민첩성을 이용해 더 많은 돈을 벌겠다고 욕심을 부리는구나."

나는 깜짝 놀랐다.

"더 많은 돈을 벌겠다면……."

"우리는 찬성하지 않았어. 루이스는 마약을 밀매하길 원해."

나는 잠시 머뭇거렸다.

"마약이요? 헤로인, 코카인…… 그런 것들이요?"

"그래, 너도 알다시피 루가루는 마약에 중독되지 않아. 루이스는 맨 정신인 인간보다 중독된 인간이 훨씬 조종하기 쉽다는 점을 이용하려는 거야."

나는 이맛살을 찌푸렸다.

"농담이시죠? 인간들이 마약에 중독되길 원한다고요? 정말 미친 거 아니에요?"

"루이스는 권력에 눈이 멀었어. 그리고 돈을 산더미처럼 쌓아놓고 싶어 안달이 났지. 우리가 작정하고 달려들면 인간들은 당해내지 못해. 시장에 마약이 넘쳐날 테니. 하지만 개인적으로 나는 반대야. 그런 사업에 가담하면 우리에 대한 관심이 높아질 테고, 그러면 루가루 종족 전체가 위험에 빠질 테니까."

나는 그제야 루이스라는 이름을 들어본 기억이 났다.

"할아버지, 루이스라면 혹시 루이스 브랜드켈을 말하는 거예요?"

할아버지는 한숨을 내쉬었다.

"그래, 맞아."

나는 입술을 깨물었다. 루이스 브랜드켈은 할아버지처럼 몸집이 크고 열 살이나 젊은 루가루였다. 루이스에 대한 흉흉한 소문이 돌고 있었다. 무장한 인간 사냥을 즐긴다는 소문이었다. 루이스는 젊었을 때 캠핑하는 이들을 공격했다가 눈독 들였던 소녀가 휘두르는 장작불에 맞았다. 불은 루가루에게 영원히 아물지 않는 상처를 낼 수 있는 유일한 무기였다. 그래서 루이스 얼굴의 왼쪽 절반은 염산에 살이 녹아내린 것처럼 허물어져 있다.

내가 보기에 루이스 브랜드켈은 위험한 사이코패스였다.

이런 마당에 무슨 대학을 가겠다고. 나는 힘이 쭉 빠졌다.

"미줄라로 못 떠날 것 같아요. 아무래도 여기 남아야겠어요. 그런 미치광이가 할아버지께 싸움을 걸어왔는데 나 혼자만 떠날 순 없어요."

할아버지가 호탕하게 웃음을 터뜨리는 바람에 주변 사람들이 돌아봤다.

할아버지는 나를 덥석 끌어안고 등을 툭툭 쳤다. 갈비뼈가 부러질까 겁이 날 만큼 강한 힘이었다.

"그런 사이코드라마가 당장 벌어지는 건 아니니 걱정 마라, 인디아나. 루이스는 일단 평의회에 동의안을 제출해야 하고, 내년 봄에나 채택 여부가 결정되니 아직 멀었어."

나는 고개를 끄덕였다. 정말 멍청했다. 루가루는 해외여행 중이 아니라도 곳곳에 흩어져 살고 있기 때문에 평의회 소집이 그렇게 금방 이루어지는 일은 아니었다. 그런데도 겁을 먹은 탓에 잊어버렸다. 평의회 소집이 몇 주씩 걸릴 수 있어서 연례 모임도 만든 것인데.

"루가루 무리 전원이 참석하는 평의회는 두 가지 경우에만 소집이 가능하다고 가르쳤는데 잊었구나." 할아버지가 핀잔을 주었다. "하나는 신뢰하지 못할 인간에게 우리 비밀을 발설하여 심각한 상황을 초래한 자를 재판하고 제거해야 하는 경우. 그리고 또 하나는 매년 봄에 열리는 정기 평의회."

첫 번째는 이례적인 경우였다. 내 걱정은 정기 평의회였다. 특히 초대된 루가루들이 우리 땅에 무리 지어 올 수 있는 유일한 기회였다. 그들에게는 통행증이 발급되었다.

"루이스가 봄에 혈전을 발의하면 어떡하실 건데요?"

"몇 달 안에 내 병사들을 배치하면 루이스의 세력을 저지할 수 있어. 루이스를 지지하는 자들이 그리 많지 않으니까. 게다가 혈전에 대한 발의가 채택되어야 하는데 루가루 무리의 수장들은 대부분 나이가 많거든. 젊은 늑대들의 위협을 허락하지 않지. 아무튼 할아버지를 믿으렴. 이 할아버지는 젊었을 때 많은 싸움에서 이겼고, 지금도 이길 자신 있다. 루이스 따위는 두렵지 않아."

하지만 나는 두려웠다. 내가 못 미더워한다는 걸 눈치챈 할아버지가 진지한 표정으로 말했다.

"약속하마, 인디아나. 위험에 처하면 너를 부를게. 나를 중심으로 우리 무리가 맞서 싸우게 되었을 때 네가 제외되는 일은 없을 거다."

"약속하시는 거죠?"

할아버지가 손에 침을 뱉었다.

"늑대의 맹세를 하마."

나는 안도하면서 할아버지와 악수를 했다. 할아버지는 늑대의 맹세를 했다. 루가루는 반드시 맹세를 지킨다. 맹세를 어기면 누구한테도 신뢰를 얻지 못하기 때문에 결혼도 사업도 할 수 없었다. 루가루에게 무리에서 소외되는 것보다 더 최악은 없었다.

나는 한결 마음이 놓였다. 할아버지가 나를 떠나보내기로 결정했다는 건 이 일이 위협적이라고 판단하지 않았다는 반증이었다. 할아버지도 나도 전투에서는 내가 큰 도움이 되지 않으리라는 걸 알았다. 아무튼 할아버지는 그렇게 생각하고 있었다. 나를 만만하게 보는 루가루에게 공격을 당한 게 한두 번이 아닌데 오죽할까.

세라피나가 빠르게 다가오고 있었다. 할아버지가 미소를 지었다.

"네 파트너가 안달이 난 모양인데. 자, 가서 즐겨. 그런 걱정은 어른들에게 맡기고 너는 재미있게 놀아.”

하마터면 나도 이제 성인이라고 대답할 뻔했다. 하지만 할아버지는 그렇게 생각하지 않는다는 걸 알았다. 할아버지 눈에 나는 아직 어린애였다.

세라피나와 나는 춤을 췄고, 이번에는 내 파트너가 놀랐다. 사실 나는 춤 연습을 했다.

며칠 전 내가 얼빠진 얼굴로 바이크에서 내리자 악셀이 비웃었다.

“악셀!” 나는 미친 사람처럼 소리를 질렀다. “무도회가 열려!”

“그래서 뭐?” 악셀이 오토바이에서 내리며 물었다. “개망신당할까 봐 겁나?”

내가 찔끔한 얼굴로 말했다.

“나 춤출 줄 몰라.”

악셀이 눈을 찡긋하며 내뱉었다.

“우우! 예쁜 소녀가 너한테 완전 실망할까 봐?”

“웃음거리가 되고 싶지 않아서 그래.” 나는 창피해서 쩔쩔매는 내 모습을 상상하며 구시렁거렸다.

악셀이 한숨을 내쉬었다.

“아무튼 넌 운이 좋아.”

“아, 그래?”

“응. 내가 이래봬도 춤 경연에 나간 경력이 좀 있거든. 네 파트너 할 실력은 될 거다.”

내가 검정 가죽의 덩치와 춤추는 장면을 누군가 영상으로 찍어 인터넷에 올렸다면 아마 대박이 났을 것이다. 그리고 여자애들 사이에서 내 이름이 두고두고 오르내렸겠지.

물론 남자애들 사이에서도.

나는 수없이 악셀의 발을 밟았지만, 며칠 후에는 리듬에 맞춰 조금씩 춤이란 걸 줄 수 있었다.

무도회가 열릴 때마다 왈츠를 여섯 곡이나 추는 것은 할머니가 유난히 왈츠를 좋아하기 때문이었다. 하지만 몬태나에서 유행하는 춤도 아닌 왈츠를 좋아하는 이유는 아무도 몰랐다.

나는 세라피나와 빙글빙글 돌면서 속으로 악셀에게 고마워했다. 그리고 너무 꽉 죄는 구두를 저주했다.

"모두 불안해하고 있어." 세라피나가 알려주었다.

나는 깜짝 놀랐다. 세라피나가 자기 자신 이외의 다른 것에 관심이 있으리라고는 한순간도 생각하지 않았다. 내가 단언했다.

"루이스 브랜드켈은 대단한 자가 아니야. 물론 자기가 이끄는 무리를 완벽하게 지배할 수는 있겠지. 루이스가 할아버지에게 일대일로 도전한다면 설사 할아버지가 더 강해도 반드시 이긴다고 장담할 수는 없지만. 루이스가 더 젊으니까. 그래서 불안해."

"그럼 나는 루이스를 만나서 그쪽에 붙겠다고 해야겠네." 세라피나가 미소를 지으며 영악하게 말했다. "내 생각에 루이스는 우리가 인간을 지배하길 바라는 것 같은데…… 그러면 진짜 신나잖아?"

세라피나의 눈빛이 반짝였다. 세라피나는 이미 여신이 되어 많은 이에게 사랑받는 자신의 모습을 상상하고 있는 것이었다.

"그렇게는 안 될 거야. 루가루 수천으로 수십억 인간을 당해낼 수는 없어. 오히려 몰살당하는 건 우리 쪽일 테지."

세라피나는 생각에 잠긴 얼굴이 되었다. 나는 그녀를 리드하면서 다른 이들과 부딪치지 않도록 능숙하게 피했다.

"춤 잘 추는구나, 너." 세라피나가 화제를 바꿨다. "나는……."

"이 많은 루가루 속에서 내가 또 놀림감이 될 거라고 생각했겠지?" 나는 아무 감정도 싣지 않고 미소 지었다.

"응." 세라피나는 거짓말로 둘러대지 않았다.

"고마워."

"뭐가 고마워?"

"솔직하게 말해줘서."

"진실이 늘 좋은 건 아냐." 세라피나는 금빛 눈으로 내 눈을 뚫어져라 응시했다.

"하지만 진실은 남아. 그래서 우리는 솔직해야 해. 뭐 하나 물어봐도 돼?"

"무슨 질문이냐에 따라 다르지. 유쾌한 질문?"

"왜 네드를 파트너로 선택하지 않았어? 질투심을 유발하려고?"

뾰로통해진 세라피나가 마치 깨물기라도 할 듯 입술을 실룩거렸다.

"유쾌한 질문은 아니네. 네드와 아무 상관 없고 너와 상관있다고 말한다면?"

내가 빙그르르 돌자 세라피나도 자연스럽게 돌았다.

"솔직히 말하면 어리둥절해. 지난주까지만 해도 넌 나를 발걸레보다도 못하게 여겼어. 그런데 지금 이렇게 너와 춤을 추고 있다는 건……."

"여자는 변덕쟁이, 여자를 믿는 자는 바보. 이런 속담도 몰라, 너는?" 세라피나는 천연덕스럽게 말했다.

"세라프, 조심해! 부딪칠 뻔했어."

나를 응시하면서 춤을 추던 세라피나의 몸이 내 몸에 닿았다. 세라피나의 숨결이 입술에 느껴졌다.

바로 그때 세라피나가 엉뚱한 짓을 했다.

내게 키스를 한 것이다.

세라피나는 뜨거운 입술을 내 입술에 포개고 혀를 쏙 밀어 넣었다. 너무 뜻밖이라 나는 아주 잠깐 동안 아무런 반응도 하지 않았다. 우리를 쳐다보는 루가루 수십 명을 잊고 나도 키스를 했다. 세라피나가 도망칠까 두려워 처음에는 아주 부드럽게 하다가 숨이 막힐 정도로 열정적인 키스를 했다.

마침내 입술을 떼고 나를 쳐다보는 세라피나는 적잖이 놀란 눈치였다.

"키스도 잘하는구나, 인디아나." 세라피나가 내 몸에 바싹 붙어 귀에 대고 속삭였다.

그리고 잠시 세라피나와 나는 한 몸이 되어 움직였다.

나는 펄쩍펄쩍 뛰어다니며 목장에서 가장 아름다운 여자와 키스했다고 별들을 향해 소리치고 싶은 심정이었다. 하지만 흥분을 가라앉히고 이게 어떻게 된 일이지 정신을 집중했다.

세라피나가 나에게 키스를 하다니.

하지만 세라피나는 내 질문에 대답하지 않았다.

"내가 혼란스러워서 그래." 이 짧은 평화를 깨뜨릴 걸 알면서도 나는 말했다. "내 질문에 대답해. 왜 네드가 아니라 나야?"

세라피나의 눈이 동그래졌다. 그녀는 자신의 뜨거운 키스 때문에 내가 질문을 잊어버렸을 거라 생각한 모양이었다. 거의 그럴 뻔했다. 거의. 나의 첫 키스였는데. 나는 아직도 어지러웠다.

세라피나가 화가 난 얼굴로 대답했다.

"네가 곧 떠나니까. 떠나고 싶어, 나도."

내가 떠나는 것과 무슨 관계가 있다는 건지 이해되지 않았다.

"떠나고 싶으면 떠나면 되잖아. 그게 뭐가 문제야?"

"나는 톱 모델이 되고 싶어." 세라피나가 마치 엄청난 비밀이라도 된다는 듯 속삭였다.

"아아, 하지만 톱 모델이 되려면 10년은 걸릴 텐데. 그런 얘기 수없이 들었거든."

"근데 부모님이 반대해. 내가 대학에 가는 것조차 싫어해."

나는 소스라치게 놀라 발을 헛디딜 뻔했다.

"농담이지?"

"아니."

갑자기 모든 게 명확해졌다.

"그러니까 네 부모님한테 나랑 떠나게 해달라고 말하라는 거야? 나랑 같이 가면 전혀 위험하지 않다고 설득하라고? 문제가 생기더라도 내가 같이 있으니까?"

"쉿!" 세라피나가 소리를 낮추라고 말했다. "모두가 보는 데서 내 계획을 방송할 필요는 없잖아."

"하지만 세라프, 그건 말도 안 돼. 누군가 공격했을 때 우리를 지키는 건 내가 아니라 너일 텐데!"

세라피나가 눈물을 글썽여서 나는 마음이 아팠다.

"알아, 나도. 하지만 넌 루가루는 아니어도 후계자잖아. 신중하고 공부도 잘해. 4년 전에 비하면 정말 많이 변했고. 네가 약하다고들 하지만 강인하지 너는. 우리 부모님은 딸을 믿지 않아. 딸을 사랑하고 예뻐하지만 부모의 품을 벗어나면 내가 위험에 처해 루가루 무리까지 위험해질 거라고 생각해."

무리를 위험에 처하게 만드는 루가루는 처형되는 것이 관례였다. 루가루는 동족을 죽이는 행위를 삼가지만 종족의 비밀이 발각되게 할 우려가 있는 경우에는 가차 없이 처형했다. 세라피나는 그걸 이해하지 못했다. 그 점에 있어서는 나도 그랬다. 과연 세라피나의 부모님이 나를 믿고 딸을 떠나보낼 수 있을까?

그렇게 믿는다면 잘못 생각하는 것이었다. 그건 불가능했다.

"부모님은 믿을 거야, 너라면." 세라피나가 덧붙였다. "네가 부탁하면 부모님이 승낙할 거라고 확신해."

나는 한순간 흔들렸다. 세라피나는 아름다웠다. 정말 아름다웠다. 열렬한 키스의 감촉이 아직도 입술에 남아 있었다. 하지만 세라피나는 아름답기만 한 것이 아니라 위험하기도 했다. 내가 할 일은 한 가지밖에 없었다.

나는 세라피나의 손을 잡고 한적한 데로 데려간 다음 한 걸음 물러섰다.

세라피나는 내가 늘 그랬듯 자신이 원하는 대로 해줄 거라 확신하는지 미소를 지었다.

나는 심호흡을 하고 나서 부드럽게 말했다.

"세라프, 미안하지만 네 문제는 혼자 해결해."

세라피나의 얼굴이 일그러졌다.

"뭐…… 뭐라고?" 내 대답이 뜻밖이었는지 세라피나는 말까지 더듬었다.

"대학을 다니다가 뉴욕이나 로스앤젤레스로 도망쳐도 네 부모님은 너를 찾아낼 거야. 내가 그 책임을 질 수는 없어. 나도 떠나기 위해 싸워야 했어. 세라피나, 너도 부모님과 싸워서 이겨. 미안하지만 난 도와줄 수 없어."

이 위기를 벗어날 수만 있다면 나는 몇 번이라도 반복하면서 설득할 생각이었다. 이윽고 세라피나의 눈이 가늘어졌다. 나는 실패했음을 알았다.

"나를 도와주고 싶지 않은 거야, 너는!" 세라피나는 성난 뱀처럼 씩씩거렸다.

"너를 도와주고 싶지 않은 게 아니라 도와줄 수 없는 거야."

"비열한 이기주의자! 이런 놈인지도 모르고 키스를 했어, 내가!"

"미안해. 그리고 넌 나에게 키스를 한 게 아니라……."

"힘도 박력도 없는 한심한 인간! 가장 약한 여성 늑대에게도 덤비지 못하는 주제에!" 세라피나가 독설을 날렸다.

"사실을 말했는데 모욕을 주면 안 되지, 이런 식으로." 나는 심장이 쿵쿵 뛰었지만 감정을 억누르면서 말했다.

"너는······."

세라피나가 얼마나 끔찍한 생각으로 나와 사귀려고 했는지, 나는 그제야 깨달았다. 그때 네드가 나타나 그녀의 팔을 잡고 말했다.

"인디아나의 할아버지 집이잖아. 여기서 소란 피우는 건 좋은 생각이 아냐, 세라피나. 나가서 바람 좀 쐬자. 그러면 기분이 나아질 거야."

세라피나의 팔을 잡은 네드의 손가락이 단단한 살 속으로 파고드는 것으로 보아 많이 아플 텐데도 그녀는 잠자코 있었다. 그녀의 금빛 눈이 분노로 이글거렸다. 잠시 후 그녀는 고개를 숙이고 네드에게 몸을 기댔다.

하지만 나는 보았다. 증오심 가득한 눈빛을.

나는 방금 일생의 적을 만든 것이다.

출발

여름은 아주 빠르게 지나갔다. 나는 세라피나를 피하는 데 시간을 보냈고, 그녀도 찬바람이 불 정도로 냉랭하게 나를 무시하는 데 시간을 보냈다. 네드는 세라피나가 자신의 품에서 마음을 달래자 나에게 고마워했다. 네드는 세라피나와의 결혼을 꿈꾸고 있었다.

행운이 있기를.

나는 악셀에게 작별 인사를 했다. 감정이 복받쳤다. 빈터에서 부둥켜안은 건장한 남자 둘. 나는 목이 멨다. 악셀은 나를 만나러 오겠다고 약속했다. 그에게 내 전화번호가 있고, 내게도 그의 전화번호가 있었다. 나는 제자를 잃은 악셀이 앞으로 뭘 하며 살지 궁금했다.

악셀은 빙긋이 웃었다.

"싸움터로 나가는 것이 내 일이야. 루가루나 뱀파이어 들이 이따금 힘센 전사가 필요할 때 세미에게 연락하지. 그럴 때 파견되는 세미가 열두 명쯤 돼."

나는 눈살을 찌푸렸다. 악셀이 용병이었다니, 나는 그의 직업이 용병일 거라고는 상상도 하지 못했다. 나를 훈련시키는 4년 동안 그는 자신이 하는 일에 대해 말한 적이 없었다.

"주소를 아는 대로 보낼게. 꼭 찾아와. 신날 거야."

악셀은 작별 인사를 하고 오토바이에 올랐다. 바이크에 올라타면서 나는 내 어린 시절의 일부와 작별을 고하는 느낌이 들었다.

할아버지가 심복이나 다름없는 데이브 대위를 보내 학교 부근에 집을 구입했다. 임대하는 집들은 너무 작거나 너무 가깝거나 너무 노출되어 있어 마음에 들지 않았기 때문이다.

데이브가 마침내 찾아냈다는 집에서 살면 로빈슨 크루소나 다름없을 것 같았다. 영화 〈아담스 패밀리〉에 나오는 집 같다고 할까, 큰 숲 속에 있어서 루가루 손님들이 자유롭게 돌아다닐 수도 있었다(물론 나는 악셀 외에는 찾아오는 손님이 없기를 바라지만). 데이브는 못 되어도 5센티미터에 이르는 거미며 흰개미, 개미, 그 밖의 벌레들을 박멸하기 위해 1개 분대를 파견했다. 페인트 칠로 집을 단장했을 뿐만 아니라 내니까지 일이 잘되고 있는지 확인하러 떠났다. 나는 나중에야 그 이유를 알았다.

내가 혼자 살게 내버려두고 싶지 않은 내니가 그 집에 자리 잡을 작정을 한 것이다. 혼자 부딪쳐가며 모험을 하고 싶었던 나는 결국 은거 생활을 하게 되었다. 내니는 어미 늑대가 아니라 어미 닭이었다.

나에게는 전혀 도움이 되지 않는데. 악셀이 나를 만나러 오면 세미를 본 내니는 어떤 반응을 보일까? 두고 봐야 알 일이지만 불안했다.

나는 떠날 준비가 되었다. 며칠 전에 떠나려고 했지만 할아버지가 어떻게든 나를 붙잡아두기 위해 갖은 핑계를 댔다. 대학 입학 마감일 48시간 전이 되어서야 할아버지는 나를 놓아주었다. 집도 모든 준비가 끝났다. 데이브가 필요하다고 생각되는 온갖 것을 빠짐없이 들여놓았다.

떠나기 전에 들러야 할 곳이 있었다. 아니면 마음의 상처가 될 터였다.

엄마에게 작별 인사를 하러 가야 했다.

할머니가 따라나섰다. 혼자 가고 싶었지만, 할머니는 내가 얼마나 가슴 아파할지 잘 알고 있었다. 할머니는 병원장을 만날 일도 있다고 했다.

정신병원은 저택에서 50킬로미터 떨어진 우리 땅에 있었다. 각 무리마다 대체로 목장 부근에 병원이 하나씩 있었다. 루가루가 사는 지역 전체로 따지면 정신병원 50여 곳이 존재했다. 우리 무리의 정신병원에 '공격적 성향의 정신분열증 환자'로 분류된 엄마만 감금되어 있는 것은 아니었다. 병원에는 자신을 토끼라고 생각하는 뱀파이어들, 무리의 압박을 견디지 못한 루가루들, 마법 능력을 잃은 요정들이 있었다. 요컨대 아주 특이한 정신병을 앓는 초자연적 존재들의 병원이었다.

병원 측은 환자들의 힘과 특별한 능력을 고려하여 엄중히 감시했다. 여성 마법사들과 인간 모습을 한 늑대들은 낮에, 뱀파이어들과 남성 마법사들, 토끼 모습의 늑대들과 요정들은 밤에 감시를 받았다. 특별한 능력은 대개 어둠 속에서 굉장히 커지기 때문에 밤에 활동하는 이들이 더 많았다.

마법사들의 경우 남녀를 따로 낮과 밤으로 구분해 감시하는 이유는 동시에 찾아다니는 것이 불가능하기 때문이었다. 옷을 그대로 입고 있는 경우는 그나마 괜찮은 편이었다. 남녀 마법사들은 '강력한 자'라는 뜻의 이집트 여신 세크메트의 후손이다. 암사자의 머리를 지닌 여신 세크메트는 고양이 얼굴의 여신 바스테트와 동일시되기도 한다. 따라서 고양이의 행동과 습성을 지닌 마법사들은 게으르고, 잠이 많으며 바람둥이들이었다. 이들은 대부분 고양이 모습으로 인간들 속에서 살고 있다. 고양이는 냉장고를 열 수 없는데 그 안에 넣어둔 닭다리가 사라졌고 고양이가 주둥이를 핥고 있다면 누가 범인일까? 남성 마법사의 짓이다. 화장을 하려는데 고양이가 계속 얼쩡거리고, 새로 산 마스카라가 거의 비어 있고, 아이섀도가 사라졌다면? 여성 마법사의 짓이다. 마법사는 루가루와 달리 여신의 뜻에 따라 움직이는 마법의 후예들이다.

나는 마법사들은 좋아하지만 피를 빨아먹는 뱀파이어들은 싫어한다. 뱀파이어의 침에는 마취를 시키고, 성욕을 자극하고, 모기의 침처럼 피가 잘 흘러나오도록 용해시키는 성분이 있다. 하지만 모기의 경우는 피를 즐길 뿐이지 인간을 죽일 정도로 피를 빨아먹지는 않는다. 뱀파이어의 침에 응고 성분이 있다고 쓴 작가들이 있다. 정말 바보 같은 생각이다. 뱀파이어의 침은 피를 흐르게 하는 것이지 멈추게 하는 것이 아니다. 브램 스토커가 우연히 만난 뱀파이어에 대한 소설을 쓰고 자살한(미안하지만 자연사는 분명 아니었다) 뒤로 사람들은, 특히 할리우드가 대표적으로 뱀파이어에 대해 멋대로 이야기를 꾸미고 있다.

뱀파이어는 초자연적 존재의 도깨비라고 할 수 있다. 초자연적 존재가 세상에 드러날 위험이 발생하는 등 상황이 예기치 않게 돌아갈 때 개입하는 것이 청소부 뱀파이어들이다. 뱀파이어는 아름답고 죽음을 면할 수 없는 존재이며, 피와 섹스로 산다. 뱀파이어와 싸운 인간의 이야기는 초자연적 존재들의 비웃음을 사고 있다. 뱀파이어의 카리스마는 어찌나 강력한지 누구도 저항할 수 없다. 우리 종족, 아니 나는 늑대가 아니니까 루가루 종족을 제외하고.

뱀파이어의 수는 많지 않다. 미국에는 아마 천 명쯤 있을 것이다. 뱀파이어는 햇빛에 노출되면 재로 변하기 때문에 밤에 활동한다. 하지만 나이가 많고 강력한 뱀파이어는 피를 잔뜩 먹고 낮에도 활동할 수 있다. 게다가 이제는 좋은 자외선 차단제를 바르고, 선글라스에 챙 달린 모자를 쓰고, 긴소매 옷을 입고 대낮에도 버젓이 나다닐 수 있다. 나는 후드 티를 유행시킨 것이 뱀파이어일지도 모른다고 의심한다. 뱀파이어는 아이를 가질 수 없기 때문에 인간을 물어 형질을 전환시킨다. 하지만 그게 그리 간단한 문제는 아니다. 뱀파이어에게 물린 인간 열 명 중 아홉은 전환을 견디지 못하고 죽는다. 나는 영원히 죽지 않는 복권을 준다고 해도 뱀파이어가 되는 건 사양이다. 어차피 당첨될 가능성이 거의 없겠지만.

할머니도 뱀파이어를 좋아하지 않는다. 다행히 그날 저녁 정문을 지키는 경비는 루가루였다. 할머니가 열린 유리문 틈으로 손을 넣자 경비가 냄새를 맡아보고는 공손하게 인사했다.

할머니는 경비를 매섭게 쏘아봤다.

"여기서는 이러면 안 되지. 스파이가 있을지 모르는데."

"알겠습니다, 부인." 경비가 얼른 대답했는데 '네, 마마'라고 대답하지 않으려고 애쓰는 기색이 역력했다.

우리가 탄 자동차는 현관 앞까지 조용히 들어갔다. 낡은 검정 롤스로이스가 할머니의 차라는 것이 잘 알려져 있는데도 세 번이나 검문을 받았다. 날씨가 나쁠 때는 할머니가 랜드로버를 타고 오기도 했기 때문이다. 뱀파이어들은 안전에 대해 철저했다. 나는 으르렁거리는 소리가 들릴 때마다 할머니가 싸우려고 들까 봐 조마조마했다. 다행히 뱀파이어들은 예의 있고 유능했다.

병원으로 들어서자마자 내 심장이 어찌나 빠르게 뛰기 시작하는지 할머니가 내게 진정하라고 속삭였다.

5성급 호텔에 들어가는 느낌이었다. 고풍스러운 태피스트리, 아름다운 램프, 폭신한 카펫, 대부분 엘프나 요정 들이 그린 화려한 색상의 그림들이라 마법 기능이 있었다. 할머니가 코를 찡그렸다. 나도 냄새를 느꼈다.

절망의 냄새.

여성 마법사가 조용히 우리를 안내했다. 잘 꾸며진 현관을 지나 안으로 들어가자 병실은 크고 쾌적하다뿐이지 감옥 같았다. 어떤 병실은 소리 나지 않게 쿠션을 댄 문이고, 어떤 병실은 유리문이었다. 우리는 지나가면서 고통스러운 비명을 지르며 반쯤 변신한 루가루들, '천사의 가루'라고 하는 환각제에 중독된 요정들, 쿠션으로 완충시킨 벽인데도 얼마나 부딪쳤는지 몸이 상처투성이가 된 실성한 뱀파이어들을 볼 수 있었다.

나는 내색하지 않았지만 무서웠다. 루가루는 범죄를 저지르거나 종족을 위험에 빠뜨리는 이들을 처형한다. 선택의 여지가 거의 없다. 반면에 정신이 이상해진 이들은 치료를 받는다. 루가루는 괴물이 아니고, 동정심이 없는 것도 아니다.

우리 무리 병동은 루가루가 통제하고 있었다. 여성 마법사는 병실 문턱을 넘어서지 않았다. 아크로노트에 대한 비밀이 새 나가지 않도록 할아버지와 할머니가 고안한 방법이었다.

방음장치가 된 여섯 병실을 지나가는 데 2분이 걸렸고, 마침내 우리는 한 병실 앞에 멈춰 섰다. 제시카 텔러. 엄마의 이름이 새겨져 있었다. 엄마가 감금된 지 16년이 되었다.

우리가 병실 문을 열었을 때 엄마는 방금 시간 여행을 하고 돌아왔는지 여성 루가루가 머리를 빗겨주고, 남성 루가루가 먹을 것을 주고 있었다.

나는 눈물이 핑 돌았다. 파란 꽃이 수놓인 하얀 잠옷 차림의 엄마는 너무 야위어 있었다. 아름답던 머리는 윤기를 잃었고, 파란 눈빛은 흐릿했다. 엄마는 침이 흘러내리는 것도 모른 채 기계적으로 음식을 삼켰다.

엄마는 끊임없이 말했다.

"그가 아기를 죽였어. 그리고 아기를 묻었어. 그 여자는 알면서도 멍청하게 주사기를 놓지 않았어. 그 여자는 중독될 거야. 그들이 창살문을 열어놓자 원숭이가 달아나 버렸지. 부익스의 주식 시세가 2포인트 올라갈 거야. 정말이지 잘생긴 청년. 그 청년이 나오는 영화가 정말 좋아."

밑도 끝도 없는 말이 이어졌다. 방금 보고 온 것을 이야기하는 중이었다. 병든 머릿속에 돌아와서 얘기해야 한다는 강박이 남아 있는 탓이었다. 엄마는 자신이 집행유예 중이라는 사실을 알까? 엄마가 필요 없어지는 날, 할머니는 가차 없이 엄마를 처형할 텐데…….

내니는 내가 여덟 살 때 비밀을 말해주었고, 할아버지와 할머니는 내가 열두 살이 되었을 때 털어놓았다. 두 분이 나를 병원으로 데려가기 전까지는 아무도 엄마에 대해 말해주지 않았다. 나는 엄마가 많이 아파서 만날 수 없는 거라고 생각했다. 그래서 처음으로 정신병원에 갔던 날 충격을 받았다. 그날부터 나는 한 달에 한 번씩 엄마를 만나러 가다가 차츰 석 달에 한 번, 여섯 달에 한 번, 나중에는 일 년에 한 번 면회를 갔다. 엄마를 만날 때마다 너무 가슴이 아팠기 때문이다.

엄마는 나한테 눈길을 준 적이 없었다. 엄마가 쏟아내는 밑도 끝도 없는 말을 들을 때마다 나는 가슴이 먹먹해 아무 말도 하지 못했다. 하지만 이제 나는 어린애가 아니었다.

"엄마, 나 몬태나 대학교에 입학했어요." 내가 말했다. "이제 나는 루가루 무리를 떠나요."

할머니를 포함한 모두가 깜짝 놀랐다. 제시카가 쏟아내는 말을 방해하지 않는 것이 규정이었기 때문이다.

엄마는 나를 쳐다보지 않았고, 어조도 변하지 않았다.

나는 개의치 않고 말했다.

"엄마, 원하는 곳은 어디든 갈 수 있죠? 엄마가 나를 만나러 오면 좋겠어요. 내가 엄마를 만나러 오지 못해도 내 가슴속 깊은 곳에는 엄마가 있어요. 엄마, 조심하세요. 시간 여행을 너무 자주 하니까 몸이 자꾸 허약해지는 거예요. 엄마가 영원히 사라지면 나는 어떡해요?"

엄마가 쏟아내는 말 중 한 문장이 귀에 꽂혔다. 자동 기록기가 갑자기 중단되어 루가루들이 기겁한 순간이었다.

"그럴 위험이 없지 않아, 내 사랑." 엄마가 말했다. "그럴 위험이 없지 않아. 노력하겠지만 기대는 하지 마."

물론 나한테 한 말인지는 알 길이 없었다. 하지만 루가루들이 고장 난 CCTV를 살피고, 할머니가 호통을 치는 사이 아주 짧은 순간이지만 엄마의 시선은 분명히 나를 향해 있었다.

그리고 그 두 눈에는 지성의 빛이 반짝였다.

잠시 후 엄마는 언제 그랬느냐는 듯 예의 굳은 표정으로 말을 쏟아냈다. 남성 루가루가 CCTV를 수리하는 사이 여성 루가루가 엄마의 말을 받아 적었다.

착각이었을까? 순식간에 일어난 일이라 확신이 없었다.

우리는 그리 오래 머물지 않았다. 루가루들이 우리를 개의치 않고 엄마를 씻길 때는 차마 보고 있을 수 없어 돌아섰다. 그들은 엄마에게 깨끗한 잠옷을 갈아입히고 머리를 땋아주고 물을 먹였다.

이어서 엄마가 사라졌다. 잠옷만 소리 없이 바닥에 내려앉았다.

"사라지는 빈도는 어떤가?" 할머니가 냉랭한 목소리로 물었다.

"일정하지 않습니다. 요즘은 더 자주 사라집니다. 분부대로 녹화 테이프를 살펴봤습니다. 처음에는 어쩌다 한 번씩 사라지는 정도였는데 요즘은 몇 시간 만에 다시 사라지기도 합니다. 몸은 먹고 마시고 배설할 필요를 느끼는데 잠은 필요하지 않은 것 같습니다. 밤은 그래도 여기서 보냈는데 최근에는 밤이고 낮이고 사라지니 아주 이상합니다."

할머니가 빈 침대를 물끄러미 바라봤다.

"그래서 최근에는 무슨 정보를 가져오는가?"

"부익스 회사의 신기술에 관한 정보가 유난히 많습니다."

"처음 듣는 회사인데…… 구체적으로 뭘 하는 회사지?"

"웹 통합을 전문으로 하는 회사입니다. 종교 통합과 철학 통합에서 온 말인데 다양한 분야의 전문가들이 연구한 자료를 수집하고 결합하는 일을 합니다. 일련의 자료에서 상관관계를 검토해 신제품 개발에 도움을 주지요."

내가 끼어들었다.

"이해가 안 되는데요."

루가루는 이런 멍청한 놈이 있나, 하는 얼굴로 나를 쳐다보다 할머니를 힐끔 봤다. 할머니가 고개를 끄덕이자 그가 설명했다.

"러시아에서 한 과학자가 추위에 대한 실험을 했습니다. 현재의 과학 실험으로는 물질도 에너지도 없는 심층 공간에서 절대영도에 도달하는 것이 불가능하죠. 미국에서는 또 다른 과학자가 초전도체에 관한 연구를 하고, 인도에서는 가장 강력한 추위에도 견딜 수 있는 절연제를 연구하고……. 이런 식으로 각각 완전히 다른 연구를 하는 전문가들이지만, 이들 세 과학자가 힘을 합하면 빙점하의 환경에서 초전도체를 이용하는 새로운 종류의 컴퓨터를 발명할 수 있습니다. 그러기 위해서는 과학자들의 연구를 통합해야 하는데 그 일을 부익스 회사가 주관하지요."

"그래서 슈퍼컴퓨터라도 만들었나요?"

"아니, 예를 들어서 그렇다는 거야." 루가루가 할머니를 쳐다보면서 말을 이었다. "부익스는 다양한 분야의 전문가들을 모아서 기발한 제품들을 내놓았습니다. 탄성이 높은 새로운 물질을 개발했기 때문에 휘어지지 않는 모니터 화면은 머지않아 사라질 거라고 합니다. 하지만 그것은 빙산의 일각일 뿐 그들이 현재 준비 중인 것이 무엇인지는 알 수 없습니다. 자네 어머니의 관심은 현재 부익스 회사가 만드는 제품에 집중되어 있어."

나는 빈 침대를 쳐다봤고, 가슴속의 슬픈 응어리가 차츰 사라졌다.

그렇다면 엄마가 무언가에 관심을 갖고 정신을 집중할 수 있다는 것 아닌가. 엄마가 한 말이 생각났다.

'노력하겠지만 기대는 하지 마.'

엄마는 나한테 학교가 위험할 거라고 알려주면서 자신이 미친 건 맞지만 완전히 미치진 않았다고 알릴 만큼은 정신이 맑은 걸까?

집으로 돌아가는 동안 나는 혼란스러웠다. 할머니도 말이 없었다. 나는 할머니를 좋아하지만 엄마의 적이라는 사실도 알았다. 그래서 나는 엄마가 한 말을 할머니가 이해하지 못했기를, 아니 듣지 못했기를 바랐다.

내가 떠나야 하는 것은 선택하고 말고의 문제가 아니었다. 하지만 나는 꼭 돌아오기로 결심했다. 다만 너무 일찍 돌아오지는 않을 것이다. 의심을 사지 말아야 했다. 다음 방학 때까지는 어떤 의심도 받지 말아야 했다. 이것만은 명심해야 했다.

9
금지된 인간

롤스로이스를 타고 돌아가는 길에 엄마를 생각하지 않기 위해, 방금 일어난 일을 생각하지 않기 위해 나 자신과 싸워야 했다. 엄마는 전혀 위험하지 않았다. 엄마는 죄수처럼 갇혀 있는 것이 아니었고, 아무도 붙잡아 가둘 수 없었다. 하지만 엄마를 먹이고 씻기는 것이 루가루들의 뜻에 달려 있다는 사실이 속상했다.

요정들이 우리를 호위하듯 자동차 주위를 날아다녔다. 가녀린 인간의 몸에 잠자리 날개를 단 요정들은 인간을 골려먹는 장난꾸러기이지만 루가루에게는 아주 조심했다. 잘못 건드렸다가 날름 삼켜지는 일이 이따금 일어나기 때문이었다.

병원을 다녀온 할머니가 할아버지 칼에게 상황을 알리자 내가 떠나는 날은 하루 더 연기되었다.

이윽고 마지막 호출을 받았다. 이번에는 할아버지와 할머니, 두 분만 파란 응접실에 있었다. 땅거미가 지기 시작할 무렵이었다. 개와 늑대의 시간이라고 하는 이 시간은 루가루들이 어둠 속으로 뛰어들기 전 숨을 죽이고 있는 때였다.

두 분의 얼굴이 심각했다. 나는 긴장했다. 무슨 일이지?

"앉아라, 인디아나." 태산 같은 할아버지가 말했다. "너에게 할 말이 있어."

주눅이 든 나는 왠지 거북해져 파란빛과 금빛 안락의자에 엉거주춤 걸터 앉았다.

"할아버지, 할머니, 무슨 일 있어요?"

"너에게 아주 중요한 얘기를 하려고 불렀다." 할아버지가 이렇게 말문을 열었다.

그래, 이럴 줄 알았어. 할아버지가 나만큼이나 거북한 표정이라 기분이 이상했다.

침묵이 길어지자 할머니가 나섰다.

"오, 여보, 그렇게 뜸을 들이니까 애가 궁금해서 미치려고 하잖아요."

할아버지는 으르렁거리면서 뚱뚱한 배가 허락하는 만큼 내 쪽으로 몸을 숙였다.

"너는 루가루가 아냐."

나는 잠자코 있었다. 새삼스럽게 왜 이런 말을 하지?

"우리는 루가루와 인간의 결합이 우리 무리에게 해로운 결과를 준다고 생각하지 않았어. 지금까지는 그렇게 태어난 아이들이 늘 늑대였으니까."

할아버지는 대놓고 말하지 않았지만 '너무 인간에 가까운 다른 아기들'은 살 권리가 없었다.

"하지만 나는 늑대로 태어나지 않았어요." 나는 감정이 실리지 않게 조심하면서 말했다.

"그래, 너는 아니었어." 할머니가 말했다. "그것이 네 엄마의 아크로노트 유전자 때문인지 아니면 다른 이유가 있는지 그건 우리도 몰라. 하지만 네가 그렇다고 해서 네 자식들까지 인간으로 태어나진 않을 거다. 그래서 우리는 너에게 명을 내려야겠다."

나는 눈살을 찌푸렸다. 명을 내린다고? 두 분이 너무 세게 나오고 있었다.

"우리는 네가 인간과 사랑에 빠지는 걸 금한다!"

할아버지가 목소리를 높였다. 나는 너무 충격이라 항변할 수도 없었다. 할아버지가 생각을 명확하게 말했다.

"우리 집안의 귀한 유전자가 또다시 인간의 유전자로 더럽혀지는 건 절대 용납할 수 없어."

충격적인 말에 할머니도 놀라서 일어났다. 나는 파랗게 질렸다.

"더럽혀지다니요? 어떻게 그런 심한 말을 해요?" 할머니가 내 마음을 헤아리고 달래주었다. "할아버지 말씀은 우리 집안이 대대손손 최고 수장을 배출한 혈통이라는 뜻이야. 너는 루가루가 아니니 무리를 이끌 순 없어. 하지만 우리 증손들은 최고 수장이 될 수 있지. 그러니까 너는 여성 루가루와 결혼해야 해. 그래야 네 자식들이 4분의 3은 늑대, 4분의 1은 인간인 루가루로 태어날 테니까. 인간의 유전자를 억제하려면 그래야 할 거다."

나는 분노가 치밀어 이를 악물었다. 할아버지와 할머니가 엄마를 이런 식으로 멸시하다니! 인종차별! 태어나서 처음으로 나를 변변치 못한 낙오자가 아니라 정상적인 남자로 보아줄 인간들과 가까이 지낼 기회가 왔는데! 나는 루가루가 아니기 때문에 인간 접근 금지령이 적용되리라고는 한순간도 생각하지 않았다.

"우리 무리 여성이든 아니든 그건 중요하지 않다." 할아버지가 말했다. "틀림없이 학교에 여성 루가루들이 있을 거야, 많은 무리가 여기 정착했으니까. 하지만 우리는 늑대의 맹세가 필요해, 인디아나. 인간의 맹세가 아니라. 우리 앞에서 맹세해."

나는 망연자실해 고개를 설레설레 저었다. 나를 무시하거나 이용하려는 여성 루가루와 사귀느니 차라리 총각으로 늙어 죽는 게 나았다.

"전 이제 열여덟인데 누구와 사랑에 빠질지 어떻게 알겠어요? 할아버지, 너무 지나친 요구예요!"

"때로는 대를 위해 소를 희생할 줄 알아야 해."

나는 벌떡 일어났다.

"아니, 그렇게는 못 하겠습니다."

할머니의 미소가 사라졌고, 할아버지는 으르렁거렸다. 공포를 가득 채우는 소리. 알파 늑대가 이렇게 으르렁거릴 때는 모든 늑대가 엎드렸다.

"할아버지, 겁주셔도 소용없어요." 나는 무릎이 후들거렸지만 반박했다. "학교에서 무슨 일이 일어날지 전혀 모르니까 맹세할 수 없어요."

나는 할아버지, 할머니를 누구보다도 사랑했다. 알파 늑대이기 이전에 가장 가까운 가족이고 가장 신뢰하는 분들이었다. 하지만 이런 요구는 너무 지나쳤다. 나는 감정 없는 인형이 아니다. 맹세를 깨뜨릴까 불안에 떨며 일생을 살고 싶지는 않았다. 부당한 일이다. 두 분에게나 나에게나 도움이 되지 않을 것이다.

할아버지가 일어섰다. 이런, 느낌이 좋지 않아. 할아버지는 거구의 몸으로 나를 압도하며 쏘아봤다.

"지금 반항하는 거냐?" 할아버지가 믿기지 않는다는 듯 금빛 눈으로 나를 뚫어져라 응시했다.

할아버지, 할머니가 나를 우리 안에 가둘 수도 있겠지만 그런다고 달라지는 일은 없을 것이다. 설사 내가 인간들과 사귀지 않도록 주의하겠다고 약속한다 해도 나는 고작 열여덟 살에 불과했다. 상대가 누가 되었든 아기를 만들 생각이 아예 없는데!

"장난하는 게 아니야, 인디아나. 우리에게 맹세를 해. 명령이다. 노력하겠다고 약속하는 것으로는 부족해. 네가 복종하지 않으면 네 손에 그 여자의 피가 묻을 거야, 그걸 원하니?"

비겁한 협박이었다. 나는 할아버지가 막무가내로 나오는 이유를 이해할 수 없었다. 나는 흔들렸고, 결국 고개를 숙이고 말했다.

"늑대의 맹세를 하겠습니다."

"잘 안 들린다."

맙소사, 늑대의 귀로는 500미터 떨어진 데서 우는 귀뚜라미 소리도 들을 수 있으면서.

"늑대의 맹세를 하겠습니다." 나는 화가 나서 할아버지의 눈을 뚫어져라 쳐다보며 반복했다.

할머니는 불안한 얼굴로 나를 쳐다봤지만 아무 말도 하지 않았다.

할아버지는 원하는 대답을 들어 부드러워진 목소리로 말을 이었다.

"이해가 안 될 거다. 우리 루가루는 사랑 문제에 편집증이 있어. 우리가 사랑에 빠지는 건 한 번뿐이란다. 사랑하는 이를 잃으면 다른 종족보다 훨씬 고통스러워하지. 나는 네가 괴로워하는 일이 없기를 바란다. 인디아나, 할아버지를 믿어."

나는 너무 화가 나서 대답하지 않았다. 고개를 푹 숙인 채 팔을 건들거리면서 분노를 되새겼다.

할아버지와 할머니는 마지못해 친구들과 파티를 즐기라며 나를 내보내주었다.

나는 분이 풀리지 않아 속이 뒤틀렸다. 그러다 차츰 분노를 떨치고 방금 한 맹세를 파기할 방법을 궁리하기에 이르렀다.

할아버지와 할머니가 나에게 억지로 맹세를 시키면서 한 가지 잊은 사실이 있었다.

나는 루가루가 아니었다. 모든 이들이 내가 태어난 순간부터 늑대가 아니라는 사실을 상기시켰다. 따라서 사랑에 대한 루가루의 편집증도 나에게는 해당되지 않는 것 아닌가?

친구들이 웃고 떠드는 소리를 들으니 긴장이 풀렸다. 세라피나와 네드가 오지 않아 마음이 편했다. 새벽 4시에 친구들이 말들이 먹을 물을 통에 채우는 동안 처키가 분위기를 띄웠다. 처키는 펀칭볼이 많이 그리울 거란 마음을 표현한 눈물겨운 시까지 읊었다.

내가 떠나는 것은 서로에게 좋은 일이다. 무엇보다 중요한 건 내가 루가루 무리를 떠난다는 사실이다.

내 앞에 세상이 열리고 있었다.

나는 배가 몹시 고팠다.

다음 날 아침, 나는 아픈 머리로 떠날 채비를 했다. 그런데 내가 타고 갈 차가 보이지 않아 약간 불안해졌다.

미줄라까지 가려면 여섯 시간에서 일곱 시간을 운전해야 했다. 나는 몬태나 대학교까지 가는 데 이틀을 더 잡을 예정이었다. 그리고 조용히 작은 호텔에 숙박하면서 거기서 만나는 사람들과 대화를 나눌 생각이었다. 차가 없으면 계획에 차질이 생긴다. 차가 안 보이는 게 이상하다 했더니 할아버지가 나를 헬리콥터에 태웠다.

이따금 나는 가족 때문에 피곤했다.

내가 도착했을 때, 미줄라 비행장에는 내니와 데이브 대위뿐이었다. 그렇지 않았다면 학교에 발을 들여놓기도 전에 나에 대한 소문이 나쁘게 퍼졌을 것이다. '학교에 자가용 헬리콥터를 타고 오는 시골뜨기 부자.'

데이브 대위가 모든 걸 알아서 처리했으므로 나는 입학 처리가 되어 있었다. 다음 날 10시에 수업을 들으러 학교에 가기만 하면 되었다.

가족들이 나를 새끼 늑대로 취급하는 것이 싫었다. 하지만 번거로운 서류 절차도 싫었기 때문에 불평은 하지 않았다. 내가 그 정도로 명청하지는 않았다.

나는 이성적으로 짐을 집에 내려놓았다. 내니가 나를 맞아주었다. 집은 쾌적하고 가구가 조화롭게 배치되어 있었다. 가구 중 일부는 우리 리코스 목장에서 가져온 것이고, 일부는 몬태나 지방의 목공 제품이었다. 페인트 냄새와 나무 냄새가 났다. 나는 이런 냄새를 좋아했다. 내니가 2층에 있는 내 방을 보여주겠다고 했다.

내니는 자신만만하게 방문을 열었다.

나는 비명을 지를 뻔했다. 널찍하고 밝은 방은 흰색과 크림색 일색이고, 창문이 잔디와 숲 쪽으로 나 있었다. 벽난로까지 있고, 그 앞에 놓인 안락의자는 긴 겨울밤 공상에 빠지기 좋을 것 같았다.

레이스와 자질구레한 장식품만 없지 이건 뭐 완전 소녀 취향 방이잖아!

"회색으로 칠했으면 좋았을 텐데…. 검은색 가구는 없었나?"

내니의 눈이 동그래졌다.

"왜, 마음에 안 들어?"

"아니, 좋은데 내가 회색을 좋아해서."

내니는 눈을 치켜뜨더니 구시렁거리면서 방을 나갔다. 나는 너무 완벽한 방 분위기에 맞춰 내 물건들을 대충 늘어놓았다.

나는 정리를 끝내자마자 집 밖으로 달아났다.

처음으로 맞이한 자유 시간을 뭐라고 표현하면 좋을까?

데이브 대위의 충고와 내니의 걱정을 뒤로하고 나는 차를 몰았다. 운전면

허증이 있었다. 열여섯 살 때 데이브 대위가 나와 내니를 루가루 시험관에게 데려가 시험을 치르게 했었다.

나는 집에서 수 킬로미터 떨어진 도시 미줄라의 거리를 돌아다녔다.

마음을 사로잡는 도시였다.

미줄라는 몬태나 주에서 두 번째로 큰 도시이다. 물론 뉴욕과는 비교도 되지 않는다. 주민 수가 겨우 5만 7천여 명이니까 뉴욕의 한 동네 수준이다. 하지만 나에게는 아주 놀라운 세계였다.

미줄라 사람들! 옷차림이 다채로웠다. 나는 예의를 지켜서 큰 차가 보이면 지나가도록 멈춰 섰다. 그리고 냄새! 사람들의 땀 냄새, 구운 고기와 핫도그, 과자류, 따뜻한 빵, 케이크 냄새에 속이 울렁거렸다.

사고를 내지 않으려면 어디든 주차해야 했다. 머리가 핑글핑글 돌았다. 차에서 나오자 속이 더 울렁거려 나는 강변에 있는 버니스 베이커리라는 이름의 카페 안으로 비틀비틀 들어갔다. 맙소사, 나는 눈이 휘둥그레졌다. 세상에, 커피 종류가 이렇게 많을 줄이야. 뭘 골라야 할지 생각하는 데 10분이나 걸렸다.

나는 프라푸치노 한 잔을 주문하고 창가에 가서 앉았다. 그제야 한숨 놓였고 차츰 마음이 진정되었다.

사람들은 모두 자신의 일에 열중하면서 지나갔다. 마치 서두르지 않으면 죽기라도 하는 듯 아주 바빠 보이는 이들이 있는가 하면 남은 인생을 평화롭고 평온하게 보내기로 작정한 듯 한가로워 보이는 이들도 있었다. 부모를 따라 나온 아이들, 젊은이들, 노인들. 롤러스케이트나 자전거, 스케이트보드를 타고 쌩쌩 달려가는 이들. 그들은 루가루만큼 유연성이 없어 잘 넘어졌다. 처음에는 깜짝깜짝 놀랐지만 차츰 적응이 되었다. 인간들이 먹는 과자류가 엄청나게 많은 것에도 놀랐다. 신진대사에 좋지 않기 때문에 루가루는 단것을 매우 싫어하지만 나는 인간이라 그런지 과자나 사탕을 보며 저절로 입안에 도는 군침을 삼켜야 했다.

나는 그렇게 앉아서 사람들을 구경하는 것이 즐거웠다. 나도 모르게 눈물이 흘러내렸다.

그런 내 모습이 이상했는지 웨이트리스가 다가왔다.

"괜찮아요?" 웨이트리스가 물었다.

나는 흠칫 놀라며 눈물을 닦았다.

"네, 네, 괜찮아요. 너무 맛있어서 나도 모르게 그만 눈물이 났네요."

몇 시간 동안 테이블을 차지하고 앉은 김에 나는 여러 종류의 커피와 코코아 맛을 보았다.

머리를 폭죽 모양으로 묶은 웨이트리스가 의아한 얼굴로 입술을 삐죽거렸다.

"그렇게 맛있어요? 눈물이 날 정도로?"

나는 어깨를 으쓱했다. 다른 대답이 나왔을까? 내가 더는 아무 말도 하지 않자 웨이트리스는 미소를 지어 보이고 약간 갸웃하면서 돌아갔다. 나는 다시 명상에 잠겼다. 하지만 웨이트리스가 신경이 쓰여 사람 구경이 불편해지기 시작했다.

나는 한참 후에야 내가 사람들을 어떤 눈으로 바라보고 있었는지 깨달았다.

사냥감 보듯 관찰하고 있었다. 사람들의 행동이 아주 느려 보였다. 저렇게 굼뜨다니! 나는 얼굴이 화끈거렸다. 루가루들이 나를 볼 때 바로 이랬을 텐데!

갑자기 커피 맛이 썼다. 나는 의기소침해져 집으로 돌아갔다. 둘이 먹다 하나가 죽어도 모를 만큼 맛있기로 소문난 내니표 닭튀김을 먹는데도 기분이 나아지지 않았다.

나는 괴로운 밤을 보냈다.

하지만 다음 날 아침에는 희한하게도 기분이 좋았다. 내니가 팬케이크를 만들어주었고, 나는 꿀을 발라 먹었다.

나는 학교를 향해 달렸다.

나 혼자만 번쩍거리는 사륜구동차를 소유한 건 아니지만 차를 가진 학생이 그리 많지는 않았다. 내 차를 바라보는 시기 어린 눈길이 느껴져 나는 툴툴거렸다. 다음에는 조금 늦게 와서 멀리 떨어진 곳에 주차하기로 마음먹었다.

나는 색을 메고 정문으로 향했다.

아서 거리를 지나왔기 때문에 모든 방향과 연결되는 타원형 도로를 가로질러 본관으로 가야 했다. 붉은 벽돌 건물, 대형 시계탑이 아름다웠다. 산에 둘러싸인 도시처럼 학교도 두 언덕에 둘러싸여 있는 것이 마음에 들었다.

많은 학생들이 웃고 떠들면서 교문으로 몰려가고 있었다. 나는 완전히 얼이 빠졌다. 나만 그런 게 아니었다. 두 학생이 혼잡한 교문을 나만큼이나 놀란 눈으로 쳐다보고 있었다.

금빛에 가까운 황갈색 눈에 갈색 머리인 내 또래의 건장한 남학생 그리고 다른 한 명은 여학생이었다. 여학생은…… 좀 이상했다. 행동 때문이 아니라 옷과 얼굴 때문이었다. 나를 사로잡은 것은 그녀의 눈이었다. 어찌나 큰지 얼굴에서 눈만 보이는 것 같았다. 처연해 보이는 청록빛 눈, 금빛 광채. 그다음으로 나를 매료시킨 것은 그녀의 머리털이었다. 갈기, 아니 털에 온갖 정성을 쏟는 아름다운 여성 루가루들은 이렇게 머리가 길거나 숱이 많지 않을 뿐만 아니라 털이 뻣뻣해 보였다. 심지어 정수리를 가릴 정도의 앙증맞은 노란 모자를 써서 머리가 흐트러지지 않게 하는 것이 일반적이었다. 그런데

이 여학생의 검은색 숱진 머리는 도자기처럼 투명한 피부를 돋보이게 했다. 콧대가 반듯해서인지 도도해 보이는 인상이었다. 노란색과 검은색, 회색 옷을 레이어드한 차림. 패션은 전혀 모르지만 조금도 어울리지 않을 것 같은 옷들이 이상하게도 전체적으로 조화를 이루어 세련되게 보였다. 놀라서 쳐다보는 나와 눈이 마주치자 여학생은 미소를 지었다.

벼락이라도 맞은 것처럼 정신이 멍했다. 나는 몸을 숙이며 세상에서 가장 어처구니없는 짓을 저지르고 말았다.

여학생의 냄새를 맡았으니.

10
그녀의 청록빛 눈

나는 거듭 사과했다. 루가루 종족은 늘 냄새를 맡는다. 나는 루가루가 아니지만 예의상 나도 냄새를 맡는다. 그래서 나도 모르게 무의식적으로 나온 행동이었다.

파블로프 조건반사? 누가 루가루 속에서 살아온 아이 아니랄까 봐.

얼마나 놀랐으면 여학생은 비명을 지르거나 달아나지도 못했다. 눈만 동그래진 채 얼어붙어 있었다.

나는 층계에 서 있다는 사실을 잊은 채 사과하려고 발을 뗐다 그만 넘어지는 바람에 여학생을 덮칠 뻔했다.

그동안의 훈련 덕분에 여학생의 머리를 다치지 않게 막을 수 있어 그나마 다행이었다. 나는 번개처럼 빠르게 여학생의 몸을 돌려 내 몸 위로 올리고는 드러누운 상태로 넘어졌다.

둘러선 학생들은 우리 둘 다 다치지 않은 걸 보고서야 웃음을 터뜨렸다.

여학생은 아연실색한 얼굴로 한동안 꼼짝도 하지 않았다. 마치 무슨 일이 일어났는지 모르는 것처럼.

그때 갑자기 내 귀에 으르렁거리는 소리가 들렸다. 누군가가 여학생을 일으켜주었다. 금빛에 가까운 황갈색 눈의 금발 남학생이 친절하게 여학생의 옷에 묻은 흙을 털어주며 나를 노려봤다.

나는 너무 창피해서 벌떡 일어났다. 대학 생활을 조용히 시작하려고 했는데 등교 첫날부터 완전 실패! 나의 색 안에서 노트북마저 덜거덕거렸다.

도망쳐야 했는데 나는 얼이 빠져 있었다. 속이 뒤틀리고 다리가 후들거렸다. 상황 파악이 안 됐지만 한 가지 욕망밖에 없었다. 여학생을 그냥 가게 내버려두면 안 돼!

내가 뚫어져라 쳐다보는 사이, 마침내 여학생이 말문을 열었다.

"저기…… 괜찮아?"

나는 말이 나오지 않아 고개를 크게 끄덕였다.

"넘어지면서도 나를 구해줘서 고마워."

옆에 서 있던 남학생이 눈살을 찌푸렸다.

"카트, 이 멍청한 녀석이 너를 넘어뜨렸어. 학교에서 가장 예쁜 너를 모욕한 거야! 그런데 왜 네가 고맙다고 해?"

여학생은 남학생의 말에 개의치 않고 눈살을 찌푸렸다.

"왜 나를 그렇게 불러?"

남학생은 좀 지나치다 싶을 만큼 크게 한숨을 내쉬었다.

"애칭을 싫어하는지 몰랐어. 카테리나라고 불리는 걸 좋아하는데 내가 그것도 모르고 카트라고 불렀구나. 그 벌로 내 머리를 뽑아버려."

그렇게 말하며 남학생이 머리를 들이댔다.

"자, 각오됐어."

그 말에 카테리나는 까르르 웃었다.

"타일러 브랜드켈, 몰랐는데 이제 보니 너 어릿광대로 나가도 되겠다."

나는 카테리나를 통해 방금 이름을 알게 된 남학생에게로 시선을 옮겨 그를 유심히 뜯어봤다. 사각 턱에 떡 벌어진 어깨, 포식 동물의 눈빛. 금발 청년 타일러는 철천지원수의 아들, 할아버지를 협박하는 루이스 브랜드켈의 아들이었다.

타일러가 위협을 느꼈는지 나를 홱 돌아봤다. 금빛에 가까운 황갈색 눈빛에 도전의 빛이 이글거렸다.

"완전 멍청한 놈이네. 가자, 카테리나."

하지만 카테리나는 나한테 관심을 보였다.

"이름이 뭐야?"

"미안해."

그녀의 매혹적인 입술이 의아한 듯 실룩거렸다.

"미안해가 이름이야? 독특한 이름이네."

"아, 그게 아니라 내가 일부러 그런 건 아니고, 익숙하지 않아서……."

"찌질이, 그게 딱 어울리는 이름이다!" 타일러가 조롱했다.

타일러의 말에 학생들이 웃음을 터뜨렸다.

나는 입술을 깨물었다. 빌어먹을, 학교에 온 지 2분 만에 벌써 별명을 얻다니! 더구나 싫어하는 별명을!

"인디아나." 내가 비참한 심정으로 말했다. "나는 인디아나 텔러야."

둘 다 눈살을 찌푸렸다.

"와우!" 카테리나가 탄성을 질렀다. "나 인디아나 존스 무지 좋아하는데. 멋진 이름이다!"

나는 숨이 멎을 뻔했다. 내 이름이 좋다고?

내 세계가 뒤집혔다.

이번에는 타일러가 뻣뻣해졌다. 그는 당연히 내 이름을 알고 있었다. 그가 경계하는 시선으로 쳐다봤지만 나는 모른 체했다.

나는 카테리나에게 활짝 웃어주었다.

"처음부터 다시 말할게. 안녕, 내 이름은 인디아나 텔러야."

나는 아주 정중하게 인사하고 나서 뒤공중돌기로 넘어지기 전에 서 있던 계단에 올라섰다. 공격을 피할 때 사용하라고 악셀이 가르쳐준 기술이었다. 이 장면을 봤다면 뿌듯해했을 텐데. 나는 루가루가 아니라 민첩하지도 힘이 세지도 않지만 상당히 유연한 편이었다. 등 뒤에서 나는 박수 소리를 듣고 서야 나는 많은 이들이 지켜보고 있다는 사실을 깨달았다.

가슴이 철렁했다. 내가 무슨 짓을 한 거지? 정신이 나갔나? 진짜 미친 짓이었다.

카테리나의 커다란 청록빛 눈이 동그래졌다.

"어떻게 한 거야?"

나는 아무 생각도 나지 않아 재빨리 둘러댔다.

"아, 이거, 별것 아냐. 내가 걸핏하면 사람들 위로 넘어지는 사람은 아니라는 걸 보여주고 싶었을 뿐이야(빨리, 빨리 화제를 바꿔). 그리고 타일러의 말이 맞아."

타일러의 얼굴이 일그러졌다. 카테리나가 호기심 가득한 얼굴로 나를 쳐다봤다.

"무슨 말?"

"네가 이 학교에서 가장 예쁘다는 말."

내가 재주를 좀 더 부리길 바랐는지 한마디도 놓치지 않고 있던 한 금발 여학생이 끼어들었다.

"흥, 어이없어! 곡예사, 눈을 크게 뜨고 봐, 여기 이렇게 라이벌이 있는데!"

금발 여학생은 자신의 조각 같은 몸매를 과시했다.

모두 웃음을 터뜨리거나 휘파람을 불었다. 처음 보는데도 친근하게 내 등을 쳐주는 학생도 있었다.

학생들은 빙 둘러서서 자기소개를 하며 입학식 날의 해프닝을 즐거워했다. 10분 사이에 이제껏 살면서 만난 인간을 모두 합한 것보다 훨씬 많은 인간을 만난 나는 가슴이 조금 답답해졌다. 이름도 다 외우지 못할 정도였다. 다행히 2학년 학생들이 우리를 강당으로 안내해주었다.

그다음부터는 훨씬 복잡했다. 환영 인사를 듣고 강의 일정표를 받은 기억이 어렴풋이 남아 있을 뿐이다. 교정이 워낙 넓어서 처음에는 길을 잃기 십상이었다. 하지만 내 눈에는 카테리나만 보였기 때문에 그런 건 중요하지 않았다. 타일러는 영악했다. 셋이 아니라 둘만 앉을 자리를 찾아냈다. 계단식 좌석의 강당이라 카테리나는 내 자리에서 두 줄 떨어진 아래쪽에 앉아 있었는데도 빛이 났다.

카테리나만 예쁜 게 아니었다. 좀 전에 금발 여학생이 한 말이 맞았다. 주변 여학생들이 대부분 예뻤다. 금발, 갈색 머리, 빨간 머리. 미니스커트, 스키니진, 쭉 뻗은 다리, 풋풋한 얼굴들. 하지만 카테리나는 특별한 분위기가 있었다. 강물처럼 등을 따라 구불구불 흘러내리는 아름다운 검은색 머리. 청록빛 눈이 머릿속을 떠나지 않았다. 키스를 부르는 것 같은 새빨간 입술. 아, 백설 공주의 화신이랄까. 월트 디즈니 애니메이션에 나오는 약간 나긋나긋한 공주가 아니라 도망치느니 차라리 왕비의 심장을 도려낼 만큼 용감하고 반항적인 백설 공주라고 하면 좋을 것 같았다.

카테리나는 여성 루가루 같은 화려한 매력은 없었지만 세련되고 발랄했다. 이상하게도 그녀의 성은 뭔가를 암시했다. 오하라. 아일랜드계가 틀림없었다. 오팔 보석처럼 오묘한 광채를 발하는 눈빛이며 유난히 하얀 피부도 아일랜드계임을 알려주고 있었다.

타일러와 카테리나도 나처럼 신입생이었다. 앞으로 계속 같은 수업을 들을 터였다. 둘이 서로 아는 사이인 것 같아 나는 질투심이 일었다. 카테리나를 독차지하는 데 성공한 타일러는 나를 멀리 떼어놓으려고 갖은 수를 다 썼다.

나는 사랑에 빠진 게 아니었다. 30초 만에 빠지는 사랑은 없으며, 한눈에 반한 것도 아니라고 생각했다. 따라서 나는 명을 어긴 것이 아니었다. 나는 그저…… 홀린 것이다. 그리고 타일러로부터 보호하기 위해서만 카테리나에게 다가갈 거니까.

나도 모르게 시선이 계속 카테리나에게 머물렀다. 나는 좀 전에 바보 같은 행동을 했다. 관심을 끄는 행동은 정말이지 내 성격에 맞지 않았다. 따라서 이 모든 일에 과학적 설명이 필요했다. 나는 단순히 그녀를 쳐다보는 것만으로도 머리가 혼란스러운 이유를 알아야 했다.

카테리나는 이런 나의 동요에는 아무 관심도 없었다. 그녀는 놀라울 정도로 집중해 오리엔테이션을 들었고, 타일러가 방해할 때마다 눈살을 찌푸렸다. 그녀는 교수들이 늘어놓는 강의 계획에만 관심이 있었다. 나는 타일러의 삐친 얼굴을 보면서 비웃음을 흘렸다.

구내식당에서 타일러는 그녀를 내게서 멀리 떼어놓으려 했지만 나는 다가가서 미소를 지었다.

"카테리나, 너를 넘어뜨린 걸 사과하는 뜻에서 내가 점심을 사도 될까?"

"나랑 먹기로 했어." 타일러가 퉁명스럽게 내뱉으며 으르렁거렸다.

내가 타일러에게 몸을 숙이고 속삭였다.

"조심해, 늑대. 이빨 보인다."

타일러가 흠칫 놀랐다. 순간적인 실수에 자기도 뜨끔했는지 타일러는 내 지적에 당황했다. 그가 냉정을 되찾는 사이 카테리나가 대답했다.

"네 덕분에 다치지 않았는데 뭐. 근데 인디아나, 정말 궁금한 게 있어. 왜 내 냄새를 맡은 거야? 오늘 아침에 샤워하고 왔는데. 그리고 어떻게 네가 먼저 넘어질 수 있지? 나는 그렇게 재빠른 사람을 본 적이 없어."

카테리나가 재치 있게 받아넘겼다. 나는 고갯짓으로 한 책상을 가리켰다.

"다 설명해줄게. 저기 가서 앉자."

타일러는 뿌루퉁해져서 우리를 따라왔다.

루가루가 다 그렇듯 타일러도 신진대사가 빨라 음식을 많이 먹어야 했다. 음식을 잔뜩 쌓아놓고 게걸스럽게 먹어대는 타일러를 보고 카테리나는 깜짝 놀랐다.

나는 천연덕스럽게 타일러의 모습에 놀란 척하며 잠자코 있었다.

타일러는 닭다리를 신나게 뜯어 먹다가 우리가 말없이 지켜보는 걸 알아차리고 고개를 들었다. 타일러가 닭고기를 삼키고 물었다.

"뭐?"

나는 이 기회에 공격했다.

"끼니마다 그렇게 게걸스럽게 처넣으면 연말이 되기도 전에 체중계가 박살 나겠다!"

"신진대사가 활발해서 그래." 타일러는 인상을 쓴 채로 입을 닦으며 무뚝뚝하게 대꾸했다.

"마법의 신진대사라는 뜻이야?" 카테리나가 깔깔대고 웃었다. "그 많은 걸 이렇게 빨리 먹는 사람은 처음 봐!"

타일러의 표정이 변했다. 많은 인간들이 보는 데서 '나 늑대야'라고 광고하는 것은 위험했다. 카테리나가 뭔가 눈치를 챘을까? 나는 타일러의 눈에서 냉랭한 빛을 보았다. 타일러가 무슨 생각을 하는지 알았다. '이 계집애를 죽여, 말아?'

빨리 수습해야 했다. 문제를 만든 건 나였다.

"여자들보다는 우리 남자들이 많이 먹지. 소화도 빠르고." 내가 기름이 번질번질한 피자 한 조각을 들고 흔들며 잘난 체를 했다.

내가 피자를 삼키자 카테리나가 코를 찡그렸다.

"아, 그런가? 이유는?"

"우리처럼 골격이 큰 남자들은 활동하는 데 많은 에너지를 소비해. 그래서 칼로리가 많이 필요한 거야. 여자들은 개미 같아서 굶주릴 때를 대비해 음식을 비축해놓지. 하지만 우리 남자들은 매미 같아서 있는 대로 먹어치우는 편이잖아."

카테리나가 포크로 샐러드를 찍으며 말했다.

"하여튼 남자들은 운이 좋아. 진짜 부당해. 그건 그렇고 이제 설명해봐. 아까 계단에서의 일은 어떻게 된 거야? 묘기 부린 거 말고 그전에 한 행동."

나는 심호흡을 했다.

"그건…… 우리 부족의 관습이야."

타일러는 경직되었고, 카테리나는 먹는 걸 멈췄다.

"부족?" 카테리나가 흥미롭다는 얼굴로 물었다. "근데 넌 인디언이 아니잖아?"

"응. 아냐. 하지만 우리 부족은 인디언의 관습을 따르고 있어. 몸을 숙이고 냄새를 맡는 것은 우호적이라는 표시야. 거의 반사적으로 나오는 행동이라고 해야겠지. 내가 습관이 되다 보니까 깊이 생각하지 않고 그랬어. 나를 용서해주면 좋겠는데……. 그리고 너한테서 정말 좋은 냄새가 나거든."

그녀의 표정은 내 설명이 터무니없다고 말하고 있었다.

"부족? 냄새를 맡는 것으로 우호적인 표시를 하는 부족이 있다는 말은 처음 들어. 동물이라면 모를까."

예의상 그렇게 말한 거지 카테리나는 '개'를 생각하는 것이 분명했다.

"고대 아즈텍 문명의 한 부족인 퀼림바족에게 냄새를 맡는 관습이 있었지. 후각이 아주 발달한 종족이거든. 냄새만 맡아도 아픈 사람을 알아낼 수 있어. 그러니까 예의인 동시에 병을 치료, 예방하는 것이기도 해."

카테리나는 눈살을 찌푸렸다. 퀼림바족은 내가 지어낸 이야기임을 아는 타일러도 이맛살을 찌푸렸다. 카테리나는 다른 질문을 하고 싶은 얼굴이었다. 유연성에 대해 물어볼 게 뻔해서 나는 얼른 화제를 돌렸다.

"그나저나 너도 신입생인데 타일러와는 예전부터 아는 사이인가 봐."

카테리나가 생긋 웃었다.

"버스를 놓쳐서 히치하이크를 하고 있었어. 근데 정말 멋진 차가 지나가는 거야. 문이 나비 날개처럼 열리는 빨간색 신형 메르세데스. 할리우드 영화에서나 볼 법한 차라고 할까, 아무튼 몬태나에는 없는 차야. 나는 엄지를 들고 있는 것도 잊은 채 멍하니 쳐다봤지. 그런데 그 차가 후진하더니 내 앞에 서는 거야. 그러고는 차에서 내린 남자가 걸어와 문을 열어줬어. 그렇게 친절한 남자는 처음이었어."

카테리나의 얼굴이 붉어졌다. 나는 숨이 멎는 것 같았다.

"캠퍼스 최고의 미녀가 차를 얻어 타려고 하는데 첫날부터 지각하게 둘 수는 없잖아." 기분이 매우 좋아진 타일러가 희희낙락했다. "그래서 내가 말했지. 대학으로 가는 길인데 동행해준다면 영광이겠다고."

"나는 이렇게 대답했어. '아름다운 차이긴 한데 학생이 타기에는 너무 사치스럽지 않아?' 하고."

"아름다울 뿐만 아니라 까칠하게 말하는데 완전 반했지. 그래서 사랑에 빠져버렸어."

둘이 동시에 웃었다. 기분이 상했다. 나는 까칠하기는커녕 오히려 관대하고 똑 부러진 거라고 내뱉어주고 싶어 입이 간질간질했지만 말하지 않았다.

"너는 어디 살아? 뭐 타고 왔는데?" 카테리나가 물었다.

나는 타일러에게 씩 웃어주고는 뻔뻔하게 거짓말을 했다.

"미줄라 북쪽에 살아. 당연히 나도 너처럼 버스를 타고 왔지!"

"진짜? 나도 북쪽에 사는데. 그럼 우리 같이 다니면 되겠다."

이번에는 타일러가 싫은 티를 냈다.

"그럴 필요 없어." 타일러가 카테리나에게 말했다. "내가 아침마다 너를 데리러 갈게."

카테리나의 표정이 굳어졌다.

"고맙지만 그러지 마, 타일러. 난 다른 학생들처럼 버스를 타고 다닐 거야."

주의 사항: 내 차를 빨리 감출 것. 그리고 카테리나에게 의심을 살 만한 일은 절대로 제안하지 말 것.

불행히도 타일러는 생각보다 영리했다. 더 우겼으면 쓴맛을 봤을 텐데 대수롭지 않다는 듯 잠자코 넘어갔다.

하지만 나는 타일러의 눈에서 또다시 냉랭한 빛을 봤다. 이번에는 그 상대가 나였다.

그 뒤로 며칠 동안 나는 카테리나에게 끌리는 마음을 떨치려고 애썼지만 소용없었다. 우리는 헤어질 수 없게 되었다. 결국 나는 강아지처럼 카테리나를 졸졸 따라다녔고, 이에 질세라 타일러가 늑대처럼 따라다녔다. 사내 녀석이 여자 뒤꽁무니를 쫓아다니다니 품위는 떨어졌지만 나는 개의치 않았다.

나는 연애소설을 많이 읽었다. 『이성과 감성』, 『로미오와 줄리엣』……. 하지만 제인 오스틴도 셰익스피어도 내가 지금 경험하는 일에 대한 마음의 준비를 시켜주지는 못했다.

나의 사랑은 점진적으로 발전했다. 처음에는 타일러로부터 카테리나를 보호해주고 싶어 그녀 곁을 맴도는 거라 생각했다. 그러다 그녀의 발치에 눕고 싶다는 이상한 욕망이 생겼다.

날이 갈수록 서로를 알게 되면서 우리는 같이 웃고 같이 공부했고, 그녀의 영향력은 점점 커졌다. 입학한 지 한 달 반이 지난 어느 날 저녁, 우리는 서로 전화를 거는 사이로 발전했다.

우리는 온종일 붙어 다녔으면서도 헤어지고 나서는 전화통에 매달렸다.

카테리나는 머리를 감고 말리는 데 너무 많은 시간을 소비한다고 생각했다. 그래서 머리를 짧게 자르기로 하고 내 의견을 물었다.

그렇지 않아도 아직은 인간을 상대하는 것이 모든 면에서 자연스럽지 못한데 로맨틱한 대화는커녕 이런 질문을 받고 나는 순간 당황했다. 여자 친구가 이런 걸 물어볼 때는 뭐라고 대답해줘야 좋은 거지? 계속 이런 식이면 손톱 깎는 것까지 물어보는 거 아닌가? 나는 일단 떠보기로 했다.

"지금 그 머리 예쁜데. 너한테 아주 잘 어울리는 머리를 왜 자르고 싶은데?"

"예쁜 건 관심 없으니까." 카테리나가 시니컬하게 대답했다.

나는 한순간 잠자코 있었다.

"카테리나, 지지 탑ZZ TOP◆처럼 수염을 기르고 모자를 써도 넌 아름다울 거야. 하지만 네 말도 맞아. 그건 내 취향이지 네 취향은 아니니 내가 뭐라고 해줄 말이 없다."

"하지만 우린 친구잖아! 그리고 너도 그래."

"나도?"

"응, 머리끝만 검은색인 네 희한한 머리도 시크해."

형언할 수 없는 감정에 휩싸인 나는 목이 메어 잠자코 있었다.

◆ 3인조 남성 그룹.

"인디아나?"

"응, 듣고 있어. 카테리나, 넌 아주…….."

"알아. 나도 그래. 넌 아주 특별한 남자야."

카테리나는 내가 다른 말을 하기 전에 전화를 끊었다.

카테리나를 보는 순간 나는 벼락을 맞은 게 분명했다. 한눈에 반했다는 말로는 약했다. 그리고 나는 늑대 혼혈의 내 희한한 머리털이 멋지다는 그녀의 말에 새삼 반했다.

그래서 나는 사랑에 빠지지 않겠다는 맹세, 그 맹세를 어기지 않겠다는 나자신과의 싸움을 포기했다.

나는 사랑에 빠졌다. 괴로운 일이었다.

그걸 인정하는 순간부터 내 세계관이 달라졌다. 나는 지옥에 떨어진 사람 같았다. 천국이 손 닿는 데에 있었지만 내게는 발을 들여놓을 권리가 없었다.

지옥 같았다. 활활 타는 불에 몸이 타들어가는 것 같았다. 카테리나가 머리에서 떠나지 않았다. 나는 밤마다 꿈속에서 그녀의 얼굴을 보고 그녀의 향기를 맡으며 잠에서 깼다. 내가 어찌나 찬물로 샤워를 해댔는지 내니가 수도 요금이 잘못됐다고 항의할 정도였다. 주말은 더 힘들었다. 나는 그녀에게 전화를 걸지 않기 위해 나 자신과 싸워야 하는 형벌의 시간을 보내야 했다. 이틀 보지 못했다고 월요일 아침에는 입이 바짝 마르고 손이 덜덜 떨렸다. 온종일 그녀 곁에 있는 것이 괴로우면서도 기뻤다. 그녀의 모든 것이 나를 기쁘게 했다. 윤기가 흐르는 그녀의 부드러운 머릿결, 예쁜 이목구비, 고운 마음씨, 그녀의 손, 몸매, 긴 목, 반듯한 코, 부드러운 입술, 넓은 이마, 청록빛 눈. 그녀는 똑똑하지만 과묵했고 재미있고 과감했다. 나는 그녀를 많이 웃게 했다. 내 의지가 아니었다.

내 속에 잠재된 늑대의 반응이 드러나고 있었다. 그래서 나는 음식 냄새를 쿵쿵 맡거나(내 모습에 카테리나는 숨이 멎을 듯 놀랐다) 미친놈처럼 헐떡거리고, 기분이 좋지 않을 때 입술을 말아 올리는 행위를 중단해야 했다. 아, 그리고 뭔가가 내 쪽으로 날아오는 순간 번개같이 잡지 않기 위해 노력해야 했다. 날아오는 공에 대한 반사 반응이었다. 루가루의 아류로서 공놀이를 즐기는 인간 속에서 사는 일은 아주 고역이었다.

인간으로서의 내 반응은 그래도 괜찮았다. 금방 시들어버릴 걸 뻔히 알면서 정원에서 꽃을 꺾기도 했다. 하루에도 스무 번씩 불타는 사랑을 고백하기로 마음먹었다가 매번 포기했다. 땀이 나고 손발이 오글거렸지만 그녀에게 바칠 어설픈 시도 썼다.

대충 이런 시였다.

아, 나는 너의 새까만 눈에 빠져 있네.

이런, 카테리나의 눈은 초록빛과 잿빛, 금빛을 섞어놓은 청록빛인데.

그래서 나는 이렇게 고쳤다.

아, 나는 초록빛 잉크 같은 네 눈에 빠져 있네.

빌어먹을, 이렇게 되면 다음 행도 운을 맞춰야 하잖아. 내 심장에 대해 고백하고 싶었다.

내 심장이 주저하다 사정없이 뛰네.

심장이 왜 주저한다는 거야? 심장이 이렇게 메트로놈처럼 쿵쾅쿵쾅하는데!

멀리 있으면 정신이 나가고 심장이 서서히 죽어가네.

이건 사실이었다. 하지만 우리는 날마다 만났다. 그리고 나는 완전히 정신이 나간 건 아니었다.

내 영혼이 불타오르네.

아이고, 이걸 시라고 쓰다니!

나는 시를 적은 종이를 꼬깃꼬깃 구겨서 휴지통에 던졌다. 그러다 내니가 구긴 종이를 펴볼지 모른다는 생각이 들어 갈기갈기 찢었다.

내가 카테리나를 사랑한다는 사실을 그 누구도 몰라야 했다.

이따금 나는 우리 루가루 무리가 미웠다. 금지된 사랑을 품고 사는 건 지옥 같았다. 무엇보다 사랑하는 여자 앞에서 소심한 연애를 할 수밖에 없는 나에게는 조언이 필요했다. 악셀에게 계속 연락했지만 전화를 받지 않았다. 비밀 미션을 떠난 게 틀림없었다.

나는 내 위험한 가족과 계속 연락하고 있었다. 외지로 나가 있는 루가루들과 화상회의를 할 수 있도록 설치한 사설 통신망 덕분에 나는 미줄라에 도착하자마자 할머니와 화상 통화를 했다. 루이스 브랜드켈의 아들 타일러가 나와 같이 수업을 듣는다는 사실을 안 뒤로 할머니는 많이 불안해했다. 루가루 무리에서 무슨 일이 생겼기 때문이었다.

세라피나가 행방불명되었다. 네드가 히스테릭해졌고, 세라피나의 부모를 비롯한 모두가 그녀를 찾아다녔다. 나는 세라피나에게서 들은 얘기가 있어 크게 걱정하지 않았다. 세라피나는 야심 찬 소녀였다. 일이 어떻게 될지 대충 짐작이 갔다. 그러던 중 세라피나가 로스앤젤레스에서 한 사이버카페를 통해 메일을 보냈다. 톱 모델이 될 수 있는지 경험해보고 일주일 후에 돌아가겠다는 내용이었다. 자신의 미모가 영화 스튜디오에서 통하는지 알아보기 위해 직접 할리우드로 떠난 것이었다. 일주일 동안 그녀는 희망에 차 있었다. 세라피나의 가출 소동이 일어나자 심란해진 할머니는 나의 근황을 낱낱이 보고하게 했다. 할머니로서든 여성 알파 늑대로서든 앰버가 명을 내리면 복종해야 했다. 사랑에 빠진 로미오의 고민을 털어놓을 수만 있다면 나는 세상에서 가장 행복한 남자가 되었을지 모르는데.

세라피나에게는 불행한 일이지만 내 예측이 맞았다. 세라피나는 정확히 일주일 후 아무 성과도 거두지 못한 채 의기소침해져 돌아왔다. 그녀보다 아름다운 여자가 수백 명 있었고, 필름을 통해서는 그녀의 매력이 전해지지 않았다. 사진이 그녀의 아름다움을 생생하게 담아내지 못한 것이다.

세라피나가 별일 없이 돌아왔는데도 규율은 더 엄격해졌다. 인간과 가까이 지내는 루가루들이 감시를 받았다. 좋지 않은 소문이 돌기 때문이었다. 지방 뉴스에 미줄라의 노동자 두 명이 실종되었다는 보도가 나왔다. 얼마 후 할머니는 몇몇 루가루가 세미의 냄새를 맡았다는 보고를 받았다고 알려주었다. 또 다른 노동자 세 명이 실종되자 미줄라가 발칵 뒤집혔다. 경찰은 아무것도 찾아내지 못했다. 더 이상의 희생자가 없자 동요는 가라앉고 다시 일상이 시작되었다.

아무튼 그 일로 나는 감히 카테리나에게 가까이 다가갈 수 없었다. 할아버지와 할머니가 아는 날에는 카테리나가 위험해진다. 나와 내 가족이 어떤 존재인지 알고 도망치면 그녀는 죽음을 면치 못할 터였다. 경솔한 짓을 했다가는 즉시 그녀의 목숨이 위태로워질 것이었다.

참을 수 없는 일이었다. 가슴이 미어졌다.

때로는 카테리나의 입이 너무 가까워 숨결이 느껴질 때마다 뒷걸음쳐야 했다. 그녀는 자주 다정하게 스킨십을 했고, 나에게 몸을 기댈 때도 있었다. 그런 날들은 최악이었다. 거의 고문이나 다름없어서 나는 폭발할 것 같았다.

카테리나는 공부에 너무 열중해 알아채지 못한 듯했다.

그녀는 미친 듯이 공부했다.

카테리나는 타일러나 나와는 달랐다. 그녀는 가난한 장학생이었다. 나는 그녀의 시선이 예쁜 청바지, 구두(여자들이 구두에 집착하는 이유를 이해하려면 연구가 필요할 것이다), 최신형 핸드폰에 머무는 것을 봤다. 경제적 여유가 없어 살 수 없지만 너무 똑똑하고 너무 자존심이 강해 내색하지 않았다. 하지만 나는 이따금 그녀에게서 근심과 슬픔을 느꼈다. 그녀는 저녁에 미줄라의 한

레스토랑에서 아르바이트를 했다. 잠자는 시간이 부족해 눈 주위에 내린 다크서클을 보면 내가 미안하고 안쓰러웠다.

우리는 잘못된 관계였다. 타일러는 마치 돈이 곧 힘이고, 부를 과시해야 사람들에게 존중을 받는다고 생각하는 양 행동했다. 나는 돈을 벌기 위해 아무 일도 한 적이 없다는 것에 가책을 느꼈기 때문에 있는 티를 내지 않았다. 내 돈이 아니라 조부모의 돈이었다. 그래서 돈 있다고 허세를 부리는 건 바보 같은 짓이라고 생각했다. 우리는 카테리나의 문제로 괴로웠지만 그녀에게 경제적인 도움을 주겠다는 말을 꺼내지 못했다. 자존심 강한 카테리나가 단호히 거절할 게 뻔했기 때문이다.

카테리나는 자존심 때문에 여학생들과도 어울리지 않았다. 입학하는 날 조각 같은 몸매로 관심을 끌던 금발 여학생 재키 스타캣이 동기생 중 우리와 가장 친한 친구가 되었다. 재키는 카테리나를 무척 좋아했다. 침울해 보이는 카테리나와 다니면 재키의 외모가 더욱 빛나 보일 뿐만 아니라 수다스러운 자신과 달리 말이 없기 때문이기도 했다.

우리가 학교에 도착한 어느 날 카테리나가 열쇠 하나를 꺼냈다. 카테리나는 1909년 몬태나 대학에서 창설된 '카파 카파 감마' 여성 연대의 회원이 되라는 제안을 받았는데 그 열쇠는 여성 연대의 상징이었다. 아, 그래서 대비되는 색 조합을 좋아하는 카테리나가 여성 연대를 상징하는 파란색과 군청색 옷을 입고 있었구나. 나는 눈살을 찌푸렸다. 타일러도 인상을 썼다. 이건 우리가 그녀를 자주 만나지 못하게 되리란 뜻이었다.

활짝 웃으며 반기던 재키의 표정이 카테리나가 입은 재킷을 보고 돌변했다. 나는 분노하는 재키를 보고 본능적으로 굳어졌다.

"어, 그거 내 옷이잖아!" 재키가 경멸하는 표정으로 말했다. "몇 주 전부터 찾던 재킷인데."

카테리나가 뭐라 말하려 했지만 재키는 카테리나의 팔꿈치를 들고 찢어진 부분을 가리켰다. 거의 보이지 않게 꼼꼼히 수선되어 있었다.

"이것 봐, 못에 걸리는 바람에 찢어졌단 말이야. 그런데 네가 요렇게 싹 꿰매놨잖아! 너 딱 걸렸어, 도둑년!"

카테리나는 아연실색해서 고개를 가로저었다.

"아니, 난 훔치지 않았어. 헌옷 가게에서 산 거라고!"

재키는 카테리나의 말을 듣지 않았다. 그녀는 핸드폰을 꺼내 들고 빠르게 버튼을 눌렀다.

"여보세요? 엄마, 경찰에 신고해야 해! 내 재킷을 훔쳐간 범인을 찾았어!"

통화하던 재키의 안색이 변했다.

"뭐라고? 너무 낡아서 엄마가 헌옷 가게에 가져다줬다고? 엄마, 농담이지? 내가 좋아하는 옷인데 엄마 마음대로 버리면 어떡해!"

재키는 전화를 탁 끊어버리더니 카테리나를 쏘아봤다. 카테리나는 잠자코 재키를 쳐다보다 열쇠를 손에 쥐여준 다음 돌아섰다. 하지만 재킷을 돌려주지는 않았다. 포기하는 건 그녀와 거리가 멀었다. 나는 그녀의 눈에 맺힌 눈물이 굴욕의 눈물이라고 생각했다. 하지만 눈이 빨간 것을 보니 분노의 눈물인 모양이었다. 내가 재키를 노려보자 그녀가 외쳤다.

"뭐? 내가 좋아하는 옷을 설마 엄마가 버렸다는 생각을 어떻게 해?"

거기서 끝났다면 좋았을 텐데 재키는 학교에서의 인기를 이용해 카테리나가 늘 남학생 둘과 붙어 다닌다며 좋지 않은 소문을 퍼뜨렸다. 카테리나는 여학생 그룹에서 따돌림을 당했다. 그러자 평가받을 걱정 없이 긴장을 풀고 웃을 수 있는 우리와 더 가까이 지냈다.

타일러는 좋은 현상이라고 생각했지만 나는 슬펐다.

가장 힘든 것은 카테리나가 우리를 전적으로 믿는다는 사실이었다. 그녀는 춥거나 피곤할 때, 위로가 필요할 때 주저 없이 우리 품에 안겼다.

내가 그녀에게 품은 생각이 알려지면 체포되어 투옥될 일이었다. 그녀는 전혀 눈치채지 못했겠지만 그녀가 내 곁에 있을 때마다 긴장한 탓에 몸이 산산조각 나는 것 같았다.

이따금 그녀가 내 얼굴을 만지면서 말했다.

"슬퍼 보여, 인디아나. 뭔가 소중한 걸 잃은 사람처럼."

그건 바로 카테리나였다. 내가 포기해야 하는 여자, 내가 찾았지만 잃어버려야 하는 여자……. 나도 안다. 사람들이 내 머릿속을 읽을 수 있다면 틀림없이 비극적인 멜로드라마라도 찍느냐고 코웃음 쳤으리라는 걸.

이루어질 수 없는 내 사랑을 되새기는 대신, 계절이 바뀌듯 만났다 자연스럽게 헤어지는 다른 커플처럼 그저 본능에 충실하게 드라마도 찍고, 히스테리도 부리며 즐겼으면 좋았을 텐데. 하지만 나는 그럴 수 없었다. 집착을 떨치기 위해 여성 루가루에게 말을 걸어 차라도 한잔 마시자고 데이트 신청을 할 수는 없는지 의문이 들기까지 했다. 하지만 최고 수장의 손자인 데다 인간인 나를 좋아할 여성 루가루가 있기는 할까 하는 생각에 나는 시도조차 해보지 못했다.

차츰 나는 학생들에게 동화되었다.

운동부 주임은 체격이 좋은 타일러를 대번에 알아보고 곧바로 몬태나 그리즐리스 미식축구부에 들어가라는 제안을 했고, 나는 키를 고려해 농구부에 넣어주었다.

외톨이인 나에게 팀에 들어가라고?

나는 이런 모든 변화에 강한 인상을 받았고 세계관이 바뀌었다.

정말 새로운 발견이었다.

11

약간의 휘발유와 열정으로
굴러가는 자동차

악셀과의 훈련 덕분에 나는 민첩성과 지구력, 유연성이 월등히 향상되었다. 상대가 늑대라면 몰라도 인간이라면 문제가 달랐다. 나는 오히려 너무 빠르지 않게 조심해야 했다. 나는 두각을 나타내고 싶지도, 관심을 끌고 싶지도 않았다. 하지만 이번만은 루가루들이 지어준 별명 '너무 느린 인디'로 불리지 않아 좋았다.

나는 경기 중에 어려운 패스를 하거나 본의 아니게 여러 번 재주를 부렸다. 그 바람에 임시 별명이었던 '곡예사'가 내 별명으로 굳어졌다. 타일러가 즉흥적으로 지어낸 '찌질이'보다는 곡예사가 훨씬 나았다.

한편 타일러는 캠퍼스의 진정한 스타가 되었다. 타일러는 입담이 좋고 친절하고 싹싹한 타입이었다. 오직 나에게만 증오심을 보였다.

처음에는 초짜처럼 굴던 타일러였지만 이내 미래의 위대한 쿼터백이 될 거란 말을 들을 만큼 탁월한 기량을 선보였다. 정말이지 동작이 아주 날렵했다. 나는 그가 늑대의 특성을 고스란히 드러내는 것을 보고 깜짝 놀랐다. 피검사를 해보자고 하면 어쩌려고? 대학에 자체 검사소가 있어서 조금이라도 의심이 가는 선수는 금지 약물 검사를 해야 했다. 나는 타일러를 싫어하지만 그가 체포되는 건 원치 않았다.

할아버지 말이 맞았다. 캠퍼스에는 정말로 남녀 루가루가 여섯 명이나 있었다. 그들은 크고 작은 여러 무리에 속해 있지만 우리 무리에게 복종하는 루가루들이었다. 물론 대부분 우리 목장에는 온 적이 없었다.

루가루 무리의 조직 체계를 어떻게 설명해야 할까? 단순하면서도 복잡했다. 진짜 늑대 무리와 마찬가지로 남녀 알파 루가루가 무리를 지배하고, 베타나 오메가 같은 하급은 알파에게 무조건 복종했다.

커플이 무리를 지배했고, 여성 늑대가 없는 남성 늑대는 존중받지 못했다. 모든 루가루 무리 중 내 할아버지가 가장 강하고 가장 유명했다. 다른 무리의 알파 루가루들은 5월 말, 봄의 대축제 때 목장에 와서 할아버지에게 경의를 표했다. 최근에 저택에서 열린 무도회도 그렇고, 루가루 수백 명이 함께 노래 부르며 연대감을 나누는 광경은 두고두고 잊지 못할 것이다.

할아버지가 지배하는 루가루들은 모두 사냥하고 노래하면서 결속을 다졌다. 갈등이 누그러지면 단합이 되고, 삐딱하게 굴던 소수의 루가루도 다시 제자리를 찾았다. 예전에는 혈전으로 최고 수장이 결정되었지만, 지금은 무리의 사업을 가장 잘 경영할 것 같은 루가루를 최고 수장으로 선출했다. 할아버지는 40년 넘게 최고 수장으로 군림하고 있었고, 20년간의 새로운 임기가 이제 막 시작되었다. 루가루는 수명이 길기 때문에 대부분 나이가 많았다. 물론 나는 아니지만……

모든 사회와 마찬가지로 우리 루가루 사회에도 경찰이 있다. 헌터들을 말하는데 이 중 몇몇이 수색, 체포, 특히 세미를 제거하는 일을 담당하고 있다. 그 밖에 너무 많이 죽이는 루가루, 미친 루가루를 정신병원에 집어넣는 것도 헌터의 일이었다.

루가루는 대개 열 명 또는 열두 명이 무리를 지어 한 집단을 이루는데, 할아버지 무리는 200명에 이르고, 루이스 브랜드켈 무리도 거의 그 정도다.

대학의 남녀 루가루들은 타일러를 두려워했다. 나한테는 성주의 아들을 대하는 것처럼 정중했지만 아주 신중하게도 알은체하지는 않아서 다행이었다. 우연히 마주칠 때마다 다정하게 미소를 지어 보이는 롤리 브로크라는 이름의 여성 루가루만 제외하고. 하지만 미소 이상의 행동은 없었다.

타일러를 두려워하는 루가루 이외의 다른 여학생들은 꿀벌처럼 타일러 주위에 모여들었다. 유감스럽게도 타일러는 거들떠보지도 않았다. 타일러 역시 나처럼 카테리나에게 정신이 팔려 있었다. 하지만 인기와 돈으로 카테리나의 마음을 사로잡으려고 하는 타일러와 나는 정반대였다. 나는 내 부모, 조부모에 대해 아무 말도 하지 않았고(당연한 일이 아닌가), 나에 대해서도 함구한 채 이목을 끌지 않으려고 노력했다. 나는 카테리나를 현혹시키려는 것이 아니었다. 그저 그녀의 마음에 들고 싶었다.

그러지 말아야 한다는 걸 잘 알면서도 나는 그 욕망을 떨쳐낼 수가 없었다.

내니는 내가 멋진 최신형 차를 놔두고 버스로 등교하는 이유를 이해하지 못했다. 정말 바보 같은 짓이라고 생각했다. 비가 억수같이 쏟아질 때는 특히 그랬다. 그러다 폭우가 쏟아지던 어느 날, 지나가는 '똥차'를 보고 나는 좋은 생각이 떠올랐다.

다음 날 아침 일찍 나는 중고차 시장에 가서 사륜구동차를 팔고 낡은 초록색 닷지 픽업을 샀다. 녹슨 중고차의 엔진이 고양이 소리를 냈다.

나는 사흘 전부터 줄기차게 내리는 비로 진창이 된 버스 정류장에 서 있는 카테리나를 발견하고 고철 덩어리 중고차를 세웠다. 카테리나는 눈이 동그래져서 손으로 입을 막았다. 터져 나오려는 웃음을 참는 것이 틀림없었다.

나는 차에서 내려 행여 떨어질까 긴장하면서 조심스럽게 녹슨 문을 열어놓고, 버스를 기다리는 사람들이 비웃거나 말거나 카테리나에게 허리를 굽히며 정중하게 말했다.

"공주님, 마차 대령했습니다."

"인디아나." 카테리나가 킥킥거리면서 말했다. "설마 이…… 차를 돈 주고 산 건 아니지?"

나는 차의 지붕을 주먹으로 쾅, 쳤는데 고맙게도 내려앉지 않았다.

"이것 봐, 튼튼하잖아! 낡았지만 전통 있는 미국 회사 제품이라고!"

"글쎄, 오래전에 폐차했어야 할 것 같은데……."

"겉모습만 보고 그러지 마. 속이 중요한 거니까! 그래도 이 차가 비를 막아주고 우리를 무사히 학교로 데려갈 테니 걱정 말라고. 부담스러우면 기름값을 나눠서 내든가. 버스 요금과 거의 비슷할 거야."

카테리나는 입술을 깨물었지만 빗줄기가 더 거세지자 받아들였다.

"그래, 그러자. 좋은 생각이야. 하지만 미리 말하는데 지각하거나 차가 고장 나면 다시는 안 탈 거니까 그런 줄 알아!"

내가 가슴에 대고 성호를 그었다.

"맹세! 이 차는 우리를 저버리지 않을 거야!"

카테리나가 차에 오르는 사이 나는 버스를 기다리는 이들에게 말했다.

"뒷좌석에 자리가 셋이니까 학교로 가는 분 있으면 타요."

세 명이 차에 올랐고, 우리는 먹구름에 잠긴 학교를 향해 출발했다.

일단은 소기의 목적 달성! 나는 기쁨을 드러내지 않고 가능한 한 정문 가까이에 차를 세웠다.

바로 눈앞에서 멈추는 차를 보고 타일러는 멍하니 입을 벌렸다.

루가루를 상대로 우위를 점할 기회가 거의 없는 내게, 기억 속에 영원히 남을 날이었다.

타일러는 눈살을 찌푸리더니 비웃음을 흘리며 이를 드러냈다.

"이 똥차는…… 뭐야?"

"뭐긴 뭐야? 카테리나와 나의 이동 수단이지." 나는 보닛을 토닥이며 대꾸했다. "카테리나, 차에 이름 지어주는 거 어떻게 생각해?"

카테리나가 웃음을 터뜨렸다.

"너, 진짜 괴짜다. 차에 이름을 지어주자니! 다음 단계는 뭔데? 대화라도 나누려고?"

나는 불쌍한 표정을 지어 보였다.

"왜? 배에도 이름을 짓는데 차에는 지어주면 안 되나?"

카테리나의 두 눈이 생글거렸다.

"배트모빌 어때?"

"뭐?" 타일러가 발끈했다. "어떻게 배트를 이런 데다 붙여? 배트맨에 대한 모독이지! 내 차라면 모를까. '트래시모빌'이라고 하면 딱 어울리겠네! 쓰레기나 다름없는 차니까!"

카테리나가 미소를 지었다.

"중요한 건 겉이 아니라 속이야. 그리고 나는 인디아나에게 브루스 웨인 못지않게 신비로운 면이 있다고 생각해."

그 순간 나는 숨이 멎을 뻔했다. 이건 나에 대해 전혀 이야기하지 않는 걸 지적하는 말인데!

타일러가 나를 째려봤다.

"신비로운 거 좋아하시네. 언제 장렬한 죽음을 맞을지 모르는 똥차라는 거 잊지 마."

타일러는 이번만큼은 너무 화가 나서 도저히 같이 있지 못하겠는지 획 돌아서서 멀어져 갔다.

카테리나는 어이없다는 눈빛으로 나를 쳐다봤다.

"어머, 쟤 왜 저래?"

나는 어깨를 으쓱했다.

"몰라. 간밤에 잠을 못 잤나? 가자, 카테리나. 이러다 지각하겠다."

유치한 녀석이 만원이 된 강당에 카테리나가 앉을 자리 하나만 잡아놓았다. 당연히 나를 따돌리겠다는 수작이었다. 그러고는 수업 시간 내내 카테리나의 마음을 다시 사로잡은 양 우쭐해서 시시덕거렸다. 하지만 나는 자신이 있었다. 내 계획은 잘되어가고 있었다.

나는 카네리나가 사는 집을 알아두었다. 그렇다고 그녀가 집으로 돌아갈 때 염탐할 생각에서 그런 건 아니었다. 그건 바보 같은 짓이다. 레스토랑을 나와 집으로 돌아갈 때마다 피곤에 지쳐 비틀거리는 카테리나를 누군가가 공격할 경우에 대비해 미행한 것이다. 그녀가 안전하게 집으로 들어가는 걸 확인한 뒤에 나는 돌아섰다. 보이지 않는 보디가드로서. 나는 어디를 가든 은제 단검, 별 모양 표창, 바꽃 가루를 항상 지니고 다녔다. 몬태나에는 많은 괴물이 살고 있었다. 나는 그중 하나가 카테리나를 잡아먹을까 봐 불안했다. 괴물이 아니라도 인간 괴한에게 나쁜 일을 당할 수도 있고.

그녀의 집을 알아났더니 다음 날 아침에 쉽게 데리러 갈 수 있었다.

집의 정면은 허름했다. 몇 년 동안 페인트칠조차 하지 않은 것 같았다. 미줄라의 겨울은 추위가 혹독하고, 여름은 짧지만 몹시 더웠다. 목재는 휘어지고 균열되고 이끼도 껴 있었다. 아늑해 보이지도 쾌적해 보이지도 않는 집이었다. 성한 데가 하나도 없는 가난한 집. 정원에는 잡초만 무성했다.

그리고 쓰레기통에 빈 포도주병과 맥주 캔이 잔뜩 쌓여 있었다.

카테리나는 내가 차에서 내리면서 아무 내색도 하지 않자 안심하는 것 같았다.

카테리나가 나를 향해 걸어올 때 그녀의 아버지가 모습을 드러냈다. 카테리나는 아버지의 목소리가 들리자 얼굴이 일그러졌다.

"카트, 친구더러 들어오라고 하지그래? 맥주나 한잔하게!"

카테리나가 입술을 질끈 깨물었다. 나는 그 순간 그녀가 '카트'라고 불리는 걸 싫어하는 이유를 알았다.

카테리나는 심호흡을 하고 나서 입속말을 했다.

"대답하지 마. 빨리 가자."

하지만 카테리나의 아버지는 취한 사람치고 아주 빠르게 다가왔다.

그녀의 아버지가 내 손을 덥석 잡고는 비틀거리면서 내 쪽으로 기울어졌다.

"나는 셰이머스 오하라야. 학생 이름은?"

"인디아나 텔러입니다." 나는 조심스럽게 악수를 하면서 대답했다.

그녀의 아버지가 내 몸에 거의 기댄 채 나를 쳐다봤는데 눈에 눈물이 글썽해 깜짝 놀랐다.

"인디아나!" 그녀의 아버지가 소리를 질러서 나는 소스라치게 놀랐다. **"인디아나 텔러!"**

셰이머스 씨는 그렇게 외치다 키가 무성하게 자란 풀밭에 주저앉아 껄껄대고 웃기 시작했다.

카테리나도 눈물이 그렁그렁해서 차에 올라타더니 문을 쾅, 닫았다.

나는 고개를 끄덕이며 인사를 하는 둥 마는 둥 하고는 운전대를 잡고 차를 출발시켰다.

부르릉거리는 엔진 소리 때문에 대화하기가 쉽지 않았다. 카테리나가 침묵을 지키고 있어서 나는 아무 말도 하지 않았다.

"타일러가 나더러 사귀자고 했어." 카테리나가 불쑥 말했다.

나는 도로 한복판에서 급브레이크를 밟았다. 다행히 뒤에 차가 없었다. 나는 치미는 분노를 억누르면서 갓길로 차를 몰았다.

"언제?"

"지각하겠어."

내가 핸들을 어찌나 힘주어 잡았는지 우지끈거리는 소리가 났다.

"언제?"

"어제. 집에 왔다 갔어."

나는 유치한 녀석을 짓뭉개버리고 싶었다.

"그래서 너는?"

카테리나는 괴로운 눈빛이었다.

"남친 만들 생각 없어."

이 말에 나는 아연실색했다. 카테리나와의 사이를 더는 발전시키지 않을 생각이었지만 그래도 그녀의 선언에 가슴이 철렁했다.

"아, 그래? 왜?" 내가 목멘 소리로 물었다.

"함정이니까. 사랑에 빠지면 공부를 팽개칠 테고 그러다 임신이라도 하는 날에는 인생 끝나는 거야. 해마다 그런 식으로 인생을 망치는 여학생이 얼마나 많은지 몰라. 내가 그 통계의 한 사람이 되는 일은 없을 거야. 어림없어. 그런데 타일러가 이해할 수 없는 말을 덧붙였어."

내가 이성을 잃고 격분할 만큼 그녀의 어조가 이상했다.

"뭐라고 했는데?"

"타일러는 다른 걸 제안했어." 그녀가 중얼거리듯 말했다.

나는 최악의 상황이 떠올라 늑대처럼 포효하고 싶은 충동을 가까스로 억눌렀다.

"내 학비를 주고 싶다고." 그녀가 더 나직하게 말했다. "내 대출금도 갚아주겠다고 했어. 우리는 근근이 살고 있어. 하루하루 살기가 버거울 정도로.

항상 돈이 부족해. 아버지의 약값이며 생활비……."

그리고 술값이 많이 들어갈 게 뻔했다. 집을 보고 대충 짐작은 했지만 그 정도일 줄이야. 나는 뭔가를 박살 내기 직전에 핸들을 놓았다. 하마터면 쓰레기통을 들이받을 뻔했다. 타일러는 그녀를 매수하려는 것이었다. 누가 브랜드켈 집안 아들 아니랄까 봐.

"타일러를 안 지 얼마나 됐지?" 내가 이를 악물고 물었다.

"너랑 똑같아. 석 달."

"석 달인데 만 5천 달러나 되는 거금을 빌려줄 만큼 타일러가 너한테 완전히 빠졌다고?"

"아니, 만 3천 달러. 인디아나, 나의 절친은 너야. 전에는 텔로라 스프링 부근에 살았는데……."

나는 카테리나를 뚫어져라 쳐다봤다.

"텔로라 스프링 부근에 살았다고? 하지만 그 부근 땅 주인은……."

나는 말을 하다가 멈췄다.

"누구 땅인데?"

"아…… 친구." 나는 얼버무렸다.

나는 내 조부모의 땅이라고 말할 뻔했다. 내 이름에서 할아버지 이름이 느껴지지 않아 다행이었다. 내 이름은 구글에서 검색해봐야 아무것도 나오지 않지만, 조부모의 이름은 유명해서 그 지방에서는 잘 알려져 있었다. 카테리나가 우리 이웃이었다니, 느낌이 이상했다.

"그러니까 네가 텔로라 스프링에 살았단 말이지?" 나는 재차 확인했다.

"응, 할아버지 소유의 땅이 있었어. 관리를 잘못해서 다 잃고 말았지만. 내학비 때문에 아버지는 남은 것을 모두 처분했어. 1차 걸프전 때 머리를 다쳐 돌아오셨는데 상태가 좋지 않아. 신체적으로는 괜찮아 보이지만 아버지는 이따금 자신이 어디에 있는지 잊어버리거나 아직 쿠웨이트에 있다고 생각할 때도 있어. 참전 장애 수당과 집을 팔고 남은 돈으로 대출금을 상환하면서 힘겹게 살고 있어. 그래서 허름한 집을 샀던 거고. 내가 대학을 졸업할 때까지는……."

그녀가 억척스럽게 사는 이유가 이해되었다. 그녀는 아버지에게 고마워하고 있었다. 비록 술주정뱅이 아버지였지만.

그녀가 가녀린 손으로 도로를 가리켰다.

"인디아나, 부탁인데 빨리 가자. 내가 지각하는 걸 얼마나 싫어하는지 알잖아!"

나는 완전히 의기소침해져서 차를 몰았다. 할아버지의 요구에도 불구하고 재향군인의 날인 11월 11일에는 집에 가지 않았지만, 추수감사절에는 어떤 핑계도 통하지 않을 터였다. 할아버지가 이미 헬리콥터를 보냈기 때문에 몇 시간 후에는 며칠 동안 카테리나와 떨어져 있어야 했다. 내 정적이 체스판에 중요한 말을 놓았다. 하필이면 떠나야 하는 순간에! 괴로운 마음으로 잠자코 차를 몰면서 질투심이 어느 정도 가라앉았다고 생각했을 때 나는 뭔가 이상하다는 것을 알았다.

나는 카테리나의 냄새를 맡았다. 평소에 맡던 그녀의 냄새가 아니었다. 그리고 그녀의 심장 뛰는 소리도 들렸다. 처음 있는 일이었다. 비누 냄새에 섞인 그녀의 향기가 느껴졌다. 그리고 팔뚝의 솜털, 코의 모공, 속눈썹까지 보였다.

나는 또다시 차를 세웠다. 어떤 신이나 수호천사가 어디선가 나를 지켜주는 게 틀림없었다. 이번에도 뒤에 차가 없었으니.

카테리나는 질겁해 나를 쳐다봤다.

나는 속이 메스꺼워서 내뱉듯 말했다.

"운전해!"

"뭐라고?"

"네가 운전하라고. 속이 울렁거려."

카테리나는 더 묻지 않고 차에서 내려 운전석으로 왔다. 그러고는 땀을 흘리며 부들부들 떠는 내가 조수석에 앉도록 도와주고 안전벨트를 채워주었다.

그녀는 핸들을 잡고 조심스럽지만 속도를 내며 운전했다.

"괜찮아?" 카테리나가 걱정되는 얼굴로 물었다. "어쩐지 안색이 창백해지다 빨개지더라. 근데 지금은 시퍼래졌어."

"왜 이러는지 모르겠는데 아마 아침에 먹은 팬케이크가 얹혔나 봐." 나는 농담조로 가볍게 말했다.

"도착하는 대로 양호실에 가자. 이런 상태로는 수업 못 들어."

나는 고개를 끄덕였다. 정말 속이 너무 안 좋았다.

나는 양호실에서 한 시간째 부들부들 떨면서 카테리나가 수업에 들어가도록 설득했다. 그녀는 내 곁을 떠나지 않으려고 했지만, 나는 우리 둘을 위해서는 그녀가 강의를 들어야 한다고 말했다. 그녀는 걱정으로 가득한 채 마지못해 나를 두고 나갔다.

양호 선생님이 내 체온을 쟀다. 진짜 늑대는 체온이 38.5°C와 38.8°C 사이에서 다양하게 나타난다. 루가루도 마찬가지이다. 하지만 루가루 종족의 일원이 아닌 나는 보통 사람들과 달리 39°C에 가까웠다. 정상 체온이 아니었다.

몸이 펄펄 끓는 듯했다. 내 몸의 모든 근육이 동시에 수축되는 것 같았다.

어쩌다 병이 났을 때도 이런 적은 없어서 나는 공포에 사로잡혔다. 양호 선생님은 알레르기성 반응이 아니라는 걸 확인한 뒤에 아스피린을 먹이고 병원에 가보라고 조언했다.

그건 절대 안 될 일이었다. 내 피는 순수 혈통의 인간과 다를 수 있고, 까딱 잘못하면 정체가 탄로 날 수도 있었다.

우리 종족만의 병원이 있긴 하지만 미줄라에도 우리 병원이 있는지는 내니에게 물어봐야 했다.

카테리나가 돌아왔을 때 나는 엄청난 통증을 느끼고 있었다. 그녀는 강의 내용을 복사한 프린트 뭉치를 내려놨다.

"고마워." 내가 힘없는 목소리로 말했다.

"집에 데려다줄게."

나는 펄쩍 뛸 뻔했지만 너무 힘이 없어서 그럴 수 없었다. 집에 가면 안 되는데…….

나는 손사래를 치다가 이내 후회했다. 온몸의 뼈마디가 욱신거렸다.

"아니, 안 그래도 돼. 괜찮아질 거야."

"됐고! 또 기절하기 전에 어디 사는지 그거나 말해."

나는 입술을 깨물었다. 제기랄, 반박할 말이 전혀 없었다. 그녀의 발에다 토할 것만 같았다. 나는 결국 항복했다. 너무 아파서 카테리나와 함께 돌아오는 나를 보고 내니가 어떻게 나올지 상상할 수조차 없었다. 사실 나는 아무래도 상관없었다. 머리가 핑핑 돌았다. 주차장까지 가는 길이 한없이 길게 느껴졌다. 카테리나가 차 문을 열 때 뒤에서 타일러가 불쑥 나타났다. 늑대 냄새가 이렇게 강하게 느껴지기는 처음이었다.

이번에는 참을 수가 없었다.

나는 마치 카테리나를 피하려는 듯 돌아섰다.

그리고 타일러의 몸에다 토했다.

타일러는 전혀 예상하지 못했다. 예상했다면 늑대의 반사운동으로 번개같이 피했을 텐데.

그런 상태이면서도 잠깐이지만 통쾌했다. 카테리나의 질겁한 얼굴, 토사물이 뚝뚝 떨어지는 휴고 보스 바지와 랄프 로렌 구두를 쳐다보며 일그러지는 타일러의 얼굴, 그건 두고두고 잊지 못할 영화의 한 장면 같았다.

타일러가 나에게 주먹을 휘둘렀다. 나는 피하려고 했지만 실패했다. 타일러가 날린 주먹에 턱을 얻어맞고 그대로 쓰러졌다.

카테리나의 성난 고함 소리가 들렸다.

"멍청한 자식! 미쳤어, 너? 인디아나는 아프단 말이야! 그래서 내가 집에 데려다주러 가는 길인데!"

타일러가 격분했다.

"내가 뭐? 이놈이 일부러 그런 거야! 뻔해!"

"빌어먹을!" 카테리나가 소리쳤다. "양호실에서도, 여기서도 두 번이나 토할 뻔했어. 그리고 오는 소리를 듣지도 못했는데 인디아나가 네가 뒤에 있는지 어떻게 알았겠어?"

그 순간 내가 숨을 쉬지 않아 인공호흡이라도 해야 할 상황이 벌어졌다면 완전 통쾌했을 텐데! 나는 기절한 척 까무러치고 싶은 마음이 간절했지만 내 숨소리를 들어보기만 해도 금방 알아챌 일이었다. 제기랄!

카테리나가 일으키기에는 내가 너무 무거웠다. 그래서 나는 눈을 떴고, 내 얼굴을 내려다보는 천사의 얼굴을 발견했다.

"어…… 어떻게 된 거야?"

"타일러가 너를 때렸어." 카테리나가 차가운 목소리로 말했다. "얘가 너를 부축해서 차에 태울 거야."

나는 토사물을 뒤집어쓴 타일러를 보면서 가까스로 일어나 앉으며 조심스럽게 머리를 살살 흔들었다.

"싫어! 타일러를 나한테서 멀리 떨어져 있게 해. 근데 저 미친놈이 나를 왜 때린 거야? 내가 일부러 그런 것도 아닌데!"

녀석의 표정이란! 아유, 쌤통!

"그래, 알아." 카테리나가 다정하게 말했다. "나도 그렇게 말했어. 정말 혼자 일어설 수 있겠어? 너무 힘들지 않아? 양호실로 돌아갈까?"

카테리나는 도와주려고 애를 썼지만 부축하기에는 내가 너무 무거웠다. 나는 그녀에게 몸을 기대고 힘겹게 일어섰다. 휴! 눈앞이 빙글빙글 돌았다. 타일러의 눈빛에서 분노가 사라진 것으로 보아 내가 일부러 토한 게 아니라는 걸 알아차린 모양이었다. 천만다행이었다. 루가루는 진짜 화가 났을 때 자신도 모르게 변신할 수 있었다. 주차장에서 모든 사람이 지켜보는 앞에서 그런 일이 일어나면 제거해야 할 증인을 많이 만드는 일이었다.

"아니, 양호실에는 안 갈래. 집으로 가야 해." 나는 혀가 잘 안 돌아가는 목소리로 말했다. "왜 이러는지 모르겠지만 집에 가면 돌봐줄 사람이 있어."

"정말 괜찮겠어?" 카테리나가 걱정이 가득한 얼굴로 물었다.

"응, 응. 또 누군가에게 토하기 전에 가자."

웃음을 참느라 입술이 파르르 떨렸다. 뭐, 타일러는 당해도 싸지만!

집으로 가는 길은 끔찍했다. 냄새가 심하게 느껴지고 배트(우리는 '배트'라고 부르기로 했다)가 심하게 덜컹거려서 속이 점점 더 메스꺼웠다.

마침내 집에 도착했다. 너무 아팠다. 나는 집이 크다는 것도, 게다가 새로 칠한 멋진 집이라는 것도 까맣게 잊어버렸다.

카테리나는 깜짝 놀라는 기색이 역력했다. 그녀가 차에서 내려 조수석으로 와서 나를 부축해주었다.

나를 받쳐주는 그녀의 따뜻한 몸이 아주 자연스럽게 느껴졌다. 마치 그녀의 자리인 것처럼. 반면에 그동안 나를 행복하게 해주던 그녀의 향기 때문에 구토가 올라왔다. 모든 냄새를 참을 수 없었다. 그때였다. 석 달 동안 맡지 못한 누군가의 냄새가 나 나는 고개를 젖혔다.

내니가 나타나 내가 혼자가 아닌 걸 보고 얼굴이 굳어졌다.

난처한 상황이 벌어졌다.

갈색과 검은색 털의 커다란 늑대가 옆에 있었다.

처키!

12

개/늑대

나는 멍하니 입을 벌렸다. 처키 냄새가 나를 바짝 긴장시켰다. 석 달 사이 처키는 몰라보게 뚱뚱해져 송아지 같았다. 늑대로 변신한 처키 얼굴이 카테리나 얼굴 높이에 이를 정도였다.

카테리나는 침을 삼키고 겁먹은 목소리로 내니에게 인사했다.

"안녕하세요! 인디아나가 열이 심하고 많이 아파요. 지나가도 될까요? 이렇게…… 큰 개는 처음 보는데…… 사납지 않은가요?"

마지막 말을 하는 그녀의 목소리가 갈라졌다.

처키가 혀를 쭉 늘어뜨렸다. 아주 재미있어하고 있었다. 처키가 앞으로 몇 발짝 오더니 자신의 주둥이를 핥았다. 카테리나는 흠칫하며 물러나려고 했지만 내 체중 때문에 움직이지 못했다. 나는 늑대를 노려봤다.

"처키! 엎드려!" 나는 힘이 없지만 소리쳤다. "카테리나가 무서워하잖아! 멍청한 놈!"

처키는 눈을 찡긋하고 늘어지게 하품하면서 가공할 만한 이빨을 드러내 보이고는 엎드렸다.

나는 어찌나 크게 소리를 질렀는지 현기증이 일었다. 카테리나는 눈 깜짝할 사이에 내 옆에 와 있는 내니를 보고 딸꾹질을 했다.

"내가 할게요, 학생." 내니가 차분하게 말했다. "인디아나는 내가 부축할게요. 물론 학생은 이따 내가 집에 데려다줄 거예요."

나는 소스라쳤다. 내니가 카테리나를 데려다주려는 이유는 뻔했다. 이것저것 물어볼 테지.

내니는 처키 옆에서, 카테리나는 반대쪽에서 나를 부축했다. 처키는 재미있어 죽겠다는 듯 헛기침을 했다. 현관에 부딪치는 갈퀴 발톱 소리에 놀란 카테리나가 겁에 질린 토끼처럼 냉큼 집으로 들어갔다.

나를 번쩍 안는 것쯤이야 내니에게는 아무 일도 아니지만 인간 앞이라서 조심했다. 내니는 토사물이 묻은 웃옷을 벗긴 다음 빨간 가죽 소파에 나를 눕히고는 담요를 반쯤 덮어주었다. 가죽 냄새에 섞인 양모 냄새 때문에 나는 또다시 토할 뻔했다. 다행히 내니가 내 심장박동이 빨라지는 걸 알아차리고 찬바람이 들어오도록 환기를 시켰다. 나는 이내 진정이 되었다. 카테리나가 내 복근을 보고 놀란 눈길을 던졌다. 다른 때라면 쾌재를 올렸겠지만 지금은 그런 데 신경 쓸 때가 아니었다.

카테리나는 내니가 내 맥박을 재는 모습을 지켜보면서 안심했다. 이윽고 내니가 금빛 눈으로 카테리나를 쳐다보며 미소를 지었다.

"걱정하지 마요, 카테리나. 이름 맞죠?"

"네, 카테리나 오하라예요."

그 순간 내니의 손이 내 손목을 부러뜨릴 듯 세게 잡았다. 하지만 내니의 얼굴에는 아무 표정이 없었다. 오하라라는 성을 어디서 들었는지 기억나지 않았는데 내니는 아는 것이 틀림없었다.

주의 사항: 내니에게 꼭 물어볼 것.

내니는 침착한 얼굴로 카테리나를 안심시켰다.

"감기 바이러스라서 며칠 끙끙 앓고 나면 털고 일어날 거예요. 하지만 추수감사절 방학 동안 집에 못 가게 생겼으니 식구들이 섭섭해하겠네. 인디아나는 처키와 얘기하게 두고 이제 학생은 집에 가야죠. 내가 데려다줄게요."

카테리나는 유머 감각이 있었다. 그녀의 눈이 반짝였다. 내가 위험한 상태가 아니라는 걸 알고 그녀는 미소를 지었다.

"네, 근데 처키와 인디아나 둘이 할 얘기가 그렇게 많을까요?"

눈을 깜박이던 내니는 방금 자신이 무슨 말을 했는지 깨닫고는 고개를 설레설레 저으면서 말했다.

"치매라도 걸렸나. 아무튼 인디아나가 개한테 얘기하는 걸 듣다 보면 언젠가는 개가 꼭 대답할 것 같아서 그만."

처키는 으르렁거렸고, 나는 웃음을 참았다.

카테리나는 내게 몸을 숙이고 어깨를 토닥였다. 이마에라도 키스해주기를 바랐던 나는 그녀가 그 정도로 가까이 몸을 숙인 건 아니라서 기분이 썩 좋지 않았다.

"전화할게." 카테리나가 전화하는 시늉을 하면서 말했다.

카테리나는 열쇠를 집어 들고 앞치마를 벗고 나가는 내니를 얌전히 따라 나갔다.

처키가 눈 깜짝할 사이에 변신했다.

"와, 너의 새 여친 정말 예쁘다!"

"여친 아냐. 그리고 처키?"

"응?"

"제발 옷 좀 입어. 그녀가 돌아왔다가 벌거벗은 너랑 있는 걸 보면 뭐라고 생각하겠냐?"

처키의 커다란 얼굴이 미소로 주름졌다.

"왜, 이상한 상상이라도 할까 봐?" 처키가 능글맞게 응수했다.

"카테리나가 예쁜 개는 어디로 가고 털보는 또 어디서 나타난 건지 의문을 가질 거란 말이야."

처키는 실실 쪼개면서 바람같이 사라졌다가 청바지에 회색 스웨트 셔츠, 일명 맨투맨 차림으로 금방 돌아왔다. 나는 빙빙 도는 머리가 멈추기를 바라면서 눈을 감았다. 하지만 소용없었다.

"그래서?" 처키가 귀에 대고 속삭였다. "빨리 다 말해."

나는 한쪽 눈을 떴다. 처키가 아주 가까이 있었다. 따뜻한 물이 담긴 대야와 비누를 든 채였다.

"먼저 세수부터 해." 처키가 대야를 가리키면서 말했다. "인간의 코로도 늑대의 코로도 너한테서 나는 냄새를 도저히 못 참겠다!"

나는 한숨을 쉬면서 하라는 대로 했다. 내가 다 씻자 처키는 대야를 비우러 갔다. 처키가 언제부터 내 수호천사가 된 거지?

"여긴 웬일이야?"

이것이 첫 번째 질문이었고, 두 번째는 질문이 아니었다. '빨리 꺼져!'

처키의 대답을 듣고 나는 당황했다. '불빛을 보고 그냥 들어왔어'라는 식의 내가 바라는 대답과는 거리가 멀었다.

"내가 너의 보디가드가 됐거든!" 처키가 신이 나서 외쳤다.

나는 벌떡 일어나다가 눈앞에서 별을 보았다.

"나의 뭐라고?"

"너의 보디가드. 우리의 여성 알파 늑대께서 브랜드켈 문제로 걱정하고 계셔. 네가 루가루를 상대로 방어하지 못한다는 걸 아시니까. 그래서 나를 보낸 거야. 너와 함께 목장에 갔다가 돌아올 예정이었어. 그런데 이렇게 아프니 여기 머물면서 놀아야겠네."

이건 정말 아닌데. 느낌이 좋지 않았다.

"하지만 난 보디가드가 필요 없어. 타일러가 나를 해치지는 않을 거야."

"루이스 브랜드켈의 아들인데? 농담해? 혼자서 세미 둘을 해치웠다고. 그 놈 아버지가 세미를 어떻게 생각하는지 알지?"

"그래, 알아." 나는 악셀을 생각하면서 씁쓸하게 대답했다. "세미는 인정 사정없이 모조리 때려잡아야 한다고 생각하지."

"네 할아버지가 세미를 우리 땅 옆에 정착하게 한 일 때문에 브랜드켈 일 가가 불만을 품고 있어. 나야 미친 브랜드켈 일가보다 세미에게 더 호감이 가지만. 아무튼 우리는 타일러가 너한테 위험한 놈이라고 생각해. 그래서 너 를 보호하기 위해 나를 보낸 거야."

나는 입술을 깨물었다.

"하지만 너는 대학에 입학하지 않았잖아!"

처키는 늑대 모습이 아니라는 걸 잊고 혀를 늘어뜨릴 뻔했다.

"그래서 그 학교에 300만 달러에 달하는 최첨단 실험실을 만들어주기로 했지."

나는 믿기지 않는 얼굴로 처키를 뚫어져라 쳐다봤다.

"설마 할아버지가 그런 건 아니지?"

그 일이 알려지면 나는 사회적으로 매장될 것이다.

"맞아. 네가 원하면 나는 내일부터라도 학교에 갈 권리가 있어."

"네가 대학에 갈 수 있게 할아버지가 돈을 썼다고?" 나는 앵무새처럼 반복 했다. "처키, 그건 부정 입학이야! 그러면 다른 학생의 자리를 빼앗는……."

처키가 내 말을 잘랐다.

"아니, 네 할아버지, 할머니는 누군가의 자리를 빼앗는 따위의 일은 절대

하지 않아. 나는 반려동물로서 너와 동행할 거야!"

나는 눈을 감았다. 이건 재앙이야!

"처키?"

"응?"

"네 모습이 어떤지 알아?"

"보다시피 최고지! 엄청나게 살이 쪘잖아! 어쩌면 내 몸무게가 네 할아버지보다 더 나갈걸! 이제 예쁜 여성 늑대는 다 내 거야!"

나는 한숨을 내쉬었다. 이제는 속이 울렁거릴 뿐 아니라 두통까지 일었다.

"대학에는 교수님들이 많아. 머리가 좋은 분들이란 말이야. 너처럼 큰 개는 존재하지 않는다는 사실을 잘 안다고!"

처키가 인상을 썼다.

"그레이트데인, 잉글리시 마스티프, 그로넨달 같은 개들은 나만큼 커. 세계에서 제일 크다는 조지는 111킬로그램에 코에서 꼬리 끝까지 길이가 109센티미터야."

"넌 늑대 모습일 때 당나귀만큼 커!"

정신적 특성까지는 언급하지 않았다.

"그래서?"

"그래서 너를 학교에 데려가는 건 어림없는 일이야."

처키는 씩 웃었다. 그러다 웃음기가 싹 사라지더니 눈빛이 차갑게 변했다.

"펀칭볼, 네가 이해를 잘 못했나 본데, 너한테는 선택의 여지가 없어. 나는 내 알파로부터 명을 받았고 너를 기쁘게 하기 위해 명을 거역하다 죽을 마음은 전혀 없다고. 자, 이거 봐!"

처키가 갈색 줄을 내밀었다.

"이렇게 목줄까지 가져왔다니까!"

나는 정신을 잃을 뻔했다.

내 몸이 바이러스와 싸우는 며칠 동안 푹 쉬어서 다행이었다. 나는 심하게 아팠지만 사흘이 지나자 차츰 일어설 수 있었다.

지나치게 예민해진 감각들은 아직 진정되지 않았다. 어느 날 아침 내니는 약간 소리 나게 쟁반을 내려놓았다가 소스라치게 놀라는 나를 보고 눈치를 챘다. 팬티 차림으로 젖은 머리를 말리던 내가 고막이 터질 것 같은 소리에 놀라 수건을 놓쳐버린 것이다.

"유모, 나 이제 괜찮으니까 방으로 아침 가져올 필요 없어." 내가 수건을 집으면서 볼멘소리로 말했다.

내니는 눈살을 찌푸리면서 나를 뚫어져라 쳐다봤다. 그러고는 고개를 갸웃하더니 갑자기 손뼉을 딱 쳤다.

그 바람에 나는 또 수건을 떨어뜨렸고 고통스러운 신음 소리를 내며 두 손으로 양쪽 귀를 틀어막았다.

"언제부터 그렇게 소리에 예민해졌니?" 내니가 나직한 소리로 물었다.

"유모 때문에 놀라서 그러잖아!"

"이번에는 그럴 만한 이유가 있어서 일부러 소리를 낸 거야. 네가 늑대처럼 반응했기 때문에. 인간이 아니라."

나는 희망 섞인 내니의 목소리가 싫었다. 그래서 알몸 상체를 보이면서 말했다.

"아니, 보다시피 나는 인간이야. 털도 송곳니도 갈퀴 발톱도 없잖아. 나는 단지 소리와 냄새, 빛에 좀 민감해진 것뿐이라고."

내니는 나에게 침대에 앉으라고 했고, 나는 수건을 집을 겸 하라는 대로 했다.

"흠!" 내니는 반신반의하는 얼굴로 내 무릎 위에 쟁반을 내려놨다.

"유모? 오하라라는 성 들어본 적 있지?"

내니가 경직되었다.

"왜 내가 그 성을 알 거라고 생각하니?"

"그러지 말고 자세히 말해줘. 카테리나가 성을 말했을 때 내 손목을 으스러져라 꽉 잡았잖아."

"미안해."

"무슨 안 좋은 사연이 있는 건 아니겠지?"

"내가 널 사랑하는 건 알지?"

"그거야 추호의 의심도 없지."

"하지만 루가루들의 최고 수장에게 맞설 정도는 아냐. 미안해."

아, 뭔가 있긴 있구나. 우리 집안이 오하라 집안에 무슨 짓을 한 걸까? 아니면 오하라 집안이 우리 집안에? 무슨 일이 있어서는 안 될 일이지만 내니의 반응으로 보아 가능성이 있었다.

내니는 나가려다 나를 돌아봤다.

"아직도 많이 괴롭니?"

커피 잔을 앞에 두고 생각에 잠겨 있던 나는 스푼을 멈췄다. 내니의 동정 어린 눈빛 때문에 흔들렸다.

"뭐가?"

"네 아버지가 루가루인데 너는 아닌 것이?"

'아니'라고 하면 거짓말이었다. 나는 거짓말을 했다.

"아니."

"흠. 모두 노력했지만 소용없었어. 이제는 네가 형질전환이 되지 않을 거라고 생각해. 너무 나이가 들었어. 몇 가지 특성이 나타나는 것 같긴 하지만."

"그게 무슨 말이야?"

"네 할아버지, 할머니가 루가루 친구들이 너를 못살게 구는데도 왜 가만히 내버려뒀다고 생각하니?"

내니의 말에 나는 망치로 얻어맞은 듯 눈이 동그래졌다.

"일부러 그랬다고?"

내니가 고개를 끄덕였고 금빛에 가까운 황갈색 눈이 어두워졌다.

"나는 찬성하지 않았어. 그래서 최선을 다해 너를 보호하려고 했지. 하지만 두 분은 너에게 늑대의 특성이 나타나길 바랐어. 네가 대학으로 도망치는 날까지. 마침내 소용없다는 걸 깨달으신 거야."

그래서 할아버지가 나를 괴롭히는 루가루들을 내버려뒀다고? 그제야 많은 것이 이해되었다. 나는 쟁반을 밀어냈다. 더는 배가 고프지 않았다.

"미안하다, 내 귀염둥이." 내니가 다정하게 말했다.

그러고는 아무런 설명도 덧붙이지 않고 방을 나갔다.

나는 내니가 방금 한 말을 곰곰이 생각했다. 그러다 그런 일들이 이제는 전혀 중요하지 않다는 걸 깨달았다. 나는 늑대가 아니고, 앞으로도 늑대가 되는 일은 절대 없을 것이다. 어쩔 수 없었다. 어떡해서든 루가루들과 닮으려 하는 것 말고도 인생에는 다른 할 일이 많았다. 먼저 내가 누구인지부터 찾을 것이다.

아주 흥미로운 탐구였다. 위에 얹혔던 것이 쓱 내려가는 것 같았다. 나는 밀어냈던 쟁반을 끌어다 놓고 다 먹어치웠다.

내니가 숲 속을 돌아다니다 들어와 집을 더럽히는 처키를 야단치는 소리에 웃음이 나왔다. 카테리나에 대해 뭔가 알고 있는 듯한 내니의 말은 머릿속에 담아두었다. 오하라 집안에 대해 할아버지, 할머니에게 물어봐야 했다. 만나서 직접 물어봐야지 화상 통화로는 조부모의 반응이 명확하게 전달되지 않을 수도 있었다.

"이상해." 처키가 오렌지 주스 한 잔을 들고 내 옆으로 오면서 구시렁거렸다. "집 주위에서 무슨 냄새가 나. 한 번도 맡아본 적 없는 냄새란 말이야. 늑대 냄새라고 생각했는데 아닌 것 같아."

"내니 냄새일 거야. 숲에서 사냥하는 시간이 많거든. 루가루 무리가 그립겠지."

처키가 고개를 저었다.

"아니, 다른 냄새야. 이건 더 야생적인 냄새 같아. 아무튼 이상해."

다음 날, 나는 훨씬 예민해진 시각과 청각, 후각 때문에 놀랐다. 하지만 달라진 것은 아무것도 없었다. 바이러스가 내 유전자에 숨어 있는 늑대의 특성을 본의 아니게 자극한 것이 틀림없다고 생각했다.

나는 처음으로, 이것이 형질전환이 되기 위한 전조가 아니길 바랐다. 이제는 루가루가 되고 싶은 생각이 조금도 없었다. 카테리나를 만난 후로는.

불행히도 나는 카테리나와 오랜 시간 마음 놓고 통화할 수 없었다. 청각이 예민한 두 루가루 때문이었다. 카테리나로부터 만나러 오겠다는 전화를 받았을 때 나는 토하거나 잠자는 데 시간을 보내고 있고, 무엇보다 바이러스를 옮기고 싶지 않다고 그녀를 설득했다. 추수감사절 방학 동안에는 할 일이 많아서 카테리나와 거리를 두는 것이 그리 어렵지 않았다. 물론 그녀를 만나지 못하는 건 괴로운 일이었다.

사흘 후, 마침내 넘어지지 않고 걸을 수 있었다.

방학이라 휴가를 즐기게 된 처키도 신나게 쏘다녔다. 내니가 학교에서 늑대가 자유롭게 돌아다니면 의심을 살 거라고 말했다. 그래서 나와 처키는 내니의 제안에 따라 목줄을 걸고 끌고 다니는 연습을 해야 했다.

늑대는 장난이 심하고 호기심이 많아서 움직이는 것이 있으면 무조건 달려가는 습성이 있었다. 처키도 예외는 아니었다. 체중이 150킬로그램에 이르고 달려가는 속도가 열 배는 빠른 루가루의 목줄을 잡고 있는데 녀석이 바람에 날리는 나뭇잎이나 다람쥐 또는 쥐를 쫓아 내달린다고 상상해보라.

개들이 끄는 썰매와 비슷하다고 할까, 아무튼 내가 썰매가 되는 셈이었다.

10분간 처키의 목줄을 잡고 질질 끌려다니다 보니 손에서 불이 나고 상체는 온통 피멍이 드는 등 만신창이가 되었다. 그러다 목줄을 손에 감지 않고도 조금만 당겨지는 느낌이 들면 재빨리 줄을 놓아주는 요령을 터득했다.

그렇게 조심했는데도 이따금 빨리 줄을 놓아주지 못했다. 여섯 번이나 땅바닥에 끌려다닌 뒤에야 나는 날카로운 휘파람으로 처키를 놀라게 해 멈춰서도록 할 수 있었다.

내니는 재미있어했다. 말은 하지 않았지만 내니의 눈빛을 보고 알았다.

쳇!

카테리나를 만나지 못하고 보내는 날들은 끔찍하게 지루했다. 하지만 나는 그녀의 집 부근에서 지켜볼 생각조차 할 수 없었다. 처음으로 나는 우리의 재회가 두려웠다.

개학 날, 나는 불길한 느낌으로 차에 올랐다. 정말이지 무슨 일이 일어날 것만 같아서 마음이 무거웠다. 나는 처키가 인간으로 변신할 때 필요한 옷꾸러미를 싣고 마지못해 차에 시동을 걸었다. 날씨가 매섭게 추웠다. 겨울이 성큼성큼 다가오고 있었지만 나는 불안해서 차창을 열었다. 찬 공기가 도움이 되었다.

옆자리에 앉은 처키는 차의 속력에 신이 나서 차창 밖으로 머리를 내밀고 혀를 늘어뜨렸다. 우리 생각과는 달리 늑대는 색깔을 볼 수 있다. 물론 우리보다는 인지력이 제한적이지만. 반면에 후각은 서른다섯 배나 예민하고 시각도 뛰어나다. 늑대도 짖지만 개 짖는 소리와는 좀 다르다. '아—우'로 원하는 바를 표현할 수 있다.

신호등이 빨간불로 바뀌었을 때 처키가 울음소리를 냈다. 만족의 '아—우'였다. 내 차 옆에 정차한 쉐보레의 나이 든 부인은 처음엔 처키를 보지 못했다. 그러다 처키를 발견하고는 충격받은 얼굴로 허둥지둥 차의 문이 잠겼는지 확인했다.

처키가 킥킥거렸다. 이럴 때는 영락없는 인간의 모습이었다.

빨간불이 파란불로 바뀌자 부인은 나이 든 여자치고는 놀라울 정도로 쏜살같이 내달렸다.

학교에 도착하자 나는 마지못해 처키에게 목줄을 묶어 데리고 나왔다.

그때 한 무리의 여학생 속에 섞여 지나가던 여성 루가루 롤리가 아연실색한 얼굴로 멈춰 섰다.

귀를 세우고 앉아 있던 처키가 발랑 몸을 뒤집더니 배를 드러내고 네 다리를 공중으로 쳐들었다.

나는 처키의 종족, 아니 우리 집안의 종족이 부끄러웠다. 여학생들은 처키를 위험한 늑대가 아닌, 다리 굵고 착한 뚱보 개로 생각했다. 처키에게 몰려든 여학생들이 처키를 쓰다듬어주기 시작했다. 처키는 또다시 발랑 뒤집어 배를 보이더니 침이 질질 흘러내리는 혀로 여학생들의 얼굴과 발을 핥았다. 여학생들이 까르르 웃었다.

롤리는 의아하다는 얼굴로 나를 쳐다보며 멀찍이 서 있었다.

"늑…… 아니 개를 데리고 들어가도 되는지 모르겠다."

나는 한숨을 내쉬었다(나는 요즘 들어 한숨이 늘었다).

"나는 일종의…… 면제를 받았어."

롤리가 늑대 모습이었다면 귀를 쫑긋 세웠을 것이다. 그녀는 잠시 내 대답을 생각하다 커다란 늑대를 쳐다봤다. 그러고는 결론을 내렸다.

"무슨 위험이 있는 거야?"

나는 어깨를 으쓱했다.

"세력 다툼이 있는데 할아버지는 유감스러운 일이 일어나는 걸 원치 않아."

공공연한 사실을 롤리에게 숨길 필요는 없었다. 타일러와 나의 갈등에 연루될 위험이 있다고 느꼈는지 그녀의 얼굴이 창백해졌다.

"우리까지…… 엮이는 거 아냐?" 불안해진 롤리가 속삭였다.

"그럴 리가." 나는 신경질적으로 대답했다. "조심하는 중이야. 잘 지낼 거니까 걱정 마."

롤리는 나를 빤히 쳐다보다 시선을 내렸다. 하급 신분의 늑대들은 도전으로 받아들일까 두려워 최고 수장의 손자를 오래 쳐다볼 수 없다. 인간으로서 나는 그것이 짜증스럽다. 특히 여성 루가루 쪽에서 이럴 때는.

이윽고 롤리는 다시 처키를 쳐다보더니 두려움에도 불구하고 미소를 지었다.

"정말…… 크긴 크다."

나는 한숨을 쉬었다. 또!

"응, 심하게 크지."

"정말 멋져." 롤리가 생각에 잠긴 채 말을 이었다. "올해는 생각보다 더 재미있겠다."

뭐? 뚱보 처키가 멋지다고? 롤리는 처키를 멋지다고 생각하는 첫 번째 여성 루가루였다.

처키가 머리를 쳐들고 롤리를 빤히 쳐다보는 것으로 보아 멋지다는 말을 들은 모양이었다. 처키는 만족스럽다는 듯 혀를 늘어뜨렸다. 롤리가 다가가서 처키에게 몸을 숙였다. 여학생들은 롤리가 쓰다듬어주려고 몸을 숙였다고 생각하겠지만 사실 그녀는 냄새를 맡는 것이었다. 처키도 주둥이를 빼고 냄새를 맡았다. 둘은 서로를 금빛 눈으로 응시하면서 움직이지 않았다. 롤리가 주둥이에 입을 맞추자 처키는 부르르 떨더니 학교 건물을 향해 질주했다. 내가 목줄을 잡고 있다는 사실을 까맣게 잊은 모양이었다. 순식간에 끌려가던 나는 힘껏 휘파람을 불어 모두의 이목을 끌고 말았다. 처키는 날카로운 휘파람 소리를 듣고 롤리 때문에 멍해진 정신이 돌아왔는지 당황한 듯 멈추며 돌아봤다.

배꼽을 잡고 웃던 여학생들이 고개를 들고 나를 쳐다봤다. 그렇게 해서 우리는 떠들썩하게 웃는 무리에 에워싸여 정문에 도착했다.

나는 카테리나에게 데리러 가겠다는 연락을 하지 않았다. 처키를 무서워하는 걸 아는데 차에 같이 태우는 것은 좋은 생각이 아니었다. 게다가 처키는 방귀쟁이였다. 무기로 사용해도 될 만큼 아주 지독한 가스를 분사했다. 나는 방독면이 없기 때문에 가는 동안 처키가 제발 방귀 독가스를 참아주길 바랐다.

여학생들이 강당으로 들어가면서 "저거 봐!" 하고 외치자 모두 고개를 들었다. 나는 여덟 번째 한숨을 꾹 참았다. 교수님이 들어오기 전에 일찍 온다고 왔건만 맙소사, 강당은 이미 학생들로 가득했다. 마치 자석에 이끌리듯 내 눈길이 카테리나에게 머물렀다. 카테리나는 앉아서 뭔가를 쓰고 있었다. 이번만은 타일러가 옆에 없었다.

처키가 내 옆에 엎드려 있게 하려고 카테리나가 앉은 줄 끝자리에 앉으려 할 때였다. 고개를 든 카테리나는 너무 놀라 멍하니 입을 벌렸다. 내 옆에 한 자리가 비어 있었다. 카테리나가 먹이를 낚아채려는 상어처럼 후닥닥 뛰어왔다.

그녀가 어느새 내 옆에 앉았기 때문에 나는 또다시 한숨을 쉬었다. 그녀의 은은한 향기 때문에 어지러웠다. 그녀의 체온이 느껴졌다. 흔들리던 세계가 다시 자리를 잡았다. 검은색의 따뜻한 원피스에 체인벨트, 유난히 돋보이는 십자가 목걸이, 하얀 피부를 빛나게 하는 검정과 빨강 가죽 팔찌로 치장한 카테리나는 매력적이었다. 남자들이 여자들의 옷차림에 관심 없다고 생각하면 오산이다. 특히 몸매가 드러나는 옷차림에 눈길이 가기 마련이다. 남자들은 너무 헐렁한 스웨터로 몸매를 감추는 여자를 좋아하지 않는다. 이따금 나는 너무 힘들어서 시선을 돌리지만.

"인디아나!" 카테리나가 놀란 눈으로 외쳤다. "처키가 여긴 왜 왔어?"

처키는 이름을 기억해주는 것이 기쁜지 카테리나에게 부드러운 눈길을 보냈다.

나를 설득하기 위해, 아니 나에게 강요하기 위해 알파의 힘을 최대한 이용했던 날, 할아버지가 한 말이 떠올랐다. 나는 의문을 한 방에 날려버릴 만한 대답을 궁리하다 어물어물 말했다.

"우울한 것 같아서. 그러다 처키가 죽을지도 모르니까. 내가 집을 떠나 있는 동안 나를 너무 그리워했거든."

우람한 허리둘레하며 아주 건강해 보여서 단식 투쟁 같은 건 절대 벌이지 않을 것 같은 처키를 보며, 나는 왜 죽을지도 모른다는 건지 이유는 말하지 않았다.

"우리에게 아주 소중한 개거든." 나는 거짓말이 통하기를 바라면서 말을 이었다. "할아버지가 처키를 잃고 싶지 않아서 나한테 보낸 거야. 나랑 떨어져 있어서 그렇게 된 거니까. 그래서 학교에 처키를 데리고 와도 좋다는 특별 허락을 받았어."

카테리나가 나를 쳐다봤다.

"수업 중에 개를 데리고 들어가도 좋다는 허락을 받았단 말이야? 인디아나, 그런 허락을 받기 위해 네 할아버지가 무슨 수를 쓴 건 아니고?"

"그건 전혀 모르겠어." 나는 거짓말했다. "아무튼 인간들의 세계를 이해하지 못해 우울증으로 죽어가는 처키를 모른 체할 수는 없잖아. 그래서 데리고 다니기로 했어."

그 순간 처키는 전혀 우울한 기색이 아니었다. 처키는 으르렁거리고 있었다. 주위에 모인 학생들이 놀라서 동요할 정도로 소리가 컸다. 처키의 눈길이 카테리나를 응시하고 있었다.

"얘가…… 왜 이래?" 질겁한 카테리나가 물었다.

처키는 입술을 말아 올리고 하얀 송곳니를 드러내고 있었다. 카테리나는 침을 삼켰다. 그러다 아는 목소리가 들리자 흠칫 놀랐다.

"아니, 이 멍청한 놈이 여기서 뭐 하는 거야?"

아, 처키는 카테리나가 아니라 타일러를 보고 으르렁거린 것이었다. 내가 돌아봤다. 타일러의 금빛에 가까운 황갈색 눈이 어두워졌다. 타일러는 정말 꼴도 보기 싫다는 얼굴로 카테리나 옆에 주저앉더니 이죽거렸다.

"야, 인디, 여학생들을 꼬리려고 생각해낸 게 고작 이거냐? 이 더러운 개새끼를 어딜 끌고 와?"

처키가 더 크게 으르렁거렸다. 처키는 타일러를 두려워하지 않았다. 아버지가 알파 늑대이지 타일러는 아니었다. 엄연히 처키와 타일러는 동등한 신분이었다. 타일러는 대번에 알아차렸다. 아버지 때문에 루가루들이 존중해주는 것에 익숙한 타일러는 덤벼들 듯 으르렁거리는 처키를 보고 충격을 받았다. 더군다나 처키의 덩치에 주눅까지 들었다.

나는 빙긋이 웃었다.

"나라면 처키를 모욕하지 않겠어. 개들은 말투에 민감해. 네가 싫어한다는 걸 처키도 느낀 거지."

나는 몸을 숙이고 속삭였다.

"처키도 널 좋아하지 않는 모양이다."

만약 타일러가 늑대 모습이었다면 귀를 접고 꼬리를 내렸을 것이다. 타일러는 화가 나 불안에 떨고 있었다.

나는 이제야 강제로 처키를 데리고 다니게 한 할아버지가 고마웠다. 타일러가 나를 눌러버리기 위해 이 정도로 신체적 우위를 이용하리라고는 생각지 못했었다. 너무 오랜 세월 무리 속에서 억눌린 오메가로 살다 보니 무뎌진 모양이었다. 경험에 의한 반사작용이었다. 정말로 속박에서 벗어날 필요가 있었다.

모든 루가루 무리에는 오메가 늑대가 있다. 오메가는 무리에서 가장 약해서 다른 늑대들이 무시해버리는 일종의 속죄양이다. 오메가 늑대는 너무 학대를 받은 나머지 다른 곳으로 떠나버리기도 한다. 내가 대학으로 떠난 것도 어떤 의미에서는 그렇게 볼 수 있다. 다른 루가루의 경우는 교육의 연장이지만 내 경우는 무리에서 멀리 떠나기 위한 하나의 방법이었다.

타일러는 대답할 시간이 없었다. 교수가 들어섰고 강당 스크린에 'O.P.A.'라는 단어가 조명되었다. 교수가 교탁을 탁탁 치면서 목소리를 높였다.

"방학 동안 복습을 잘했는지 보겠다. O.P.A.가 뭔지 설명할 수 있는 학생?"

"주식 공개 매입입니다." 여러 학생이 소리쳤다.

"좋아. 악의적 주식과 우호적 주식의 차이는?"

"우호적 주식은 해당 기업의 동의하에 이루어지며, 주식 매입은 협의를 통해 이루어집니다." 타일러가 대답했다.

"악의적 주식은 경영 원칙에 어긋나는 것입니다." 내가 자연스럽게 말을 받았다. "주주들에게 주식을 시가 이상으로 더 사게 해 회사를 지배하는 것이 목적입니다. 분쟁을 야기하는 계기가 되기도 합니다. 기업은 악의적 주식에 맞서서 주주들에게 주식을 팔지 말라고 설득하는 한편 공격하는 회사는 주주들을 유혹하기 위해 시가보다 훨씬 높은 가격을 제시하는 등 갖은 수를 동원합니다."

"두 학생은 원리를 잘 이해하고 있는 것으로 보이는군. 그럼 묻지. 텔러 군, 자네는 총매상고가 100억 달러에 이르는 A라는 전화기 생산 회사를 경영하고 있다. 브랜드켈 군은 총매상고가 200억 달러에 이르는 B라는 자동차 생산 회사의 사업을 다양화하기 위해 텔러 군의 전화기 회사를 공격한다고 가정하자. 브랜드켈 군, 자네는 어떻게 하겠나?"

타일러의 얼굴에 사냥꾼의 비웃음이 흘렀다.

"주식 매입을 선언하지 않고 그 회사의 주식을 5퍼센트까지 확보할 수 있습니다. 그러기 위해 주주들이 아는 사람일 경우 직접 연락하거나 가능한 한 빨리 주식시장에서 주식 매입을 시작합니다. 일단 그 일이 성사되면 의도를 밝히고 공개 주식 매입을 시작합니다."

교수가 우리를 차례로 쳐다봤다.

"총매상고가 200억 달러이면 그중 순이익은 얼마나 됩니까?" 내가 물었다. "그리고 현재와 과거, 미래 중 시점 기준이 언제입니까?"

"오, 텔러 군. 브랜드켈 군이 제기했어야 하는 아주 좋은 질문이야. 현재를 기준으로 한다. 그리고 연료비 증가를 고려하지 않고 에너지 소비가 많은 대형 자동차를 계속 생산해왔기 때문에 순이익이 줄어들었다. 따라서 B사는 현재 적자 상태이다."

타일러의 얼굴이 일그러졌다.

"물론 나는 은행에 대출을 요청한 상태야."

"하지만 네 회사에 지불 능력이 없다면 그렇게 쉽게 대출받지 못해." 나는 아파서 누워 있는 동안 복습을 잘해둔 것에 만족하면서 재빨리 응수했다. "너무 높은 이자를 내고 빌려야 할 거야. 그리고 내 회사의 주식을 매입하려면 거금이 필요할 테니 이익을 얻지 못하겠지. 게다가 경제가 어려운 때이니만큼 대출이 까다로울 테고. 은행은 유동자산이 없어서 수지를 맞추는 데 급급해 돈을 빌려주지 않아. 따라서 네 회사의 상황이 얼마나 불안정한지 알려지면 우리 회사 주주들은 너를 신뢰하지 않을 테고, 당연히 주식도 팔지 않으려고 하겠지."

교수는 타일러가 내 말을 이해하길 기다렸다가 박수를 쳤다.

"브라보, 텔러 군은 복습을 잘했고, 완벽하게 올바른 판단이었다. 브랜드 켈 군, 안됐지만 자네의 악의적 공개 주식 매입은 실패했네. 이제 두 번째 사례로 넘어가지. 토론에 임할 사람 없나?"

그때였다. 내가 이긴 것에 흥분한 처키가 짖어댔다. 나는 이를 악물었다.

미처 송아지만 한 개를 발견하지 못했던 교수는 아연실색했다.

"이게 무슨……."

"허락을 받았습니다." 내가 재빨리 말했다. "처키, 얌전히 있어!"

그러고는 처키의 주둥이를 찰싹 때렸다.

처키는 원망스러운 눈길을 던졌지만 다행히 으르렁거리지는 않았다.

교수는 믿기지 않는다는 얼굴로 커다란 늑대를 힐끔 쳐다보더니 눈이 휘둥그레졌지만 더는 말하지 않았다.

아직도 참패의 충격에서 벗어나지 못한 타일러가 노려봤지만 나는 의연하게 모른 체했다. 타일러가 카테리나에게 몸을 숙이고 뭐라고 속삭였다. 타일러는 미소 짓고 있었지만 뭔가 이상했다. 타일러는 오만한 기색이 역력한데 카테리나는 화가 나 있고 긴장한 것 같았다.

나는 가슴이 오그라드는 것 같았다. 내가 데리러 가지 않아서? 아니면 내가 아팠을 때 병문안 오겠다는 걸 거절해서 화가 난 걸까?

그렇지만 나와 눈이 마주쳤을 때 카테리나는 미소를 지어 보였고, 타일러가 말을 붙일 때는 냉담했다.

카테리나는 나에게 화가 난 게 아니었다. 나는 안도하는 나 자신에게 놀랐다. 카테리나가 나에게 미치는 영향력은 대단했다. 여성 알파 루가루보다 더 강력했다.

타일러가 무슨 짓을 해서 카테리나의 기분이 몹시 상한 게 틀림없었다.

몇 시간 후 구내식당에서 그 의문이 풀렸다. 동기생 여러 명이 나를 에워싸더니 수업에서의 승리를 축하해주었다. 나는 다정하게 화답했지만 약간 괴로웠다. 온갖 냄새 때문에 속이 메스꺼웠다. 맙소사, 루가루들은 이걸 어떻게 견디지? 향수에 섞인 땀 냄새, 살코기의 피 냄새, 진한 버터 냄새……. 식욕이 뚝 떨어졌다. 하지만 배는 고팠다. 머릿속은 뒤집힐 것 같은데 위가 난리를 쳤다.

나는 처키를 위해 고기 한 접시를 집었는데, 여학생들이 우르르 몰려와 처키에게 먹을 것을 주었기 때문에 쓸데없는 일이 되었다.

나는 처키를 내버려두고 카테리나 옆에 가서 앉았다. 타일러가 쟁반을 내려놓으려 할 때 카테리나가 쌀쌀맞게 말했다.

"이 자리에 앉지 마! 수업 시간에 내 옆에 앉는 건 막지 못하겠지만 식당에서까지는 싫어."

타일러가 끙끙거리는 소리를 냈다. 전형적인 늑대의 습성이었다.

"카트, 왜 이래? 이까짓 놈 때문에 나한테 이러면 안 되지!"

나는 타일러가 조금만 더 주접을 떨면 머리통을 뽑아버릴 작정으로 벼르고 있었다.

"이까짓 놈?" 카테리나가 진짜 늑대처럼 화를 내자 놀란 처키의 눈이 동그래졌다. (카테리나는 모두가 보는 앞에서 구경거리가 되지 않게 목소리를 낮췄다) "이까짓 놈? 너 내가 그렇게 우스워? 넌 나를 사려고 했어, 타일러. 우리 집 은행 계좌로 5만 달러를 보냈잖아! 도대체 어떻게 나한테 그런 짓을 할 수 있니?"

나는 고기가 목에 걸릴 뻔했다. 처키도 당황해서 기침을 했다.

타일러가 어쩔 줄 모르는 얼굴로 말했다.

"네가 이렇게 화낼 줄 알았다면 안 그랬을 거야! 그래도 내 딴에는……."

카테리나는 청록빛 눈으로 타일러를 뚫어져라 쳐다봤다. 타일러는 카테리나를 달래려고 애를 썼다.

"나…… 난 너를 도와주고 싶었을 뿐이야. 카트, 너를 사다니, 무슨 그런 말이 있어? 그 무엇으로도, 그 누구도 너를 살 수 없어!"

"당연하지." 카테리나가 나직하지만 냉랭한 목소리로 응수했다. "불행히도 우리 집 은행 계좌에 돈이 입금되었을 때 나는 레스토랑에서 일하고 있었어. 은행에서 아버지에게 연락했고, 아버지는 계좌 이체를 받아들이고 빚을 갚았지. 하지만 내 어머니의 무덤에 걸고 약속하는데 브랜드켈, 나는 너에게 돈 갚을 방법을 찾을 거야. 죽는 날까지 밤낮으로 일해서라도!"

타일러의 얼굴이 파랗게 질렸다. 타일러에게는 두 배로 타격이었다. 그는 알파 늑대의 아들이라 이제껏 누구에게도 거부당한 적이 없었다. 그런데 인간에게 거부당하리라고는 상상도 못 했을 것이다. 무엇보다도 내 앞에서.

타일러의 눈에서 차가운 빛이 이글거렸다. 나는 오싹했다. 타일러가 갑자기 카테리나에게 혐오감을 느낀다면 그녀를 고통스럽게 할 수도 있었다. 그녀를 공격할 수도 있었다. 루가루가 깨물면 죽거나 세미로 변할 수 있었다. 카테리나의 미래가 끝나는 것이다.

타일러는 눈을 감고 두 손으로 쟁반을 움켜잡았는데 우지끈거리는 소리가 났다. 쟁반을 부숴버린 것이다. 쟁반에 담긴 것들이 바닥으로 떨어졌다. 그제야 타일러는 자기가 무슨 짓을 했는지 깨달았다. 학생들이 경악한 얼굴로 쳐다보고 있었다. 쟁반을 부숴버리다니, 아무리 약한 쟁반이라도 웬만한 힘으로는 불가능한 일인데.

타일러는 부서진 쟁반을 치우러 갔다가 언제 무슨 일이 있었냐는 듯 활짝 웃으며 다른 쟁반을 들고 돌아왔다.

카테리나가 쫓기 전에 타일러는 얼른 앉으며 말했다.

"누구도 너를 돈으로 살 수 없어, 카테리나. 너한테 반해서 찬사를 보낸다는 게 매수공작을 한 꼴이 됐나 봐. 기분 상했다면 정말 미안해."

쇼쇼니족 인디언들의 말마따나 혀에 꿀을 발라놨는지 말이 번지르르했다. 입담 하나는 정말 끝내주는 녀석.

카테리나는 경계하는 눈빛으로 타일러를 쳐다봤다.

"찬사를 보내는 데 5만 달러를 쓰지는 않아." 카테리나가 내뱉듯 핀잔을 주었다. "세심한 배려, 꽃 한 다발이나 저녁 식사, 같이 영화를 보러 간다거나 그런 거라면 몰라도 5만 달러는 아니지!"

카테리나가 5만 달러를 반복하는 것을 보니 그 숫자가 머릿속에 박힌 모양이었다.

타일러가 카테리나의 손을 잡았다. 그녀는 인간의 손보다 더 따뜻한 손이 닿자 흠칫 놀랐다. 타일러는 주뼛거리다 배우의 목소리를 흉내 냈다.

"너는 모를 거야. 카트, 너는 나의 태양이고 달이야. 너는 포로의 눈에서 빛나는 희망이고, 하늘을 자유롭게 날아다니는 새야. 너는 내 심장을 뛰게 하고 숨 쉴 수 있게 해. 너를 만난 뒤로 나는 안정을 찾지도 꿈을 꾸지도 않아. 내 눈에는 너만 보이고, 난 너만 생각해. 네가 아무리 괴상하게 굴어도 내게는 괴상하게 보이지 않아. 너를 얻기 위해서라면 어떤 미친 짓도 할 수 있어. 내가 흑기사라면 너를 막는 모든 것과 맞서 싸울 거야. 내가 드래곤이라면 세상에서 가장 귀한 보물처럼 너를 빼앗을 거야."

타일러가 카테리나 앞에 꿇어앉았다.

"카테리나 오하라, 나를 용서하고 사랑해줄래?"

모두 박수를 쳤다. 여학생들에게 둘러싸인 재키만 노려볼 뿐이었다. 카테리나는 약간 기분이 누그러졌고, 이렇게 이목이 집중된 게 거북해 얼굴이 빨개졌다.

지금은 내가 나설 때가 아니었다. 장소도 그렇고, 타이밍도 맞지 않았다. 처키가 내 옆에 있었다. 나는 사랑을 고백할 수 없었다. 카테리나를 잃을 뿐 아니라 그녀를 죽음으로 몰아넣는 일이었다. 더군다나 지금 할아버지와 브랜드켈 일가는 대립 상태였다. 타일러는 나와 같은 명을 받지 않았거나 아니면 뻔뻔하게 위반하는 건가? 카테리나의 목숨이 위험해질 텐데 타일러는 아랑곳하지 않았다.

타일러가 돌이킬 수 없는 짓을 저지르기 전에 무슨 수를 내야 하는데.

나는 잇몸에서 피가 날 정도로 이를 악물었다.

나는 벌떡 일어났다.

처키가 나를 향해 깜짝 놀란 눈길을 던졌다. 나는 거의 먹지 않았다. 하지만 내가 목줄을 잡아당기자 처키도 억지로 일어났다. 처키는 타일러에게 험악한 눈길을 보낸 뒤 나를 따라왔다.

나는 굳은 얼굴로 식당을 나갔다. 공원으로 나가서 마음을 가라앉히고 차분하게 생각할 필요가 있었다. 카테리나의 목소리에 나는 소스라치게 놀랐다.

"인디아나, 기다려!"

나는 너무 화가 나서 걸음을 멈출 수 없었다.

내가 도서관 정면에 설치된 비계 밑을 지나갈 때였다. 질질 끌려가는 것에 화가 난 처키가 갑자기 멈춰 서더니 엄청난 힘으로 버둥거리는 바람에 나는 목줄을 놓아야 했다.

"처키, 이런 빌어먹을! 처키, 이리 와!"

처키가 늑대의 미소를 지으며 머리를 흔들었다. 내가 욕설을 퍼부으면서 처키를 붙잡으려고 할 때 우지끈거리는 소리가 들렸다. 고개를 들고 쳐다봤다. 머리 위에서 비계 지주가 흔들거리고 있었다.

나는 피할 겨를이 없었다. 그 순간 누군가 나를 떠밀었고, 30톤에 이르는 철근 더미가 무너져 내렸다.

13
시간 속으로 들어가다

나는 비명을 질렀다.

난생처음 나는 시간 속으로 사라졌다.

그 순간에는 무슨 일이 일어났는지 전혀 몰랐다. 갑자기 내가 다른 데 와 있었다.

완전히 다른 데가 아니라 비계 위였다. 홀딱 벗은, 알몸 상태로. 나는 질겁해서 본능적으로 두 손으로 몸을 가렸다. 공포에 질린 교수들과 학생들이 보였다. 비명을 질러대는 카테리나, 울부짖는 처키. 처키는 목줄이 철근에 깔렸지만 필사적으로 몸뚱이를 흔들어 간신히 빠져나오더니 전속력으로 달려갔다.

나는 죽어서 유령이 되었다고 생각했다. 문득 카테리나에게 사랑한다고 말할 엄두도 내지 못했다는 슬픔이 엄습했다. 왜 그렇게 바보 같았을까. 하지만 이제 와서 후회해봐야 무슨 소용 있을까. 나는 주위를 둘러봤다. 부서진 철근 더미 몇 미터 위에 내가 둥둥 떠 있었다. 그때였다. 철근 밑에서 뭔가가 움직이는 것이 보였다. 그리고 벗겨진 랄프 로렌 구두 한 짝. 타일러의 구두였다!

나는 비계 밑으로 무작정 뛰어내렸다. 타일러는 철근 여러 개가 몸을 관통해 의식을 잃은 상태였다. 끔찍한 사고였다. 타일러가 헐떡거렸다. 폐에 피가 차 있다는 증거였다. 찢어진 살은 철근이 박힌 상태로 아물고 있었다. 루가루가 이 정도 사고로 죽을까? 하지만 타일러는 위험한 상태 같았다.

하지만 이보다 더 엄청난 충격이 있었다.

내 몸을 찾을 때였다. 내 몸이 어디에도 보이지 않았다.

그리고 이내 알아차렸다.

타일러가 나를 떠밀어 목숨을 구해주었다. 그리고 죽을 위기에 처한 순간 내 능력이 깨어난 것이다.

이제는 분명해졌다. 나는 루가루가 아니라 시간을 거슬러 가는 존재였다는 사실이.

제기랄!

충격이 가라앉았지만 뭘 해야 할지 아무 생각도 나지 않았다. 엄마는 사라질 때 몸도 함께 사라졌다가 돌아올 때 다시 유형화되었었다. 나는 정신을 집중했다. 사람들이 내가 사라졌다는 사실을 알아차리기 전에 비계 밑에서 모습을 드러내야 했다. 다행히 타일러가 의식이 없어서 내가 뭘 했는지 알아챌 우려는 없었다.

나를 구하려다 타일러가 쓰러진 곳 옆에 작은 공간이 있었다. 철근들이 얽히고설키면서 만들어진 틈이었다.

그 공간에서 유형화되고 싶었다. 하지만 일종의 탄성 같은 힘이 나를 타일러의 몸 밑으로 잡아끌었다. 나는 버텼다. 타일러의 몸 밑에서 유형화되면 철근들이 내 몸을 관통할 텐데. 나는 늑대가 아니기 때문에 살아날 가망이 없었다. 어쨌든 내 옷이 타일러의 몸 밑에 있기 때문에 내가 있어야 할 자리가 거기임은 분명했다.

몹시 고통스러웠다. 내가 뒤얽힌 철근 더미 밑의 공간으로 들어가려고 할 때마다 탄성이 나를 타일러의 몸 밑으로 잡아끌었다. 타일러는 더 심하게 헐떡거렸다. 시간이 많지 않았다. 내가 분노의 고함을 지르면서 젖 먹던 힘까지 다해 버티자 마치 고무줄이 끊어지듯 탄성이 굴복했다.

마침내 나는 탄성이 약간 유연해질 때 1미터쯤 이동해 위험에서 완전히 벗어날 수 있었다.

나는 내가 원하는 곳에서 유형화되었다.

그리고 이내 피를 토하며 기침하기 시작했다. 공기 속에 먼지가 가득해 숨을 쉬기가 힘들었다.

나는 삐걱거리는 철근 더미를 건드리지 않으려고 조심하면서 타일러 옆으로 기어갔다. 자칫하다 철근 더미가 주저앉으면 우리 둘 다 깔릴 터였다. 일단 내 능력이 작동됐지만 어떻게 해야 다시 작동하는지는 전혀 알 수 없었다. 그래서 아주 조심했다.

루가루는 누구나 응급처치를 배운다. 전직 간호사였던 내니가 교육을 담당했다. 나는 가급적 피를 배출시키려고 타일러의 흉곽을 압박했다. 타일러가 어찌나 피를 많이 토해내는지 덜컥 겁이 났다. 하지만 잠시 후 기관지가 뚫렸는지 숨을 잘 쉬는 것 같았다. 아이러니했다. 타일러를 죽이고 싶었던 순간도 있었는데, 이제는 내 목숨을 살려준 타일러가 잘못될까 불안에 떨고 있으니.

덜커덕거리는 쇠붙이 소리와 고함 소리, 학생들과 교수들이 철근 더미를 들어내려 애쓰고 있었다. 피범벅이 된 내 셔츠, 스웨터, 점퍼가 철근에 깔려 꿈쩍도 하지 않았지만 나는 바지와 함께 옷가지를 모두 잡아 빼는 데 성공했다. 바지 안에 팬티가 있었다. 운동화와 양말도 찾았다. 양말, 팬티, 셔츠,

스웨터를 입었지만 두툼한 점퍼는 피에 젖어 있어 입지 않았다. 나는 점퍼로 타일러의 피를 닦아내고 출혈을 막기 위해 압박했다.

내가 사라졌던 흔적이 완전히 없어졌다. 이제야 누군가에게 연락해야 한다는 생각이 났다. 나는 타일러의 호주머니에서 휴대폰을 꺼냈고, 전화번호 목록에서 '아빠'라고 쓰인 번호를 누르고 기다렸다.

"오, 내 아들!" 유쾌한 목소리가 말했다. "지금 수업 중이잖아? 예쁜 아이와는 잘돼가니?"

"브랜드켈 씨?" 내가 쉰 목소리로 물었다.

"누구요?" 브랜드켈이 즉시 경계하는 목소리로 되물었다.

"죄송합니다. 아들에게…… 사고가 났습니다. 부상당했는데 특별한 체질이라…… 병원으로 데려가는 것이 조심스럽습니다."

침묵이 흘렀다.

"누굽니까?"

"인디아나 텔러입니다."

전화선 너머에서 거칠게 숨을 내쉬는 소리가 들렸다. 이어서 누군가에게 빠르게 지시를 내리는 소리. 이윽고 브랜드켈이 말했다.

"방금 우리 병원 앰뷸런스를 보냈다. 15분 후에 도착할 거야. 어떻게 된 일이지?"

"학교 도서관 정면에 설치된 비계 밑을 지나고 있을 때였습니다. 비계가 내 머리 위로 무너져 내리는 걸 타일러가 봤는지 달려와서 나를 떠밀었습니다. 우리 둘 다 위험했지만 나는 다치지 않은 반면 철근 세 개가 타일러의 몸을 관통했습니다. 피 때문에 질식한 상태라 흉부 압박 응급처치를 했습니다. 이제는 숨을 잘 쉬지만 쇠붙이가 박힌 채로 살이 아물고 있습니다."

"고맙다. 구조대가 도착하기 전에 네가 내 아들을 철근 더미에서 빼내야 해."

나는 불안정한 철근 더미를 쳐다봤다.

"불가능합니다. 그렇게 하려면 타일러 위에 있는 철근들을 옮겨야 하는데 타일러는 물론이고 나도 위험해집니다."

"사진을 찍어서 보내!" 브랜드켈이 버럭 소리를 질렀다.

나는 시키는 대로 했다. 몇 초 후 전화벨이 울렸다.

"그렇군. 그 상태에서 내 아들을 움직이면 철근 더미가 무너져 내릴 거야. 학교에 루가루가 여러 명 있다. 그들이 철근을 치우고 있고, 인간들이 도와주고 있는 모양인데 인간들이 있으면 일이 더디지. 재키가 교란작전을 실시할 거야."

나는 심장이 벌렁거렸다. 재키가 루가루인 것은 눈치채고 있었다. 하지만 타일러와 어울리는 걸 본 적이 없어서 브랜드켈 일가와 관계가 있다고는 생각지 못했다.

"교란이라면 뭘 말씀하시는 겁니까?"

그때 밖에서 아우성이 일었다. 최근에 청각이 예민해지지 않았다면 아마 듣지 못했을 것이다. 나는 핸드폰을 잡은 손에 힘을 주면서 물었다.

"뭘 하신 겁니까?"

"내가 한 게 아니야. 재키가 방금 실험실에 불을 냈다."

"네? 제정신이세요?"

브랜드켈의 목소리가 갑자기 돌변했다.

"그러지 않으면 증인을 모조리 죽여야 하는데 너라면 어떻게 할 거지?"

나는 사실 타일러를 죽게 두고 인간들을 보호하겠다고 대답하고 싶었다. 물론 그렇게 말할 수는 없었다.

"재키가 모든 일을 총괄하고 다른 루가루들이 남아 있는 인간들을 멀리 떨어져 있게 했다. 타일러가 내게 말한 카트라는 여학생을 제외하고. 그 여학생은 재키가 맡을 거야."

"**안 됩니다!**" 나는 휴대폰을 움켜잡고 고함을 질렀다. "**안 됩니다, 그 여학생은 가만 내버려두세요!**"

브랜드켈이 다른 전화로 통화하는 소리가 들렸다. 나는 얼어붙었다.

"해치워, 빨리!"

나는 심장이 터져라 소리를 질렀다.

"브랜드켈 씨! 카트를 건드리면 내가 타일러를 죽일 테니 명심해요! 내가 철근 하나만 빼내도 타일러는 죽어요! 1초도 망설이지 않을 겁니다, 알아들었어요? 브랜드켈 씨! 그 여학생이 죽으면 타일러도 죽는 겁니다!"

나는 치가 떨렸다. 광란이 일어나는 것처럼 내 온몸이 흔들렸다. 나는 처박혀 있어서 아무것도 할 수 없었다. 하지만 카테리나를 건드리면 내가 무슨 미친 짓을 할지 몰랐다. 브랜드켈이 다른 전화로 황급히 말하는 것으로 보아 내 분노를 느낀 것이 분명했다.

"진정해, 텔러." 브랜드켈은 살을 도려내는 추위가 느껴질 정도로 차갑게 말했다. "학교 내에서 인간을 죽이지는 않아."

이 미친 자가 나를 바보로 아나? 루가루에게 카테리나를 죽이는 일은 식은 죽 먹기라는 걸 내가 뻔히 아는데. 호두 부수듯 목을 비틀어 박살 낼 거면서. 그러고는 마치 카테리나가 기절한 것처럼 품에 안으면 끝나는데.

"카테리나에게 무슨 짓을 했어요? 브랜드켈 씨, **무슨 짓을 했느냐고요!**"

"그 계집에게 애착이 많은 것 같구나, 텔러."

나는 고통스러워하는 타일러의 몸을 쳐다보다가 반격했다.

"아들 목숨을 갖고 장난을 치겠다는 겁니까?"

"나는 협박을 좋아하지 않아."

"나는 친구가 살해되는 걸 좋아하지 않아요."

"인간일 뿐이다."

나는 또다시 소리를 지르고 싶은 충동을 가까스로 참았다. 순간 흥분이 가라앉았다. 마치 얼음물에 몸을 담근 것처럼.

"선택하시죠." 나는 냉랭한 목소리로 말했다.

난생처음 내 목소리에서 알파의 위엄이 진동했다. 브랜드켈은 잠시 침묵을 지키더니 휘파람을 불고 나서 대답했다.

"롤리가 그 여학생을 기절시켰을 거다. 그래야 서두를 수 있으니까. 지금 구급차 여러 대가 달려가고 있는데 그중 루가루들이 탄 우리 병원 앰뷸런스가 있다."

사실이었다. 거짓이 아님을 느낄 수 있었다. 나는 손에서 힘을 빼고 타일러의 핸드폰을 땅바닥에 내려놨다. 핸드폰이 약간 휘어져 있었다.

"내 아들은 어떤가?" 브랜드켈이 마치 아무 일도 없었다는 듯 물었다.

타일러의 숨소리가 약했다. 좋지 않은 징조였다. 나는 말하지 않았다.

"쇼크 상태예요."

갑자기 덜컥거리는 소리가 들려 나는 천장 쪽으로 불안한 시선을 던졌지만 거기서 난 소리는 아니었다. 이어 끙끙거리는 소리가 나고 철근 하나가 밀려나더니 누군가가 우리 쪽으로 조심조심 다가왔다.

인간 모습의 처키였다. 추운 날씨에도 불구하고 내 차에서 꺼내 온 팬티만 달랑 입고 있었다. 기어 들어오기 쉽게 구내식당에서 슬쩍해 온 것이 분명한 기름을 온몸에 바른 상태였다. 우리에게 오느라 살갗이 벗겨져 여기저기서 피가 나고 있었다. 하지만 상처는 이미 아무는 중이었다. 유리에 벤 상처투성이 왼손만 빼고.

처키는 나를 쓱 쳐다보더니 핸드폰이 있는 곳에 웅크렸는데 질겁했던 눈빛이 안도로 변했다.

"오, 아누비스의 콧수염이여!" 처키가 속삭였다. "피 냄새가 나는데 넌지 타일러인지 알 수가 있어야지. 네가 다쳐서 죽은 줄 알았어. 괜찮아?"

"누구냐?" 브랜드켈이 전화선 너머에서 소리쳤다.

"우리 쪽 루가루예요." 나는 안심시켰지만 더 이상 브랜드켈에게 '씨' 자를 붙이는 예의를 지키고 싶지 않았다. "몰래 들어오는 데 성공했어요. 타일러가 나를 구해줬지만 우리는 철근에 깔렸고, 타일러는 중상을 입었습니다."

처키가 타일러의 상태를 보고 코를 벌름거리더니 눈으로 철근들을 살피고는 고개를 흔들었다.

"타일러의 몸을 짓누르는 철근을 들어내야지 아니면 절대 회복하지 못할 거야. 피를 너무 많이 흘렸어."

"알아." 내가 속삭였다. "내가 타일러를 빼내도록 저걸 다 떠받칠 수 있겠어?"

처키는 철근 더미를 훑어보며 갈색 머리를 흔들었는데 어둠 속에서 금빛 눈이 반짝였다.

"철근 장선 두 개가 무너져 내린 더미를 받치고 있는데 그게 타일러를 관통한 철근들을 짓누르고 있어. 내가 저 철근 두 개만 들어 올리면 될 거 같은데 네가 도와줘야 해."

"무슨 일인지 말해." 브랜드켈이 명령조로 말했다.

"타일러의 목숨을 구하려는 거예요!" 나는 신경질적으로 대꾸했다. "위험한 상황을 넘기고 나서 다시 연락하죠."

나는 전화를 탁 끊어버렸다. 곧바로 전화벨이 다시 울렸지만 나는 진동으로 바꾸고 핸드폰을 타일러의 호주머니에 넣어버렸다. 브랜드켈이 미쳐 날뛰겠지만 솔직히 그러거나 말거나 개의치 않았다.

처키가 반쯤 몸을 구부려 철근 장선 밑으로 어깨를 밀어 넣더니 튼튼한 두 다리로 떠밀겠다는 눈짓을 보냈다.

나는 침을 삼켰다. 셋 중에 내가 제일 약했다. 하지만 옆으로 기운 타일러의 머리에서 거친 숨소리가 새 나오고 있었다. 피도 훨씬 덜 흘러내렸다. 타일러는 머지않아 죽을 것이다. 더는 지체할 시간이 없었다.

나는 처키의 눈을 응시하면서 고개를 끄덕였다. 처키는 혀를 내밀고 마른 입술을 핥았다. 준비가 되었다는 신호였다.

처키가 철근 장선 두 개를 들어 올릴 때 내가 소리쳤다.

"스톱, 스톱!"

철근 더미가 우리 쪽으로 미끄러지고 있었다. 전부 깔릴 판이었다. 처키가 즉시 동작을 멈추자 삐걱거리는 소리와 함께 철근 더미도 그대로 멈췄다. 나는 이마에 흐르는 땀을 닦았다. 하지만 간간이 쇠붙이 소리와 밖에서 떠들어대는 늑대 소리만 들릴 뿐 달라진 것이라곤 아무것도 없었다.

"처키, 더 살살 해야겠어, 오케이? 먼저 네가 장선을 오른쪽으로 들면 내가 타일러의 배를 관통한 철근을 뺀 다음 네가 떠받치는 장선 밑으로 밀어 넣을게. 그러고 나서 네가 두 번째 장선을 들어 올릴 때 어깨를 관통한 철근을 빼고, 그다음 다리를 관통한 철근을 빼기로 하자. 오케이?"

처키는 나보다 땀을 더 많이 흘렸다. 눈빛이 공포에 사로잡혀 있었다.

"오케이."

처키가 아주 조심조심 철근 장선을 들었다. 순간 쇠붙이가 삐걱거리다 흔들려 처키는 얼어붙었다. 하지만 철근 더미는 무너지지 않았다.

처키가 타일러를 바닥에 박아버린 철근 위 장선들을 조심스럽게 움직여 봤다. 철근 더미 일부의 무게가 어깨를 짓누를수록 처키의 얼굴이 고통으로 일그러졌다.

마침내 나는 타일러 몸에서 철근을 뺄 수 있었다.

"빨리 해." 처키가 헉헉거렸다.

나는 마음을 단단히 먹었다. 일어설 수 없었지만 철근을 움켜잡고 있는 힘을 다해 잡아당기기 시작했다.

늑대의 힘을 갖지 못한 것이 못내 아쉬운 순간이 있었다면 바로 이날이었다. 상처가 아물면서 철근이 타일러의 몸속에 함께 봉합되어 끄떡도 하지 않았다. 나는 포기하지 않고 계속 철근을 잡아당겼다. 통증이 엄청났는지 타일러가 혼수상태에서 깨어났다.

타일러가 흐릿한 눈으로 나를 쳐다봤다.

"무슨 일이……."

"너 많이 다쳤어, 타일러." 나는 계속 철근을 잡아당기며 말했다. "철근이 박힌 상태로 살이 아무는 바람에 이걸 빼내야 하는데 빌어먹을, 잘 안 돼!"

타일러가 인상을 썼다.

"아파, 아파."

나는 목이 멨다. 타일러는 친구도 아니고 내가 싫어하는 녀석이지만 이렇게 죽는 것은 끔찍한 일이었다.

타일러가 내가 잡고 있는 철근에 피범벅이 된 손을 올리며 말했다.

"인디아나, 나도 해볼게. 지금이야!"

우리는 힘을 합했고, 인간 돔처럼 몸을 구부린 처키의 몸 밑에서 철근을 잡아당겼다.

철근은 끄떡도 하지 않았다. 너무 무리하게 힘을 쏟은 나머지 타일러는 다시 기절했다. 나는 반쯤 실성해 늑대 울음소리를 내며 있는 힘을 다해 잡아당겼다.

철근 장선이 타일러의 배에서 10센티미터쯤 움직였다.

나는 또 고함을 내질렀는데 이번에는 승리의 고함이었다.

"서둘러, 인디아나." 처키가 소리쳤다. "나 오래 버티지 못할 거야."

짓누르는 힘 때문에 처키의 등에서 우지끈거리는 소리가 났다.

나는 다시 힘을 내서 잡아당겼고, 마침내 철근이 타일러의 몸에서 빠져나왔다.

나는 철근을 세워 처키가 떠받치는 철근 장선 밑으로 집어넣었다.

"그래, 됐어. 하지만 일단 가만히 있어. 이 철근이 버티지 못하면 다른 철근을 또 받쳐야 하니까."

처키가 철근을 떠받치는 어깨를 조심스럽게 뺐다. 영원 같은 몇 초 동안 우리는 철근이 버티지 못할 거라고 생각했다. 철근은 불안하게 삐걱거렸지만 마침내 흔들림 없이 버텨주었다. 브라보, 철근이여! 미국의 강철은 단단했다.

처키가 몸을 숙이고 내 옆에 앉았다. 햇볕에 탄 구릿빛 얼굴이 창백해져 있었다.

"잠깐, 잠깐만 기다려."

처키는 뚝뚝 소리가 나게 어깨를 풀고, 두 팔을 쭉 뻗어본 다음 한숨을 내쉬고는 돌아서서 두 번째 철근 장선 밑으로 어깨를 밀어 넣었다.

타일러의 어깨에 박힌 철근을 빼는 것은 훨씬 쉬웠다. 철근이 제대로 박혀 있지 않았기 때문이다. 이제 남은 건 다리였다. 대퇴부를 빗나갔기에 망정이지 아니었다면 즉사했을 것이다. 타일러는 피를 많이 흘렸다. 철근이 휘어진 걸 보면 이쪽 강철 장선의 무게가 엄청나다는 뜻이었다.

처키와 나는 눈빛을 주고받았다.

"타일러가 버틸 수 있을까?" 마침내 처키가 회의적인 얼굴로 물었다. "인디아나, 힘깨나 쓰는 나인데도 좀 전에 어깨가 으스러질 뻔했어. 나도 감당하지 못할 무게야."

나는 이맛살을 찌푸렸다.

"알아. 하지만 얘를 봐."

처키는 타일러를 쳐다봤고 어떤 상황인지 이해했다.

타일러의 상처가 아물지 않고 있었다. 너무 많은 힘을 쏟아서 탈진한 탓에 회복 능력을 상실한 것이다.

"철근을 빼는 것도 중요하지만 여기서 빠져나가는 대로 수혈을 해줘야 해. 솔직히 말해서 처키, 나에게 선택하라고 하면……."

"네가 선택해." 처키가 나직하게 말했다. 어찌나 소리가 작은지 나는 못 들을 뻔했다. "죽게 놔둬도 되잖아."

나는 숨을 들이쉬었다. 이건 선택의 문제가 아니었다. 하지만 내 성격상 나한테 도움이 된다는 이유로 누군가를 죽게 둘 수는 없다고 하면 처키가 이해하지 못할 게 뻔했다. 나는 그럴듯한 이유를 말해야 했다. 그건 어렵지 않았다.

"처키, 타일러가 내 목숨을 구하려다 죽는다면 루이스 브랜드켈이 나를 살려두겠어? 할아버지와 브랜드켈이 혈투를 벌일 거야. 할아버지에게 도전하겠지. 양심도 도리도 없는 비열한 작자란 걸 생각하면 우리가 이긴다고 장담 못 해. 너 설마 브랜드켈의 명을 받는 무리에서 살고 싶은 건 아니지?"

처키가 한숨을 내쉬었다. 거기까지는 생각하지 못한 것이다.

"응." 처키는 마지못해 받아들였다. "하지만 내가 버티지 못하면 우리 셋 다 죽을 수도 있어. 그런 위험을 무릅쓸 각오는 된 거지?"

나는 머뭇거리다 처키를 뚫어져라 쳐다봤다.

"응."

처키는 더 크게 한숨을 내쉬었다.

"네 마음이 정 그렇다면 그래야겠지. 하지만 빨리 해야 해, 인디. 아니면 너와 나, 이 녀석, 정말 후회하게 될 거야. 아! 뭐 후회할 시간이 1초도 안 되겠지만."

나는 빙긋이 웃으면서 기름이 번들거리는 처키의 이두박근을 톡톡 치며 말을 이었다.

"너를 믿어, 처키. 너는 언젠가 루가루 무리의 훌륭한 알파가 될 거야."

"그건 내가 살아남았을 때 얘기지." 처키가 구시렁거렸다. "자, 시작하자."

처키가 일어나서 철근 장선 밑으로 등을 구부리고 내게 눈짓을 보냈다.

내가 있는 힘을 다해 철근을 잡아당기자 타일러의 살이 더는 버티지 못하는지 훨씬 수월하게 빠졌다. 처키는 얼굴이 벌게져서 충혈된 눈으로 비틀거렸다.

처키가 그가 떠받치고 있는 철근 장선 밑으로 철근을 세워 제대로 대기도 전에 털썩 주저앉았다. 철근 더미가 흔들렸다.

나는 공포에 질려서 외쳤다.

"도망쳐야 해, 빨리!"

처키가 구멍 속으로 미끄러지는 타일러의 몸을 재빨리 잡아끌었다. 뒤쪽에서 철근 더미가 삐걱거리면서 점점 더 흔들리기 시작했다. 나는 그들을 따라 뛰었다. 처키와 달리 나는 루가루가 아니라서 날카로운 나무토막에 살이 찢겼다. 뒤에서 요란한 소리가 들렸다. 나는 타일러를 힘껏 떠밀었고, 건물이 붕괴되기 직전 아슬아슬하게 밖으로 나갔다.

기진맥진한 루가루들이 먼지를 뒤집어쓴 채 나를 쳐다보고 있었다. 앰뷸런스 두 대가 와 있었는데, 그중 한 대가 루이스 브랜드켈이 보낸 것이었다. 타일러는 들것에 실렸고, 의사가 곧바로 수혈하면서 진찰하는 사이 구조대원 차림의 루가루들이 학생들이 가까이 오지 못하도록 막았다.

기껏해야 30분 동안 일어난 일인데 한없이 긴 악몽에서 깨어난 기분이었다. 밝게 빛나는 해를 보니 눈이 부셨다.

소방대원들이 에워싸고 있는 실험실에서 시커먼 연기가 피어올랐다.

처키는 몸을 부들부들 떨면서 여전히 충혈이 된 눈으로 내게 다가왔다. 누군가가 둘러준 담요로 몸을 감싸고 있었다. 처키가 내 등을 찰싹 때려 몸이 휘청거렸다.

"이래도 보디가드가 필요 없냐?"

나는 고개를 끄덕였다. 처키는 칭찬받을 만했다.

"고마워, 처키. 네가 없었다면 나는 죽었을 거야. 타일러도."

"타일러 자식이 어떻게 되든 관심 없어." 처키는 어깨를 으쓱하다 고통스러운 듯 우거지상을 하며 말했다. "목장으로 돌아가는 대로 나는 알파 늑대로 인정받을 거고, 네 할아버지도 임무를 완수한 걸 알고 만족하시겠지."

"이제 괜찮다." 의사가 벌떡 일어나면서 말했다. "너희 둘이 이 아이의 목숨을 구했어. 몇 분만 늦었어도 손쓰지 못했을 거야. 수술을 해야겠어. 장기들이 엉망이라서. 이제 부상자를 데리고 철수하지."

"잠깐만요!"

나는 타일러의 호주머니에서 휴대폰을 꺼냈다. 123통의 부재중 전화. 버튼을 눌렀다. 전화벨이 울리고 브랜드켈이 받았다. 그는 침묵을 지켰다. 그의 분노와 불안이 느껴졌다.

"타일러는 무사합니다." 내가 짤막하게 말했다.

브랜드켈이 어찌나 깊은 한숨을 내쉬는지 귀가 먹먹해졌다.

이윽고 브랜드켈이 믿기지 않는 말을 했다.

"고맙다."

그리고 브랜드켈은 전화를 끊었다.

나는 얼떨떨해져 핸드폰을 타일러의 호주머니에 집어넣었다. 1초 후, 의사의 핸드폰이 울렸다. 의사는 바짝 긴장한 얼굴로 전화를 받았다.

"네, 네, 알겠습니다. 분부대로 하겠습니다."

나는 돌아서서 눈으로 누군가를 찾다가 또 다른 앰뷸런스 앞에 놓인 들것을 발견하고 뛰어갔다. 카테리나의 머리에 얼음주머니가 놓여 있고, 롤리가 곁을 지키고 있었다. 롤리를 보자 처키의 얼굴이 밝아졌다.

카테리나의 눈에서 애정과 안도의 빛을 보니 가슴이 뭉클해졌다. 나는 카테리나 앞에 꿇어앉아 아무것도 모르는 체했다.

"카테리나, 어떻게 된 거야?"

카테리나는 마치 내가 살아 있는 게 믿기지 않는다는 듯 내 얼굴을 만졌다. 그러다 여기저기 찢긴 상처를 발견하고는 걱정스러운 얼굴을 했다.

"너는 괜찮고, 타일러가 다쳤다고 하던데."

나는 재빨리 안심시켰다.

"타일러는 잘 이겨낼 거야, 큰 탈 없이. 방금 의사를 만났는데 괜찮을 거래."

타일러의 몸이 일단 회복하기 시작하면 며칠 지나 일어날 수 있다는 것이 공식적인 진단이었다. 따라서 의사는 타일러가 경상을 입었다고 말하라는 지시를 받았다. 카테리나가 안도하는 얼굴로 말했다.

"너는 어쩌다 이랬어? 비계가 무너질 때 다친 거야?" 내가 천연덕스럽게 물었다.

카테리나가 고통스러운 듯 얼굴을 찡그렸다.

"잘 모르겠어. 철근 치우는 걸 도와주고 있는데 갑자기 픽! 아무것도 기억이 안 나. 얼마 후 깨어났더니 롤리가 너희들은 무사한데 타일러가 여러 군데 다쳤다고 했어. 너희 둘 사이에 구멍이 뚫려 있어서 천만다행이었다면서."

"우리는 쇠붙이들을 치우고 있었어." 롤리가 카테리나를 향해 나무라는 눈짓을 보내며 설명했다. "카테리나가 내 뒤에 있는지 몰랐어. 내가 열 번이나 물러서 있으라고 말했거든. 내가 들고 움직이던 철근 토막에 부딪혀 카테리나가 쓰러진 거야. 날카로운 것이 아니었기에 망정이지 큰일 날 뻔했어. 정말 미안해!"

나는 카테리나를 죽이지 않고 쓰러뜨려준 롤리에게 감사의 미소를 보냈다.

카테리나가 손사래를 쳤다. 아직 정신을 차리기 힘든 것 같았다.

"아니, 괜찮아. 네 잘못이 아니라 내 잘못이야. 혹이 하나 생겼을 뿐 아무렇지도 않은데 뭐."

"그래도 병원에 가야 한다." 구급대원이 말했다. "뇌진탕이 아닌지 검사를 해야 하니까."

카테리나가 엷은 미소를 지으면서 청록빛 눈으로 나를 쳐다봤다.

"뭐 이런 일이 다 있어." 카테리나가 입술을 삐죽거렸다. "30톤에 이르는 철근 더미에 깔린 사람은 넌데 병원은 내가 가야 한다고? 너무 불공평하잖아."

내가 몸 곳곳에 난 상처를 보여주면서 말했다.

"전혀 다치지 않은 건 아냐. 나도 몇 바늘 꿰매야 할 거야."

사실 나는 크게 다치지 않았지만 카테리나와 함께 있고 싶었다. 나는 카테리나를 앰뷸런스에 오르게 하고 그녀가 구급대원과 이야기하는 사이에 처키를 향해 돌아섰다.

처키도 철근에 부딪혀 여기저기 다쳤다며 같이 병원에 가겠다고 했다. 처키는 남몰래 늑대의 갈퀴 발톱을 세우고 유리 파편을 뽑아내고 있었다. 정말 주먹이 상처투성이였다.

"어쩌다 그랬어?" 나는 카테리나가 듣지 못하게 나직하게 속삭였다.

"네 차, 보험 들어놨지?" 처키도 속삭였다.

"뭐? 내 차가 뭐 어떻게 됐는데?"

"차 키가 나한테 없잖아. 내 옷을 꺼내야 하는데……. 그래서 차창을 깨버렸지."

"맙소사, 처키!"

"선택의 여지가 없었어! 공포였다고! 차창 유리는 내가 갈아 끼워줄게."

잔소리해봐야 소용없었다. 처키의 말이 옳았다. 처키에게도 차 키를 따로 줬어야 했는데 생각도 못 하고 있었다. 나는 고개를 끄덕였다.

"고마워. 네가 아니었다면 우린 빠져나오지 못했을 거야."

"방금 차 안에서 나머지 옷을 입었어. 몸에 바른 기름 때문에 갑갑해 죽을 지경이야. 카테리나와 네가 치료받을 때 늑대로 변신할 거야. 나한테 키를 주면 차를 몰고 너를 데리러 갈게."

운전하는 늑대라니 생각만 해도 공포가 밀려왔지만 핸드폰이 울려서 반대할 겨를이 없었다. 내니였다. 완전히 겁먹은 목소리였다. 한참 동안 내니를 안심시키고 있는데 삐삐, 하면서 또 다른 전화가 걸려 왔다.

이번에는 할아버지였다.

"방금 내 생애 가장 희한한 전화를 받았다." 할아버지의 목소리는 우렁찼다. "브랜드켈이 네가 자기 아들 목숨을 구해줬다면서 고맙다고 하더구나. 대체 무슨 짓을 한 거니, 인디아나?"

"실은 타일러가 내 목숨을 구해준 거예요, 할아버지." 할아버지의 목소리를 들으니 긴장이 풀린 걸까, 갑자기 무릎이 후들거렸다. "비계가 내 머리 위에서 무너졌거든요."

할아버지가 숨을 죽이고 있어서 나는 빨리 말을 이었다.

"찰과상을 좀 입었을 뿐 나는 괜찮아요. 다 처키 덕분이죠. 아틀라스 신처럼 몇 톤에 이르는 철근을 어깨로 떠받쳐준 덕분에 우리가 빠져나올 수 있었거든요. 둘 다 무사해요."

"미줄라에 태풍이 불었니?" 할아버지가 놀란 어조로 물었다.

"그건 아닌데, 왜요?"

"바람 때문이 아니야?" 할아버지가 재차 물었다.

"아뇨, 전혀요. 날씨는 아주 좋았어요."

순간 할아버지가 왜 이런 질문을 하는지 깨달았다.

"비계가 바람 때문에 넘어졌다고 생각하셨어요?"

할아버지가 한숨을 내쉬었다.

"차라리 그랬다면 다행인데. 자세히 얘기해봐."

나는 할 말이 별로 없었다.

내 능력에 대해서는 말할 수 없었다. 그건 나만의 비밀로 간직하고 싶었다. 무엇보다 엄마처럼 어딘가에 갇혀 끝없이 헛소리 같은 말을 쏟아내고 싶지 않았다.

나는 카테리나에 대해서도, 브랜드켈이 하려고 했던 짓에 대해서도 말하지 않았다.

할아버지가 잠자코 있어서 거짓말을 해야 했다.

"아무튼 너희들이 크게 다치지 않았다니 다행이구나. 처키를 바꿔주겠니?"

처키도 핸드폰이 있기 때문에 나는 조금 의아했다. 아, 처키가 옷과 함께 핸드폰을 차 안에 두었겠구나.

근데 할아버지는 처키가 핸드폰을 지니고 있지 않다는 걸 어떻게 알지?

조심스럽게 전화를 받아 든 처키는 할아버지의 목소리가 들리자 얼어붙는 것 같았다. 처키는 전화를 끊은 다음 핸드폰을 돌려주더니 담요를 떨어뜨리고는 냅다 달렸다.

나는 어리둥절해서 담요를 집었다. 오, 아누비스의 송곳니여, 할아버지가 뭐라고 한 거지?

그리 오래 걸리지 않아 처키가 돌아왔다. 처키는 심하게 재채기를 했는데 아주 난감한 얼굴이었다.

앰뷸런스의 구급대원이 우리에게 출발한다는 신호를 했다. 더는 치료할 사람이 없기 때문이었다. 재키가 지른 불로 교실 하나가 불탔지만 인명 피해는 없었다.

"에에에에취! 에에에에취!" 처키가 연신 재채기를 했다.

나는 당황했다. 독초나 상한 고기를 먹었을 때라면 몰라도 병이 난 늑대는 본 적이 없는데, 알레르기가 일어난 모양이었다.

"처키? 왜 그래?"

"수, 숨을 쉬기가 히, 힘들어." 처키는 눈물을 닦으면서 말했는데 발음을 제대로 못했다. "어떤 미치, 미친놈이 내 흐, 후각을 마비시기, 마비시키려고 사방에 흐, 후춧가루와 빠, 빨간 고춧가루를 묻혀놨어. 반드시 찾아내서 놈을 죽여버릴 거야!"

"처키, 무슨 말인지 하나도 못 알아듣겠어."

"내가 비계 냄새를 마, 맡아보고 왔어. 늑대들이 냄새를 맡지 못하게 하려고 비계에 흐, 후춧가루와 고츠, 고춧가루를 묻혀놨다고. 인디아나, 이건 사고가 아니야!"

14
진정한 키스

나는 나직하게 욕설을 내뱉었다.

"빌어먹을, 확실해?"

얼굴이 빨개진 처키가 커다란 머리를 끄덕였다.

"흐, 후추 때문에 코가 하, 화끈거리기 전에 라텍스 냄새를 맡았어. 장갑에서 나는 냄새 같은……. 에에에에에에취!"

"나를 죽이려던 거였어."

나는 무릎이 후들거려서 앰뷸런스에 기대고 서야 했다.

처키는 내가 충격으로 쓰러지면 붙잡아줄 기세로 걱정스럽게 지켜봤다.

부들부들 떠는 내가 안심이 안 된다는 얼굴로 처키가 말했다.

"어쩌지?"

나는 다리가 떨렸지만 다른 사람들이 대화를 듣지 못하게 앰뷸런스에서 떨어졌다.

"누구 짓인지 알아내야지. 다시는 꿈도 못 꾸게 만들어야 해. 타일러와 카테리나가 죽을 뻔했는데!"

처키가 두툼한 갈색 눈살을 찌푸렸다.

"카테리나? 걔가 왜 죽을 뻔해? 이 사고와 무슨 상관이 있다고?"

브랜드켈이 카테리나를 죽이려 했다고 말하자 처키의 눈이 동그래졌다.

"말도 안 돼! 미친 거 아냐?"

"아들이 죽을까 두려워서 카테리나의 목숨 따위는 안중에도 없었던 거지."

"아무리 그래도 그렇지!" 처키가 어이없다는 반응을 보였다.

"그 무리에서 브랜드켈만 인간을 혐오하는 게 아냐." 내가 차분하게 지적했다. "이 일은 일단 우리 둘만 아는 게 좋겠어."

처키는 자신 없다는 듯 고개를 흔들었지만 더 물고 늘어지지는 않아서 안심했다.

"네 전화 좀 줘봐." 처키가 말했다.

"왜?"

"손자를 살해할 의도였는지 알아보라고 지시한 수장께 보고하려고. 카테리나에 대해서는 말하지 않을게. 아무 상관 없으니까."

그렇게 말하고 나서 처키는 진지한 표정으로 나를 뚫어져라 쳐다봤다.

"하지만 생명의 은인인 나한테 반드시 은혜를 갚아야 해. 따라서 범인을 찾으면 딴말하지 않고 피하지 않고 처단하겠다고 맹세해."

나는 핸드폰을 건네주고 나서 주먹을 가슴에 댔다.

"내 명예를 걸고 너에게 은혜를 갚을게."

로마의 검투사들처럼 우리끼리, 루가루끼리 하는 맹세의 표시였다. 도와주는 자는 은혜를 받고, 도움받은 자는 명예를 걸고 은혜를 갚겠다고 맹세하는 것이다. 루가루는 나를 상대로 이런 식의 맹세를 많이 하게 했다. 은혜를 갚아야 할 루가루가 한 명 더 늘어난 것이다.

"네 할아버지가 당장 돌아오라고 하시진 않겠지?"

나는 한숨을 푹 내쉬었다.

"그렇게 말씀하시면 그럴 수 없는 이유를 설명해야겠지."

처키가 인상을 쓰면서 0도에 가까운 날씨에도 불구하고 땀에 젖은 이마의 머리털을 쓸어 넘겼다. 그러고는 내 손에서 담요를 빼앗아 들고 할아버지와 통화를 했다. 처키가 나를 힐끔 쳐다봤는데 할아버지의 반응에 무척 놀란 것 같았다.

처키가 핸드폰을 내밀면서 할아버지가 나를 바꿔달라고 한다는 손짓을 했다.

"네, 할아버지?"

"지원군으로 루가루 여러 명을 보낼 거다. 멀리서 너를 지켜줄 거야. 처키가 후춧가루와 고춧가루가 묻은 철근 몇 개를 확보해놨다니까 범인을 색출할 가능성이 높아. 다행히 네가 픽업을 샀으니 그 차에 실으면 되겠구나. 후춧가루만 털어내서 분석해도 찾아낼 수 있을 거다."

"범인은 장갑을 꼈을 거예요, 할아버지. 그리 간단한 일이 아니에요."

할아버지가 으르렁거렸다. 나한테 화를 내는 게 아닌데도 털이 곤두서는 기분이었다.

"범인은 내가 반드시 잡아낼 거다. 잡아서 잘근잘근 씹어 먹을 거야."

그렇게 말하고 할아버지는 전화를 끊었다.

이건 그냥 하는 말이 아니었다. 나는 몇 시간 만에 세 번째로 등골이 오싹했다. 우리 가족은 정말 비정했다. 구급대원이 앰뷸런스에 올라타라고 손짓해 우리는 순순히 따랐다.

앰뷸런스 안에서 나는 카테리나의 손을 잡고 처키에게 얌전히 있으라는 눈짓을 보냈다. 죽을 뻔했기 때문인지 갑자기 나의 시각이 바뀌었다. 나의 뚱보 처키는 눈을 찡그리긴 했지만 잠자코 있었다.

"타일러도 같은 병원으로 가는 건가?" 카테리나가 걱정스러운 얼굴로 물었다.

나는 이맛살을 찌푸렸다. 지금은 타일러에 대해 말하고 싶지 않은데.

"아니, 타일러의 아버지가 개인 병원으로 데려갔을 거야. 거기서 잘 치료해줄 테니까 걱정 안 해도 돼."

카테리나는 침묵하면서 방금 일어난 일에 대한 생각에 잠겼다. 나는 그녀의 눈에서 고통과 공포의 빛을 보았다. 그리고 또 다른 것은…… 내가 알 수 없는 것이었다.

"나는 돈의 힘을 좋아하지 않아." 카테리나가 말했다. "우리 집이 가난하니까. 하지만 이런 경우에는 타일러가 부잣집 자식이라 다행이다."

"그건 그렇지. 하지만 가장 중요한 건 너야. 너는 어때, 괜찮은 거 같아?"

"약간 메스꺼운데 갑자기 머리를 꽝, 부딪친 탓도 있지만 두려움 때문인 것 같아. 인디아나, 너는 상상도 못 할 거야. 정말 미치는 줄 알았어."

"얘기해봐, 뭘 봤는지."

나는 카테리나가 자신을 위험에 빠뜨린 사람을 전혀 보지 못했는지 확인할 필요가 있었다.

카테리나는 숨을 들이쉬면서 내 손을 잡았다.

"네가 무척 화가 나서 구내식당을 나갔잖아. 그래서 나도 너를 뒤따라 나갔지. 타일러가 너를 그냥 가게 내버려두라면서 나를 쫓아 나왔는데……. 그때 갑자기 비계가 흔들리는 거야. 그 밑을 지나가고 있는 너는 알아채지 못했고. 타일러가 소리를 지르고, 처키가 목줄에서 빠져나가려고 난리를 치는데도 너는 듣지 못했어."

처키가 조그맣게 으르렁거렸다. 어휴, 후회하기에는 이미 늦었다.

"타일러가 돌진해서 너를 밀쳐냈지만 그 순간 너희들 머리 위로 철근 더

14 진정한 키스
193

미가 무너져 내렸어. 처키가 옆으로 펄쩍 뛰었는데 나는 그렇게 뛰는 개를 처음 봤어. 목줄이 철근에 걸렸는데도 용케 빠져나갔는데…… 인디아나, 네가 처키를 찾아봐. 정말 걱정돼. 소리에 놀라고 당황해서 완전히 겁먹고 달아난 것 같은데."

나는 처키를 쳐다보면서 미소를 지었다.

"원래 겁이 많은 녀석이니까 걱정하지 마. 틀림없이 집으로 돌아갔을 거야. 길을 잘 알거든. 지금쯤 실컷 먹고 늘어지게 자고 있을 텐데, 뭐."

처키는 눈살을 찌푸리면서 나를 째려봤다.

"와, 재미있다." 처키가 담요 밑으로 손을 빼고 카테리나에게 손을 내밀었다. "내 이름도 처키라서……. 나는 인디아나의 사촌이에요."

이번에는 내가 째려봤다. 사촌? 생각하는 거 하고는!

카테리나는 악수를 하면서 의아한 눈길을 던졌다.

"철근 더미 안으로 기어 들어가서 인디아나와 타일러를 구한 게 나랍니다."

카테리나는 은인을 몰라본 것이 미안한 듯 얼굴이 빨개졌다.

"브라보." 카테리나가 외쳤다. "어떻게 그런 용기가! 그러다 깔려 죽으면 어쩌려고요!"

처키가 빙긋이 웃었다.

"천만에요, 아가씨." 처키가 손을 아래위로 흔들며 혀를 굴렸다. "기쁜 마음으로 했는데요, 뭐. 내 사촌을 만나러 왔는데 맙소사, 비계가 무너지고 있잖아요. 세상에, 얼마나 끔찍하던지! 무작정 달려가서 구조를 돕다가 철근 더미 안으로 들어갈 방법을 찾았고, 기어 들어갔죠."

나는 처키를 째려봤다. 도대체 왜 늙은 카우보이처럼 말하는 거야? 아가씨라니? 아무 말이나 막 하고 있어, 자식이.

"때마침 힘센 사람이 와서 천만다행이네요." 카테리나가 처키의 덩치에 눈길을 던지면서 말했다. "고마워요, 정말 고마워요! 근데 내 손 좀 빼도 될까요?"

처키가 꽉 잡은 그녀의 손을 내려다보더니 나를 향해 승리의 윙크를 날리고는 손을 놓아주었다. 카테리나는 예의를 지키느라 인상은 쓰지 않았지만 무척 아픈 모양이었다. 저 무지막지한 손으로는 살살 잡아도 손가락이 으스러질 판인데.

"정말 제때에 왔어요." 카테리나가 덧붙였다. "기절한 상태라 아무것도 보지는 못했지만 이렇게 만나서 반가워요. 인디아나의 사촌 처키."

"그리 오래 머물지 않을 거야." 내가 얼른 말했다. "고향으로 빨리 돌아가야 하거든. 그렇지, 처키?"

"누구, 나?" 처키가 천연덕스럽게 대꾸했다. "아니, 전혀. 내니가 얼마 동안 머물러달라고 했어. 여기저기 수리할 데가 있어서 일손이 필요하고, 채소밭도 만들 계획이라던데. 그래서 내가 정원도 만들어주려고. 그러니까 나 쫓아내려고 하지 마, 사촌!"

나는 심호흡을 했다. 카테리나 앞에서 이를 가는 것은 좋은 생각이 아니었다. 휴, 저 흡족해하는 녀석의 얼굴에 주먹을 한 방 날리면 속이 시원하겠는데. 처키는 카테리나 앞에서 뻐기느라 아무 말이나 지껄이고 있었다. 하지만 저러다 늑대 모습일 때 카테리나가 사촌 처키를 찾으면 어쩌려고! 멍청한 놈!

가족 때문에 피곤한 것으로 모자라 이제는 처키까지 골치 아프게 굴다니!

나는 병원에 도착할 때까지 한마디도 하지 않았다. 카테리나는 처키와 유쾌하게 이야기를 나눴다. 그녀는 우리의 목숨을 구해준 처키에게 완전히 매료되어 있었다.

이따금 나는 인생이 참 불공평하다는 생각이 든다. 본의 아니게 한 라이벌에게서 벗어났더니 이번에는 운명이 발목을 잡았으니!

카테리나가 먼저 스캐너 촬영을 했는데 결과는 정상이었다. 혹이 난 것 말고는 아무 이상이 없었다. 이어서 처키의 차례였다. 의사들이 상처에서 유리 파편을 빼내고 붕대를 감을 때 처키가 신음 소리를 내자 카테리나가 눈물을 글썽이며 손을 잡아주었다. 내가 찢어진 셔츠와 스웨터를 벗자 카테리나가 나를 쳐다봤다.

중년쯤 되어 보이는 간호사의 얼굴이 붉어졌다.

"어머나, 이 몸 좀 봐." 간호사가 감탄했다. "이 기막힌 복근! 완전 근육질이네."

카테리나는 마치 간호사가 외국어라도 하는 듯 쳐다봤다. 나는 싱긋 웃으며 상체를 쑥 내밀었다.

"평형과 지구력 운동을 조금 했어요."

간호사의 얼굴이 또다시 붉어졌다.

"아, 지구력, 그게 얼마나 중요한지 모르는 사람이 많은데……."

나는 간호사의 말에 두 가지 의미가 있다는 걸 눈치챘지만 못 들은 척했다. 간호사가 발라주는 약이 따갑고 쓰렸지만 카테리나가 쳐다보고 있어서 아무렇지도 않은 체하며 이를 악물었다.

간호사는 내 몸을 여기저기 만져보면서 킥킥거렸다.

카테리나가 곁눈질로 나를 지켜보고 있었다. 그녀는 놀란 것 같았다. 나는 상체를 좀 더 내밀었지만 간호사가 깊은 상처를 세게 눌렀기 때문에 자동으로 몸이 움츠러졌다.

"으흠. 이건 상처를 봉합해야겠네. 움직이지 마, 미스터 근육질. 금방 올게."

나는 얼굴이 빨개졌다. 나를 '미스터 근육질'이라고 부르다니! 이 간호사, 센스 있네!

처키가 슬그머니 사라졌다. 앰뷸런스에서 내리기 전 나는 처키에게 차 키를 주었다. 카테리나가 상처를 꿰매는 나를 차마 볼 수 없어 눈을 감았을 때였다. 이 정도는 나한테 아무것도 아니었다. 늑대들을 따라다니거나 악셀 또는 처키와 몸싸움을 하다 보니 여기저기 다쳐서 꿰매는 데는 이골이 나 있었다. 내 몸을 살피던 간호사가 속삭였다.

"싸움깨나 했구나. 하긴 몸이 이렇게 건장한데 에너지가 넘칠 수밖에."

간호사는 빠른 손놀림으로 꿰매주면서 감염되지 않게 주의하라고 말하고는 접수계로 우리를 데려갔다. 우리가 건강 상태를 확인받은 다음 서류를 작성하는 동안 처키는 이미 차를 몰고 와서 대기하고 있었다. 처키는 옷은 입지 않은 채로 의자에 기름을 묻히지 않으려고 담요를 몸에 두르고 있었다. 나는 어느새 해가 진 걸 보고 깜짝 놀랐다. 검사하고 치료하는 데 시간이 많이 걸린 것이다.

간호사가 잘 가라고 악수하면서 내 손에 쪽지를 쥐여주었다. 전화번호겠지. 간호사는 함박 미소를 지으며 킥킥거렸고 얼굴이 빨개졌다. 동시에 세 가지를 다 하다니 놀라웠다.

그 장면을 지켜보던 얼굴이 얽은 남자 간호사가 핀잔을 주었다.

"그만 좀 주물럭거리지, 표범!"

이번에는 여자 간호사가 경멸하는 눈빛으로 남자 간호사를 쏘아봤다.

"지금 질투하는 거야? 소갈머리 하고는! 카티, 당신은 아마 죽었다 깨어나도 이런 근육질의 몸은 갖지 못할 거예요! 쪼잔하게!"

그렇게 말한 여자 간호사는 나에게 윙크를 보내고 병원으로 들어갔다. 나는 웃음을 꾹 참았다. 처키가 배꼽을 잡았다.

"우우." 내가 차에 타자마자 처키가 너스레를 떨었다. "네가 완전 마음에 들었나 봐. 예쁘지는 않지만 뭐 꽤 육감적이긴 해!"

카테리나가 코를 훌쩍거렸다.

"아, 남자들이란!"

그러다 깨진 차창을 보고 카테리나의 눈이 동그래졌다.

"인디아나, 누가 배트모빌에 이런 짓을 했지? 왜 이랬을까? 차 안에 뭐 훔쳐 갈 게 있다고!"

"나도 그렇게 생각했는데!" 처키가 뻔뻔하게 맞장구쳤다.

"철근 더미에 깔려 죽어가는 사람의 차를 이렇게 해놓다니 정말 양심도 없……."

갑자기 카테리나가 말을 잇지 못하고 생각에 잠긴 표정으로 나를 쳐다봤다.

오, 저런 표정 정말 싫은데.

"왜, 무슨 일인데?" 내가 물었다.

카테리나가 머뭇거렸다.

"근데 이 사건 어딘가 좀 이상하다고 생각하지 않아? 비계는 그런 식으로 무너지지 않잖아! 무엇보다 그렇게 분해되는 것처럼 떨어지는 건 비정상이야. 일부는 걸려 있어야 하는데 모조리 한꺼번에 떨어졌잖아."

가슴이 철렁했다. 당장 화제를 바꾸어야 했다. 의혹을 품기 시작하면 카테리나는 점점 집요해질 텐데. 그러다 루가루의 비밀이 드러나면 그녀가 위험해질 터였다. 처키가 학교 공사장의 방수포로 철근 장선들을 감춰놓아서 다행이었다. 아니었다면 카테리나의 질문이 훨씬 구체적이었을 것이다.

"그렇긴 해. 하지만 사고가 일어날 수도 있지. 너트가 잘못 조여 있었다면 충분히. 우리가 죽지 않았다는 사실이 중요한 거 아냐?"

"인디아나, 비계를 설치한 사람들은 아마추어가 아냐. 학교 측에서 과실로 고소할 수도 있다고. 난 단순한 사고가 아니라고 확신해."

이런, 이런, 이런.

"의도적이었다고 생각하는 거야?"

카테리나는 이번에는 머뭇거리지 않았다.

"응."

"나 같은 가난한 학생의 목숨을 누가 노리겠어?" 나는 자조적으로 말했다. "카테리나, 너 스파이 영화를 너무 많이 봤구나. 나는 숨긴 것도 없는데 나를 죽인다고 무슨 득이 있겠어. 내가 유일한 증인이 될 만한 범죄 현장을 목격한 적도 없고, 대학에 진학하기 전에는 할아버지 집을 떠나본 적도 없어. 내 삶은 정말 따분할 정도로 투명해."

"왜 나한테 거짓말해?" 카테리나가 차분하게 물었다.

일순간 차 안에 침묵이 흘렀다. 처키가 핸들을 너무 세게 움켜잡은 나머지 플라스틱 커버가 오래 버티지 못할 것 같았다. 나를 힐끔 쳐다보는 처키의 눈에 핏발이 서 있었다. 차가 차선을 이탈했다.

"처키!"

"알았어, 알았다고." 처키가 구시렁거렸다.

"정신 차려! 그러다 핸들 부서지겠어. 그래도 아직은 쓸 만한 차라고!"

처키가 콧김을 내불며 핸들을 잡은 손에서 힘을 뺐다. 나는 카테리나 쪽으로 고개를 돌렸다.

"내가 무슨 거짓말을 해?"

"나흘 전 너의 집에 갔을 때 내가 너에 대해 아는 게 전혀 없다는 걸 깨달았어. 타일러와 내가 말할 때 넌 항상 아무 말도 하지 않았어. 그리고 그렇게 근사한 집에다 너를 돌봐주는 보모 같은 사람도 있잖아. 그러니까 넌 나한테 거짓말한 거야. 너는 버스를 타고 다닐 필요가 전혀 없었어, 안 그래? 너는 얼마든지 좋은 차를 살 수 있으면서도 배트모빌을 구입한 거야. 왜지?"

나는 속으로 외쳤다. 너를 바래다주기 위해서라면 무릎으로 기어서라도 가고 싶었으니까. 너와 함께 있으면 버스를 타든 똥차를 타든 매 순간이 행복하니까. 너와 헤어질 때마다 병든 늑대가 된 기분이니까. 너를 사랑하는 것이 괴로우니까. 내가 전부 다 털어놓으면 나는 죽으니까.

처키는 내가 어떻게 빠져나갈지 궁금하기도 하고, 내가 왜 그런 행동을 했는지 알고 싶어 죽겠다는 표정으로 귀를 바짝 세우고 있었다.

"그건 사실이 아냐." 나는 처키의 눈길을 받으며 거짓말을 했다. "부담 없이 타고 다닐 차가 필요했어. 학생들의 운전 실력이 어떤지 알잖아? 차창 상태를 봐. 이런 똥차도 건드리는데. 그리고 할아버지, 할머니가 나를 좀 과잉보호하는 편이야. 그래서 내가 이곳에 올 때 내니를 딸려 보냈지. 하지만 카테리나, 내 돈이 아냐. 나는 한 푼도 벌어본 적이 없어. 너처럼 아르바이트를 하지도 않아. 그런데 내가 왜 굳이 그런 얘기를 하겠어? 내가 부자인 게 아닌데 무슨 도움이 된다고."

"타일러는 솔직하게 말하지 숨기지는 않아." 카테리나가 지적했다. "난 차라리 그게 낫다고 생각해."

"그래, 나도 알아." 나는 무거운 마음으로 다시 한 번 강조했다. "타일러는 부자라는 걸 과시하길 좋아하지. 하지만 그 돈도 아버지의 돈이고, 그 집안의 돈이야. 그게 자랑할 일이야? 부잣집에서 태어났다는 것 말고 뭐가 잘났는데? 카테리나, 언젠가 내가 자랑하는 날이 온다면 그건 그럴 자격이 있기 때문일 거야."

카테리나가 나를 빤히 쳐다봤다.

"너는 뭔가 좀 달라, 인디아나. 다른 별에서 뚝 떨어진 사람 같달까. 하여튼 너처럼 칼자국이 많은 몸은 본 적이 없어."

아, 그런 거였어? 카테리나가 내 근육질 몸에 감탄했다고 생각했는데 아니었어?

"어렸을 때 좀 많이 싸웠어." 나는 대충 둘러댔지만 난감했다.

"하지만 인디아나, 그리 오래된 상처들이 아니었는걸!"

"그래." 나는 또 둘러댔다. "처키가 나를 짜증 나게 해서 치고받고 싸워서 그래."

카테리나의 시선이 칼자국 난 내 팔에서 처키의 금빛 피부로 이동했다. 물론 루가루는 다른 성인 늑대에게 심하게 물리거나 은이나 불에 살이 탔을 때를 제외하고는 흉터가 남지 않았다.

나는 그녀의 시선을 못 본 체하면서 활짝 웃었다. 카테리나는 마침내 미소를 지어 보였지만 석연찮은 기색이었다.

나는 처키에게 카테리나의 집으로 가는 길을 알려주는 것으로 화제를 바꿨다. 그런데 카테리나가 점점 경직되면서 목소리가 불안해지는 것이 느껴졌다. 그녀의 집 앞에 이르렀을 때 나는 그 이유를 알았다.

카테리나의 집은 바로 알아볼 수 없었다. 며칠 사이에 완전히 달라져 있었다. 한순간 처키가 길을 잘못 들었다고 생각할 만큼.

새로 칠한 집, 청석 지붕이 석양빛에 반짝거렸다. 잔디 사이로 자갈이 깔린 하얀 오솔길, 1미터 간격으로 줄지은 검은색 금속 가로등 불빛. 잔디 속에 숨은 전선들. 깔끔하게 깎인 잔디, 빙 둘러서 심은 꽃나무들. 하얀 나무 울타리, 정원의 가구들. 리얼리티 쇼에서 '비포 앤드 애프터'를 보는 것처럼 며칠 만에 새롭게 변신해 완전히 다른 집이 되어 있었다.

카테리나의 아버지에게 마법 능력이라도 있는 건가?

"우와!" 나는 탄성을 질렀다. "근데 이게 어떻게 된 거야?"

카테리나가 고개를 끄덕였는데 유감스러운 얼굴이었다.

"아, 머리 아파! (그녀가 '영혼 없는' 미소를 지어 보였다) 그래, 알아, 충격이지. 아버지가 인테리어 회사에 연락해서 사흘 만에 집을 안팎으로 수리했거든.

정원사들이 와서 나무를 심고, 그네형 흔들의자까지 설치했어. 지붕을 수리했고, 내 방도 완전히 뜯어고쳤어. 어제는 새 가구들을 들여놨고."

나는 그녀의 목소리에서 불안을 느꼈다. 처키가 눈살을 찌푸렸다.

"왜? 집이 마음에 안 들어?"

"타일러의 돈으로 수리한 거니까. 이제는 정말 돈을 갚지도 못하게 생겼어. 계속 이런 식이면 아버지는 보름도 안 돼서 돈을 다 써버리고 말 거야."

모든 루가루가 그렇듯 처키 역시 현실적이었다.

"어쨌든 집이 멋지잖아. 그리고 멍청한 타일러가 돈을 갚으라고 하지도 않을 텐데 무슨 걱정이야!"

카테리나는 머리가 너무 아파서 화를 내지도 못했다. 롤리 때문에 쓰러지면서 평소의 고집이 사라졌는지 카테리나는 한숨을 쉬면서 차 문을 열었다.

처키는 우리 둘을 배려해서인지 차에서 내리지 않았다. 나는 신에게 무릎을 꿇고 감사라도 드리고 싶은 심정이었다. 나중에라도.

나는 가로등 불빛이 환한 오솔길을 따라 현관까지 카테리나를 바래다주었다. 그녀의 하얀 피부가 불빛을 받아 반짝였고, 청록빛 눈은 떠오르는 달빛을 받아 검은빛이 되었다. 살랑살랑 움직이는 흔들의자, 집이 쾌적하고 아늑해 보였다. 이미 가을로 접어들었는데 귀뚜라미 소리 하나 들리지 않았고, 쌀쌀한 공기 속에 우수가 감돌았다.

나를 상대로 음모라도 꾸미듯 자연이 황홀하고 로맨틱한 분위기를 연출했다. 보름달도 아닌데 주위가 온통 은빛으로 물들어 있었다.

카테리나의 행복을 위해 나는 유혹을 떨쳐야 했다.

카테리나가 고개를 돌려 그 아름다운 눈으로 내 눈을 응시했다.

그 순간 공상에 빠진 나는 듣고 싶은 말을 상상했다.

'사랑해. 너를 영원히 사랑할 거야. 죽는 날까지.'

하지만 내 기대와 달리 카테리나는 아주 이상한 말을 했다.

"끊었어."

그녀가 가까이 다가오는 동안 나는 착각하지 않으려고 애를 썼다. 그녀가 내 몸을 건드리는 순간 온몸이 녹아내리는 것 같았다.

"누…… 누가 뭘 끊었는데?" 나는 간신히 어물어물 물었다.

"아버지가 술을 끊었어. 단번에. 그래서 아버지가 돌아가실까 겁이 나."

텔레비전이나 영화에서 말고는 술 끊은 사람을 본 적이 없는 나는 카테리나가 하는 말을 이해하지 못했다.

"그게…… 그렇게 고통스러운가?"

"오랜 세월 술을 마셨는데 당연히 고통스럽지. 아버지가 환영에 시달리는 것 같아. 어제는 사방에서 늑대들이 보인다고 고래고래 소리를 질렀거든."

나는 순간 얼어붙었다. 카테리나가 뭔가 느꼈는지 의아한 눈길로 쳐다봤다. 나는 긴장을 풀려고 애썼다.

"느…… 늑대? 환영치고는 이상하네."

"불안해 죽겠어."

늑대들이 보인다고? 오, 아누비스의 콧수염이여! 카테리나의 아버지가 무엇을 본 겁니까?

"그래, 나도 걱정된다." 나는 진지하게 대꾸했다.

카테리나가 휘청거려 내가 얼른 붙잡아주었다.

"괜찮아, 카테리나? 병원에 좀 더 있을걸."

"아니, 괜찮아질 거야. 밤에 아버지를 혼자 있게 하고 싶지 않아. 레스토랑에 오늘은 못 간다고 전화했어. 나도 집에서 쉴 거야."

카테리나가 아주 진지한 표정으로 나를 쳐다봤다.

나는 그제야 내가 카테리나를 끌어안고 있음을 알았다. 그녀가 내 품에 가만히 안겨 있었다.

나는 욕망을 떨쳐내지 못했다. 이성적인 사고가 뇌를 떠나버렸다. 나는 몸을 숙였고, 그녀는 뒷걸음치지 않고 나를 응시했다. 욕망과 희열의 물결이 가슴을 휘젓고 있었다. 지금 이 순간은 그녀의 향기, 체온, 청록빛 눈이 내 세계의 전부였다.

나는 그녀에게 입을 맞췄다.

너무 가냘파 부서질까 살금살금 장미꽃에 내려앉는 나비처럼 살짝 스치듯 아주 부드러운 키스였다. 빨간 과일 같은 그녀의 입술이 지극히 자연스럽게 내 입술을 맞았다.

온몸이 떨릴 정도로 그녀의 체취가 강렬하게 나를 채웠다. 나는 그녀를 꼭 끌어안았고 그녀도 화답했다. 그녀의 뜨거운 키스에 빠져서 헤어날 수 없었다. 이윽고 나도 그녀를 삼켜버릴 것 같은 욕망으로 강렬하게 키스하면서 그녀의 몸이 휘어지도록 포옹했다.

세라피나가 키스했을 때 나는 훨훨 타오르는 야수적 욕정의 토네이도에 휩쓸리는 것 같았다.

하지만 카테리나의 키스에 비하면 그건 아무것도 아니었다. 맛없고 무미건조한 키스였다고 할까. 반면에 카테리나의 키스는 달군 쇠로 낙인을 찍는 것처럼 숨을 쉴 수 없을 정도였다. 카테리나가 내 마음을 빼앗아 상자에 가두고 열쇠를 던져버렸다.

나는 숨을 헐떡이며 몸을 뗐다.

그녀도 숨을 돌렸다.

그녀는 어떤 말도 할 겨를을 주지 않았다. 놀라움으로 반짝이는 그녀의 청록빛 눈이 내 눈을 뚫어져라 응시했다. 갑자기 그녀가 겁먹은 사슴처럼 계단을 뛰어올라 현관으로 들어갔을 때 나는 큰 실수를 저질렀음을 깨달았다.

충격을 받은 나는 바보처럼 멍하니 선 채 옴짝달싹하지 못했다.

나는 고개를 들었다.

그녀의 방에 불은 켜지지 않았지만, 카테리나가 어둠 속에서 나를 지켜보고 있는 것이 느껴졌다. 얼마 전부터 예민해진 감각 덕분에 그녀의 향기가 느껴졌다. 내 귀에 그녀의 헐떡이는 숨소리가 들렸다. 그녀의 심장이 이토록 빠르게 뛴다는 건 내가 겁을 주었단 뜻이었다. 그녀는 어둠 속에서, 나는 달빛 속에서 이렇게 밤새도록 말없이 서 있었을 수도 있었는데……. 처키가 방해했다. 안달이 난 것 같은 날카로운 휘파람 소리에 나는 전기 충격을 받은 것처럼 놀랐다.

나는 망연자실했다. 예상치 못한 일이었다. 당장 멈춰야 했다. 이렇게 바보 같을 수가! 처키 앞에서 카테리나에게 키스를 하다니! 처키가 누구인가, 늑대인데…….

그때 불현듯 '늑대'라는 말이 꽂혔다. 카테리나 때문에 잠시 마비되었던 뇌가 이제야 작동하기 시작한 것이다. 그녀가 한 말이 수면으로 떠올랐다.

맙소사, 카테리나가 늑대에 대해 말했는데! 내가 달려오자 차 안에 있던 처키가 놀란 눈으로 쳐다봤다.

"처키, 사람들 눈에 띄지 않게 저쪽으로 가서 변신해."

"뭐?"

"변신하라고. 내 코도 예민하지만 너보다는 아니잖아. 저 집 부근에 늑대가 왔다 갔는지 냄새를 맡아봐."

"늑대? 우리 종족의 루가루를 말하는 거야?"

"응."

처키는 눈이 동그래졌지만 시키는 대로 했다. 운전석에서 조수석으로 자리를 옮긴 다음 담요를 벗고 기름이 잔뜩 묻은 팬티 차림에서 늑대로 변신했다. 내가 차 문을 열어주자 처키가 달려나갔다. 나는 차를 몰고 가다 사거리 모퉁이에 세웠다. 그러고는 20분 넘게 기다렸다. 카테리나와의 일로 흥분되어 아드레날린 분비가 왕성했음에도 너무 지친 나머지 꾸벅꾸벅 졸고 있을 때 갈퀴 발톱으로 차를 긁는 소리가 났다. 나는 문을 열어주었다. 처키가 다시 변신하고 말했다.

"인디아나, 뭐가 뭔지는 모르겠지만 확실히 이상해. 누군가 비계의 철근 장선에 묻혀놓은 것과 똑같은 걸 집 주위에 뿌려놨어."

"후춧가루와 고춧가루?"

처키가 커다란 머리를 흔들었는데 지나가는 자동차들의 헤드라이트 불빛에 비친 금빛 눈이 이글거리고 있었다.

"열심히 냄새를 맡느라 재채기를 스무 번쯤 한 것 같아. 후각이 완전히 망가지기 전에 그만뒀어. 하루에 두 번씩이나 이건 너무 심하잖아. 비열한 놈!"

나는 심장이 오그라드는 것 같았다.

"그러니까 늑대가 여기 와서 후춧가루와 고춧가루를 사방에 뿌려 흔적을 감췄다는 거잖아?"

"그런 거 같아. 너를 죽이려고 했던 놈이 그랬을까?"

"모르겠어. 아마도. 할아버지에게 말해야겠어."

하지만 할아버지에게 말한다는 건 카테리나에 대해서도 말해야 하는 것이었다. 나는 루가루 무리의 안전과 카테리나에 대한 사랑 사이에서 이러지도 저러지도 못할 상황에 놓였다.

이번만은 내 마음을 알아차린 처키가 다정하게 물었다.

"내가 얘기할까? 네가 카테리나 얘기를 꺼내면 아마 사랑과 애정이 담긴 목소리 때문에 금방 탄로 날 텐데."

"그렇게 티가 나?"

"병아리만 하던 네 사랑이 공룡만 해진 것 같다. 응. 아주 많이. 그게 무슨 뜻인지 모르는 건 아니지? 당장 그만둬야 해. 카테리나는 인간이야, 인디아나."

"그 법은 나에게 적용될 수 없어." 나는 격분해서 응수했다. "할아버지, 할머니도 분명히 알고 계셔. 여성 루가루는 절대로 나를 사랑하지 않는다는 걸. 우리 모두 다 아는 사실이잖아. 나를 루가루 무리에서 예외로 취급하면서 인간인 내가 인간을 사랑하는 걸 막으면 안 되지!"

처키가 금빛 눈으로 나를 응시했다.

"하지만 넌 완전한 인간이 아냐, 인디아나."

나는 가슴이 철렁했다. 제기랄, 내가 시간 속으로 사라지는 걸 처키가 알았단 말인가?

"넌 인간보다 시각도 청각도 후각도 훨씬 좋아." 처키가 진지하게 말을 이었다. "그건 늑대의 특성이잖아. 여성 루가루와 결혼하면 네 자식들은 늑대일 거야, 틀림없이. 네가 원하든 원치 않든 너의 일부는 이미 늑대야."

휴, 아니었다. 처키는 어떤 의심도 하지 않고 있었다. 그저 내가 이성적으로 판단하길 바라는 것뿐이었다. 나는 처키의 반박에 흠씬 얻어맞은 것 같았다.

"네가 언제부터 그렇게 똑똑했다고 그래?" 나는 쓸데없는 대화를 그만두려고 내뱉었다.

"나의 펀칭볼이 동물이 되면서부터." 처키가 깐죽거렸다.

나는 코를 찡긋거리면서 번호를 눌렀다.

"할아버지?"

늦은 시간이지만 특히 혹이 달린 것 같은 달이 떴을 때는 할아버지가 잠자리에 들지 않는다는 걸 알고 있었다. 사냥하기 좋은 때였다.

"인디아나, 별일 없는 거지?"

걱정이 가득한 할아버지의 목소리에 나는 울컥했다.

"작은 문제가 좀 생겼어요. 우리 학교 여학생이 여성 루가루 때문에 부상을 당해서 처키와 내가 집에 바래다주었는데요."

"여학생이 물렸다는 거냐?"

루가루의 강박관념!

"아니요, 그게 아니라 여학생이 철근에 머리를 맞았어요. 여학생을 집에 바래다주고 돌아오는데 처키가 이상한 냄새를 맡았어요. 그래서 살피러 갔는데 누군가가 여학생 집 주위에도 고춧가루와 후춧가루를 뿌려놓은 거예요. 이유를 모르겠어요."

할아버지는 잠시 침묵하다 말했다.

"철근에 묻었던 것과 같은 거냐?"

"네."

"그 철근들을 갖고 있지?"

"네. 내 차 짐칸에 실어놨어요."

"내가 다시 연락하마. 너는 집으로 돌아와, 당장. 그 철근들을 가지고."

"하지만……."

"인디아나, 토 달지 마. 이건 명령이다. 우리 헬리콥터를 보내면 시간이 너무 많이 걸려서 미줄라에 있는 헬리콥터를 빌려놨다. 지금 대기 중이야."

나는 이해가 되지 않았다.

"나를 지켜줄 루가루들을 보낸다고 하셨잖아요?"

"그랬지. 하지만 냄새가 날아가기 전에 가능한 한 빨리 그 철근에 묻은 것을 분석해야 해."

카테리나가 상처 입기 전에 찾아가 내가 방금 저지른 실수에 대해 해명해야 하는데…….

"처키는 내가 없어도 혼자 갈 수 있어요."

"네 할머니 생각이야. 네가 꼭 와야 한다는구나. 그리고 네 엄마에게는 네가 필요해."

나는 가슴이 콩닥콩닥 뛰었다.

"엄마요?"

"그래. 나흘 전부터 네 엄마가 시간 여행을 하지 않고 있어!"

15
정신병원에서 일어난 돌발 사건

나는 핸들을 움켜잡고 배트모빌을 완벽하게 제어하면서 전속력으로 몰았다. 짐칸에서 철근이 덜컹거렸다. 엄마는 시간 여행을 멈춘 적이 없었다. 오히려 씻기고 먹일 시간 동안만이라도 붙잡아두는 일이 가장 힘들 정도였다.

오늘 내가 시간 속으로 사라진 것과 연관이 없기를 진심으로 바랐다. 더이상 시간 여행을 떠나지 않는다면 엄마는 가차 없이 제거될 것이기 때문이다. 엄마는 너무 많은 비밀을 알고 있었다. 할아버지와 할머니 때문에 엄마가 위험했다. 특히 할머니는 아버지를 죽인 엄마를 결코 용서하지 않았다.

앞으로도 결코 용서하지 않을 것이다.

엄마가 아주 귀중한 정보를 갖고 돌아와 루가루 무리가 부유해지거나 특별한 것에 대해 우위를 점하고 투자해 큰 이득을 보는 경우에는 엄마에 대한 압박이 약해졌다. 하지만 엄마가 이용 가치가 있는 정보를 가져오지 않고 몇 달이 흘러갈 때도 있었다. 그럴 때마다 나는 할머니의 가시 돋친 말이 칼날처럼 엄마의 목덜미를 찌르는 걸 느꼈다. 할머니가 엄마를 없애라고 할아버지를 몰아붙이며 괴롭힌다는 것도 잘 알고 있었다. 할아버지와 할머니는 내가 모를 거라고 생각했다. 잘못 생각한 것이다. 나는 두 분이 나누는 대화를 주의 깊게 듣고 있었다.

나는 한 손으로 핸들을 잡고 처키에게 핸드폰을 내밀었다.

"내니가 듣지 못하게 집 밖에서 카테리나에게 전화해. 엄마가 위독하셔서 집으로 돌아가야 한다고. 나는 계속 병원에 있을 거니까 전화해봐야 소용없고, 돌아오는 대로 내가 연락하겠다고."

처키가 깜짝 놀랐다.

"사실이야, 거짓말이야?"

"잘 모르겠는데 엄마가 좋지 않대."

처키는 엄마의 능력을 몰랐다. 처키가 말없이 나를 쳐다봤다.

"처키, 알아들었지?"

"언제부터 내가 너의 공모자가 되었지?"

"내 목숨을 구해준 뒤부터."

처키가 으르렁거렸다.

"머지않아 반대가 될 거야, 그치? 지금은 그 여자 때문에 내가 너와 함께 아주 질척한 쇠똥밭에 빠져주지만 결국에는 네가 나를 도와주게 될 테니까."

"처키! 그만둘 거야. 카테리나와 계속 사귀지 않을 거라고! 그녀를 위험에 빠뜨리진 않을 거야."

"알았어, 알았다고! 네 여친에게 전화한다, 해. 하지만 미리 말하는데 너 때문에 루가루 무리가 나를 죽이면 내 가이스트*가 영원히 널 쫓아다닐 테니까 명심해!"

나는 피식 웃었다.

◆ 혼령. 독일어와 영어로 폴터가이스트는 시끄러운 유령을 뜻한다.

"고마워."

"고마워하지 마. 내가 은혜를 많이 베풀수록 죽는 날까지 널 내 머슴으로 부려먹는 거니까."

몇 분 후, 나는 집 앞에서 급브레이크를 밟았다. 처키는 카테리나에게 내 말을 전하기 위해 슬그머니 사라졌다.

내니가 현관문에 서 있다가 나를 멈춰 세우고 품에 안았다. 나는 깜짝 놀라 가만히 있었다. 내니가 나보다 훨씬 힘이 세기 때문에 어차피 빠져나가는 건 불가능했다.

"오, 내 귀염둥이." 내니가 울먹이면서 말했다.

나는 간신히 침을 삼켰다. 내니가 엄마에 대한 나쁜 소식을 들은 건가?

"유모, 엄마한테 무슨 일이 생긴 거지? 무슨 일인데?"

내니가 앞치마로 눈물을 닦으며 나를 엄한 눈으로 쳐다봤다.

"아니, 그게 아니라 너 때문이야. 오늘 죽을 뻔했다면서!"

정체불명의 늑대와 엄마에 대한 불안 때문에 나는 비계 사건을 까맣게 잊고 있었다. 나는 안도의 숨을 내쉬었다.

"괜찮아, 찰과상을 입었을 뿐이야. 타일러와 처키가 내 목숨을 구해줬어."

"우리 모두의 목숨을 구한 거지." 어느새 들어온 처키가 몸을 흔들면서 말했다. "내가 손자를 죽게 놔뒀다면 우리의 알파께서 내 털가죽을 벗겨 문에다 걸어놨을 텐데."

처키가 윙크하면서 핸드폰을 돌려주었다.

나는 고맙다는 눈짓을 보냈다. 목장에는 청각이 뛰어난 루가루가 많아서 카테리나에게 전화하는 것이 불가능했다. 내가 크게 다치지 않은 걸 확인한 내니가 나를 놓아주기 무섭게 나는 방으로 뛰어가 2분 만에 짐을 챙겼다. 핸드폰을 봤지만, 카테리나는 전화를 걸어오지 않았다. 아무튼 그녀가 걱정하지 않는다는 건 처키가 말을 잘했다는 뜻이었다.

내니는 미줄라 비행장까지 배웅을 나왔다. 이미 헬리콥터가 대기 중이었다. 내니가 학교에 연락해놓겠다고 말했다.

계기비행 방식으로 운행하는 헬리콥터라서 안개가 끼든 아니든 밤낮으로 비행할 수 있지만 바람이 많이 불면 탈 수 없었다. 다행히 날씨가 좋았고 순풍이었다. 풍경이 바뀌었다. 몬태나 주의 가을은 기온차가 심해서 우리 고장보다 미줄라가 더 따뜻했다. 우리가 비행하는 아래쪽 지상에는 이미 눈이 쌓여 있었다.

가는 내내 나는 흥분한 상태라 휴식을 취할 수 없었다. 첫 키스(세라피나의 키스는 나에게 중요하지 않았다), 살인미수, 카테리나의 집 주위를 어슬렁거리는 늑대(한 놈인지 여러 놈인지 알 수 없지만), 엄마 걱정 때문에 나는 폭발 직전의 폭탄 같았다.

나는 마음을 가라앉히면서 어떻게 말할지 생각했다. 할아버지, 할머니가 카테리나에 대해 뭘 알고 있는지 몰랐다. 일단 그녀에 대해서는 말하지 않을 생각이었지만 훌륭한 장군은 적이 약점을 알고 있다는 전제하에 그에 따른 작전을 준비한다. 하지만 엄마가 위험하다는 생각에 신경이 극도로 예민해져서 깊이 생각하기가 힘들었다.

처키는 얌전히 앉아 헬리콥터에 설치된 엑스박스 게임을 하고 있었다. 마침내 헬리콥터가 착륙하면서 눈보라를 일으켰다.

우리가 헬리콥터에서 내렸을 때 검은색 옷차림의 할아버지 칼이 자동차 앞에 서 있었다. 작은 산 같았다. 나는 할아버지를 향해 걸어갔다.

그때였다. 시커먼 천이 내 등에 덮였다. 그건 한 가지 의미밖에 없었다. 공격자가 나를 덮치는 것이다. 나는 번개같이 빙그르르 돌아서서 달려드는 몸뚱이를 붙잡아 중심을 무너뜨리고 어깨 너머로 집어던진 다음 잽싸게 부츠

안에 꽂아둔 은제 단검을 뽑아 들고 놈의 목에 들이댔다.

눈 깜짝할 사이에 일어난 일이라 할아버지가 말릴 틈이 없었다.

"인디아나, 안 돼!" 할아버지가 소리쳤다. "네드야!"

나는 공격해 온 늑대의 공포에 질린 시선과 마주쳤다. 은제 단검에 살짝 찔린 목에서 나온 피가 황색 털 위로 흘러내렸다. 내 시야를 가리던 뿌연 안개가 사라졌다.

나는 단검을 털에 대고 닦은 다음 네드를 놓아주었다. 약간 비틀거리며 일어난 네드는 기습 공격을 한 자신이 오히려 내동댕이쳐진 것에 몹시 당황한 눈치였다.

기울어지는 달빛 속에서 할아버지의 눈빛이 어두워졌다. 피 냄새에 이끌린 동물의 본성이 시커먼 호수 같은 눈에 어렸다. 이윽고 할아버지는 감정을 억눌렀고, 눈빛은 다시 금빛에 가까운 황갈색으로 변했다. 나는 단검을 칼집에 집어넣고 떨리는 손을 감추며 일어났다.

"나를 테스트한 거예요?" 내가 퉁명스럽게 물었다.

"예상한 거냐?"

"아니요."

루가루들은 거짓말을 대번에 알아차린다. 항상 그렇지는 않더라도 심장 박동과 호흡이 빨라지고 근육 경련이 일어나 들통 날 수 있다. 나는 진지하게 대답했다.

"그래, 테스트였어. 기습 공격을 받았을 때 방어할 능력이 있는지 확인하고 싶었다. 다음에 또 누군가 공격을 한다 해도 처키가 반드시 네 곁에 있을 필요는 없겠구나."

물론이었다. 사실 나는 카테리나와 엄마 생각으로 가득해서 이런 예상을 전혀 하지 못했다. 다만 누군가 나를 죽이려고 했으니 다시 한 번 시도할 것이 뻔한데 제압할 방법을 찾는 것이 급선무였다.

"그래서요?"

"솔직히 말하면 많이 놀랐다. 그렇게 빠른 몸놀림은 학교에서 배웠니?"

나는 거짓말을 하지는 않았지만 사실을 말하지도 않았다.

"농구를 하면 민첩성과 유연성이 향상돼요."

그건 정답이 아니었다. 그렇지만 할아버지는 그렇게 받아들였다. 나는 알파에게 사실을 숨겼다. 다리가 후들거렸지만 이를 악물었다. 지금은 사실을 말할 때가 아니었다.

할아버지가 큼직한 손을 내 어깨에 올렸다. 거구의 할아버지와 마주하고 있자니 내가 훨씬 작아지는 느낌이었다. 하지만 나는 할아버지의 시선을 피하지 않았다. 굴복하면 안 돼. 나는 이제 어린애가 아니야. 할아버지가 미소를 지었다.

"집에 온 걸 환영한다. 네 할머니와 나는 네가 많이 보고 싶었다."

휴, 시험은 잘 통과했다. 침착하게 냉정함을 잘 유지하면 앞으로의 일들도 해결할 수 있을 것이다.

"엄마는 어때요? 다른 소식 있어요?"

"간호사들이 매시간 보고 중이다. 네 엄마가 이제는 사라지지도 않고 말도 하지 않는다는구나. 정보 제공을 멈췄어. 그래서 걱정이 커."

무슨 걱정? 정보원이 없어지는 것에 대한 걱정? 아니면 엄마에 대한 걱정? 할머니만큼 엄마를 원망하진 않지만 할아버지 역시 크게 다르지 않을 것이 분명했다.

네드가 인간 모습으로 변신하고 다가왔다. 목에 난 빨간 줄이 사라지지 않고 그대로 있었다. 은 때문에 생긴 상처는 몇 분 만에 아물지 않기 때문에 인간처럼 치료해야 했다. 바지를 입은 네드가 손으로 목을 잡고는 의혹의 눈초리로 나에게 고개를 까딱했다. 깊이 베인 상처가 아니라서 피가 많이 나지는 않았다.

하지만 네드는 알파 앞에서 체면을 구겼다. 그런 데다 맞대결에서 기술적으로 졌으니 나보다 한 수 아래가 되는 것이었다. 나는 네드가 어떻게 나오는지 보려고 빤히 쳐다봤다. 네드도 질세라 나를 뚫어져라 쳐다보았지만 결국 고개를 숙였다. 내가 이겼다. 내가 네드를 제압한 것이다.

처키도 의아한 눈길로 나를 쳐다보았다. 털어놓고 싶은 생각도 있었지만 나는 입을 꾹 다물었다. 늑대를 이겼다고 해서 처키까지 나를 경계하게 만들 필요는 없었다. 나의 금지된 사랑을 알고 있는데.

네드가 운전석에 앉고 처키는 조수석에 앉았다. 나는 배낭을 트렁크에 싣고 차에 올라 할아버지 옆에 앉았다.

정신병원으로 가는 동안 할아버지가 목장 소식을 들려주었다. 암소가 낳은 아주 튼튼한 새끼들, 사소한 싸움, 애정 문제, 몇 가지 소문. 할아버지가 점점 말을 안 듣고 말썽을 피우는 세라피나 때문에 걱정이 많은 그녀의 부모에 대해 말할 때는 네드가 귀를 바짝 세웠다. 세라피나는 바깥 생활을 경험한 뒤로 조용히 지내고는 있지만 대학에 가겠다고 고집을 부려 부모 속을 썩이고 있었다. 할아버지는 공정한 알파였다. 딸을 붙잡아두는 것이 어리석은 아집이라고 생각하면서도 부모의 판단 역시 존중했다. 세라피나를 잘 아는 나는 부모의 생각에 동의했다. 세라피나는 외지로 내보내면 안 될 아이였다.

정신병원은 불빛이 훤했다. 어둠 속에서 반짝이는 섬처럼 병원이 또렷이 드러났다. 지붕 위를 날아다니는 뱀파이어들과 요정들, 지상에서 마법사들과 함께 정찰을 도는 늑대들.

늘 그렇듯 병원 경비들이 신분을 철저하게 확인한 뒤 우리를 통과시켰다.

나는 가슴 졸이며 할아버지를 따라갔다. 옆을 지나는 것 자체가 고역이었다. 미치거나 부상을 당해 갇혀 있는 환자들이 어찌나 광기에 사로잡혀 있는지 가까이 있는 사람들의 정신을 감염시킬 정도였다. 병실 문은 환자들을 들여다볼 수 있게 투명한 유리나 창살로 되어 있었다.

인간들은 보는 것만으로도 미쳐버릴 것이다.

엄마의 병실로 들어가면서 나는 살이 많이 빠지고 상심한 엄마의 모습을 보게 되리라 예상했다.

하지만 놀랍게도 엄마는 건강해 보였다. 새벽 3시인데 깨어 있었다. '벤 앤 드 제리'의 초콜릿 아이스크림을 먹으면서 옆에서 군침을 흘리는 루가루 둘에게는 눈길도 주지 않았다. 핑크빛 트레이닝복을 입고 운동화를 신고 있었다. 잘 빗은 머리는 깨끗하고 윤기가 흘렀다. 살이 좀 오르고 평온해 보였다. 말을 쏟아내지도 않았고, 무슨 뜻인지 모를 정보를 내뱉지도 않았다.

할아버지가 들어서자 병실이 아주 작아 보였다. 할아버지가 루가루들에게 나가라는 손짓을 했다. 네드와 처키도 밖으로 나갔고, 우리 셋만 남았다.

할아버지가 버튼 하나를 누르자 배경 잡음 장치가 작동했다. 이제부터는 우리가 하는 말을 아무도 들을 수 없었다. 하지만 우리도 밖에서 무슨 일이 일어나는지 들을 수 없었다. 알파 늑대는 이따금 이렇게 외부와 차단될 필요가 있었다. 우리는 리무진 안이나 저택에 비밀회의를 위한 방을 따로 마련해두고 있었다.

할아버지는 CCTV들을 그냥 놔두고 알파를 위해 준비해놓은 듯한 안락의자에 털썩 주저앉아 뚱뚱한 배에 두 손을 올렸다.

"제시카, 내가 인디아나를 불러들였다. 걱정이 돼서. 이제 시간 여행을 떠나지 않는다고 들었는데 어디 아픈 거냐?"

한순간 나는 엄마가 대답하지 않을 거라고 생각했다. 그러다 엄마가 몸을 앞뒤로 움직이기 시작했는데 그때마다 스푼에서 아이스크림이 떨어져 여기 저기 묻는데도 아랑곳하지 않았다.

순간, 요란한 소리에 깜짝 놀란 사이 엄마가 사라졌다. 하지만 평소처럼 소리 나지 않게 조용히 사라진 것이 아니었다. CCTV가 작동하지 않을 만큼 격한 움직임이었다.

할아버지가 비명을 질렀다.

시커먼 베일이 덮치는 순간 나는 함정에 빠졌다고 생각하면서 쓰러졌다.

눈을 떴을 때 나는 깜짝 놀랐다.

내가 살아 있었다.

머리가 몹시 아팠지만 나는 분명히 살아 있었다. 손을 움직여봤다. 묶여 있지 않았다. 나는 실눈을 떠봤다. 엄마의 병실이었다.

아름다운 얼굴이 나를 내려다보고 있었다. 나는 눈을 깜박였다. 머리가 지끈거렸지만 알 수 있었다. 엄마가 일부러 그런 것이었다.

엄마가 가냘픈 몸치고는 믿기 어려운 힘으로 내가 일어나도록 부축해주었다. 엄마는 사라질 때 남겨두는 옷이 아니라 잠옷을 입고 있었다.

"배경 잠음 장치는 망가뜨리지 않았어." 엄마가 말했다. "밖에서는 이 안에서 무슨 일이 일어나고 있는지 모르고, 우리가 하는 말도 듣지 못해. 하지만 몇 분 지나면 문을 두드리겠지. 네 할아버지는 아직 기절한 상태야. 내가 에너지를 많이 사용했거든."

엄마가 나를 와락 끌어안았다. 나도 엄마를 꼭 끌어안았다.

나는 처음으로 엄마를 만질 수 있었다. 눈물이 흘러내리려 했다. 남자는 울면 안 되는데.

내가 무슨 말을 하려고 입을 여는데 엄마가 손으로 내 입을 막았다.

"아무것도 묻지 마. 지금은 괜찮아. 푹 쉬고 잘 먹어서 안정이 되었어. 하지만 질문을 받으면 또 어떻게 될지 몰라. 아들아, 내 말 잘 들어. 아주 중요한 거니까."

나를 살펴보는 엄마의 파란 눈에서 지성의 빛이 반짝였다.

엄마 손에 입이 막힌 나는 고개를 끄덕였다. 나는 물어볼 게 너무 많았다. 엄마에 대해, 아빠에 대해, 아빠의 죽음에 대해, 엄마의 삶에 대해, 아빠와 엄마의 삶에 대해. 하지만 엄마가 엄청나게 긴장한 걸 보고 묻지 않기로 했다. 이러다 정신착란이라도 일으킨다면……. 엄마를 잃고 싶지 않았다.

엄마가 심호흡을 하고 물러서더니 할아버지가 깨어나지 않은 걸 확인한 다음 의자에 앉았다. 나의 놀란 얼굴을 보며 엄마가 미소를 지었다.

"너는 나처럼 사람들을 기절시키면 안 돼. 넌 너무 어린 아크로노트라서 아직은 때가 아냐. 나는 시간 여행을 떠날 때 기계를 고장 내고 사람들을 쓰러뜨리는 방법을 터득했지만, 그건 출발할 때만 가능해. 그래서 네 할아버지와 CCTV에 에너지를 집중했는데 이따금 힘 조절이 안 될 때가 있지. 미안하구나. 너까지 쓰러지게 해서."

환한 미소를 짓는 엄마는 믿기지 않을 만큼 젊어 보였다. 40대가 아니라 20대라고 해도 믿을 것 같았다.

"네가 잠시 시간 속으로 사라졌을 때 봤어, 인디아나. 오, 내 아들, 엄마가 정말 미안하구나. 내 능력이 루가루의 아들인 너한테 전해지지 않길 바랐는데. 내 모습이 보이지만 않을 뿐 난 자주 네 곁에 있단다. 네가 커가는 걸 봤고, 네가 고통스러워하는 것도 봤어. 네가 대학에 입학해 여길 떠나는 것이 나는 정말 기뻤다. 루가루들이 네 속에 있는 인간을 죽이려고 했으니까."

엄마의 목소리에는 경멸이 역력했다. 나는 엄마와 생각이 달랐다. 나는 가족을 사랑하고, 그들의 장점 그리고 단점까지 사랑했지만 아무 말도 하지 않았다.

"시간을 거슬러 가는 능력, 이건 정말 저주받은 능력이야. 이 능력이 네 아빠와 나를 갈라놓았어. 처음에는 세상에서 일어나는 일을 보러 가는 것이 황홀했지. 우리는 생각하는 속도로 여행하거든."

엄마의 목소리에서 경이로움이 느껴졌다.

"우리는 별을 여행할 수도 있단다. 시간이 많이 걸려서 원하는 만큼 멀리 갈 수는 없지만 그래도 경이로운 일이지. 인디아나, 경이로우면서 아주 위험하기도 해. 빨리 돌아오지 않으면 배가 고파서 또는 목이 말라서 죽을 수도 있거든. 네 아빠는 나를 보살펴줬어. 하지만 시간 여행이 네 아빠를 그 정도로 괴롭히는지는 몰랐단다. 그때마다 아내를 빼앗기는 것이었는데 그걸 너무 늦게 깨달았어."

눈물이 뺨을 타고 주르륵 흘러내렸지만 엄마는 얼굴을 닦지 않았다.

내 심장이 터질 듯 빠르게 뛰었다. 내가 얼마나 묻고 싶었던 말인데! 나는 이를 악물고 조바심을 꾹꾹 눌렀다.

"인디아나, 조심해야 해." 엄마가 슬픔을 억누르고 말했다. "우리는 시간을 인식하지 않기 때문에 사라져 있는 동안에는 우리의 생체 시간이 멈춰 있어. 하지만 구토가 일고 속이 거북하면 돌아가야 할 때가 된 거야. 인디아나, 나처럼 몸의 한계를 넘어서지는 마. 나는 여러 번 죽을 뻔했어. 네 아빠가 죽은 뒤에……."

머뭇거리던 엄마는 잠시 후 쫓기는 짐승의 눈빛이 되었다가 이윽고 냉정을 되찾았다.

"네 아빠가 죽은 뒤에 나는 자포자기했다. 별을 돌아다니며 육체와 정신을 혹사했어. 하지만 네가 있었지. 언젠가는 너에게 엄마가 필요한 날이 올 테니 나는 기다리기로 결심했어. 첫째, 네가 아크로노트가 되면 네가 할 수 있는 것과 할 수 없는 걸 알려줘야 하니까. 그래서 나는 살아야 했어. 둘째, 네가 평범한 인간으로 남으면 최상이었을 거야. 꼭 필요한 경우에만 너를 도와주면 되니까. 나는 먼 미래까지 갈 수는 없어서 너에게 무슨 일이 일어날지 알려줄 수가 없어. 셋째, 네가 늑대가 되면 나는 눈에 띄지 않게 조용히 숨어 살 생각이었어. 네가 무리의 일원이 되면 더는 내가 필요하지 않으니까. 그리고 나는 지쳤어. 인디아나, 이 세상에 너무 지쳤어."

나는 숨을 죽였다. 그토록 늑대가 되고 싶었던 내 꿈이 엄마를 죽이는 것이었단 말인가?

"할아버지, 할머니한테는 네가 나처럼 아크로노트라는 사실을 절대로 보여주면 안 돼." 엄마가 갑자기 단호한 어조로 명령했다. "알아들었지, 인디아나? 절대로 안 돼. 그들은 다른 부족이나 마법사, 뱀파이어 들이 잡아갈까 두려워서 너를 가둬둘 거야. 지금은 비밀로 해야 해. 인간으로서 공부를 열심히 해. 하지만 너의 미래를 모르겠어. 비계 사건도!"

나는 긴장했다. 그게 단순한 사고가 아니었다고 어떻게 말하지? 엄마를 잃을 위험이 있어도 침묵을 깨야 함을 알았다. 입이 바짝 마른 나는 담담한 어조를 유지하면서 대수롭지 않은 것처럼 상황을 밝히기로 했다.

"비계에 빨간색 고춧가루와 검은색 후춧가루가 묻어 있었어요."

그 순간 엄마의 눈빛이 돌변했다. 엄마가 눈을 감고 주먹을 어찌나 세게 쥐었는지 손바닥에서 피가 조금 흘렀다.

나는 엄마가 그렇게 많은 땀을 흘리는 걸 본 적이 없었다. 냉정함을 잃지 않기 위한 노력이 엄청났다. 호흡이 진정되면서 손바닥의 아픔이 엄마가 현실로 돌아오게끔 도와주었다.

"사고가 아니었다는 건 나도 알아. 그래서 나는 시간 여행을 멈췄어. 너를 만나 얘기를 해줘야 했기 때문에."

나는 말문이 막혀 고개만 끄덕였다. 엄마는 침묵하면서 정신착란과 싸우고 있었다.

"범인이 누군지 보러 갔다가 네게 알려주고 돌아올까도 생각했지만 시간 속으로 들어가는 위험을 무릅쓸 수 없었어." 엄마가 마침내 입을 열었다. "지금 이렇게 너와 얘기를 할 수 있는 건 기적 같은 일이야. 따라서 그건 네가 알아내야 해."

엄마는 내가 내켜하지 않는다는 걸 알았다. 위기가 닥친 순간 살기 위해 사라진 것일 뿐, 다시는 하고 싶지 않았다. 그런데 엄마가 부추기다니!

"내가 본 것이⋯⋯." 엄마가 갑자기 말했다. "이해가 되지 않아. 미래가 명확하지 않아서 힘들어. 네가 살아남는 길과 네가 죽는 길, 두 갈래 길이 있는데 비어 있고 시커메서 불명확해. 하지만 나는 먼 미래로 갈 수 없어. 곧 다가올 텐데. 가까워, 너무 가까워, 인디아나. 선택을 잘해야 할 텐데! 아, 저주받은 능력, 나는 확신이 없어!"

내 심장박동이 빨라졌다. 엄마가 내가 죽는 미래를 봤다는 건가?

"비록 나는 미래에 대한 확신이 없지만 너는 시간 여행을 해야 해." 엄마가 단호하게 말했다. "누가 무슨 이유로 너를 해치려고 하는지 알기 위해 시간 속으로 되돌아가서 너의 적을 찾아야 해. 너는 지난 상황의 앞뒤 시간 속으로 들어갈 수 있어. 마치 비디오테이프를 빨리 감거나 되감는 것처럼 어렵지 않아. 인디아나, 정보는 아주 중요해. 알고 있으면 네가 가장 강한 사람이 되는 거야. 그걸 절대 잊지 마. 어디에서 떠났는지 잊지 않도록 주의해. 돌아올 때 장애물이 있으면 1밀리미터도 이동할 수 없으니까 잘 확인해야 해. 네가 떠났던 자리에 누군가 가구를 갖다 놨다면 너는 가구 속에서 유형화되거든. 그러면 죽는 거야."

나는 두려움에도 불구하고 미소를 지어 보였다. 이것이 내니가 말하던 엄마식 유머인가. 좀 더 길게 대화를 나누면 스트레스 때문에 정신이 분열되는 이상한 엄마가 아니라 진정한 내 엄마를 되찾을 수 있을 것 같았다.

좀 전에 뭐라고 했지? 장애물이 있으면 이동할 수 없다고? 하지만 나는 1미터 넘게 이동했는데, 아닌가? 타일러를 꼼짝 못 하게 짓누르는 철근 장선을 피하기 위해서. 그 이유를 질문할 필요가 있었다. 엄마를 잃게 될 위험을 무릅쓰고 내가 입을 열려는 순간 무슨 소리가 났다.

할아버지가 으르렁거리는 소리였다.

엄마가 벌떡 일어나서 나를 한 번 더 꼭 끌어안았다.

"너무 빨리 돌아오지 마, 의심받을 테니까. 다음번에는 쉽지 않을 거야. 이따금 너를 보러 갈게. 다른 공간에서는 우리가 서로 볼 수 없지만 네 가슴은 나를 느낄 거야. 사랑한다, 아들아."

"나도 사랑해요, 엄마. 나를 버리지 마세요, 제발."

수심이 가득한 엄마의 이마에 주름이 졌다.

"나는 죽지 않아. 너를 위해 살아남을 테니 걱정하지 마. 사랑한다. 이 옷을 치워. 내가 돌아온 걸 알면 안 되니까. 다른 옷들은 건드리지 말고."

그렇게 말하고 엄마는 사라졌다. 한숨 소리 같은 소리가 나면서 아무것도 보이지 않았다. 엄마의 잠옷이 내려앉았다.

나는 구시렁거렸다. 물어볼 게 많았는데……. 나를 죽이려 했고 어쩌면 다시 시도할지 모를 범인이 누군지 알기 위해 시간 속으로 사라지지는 않을 것이다. 정신병원에서 미치광이로 인생을 끝내고 싶지는 않다. 엄마는 본 것에 대해 확신이 없다고 했다. 나는 그 말에 흔들렸다. 그때 갑자기 이상한 냄새가 났다. 피? 나는 어깨를 내려다봤다.

엄마가 이성을 잃지 않으려고 주먹을 너무 세게 쥐는 바람에 손바닥에서 흘러내린 피가 내 티셔츠와 엄마 잠옷에 묻어 있었다. 나는 재빨리 욕실로 뛰어가서 잠옷에 묻은 피를 씻어내고 엄마의 옷들 맨 밑에 깔았다. 그사이에 마르길 바라면서.

그러고 나서 아픈 머리로 꼭 필요한 일을 했다. 엄마의 피를 닦아낸 종이를 변기에 넣어 물을 내린 다음 내 손에 난 상처를 벌리고 피를 약간 떨어뜨렸다. 할아버지나 병원 측이 누군가 피를 흘렸다는 걸 알아낼 텐데 흔적을 흩뜨려놓을 필요가 있었다.

나는 욕실로 돌아가서 얼굴과 티셔츠에 물을 끼얹었다. 할아버지를 위해 물을 가져오다 엎지르는 바람에 옷이 젖은 것으로 보이기 위해서였다. 할아버지가 나만큼 두통이 심한 상태로 깨어나면 좋을 텐데.

할아버지는 멍하게 눈을 뜨다 바로 가까이에 있는 내 얼굴과 물에 젖은 옷을 보고 표정이 굳어졌다. 나는 할아버지에게 물 한 잔을 내밀고 잠자코 기다렸다.

"무슨 일이 있었던 거냐?" 할아버지가 탁한 목소리로 물었다.

나는 거짓말하지 않았다.

"엄마가 사라지는 바람에 우리 둘 다 기절한 것 같아요. 나는 할아버지보다 조금 먼저 깨어났고요. 할아버지, 엄마가 자주 이랬어요? 이렇게 격렬하게!"

나는 사실만 말했고, 할아버지가 거짓말이 아니라고 느끼게 했다. 나는 선수를 쳐서 할아버지의 위험한 질문을 막았다.

"응, 이따금." 할아버지가 한숨을 쉬었다. "오래전부터 그런 건 아닌데 얼마 전부터 마치 엄청난 에너지를 축적하고 있는 것처럼 떠날 때 그것이 폭발해. 너를 데려왔을 때 이럴 줄은 생각도 못 했다. 우리가 와 있는 동안에 사라질 거라고 생각하지 않았으니까. 넌 괜찮니?"

"머리가 아파요. 아주 심하게."

할아버지가 미소를 지었다.

"그래, 나도 그렇구나. 물을 가져다줘서 고맙다."

갑자기 할아버지가 킁킁거리며 냄새를 맡았다.

"피 냄새가 나는데 너 다친 게냐?"

나는 마치 방금 알아챈 것처럼 두 손을 쳐들었다. 그러고는 손바닥에 묻은 피를 보면서 눈을 깜박거렸다.

"이런, 비계 사고로 찢어진 상처가 기절할 때 다시 터졌나 봐요. 큰 상처 아니니까 집에 가서 반창고 붙일게요."

할아버지는 일어나서 CCTV에 찍힌 게 없는지 확인하더니 욕설을 내뱉었다. 하지만 다행히 내가 대답할 수 없는 질문을 하지는 않았다. 엄마가 돌아왔는지 알고 싶겠지만 내 대답으로 미루어 할아버지는 나도 거의 같이 기절한 것으로 믿는 눈치였다. 바닥에 떨어진 엄마의 옷을 보고 할아버지는 전혀 의심을 하지 않았다.

할아버지가 배경 잡음 장치를 껐다. 그 순간 고장 난 CCTV를 쳐다보는 할아버지의 눈빛이 변했다. 배경 잡음 장치는 제대로 작동하는데 CCTV만 고장 났다고? 할아버지가 아무 말도 하지 않았기 때문에 탐색하는 눈초리 뒤에서 무슨 생각을 하는지 알 수가 없었다. 심장이 터질 듯 뛰기 시작해서 빨리 가라앉힐 필요가 있었다. 나는 문 쪽으로 뛰어가면서 소리쳤다.

"무슨 문제가 생겼나 봐요!"

거의 동시에 루가루들이 들이닥쳤다. 피 냄새를 맡고 달려온 늑대들은 정신이 멍해 보이는 할아버지를 발견하고 걱정했다. 하지만 알파 늑대가 말하기 전에 감히 무슨 일이 있었느냐고 질문하지는 못했다. 할아버지가 명을 내렸다. 엄마가 만드는 전자파 충격을 견딜 수 있는 CCTV를 사서 망가진 것들과 교체하고, 배경 잡음 장치는 왜 아무런 영향을 받지 않았는지 이유를 알아내라는 지시였다. 할아버지가 내 어깨를 잡으며 슬그머니 내 몸에 기댔다. 나는 거구의 몸에 눌려 다리가 약간 휘청했지만 잘 버텼다. 할아버지가 기절했다는 사실을 아무도 모르길 바랐기 때문에 나는 감추기 위해 최선을 다했다.

엄마가 아무 말이나 막 한 건 아니었다. 엄마는 나에게 사람들을 쓰러뜨리거나 기계를 고장 내지 말라고 했다. 어쨌든 아직은 때가 아니라고 했다. 그리고 잘못된 선택을 하면 내가 죽을 거라는 말도 했다. 나는 침을 삼켰다. 이 부분이 마음에 들지 않았다. 엄마가 알려준 정보들을 되새겼다. 엄마는 다른 시간 속에 있을 때는 생체 시간이 멈추기 때문에 그렇게 젊은 것이라고 했다. 나는 정신을 차리고 전부 다 머릿속에서 떨쳐내려 했다. 나는 절대로 시간 여행을 하지 않을 거니까……. 아무튼 내가 죽을 위험에 빠지지 않는 한. 나는 두려웠다. 이 결심을 계속 지킬 수 있을까? 나를 죽이려 한 범인이 또 시도할 텐데?

집으로 돌아갈 시간이었다. 말은 안 했지만 피곤해서 죽을 지경이었다. 머릿속이 너무 복잡해 올바르게 판단할 수가 없었다.

네드가 운전석에, 처키는 조수석에 앉아 있었다. 그들이 깜짝 놀란 듯 쳐다봐서 나는 리무진 앞과 뒤를 가르는 유리 칸막이를 쳤다. 그리고 할아버지와 내가 하는 말을 듣지 못하게 배경 잡음 장치의 버튼을 눌렀다. 청각이 뛰어난 늑대들과 함께 있을 때 아주 유용한 도구였다. 그러고는 내 머리를 마비시킬 듯한 엄마의 얘기들을 떨치기 위해 태연한 어조로 궁금한 것을 질문했다.

"할아버지, 학교 친구 중에 오하라라는 성의 여학생이 있어요. 예전에 텔로라 스프링에 살았다는데 왜 오하라라는 성이 귀에 익은지 이유를 모르겠어요."

"몬태나에는 오하라라는 성이 많아." 할아버지가 대수롭지 않다는 듯 말했다. "그 사고 얘기부터 해야지."

"아, 네. 비계 밑을 지나고 있을 때 철근 더미가 무너졌어요. 그때 타일러가 내 목숨을 구해줬고, 얼마 후 처키가 나와 타일러를 구출했어요."

할아버지는 간략한 대답에 놀라 나를 쳐다봤다. 나는 내친김에 다시 물었다.

"텔로라 스프링은 여기서 몇 킬로미터밖에 안 되잖아요. 오하라 집안을 모르세요? 그 여학생의 증조부나 조상 중에 아는 사람 없었어요?"

할아버지는 머뭇거리다가 마침내 대답했다.

"알기야 알지. 우리가 강제로 자기네 땅을 팔게 하려고 양에게 독을 먹였다며 고소한 적 있는 집안인데. 늙은 오하라가 너의 증조부 앤드류와 그 문제로 분쟁이 있었지. 내 아버님이 어떻게 돌아가셨는지 알지?"

그 슬픈 이야기라면 물론 알고 있었다. 아주 끔찍한 사고였다.

"늑대 모습으로 돌아가셨지요?"

"그래. 아버님은 양을 죽인 범인이 누군지 찾으려고 오하라 집안의 땅을 정찰하는 중이었어. 우리는 그 일과 아무 관계가 없었으니까. 마침 늙은 오하라도 매복해 있었는데 아버님을 발견하고는 겁이 나서 총을 쐈어. 몸을 맞혔다면 아버님이 살았을 텐데 머리를 여러 번 쐈기 때문에 우리는 아버님을 살릴 수 없었지."

어두컴컴한데도 할아버지의 눈에서 고통스러워하는 눈빛을 볼 수 있었다.

"그래서 어떻게 하셨어요?"

"늙은 오하라도 사고를 당했어. 양을 잡아먹은 들개들의 공격을 받았지……." 할아버지가 차갑게 대답했다. "그의 아들 요셉은 우리와 마찬가지로 목장을 경영하면서 살려고 했지만 계속 실패했어. 그러다 종국에는 요셉도 사고를 당했어. 홍수가 났을 때 아내와 함께 익사했거든. 요셉의 아들 셰이머스 오하라도 1995년 1차 걸프전에서 돌아온 뒤 목장을 경영했지만 성공하지 못했고, 최근에 접었다. 우리에게 땅을 팔고 떠났지. 네가 말하는 오하라가 셰이머스인 것 같구나. 그의 딸 이름이 카테리나야. 그 사람이 미줄라에 사는지는 몰랐다."

맙소사. 할아버지가 카테리나의 증조부를 죽이고, 조부모까지 익사 사고로 위장해 죽인 것인가. 그게 사실이라면 내가 카테리나의 위치를 제공한 셈인데.

자신의 영역 바로 앞에 여우가 웅크리고 숨어 있음을 알아챈 늑대처럼 나는 입을 꾹 다물었다. 할아버지가 거북할 정도로 나를 뚫어져라 쳐다보았다. 한 무리의 알파를 그렇게 만만하게 봐서는 안 되는 거였다. 나의 학교 친구들에 대해 오랫동안 속일 수는 없는데…….

"아! 그래 기억나는구나! 카테리나, 내 기억이 맞는다면 초록빛 눈에 갈색 머리던가……. 아무튼 날씬하고 아주 예쁘장해서 사내를 현혹시킬 만한 조건을 모두 갖췄지. 뭐니 뭐니 해도 사내는 열정이, 여자는 미모가 최고니까."

할아버지가 갑자기 내 쪽으로 몸을 숙여서 나는 소스라쳤다.

"인디아나, 너 설마 내 아버님을 죽인 자의 손녀와 사랑에 빠진 건 아니겠지?"

몸이 부들부들 떨렸다. 하지만 두려워서가 아니라 화가 나서였다. 할아버지가 방금 한 말에 충격을 받아 아드레날린이 급상승했다.

"카테리나는 친구예요." 나는 일단 돌려 말했다. "그냥 친하게 지내는 친구는 괜찮잖아요, 할아버지?"

"어떤 여자든 인간은 절대로 안 된다고 이미 말했다!"

알파의 목소리였다. 나는 늑대가 아니지만 나를 제압하려는 할아버지의 의지를 느꼈다.

나는 분노가 치밀어 올라 눈을 감았다. 분노를 드러내고 싶지 않지만 어쩔 수가 없었다. 눈을 뜨는 순간 타오르는 불길처럼 분노가 터지고 말았다.

할아버지가 흠칫 놀랐다. 내 분노에 흥분한 할아버지 속에서 짐승이 나오려 하고 있었다. 할아버지는 큰 주먹을 불끈 쥐고 심호흡하면서 변신하지 않기 위해 노력했다. 할아버지의 이글거리는 금빛 눈이 위협적이었지만 나는 시선을 피하지 않았다.

"인디아나, 어디 눈을 똑바로 쳐다보느냐!" 할아버지가 엄하게 말했다. "계속 그렇게 대들면 나의 늑대가 목을 물어뜯는 수가 있어. 그건 내가 원하는 일이 아니다."

야수의 본능을 제압하기란 쉽지 않은 일이었다. 마지막으로 할아버지의 눈을 뚫어져라 쳐다보는 것으로 내가 진심으로 굴복하는 게 아님을 표시한 다음 나는 시선을 내렸다.

할아버지가 안도의 숨을 내쉬었고, 긴장이 물처럼 몸을 타고 흘러내렸다.

"어떤 알파에게든 방금 한 것처럼 대들면 결과는 불 보듯 뻔해." 할아버지가 마침내 말했다.

"나는 누구에게도 대들지 않았어요." 나는 할아버지를 누그러뜨릴 방법을 궁리하면서 대답했다.

"아니, 넌 나에게 격분해 있어. 그리고 우리의 법에 대해서도."

나는 부인하지 않았다.

"네, 맞아요."

"왜? 그 오하라와 무슨 관계가 있어서?"

나는 신중하게 말했다.

"카테리나는 다른 학생들과 마찬가지로 나의 인간 친구일 뿐이에요."

할아버지는 잠시 침묵하면서 내 말의 의미를 생각하더니 이윽고 판결을 내렸다.

"우리에게 예외는 없다. 네가 인간 여학생과 너무 멀리까지 간다면 우리는 그 아이를 죽일 것이다. 우리가 신뢰할 수 없는 인간이 우리 존재를 알면 그 인간을 죽인다. 그것이 우리 법이야."

순간 나는 우리의 법을 준수하려는 그 고집이 뭘 뜻하는지 깨달았다. 할아버지는 두려워하고 있었다. 나를 잃을까 봐 두려운 것이었다. 당신 아들의 아들인 나를 잃을까 봐. 할아버지가 방금 나에게 자유로워질 수 있는 열쇠를 쥐여준 것이다. 하나가 아니라 여러 개의 열쇠를.

나는 분노와 두려움을 억누르며 진지하게 말했다.

"그게 누구든 내가 만나는 인간 중 한 명이라도 건드린다면 할아버지는 나를 잃을 거예요. 돌이킬 수 없을 겁니다. 나는 늑대가 아니고, 늑대의 본능도 없어요. 나는 무리에 필요하지 않은 존재예요. 여기서는 멀리 떨어진 대학에 있을 때만큼 행복한 적이 한 번도 없었어요."

마지막 말은 백 퍼센트 사실은 아니었지만 약해지지 말아야 했다. 할아버지는 내 의지를 느낀 것 같았다. 몸이 긴장하는 것을 보면 내 말에 충격을 받은 게 틀림없었다.

파리한 달빛을 받으며 리무진은 계속 굴러갔다. 하지만 나는 풍경이 눈에 들어오지 않았다. 가급적 직면한 문제에 정신을 집중해야 했다. 할아버지는 아무 말도 하지 않았지만 나는 할아버지의 생각을 가늠할 수 있었다. 내가 무리를 떠나 혼자 살아갈 수 있으리라고는 상상도 하지 못했을 것이다.

하지만 할아버지는 나한테 시간을 거슬러 가는 능력이 있다는 사실을 몰랐다. 살기 위해 다른 선택이 없다면 나는 엄마처럼 너무 **빨리** 미치지 않길 바라며 시간 속으로 사라질 것이다. 우리 같은 아크로노트를 특급 스파이라고 부르지 않는가. 정부는 기꺼이 나를 고용할 것이다. 내가 검증 가능한 귀중한 정보를 가져다주면 내 나이라든가 자격 미달에 대해서는 전혀 개의치 않을 것이다.

나는 '맨 인 블랙(일급 비밀 요원)'으로 검은 안경을 끼고 다닐 것이다. 물론 연봉도 아주 많이 받겠지.

할아버지가 마른세수를 했다. 내가 알아채지 못한 사이 금발이 희끗희끗해지고 있었다. 아직 몇백 년은 더 살 할아버지가, 한 달 후면 천 번째 생일을 맞는데도 여전히 황갈색 털이 반들거리는 우리의 최고령 조상 헨리보다 훨씬 빠르게 머리가 세고 있었다. 할아버지는 몹시 지쳐 보였다. 나는 할아버지가 당신의 아들, 내 아버지를 몹시 그리워한다는 사실을 알았다. 할아버지가 나에게 모든 희망을 걸고 있다는 걸 그제야 깨달았다.

그런데 그 희망을 포기해야 하는 순간이 온 것이다.

"네가 인간 속에서 편안함을 느끼는 건 이해할 수 있다." 할아버지는 슬픈 어조로 말했다. "무리를 떠날 수 있다고 생각하는 것도 이해해. 어쨌든 네가 인간인 건 사실이니까."

할아버지의 비애에 충격받아 멍하니 입을 벌리고 있을 때 할아버지가 피곤한 어조로 말을 이었다.

"네가 '친구'라는 여학생과 사랑에 빠지지 않길 바라지만 우리 법의 구속을 받기에 네가 특수한 경우인 건 맞아. 내 뒤를 이을 늑대를 원한다는 이유로 네 인생을 빼앗는 것은 부당하다는 걸 인정하마. 우리 집안은 강하지만 더 강하고 더 젊은 늑대가 있다면 후계자로 받아들일 수도 있겠지. 네 사촌들이 대를 이을 수도 있을 테고. 네 할머니가 좋아하지 않겠지만 불가능한 일은 아니다."

긴장이 풀리면서 온몸이 부들부들 떨렸다. 할아버지가 승낙하신 거야! 내가 이겼어!

"아직은 네가 이긴 게 아니다!" 할아버지가 냉정하게 말했다.

나는 의혹의 눈길을 던졌다. 알파는 자신이 이끄는 늑대들의 머릿속을 읽는다고 들었다. 인간의 머릿속도 읽을 수 있는 건가.

"나는 기본적으로 집안의 야망이라는 제단에 너를 바쳐서는 안 된다고 생각한다. 그건 부당한 일이니까. 하지만 앰버와 나머지 집안 어른들을 설득하는 건 네 몫이야."

할아버지가 할머니의 이름을 말할 때는 서로 갈등이 있을 때인데…….

"그게 힘들까 걱정이구나. 떠나버리겠다는 협박이야말로 특히 네 할머니에게 단연 효과적이겠지만 잘 준비해서 설득해야 할 거다. 그다음에는 무리의 위원회를 소집해야 해. 한 달 후에 우리의 최고령 조상 헨리의 생신을 맞아 성대한 축제를 열기로 결정했다. 그날 위원회를 소집해 인간과의 교제 허가 문제를 의제로 올릴 수도 있겠지. 하지만 우리의 유일한 인간인 너에게만 해당되는 일이야. 네가 잘 처신하면 위원회에 출두하게 될 게야. 네가 태어나고 네 엄마 때문에 내 아들이 죽은 뒤로 다시는 다른 종족과의 결혼을 허락하지 않기로 결정했었다. 위원회를 설득하는 것이 힘들겠지만 내가 지지해주마."

와우! 결혼하겠다는 말은 하지도 않았는데! 결혼이란 생각만 해도 겁이 덜컥 났다. 나는 다른 질문을 했다.

"이런 일로 평의회를 열지는 않으실 거죠?"

카테리나를 단념하라고 나를 설득하기 위해 봄까지 시간을 끌겠다는 계산이라면? 할아버지는 정직했다. 할아버지가 고개를 저으면서 말했다.

"그래, 금지법은 우리 무리에 한한 거니까. 네 할머니의 지지를 받는 인척들은 걱정하지 않아도 된다. 너에게 자유를 주는 문제는 집안 위원회를 여는 것으로 충분해. 너는 늑대가 아니니까. 따라서 그들에게는 내가 말할 거야. 단 한 가지 조건이 있어."

나는 입술을 깨물었다. 할아버지가 무슨 말을 할지 이미 알고 있었다. 그럼 그렇지, 우리의 알파는 술수가 대단해서 이렇게 쉽게 포기할 리가 없는데.

"여성 루가루와의 만남을 받아들여. 우리 무리의 여성이 아니어도 상관없다. 우리 무리의 루가루들이 너한테 마음을 주지 않은 건 함께 자랐기 때문인 것 같아. 그래도 그들을 만나 이야기를 나눠봐. 이제껏 다정한 여성 루가루들과 가까이 지낼 기회가 없었던 건 우리 집안이 지배층인 탓도 있을 게다. 하지만 다른 무리에도 사랑스러운 여성들이 많으니 네가 한번 사귀어보기 바란다."

맙소사. 할아버지가 이런 조건을 내걸 줄은 상상도 못 했다. 매력적인 여성 루가루들에게 나를 소개하겠다는 것이 아닌가. 때때로 나는 이게 지옥인지 천국인지 알기 힘들 때가 있다. 내가 무슨 말을 하려고 하자 할아버지가 또다시 내 말을 막았다.

"인디아나, 새로운 신분 규정이 결정되기 전까지는 어떤 인간과도 사귀면 안 돼. 네가 약속을 어기면 나도 어길 거야. 동의하지?"

나는 동의하고 싶지 않았다. 하지만 할아버지의 제안은 내가 희망하던 것보다 훨씬 나았다. 할아버지는 내 침묵을 오해했는지 불쾌한 듯 금빛 눈을 찡그렸다.

"인디아나, 너의 행복을 위해서야. 위원회에 출두하기도 전에 법을 어기면 처벌을 받아야 해. 그리고 네가 만나는 인간이 위험해져. 우리가 그 여학생에게 상처를 입히거나 죽이면 우리는 너를 잃게 되는데……. 그래도 위험을 무릅쓸 생각이니? 나는 싫다."

물론 나도 싫었다. 하지만 할아버지는 밧줄과도 같은 말로 나를 꽁꽁 묶어버렸다. 나는 마지못해 할아버지와 악수했다. 우리는 합의했다. 할아버지는 뼈가 으스러지지 않게 조심하면서 나를 끌어안았다. 아주 다정하게.

"타일러가 법을 지키지 않고 있어요." 나는 작정을 하고 말했다. "루이스 브랜드켈에게 연락해서 아들이 카…… 여학생들을 건드리지 않게 하라고 말씀하셔야 해요."

순간 리무진이 저택으로 이르는 길로 들어서면서 약간 흔들렸다. 가로등 불빛이 비쳤을 때 동그래진 할아버지의 눈이 보였다.

"인디아나, 너를 계속 그 대학에 다니게 하는 것이 좋은 생각인지 정말 모르겠구나. 타일러 브랜드켈과 너, 너희 둘 다 인간 여학생들과 친구로 지낸다는 뜻이니? 같은 여학생과?"

나는 고개를 끄덕였다.

"네. 카테리나가 가난하다는 걸 안 타일러가 그녀를 도와준답시고 5만 달러를 줬어요. 타일러는 루가루니까 인간 여학생들과 가까이 지내면 안 되는 거잖아요?"

할아버지가 쿵쿵거리는 소리를 내면서 비난을 표시했다.

"5만 달러? 그 아이에게는 그만한 돈이 없어, 인디아나. 그렇다면 돈이 어디서 났을까? 잘 생각해봐."

나는 화가 나서 한숨을 쉬었다. 언제라는 것까지 말하고 싶지는 않은데……. 그러다 나는 자세를 바로 했다.

할아버지의 말이 옳았다. 나는 왜 이렇게 바보 같을까! 악셀에게 훈련 비용을 지불하기 위해 돈이 필요했을 때 나는 할아버지에게 손을 내밀었다. 그렇게 큰 금액이 아니었는데도. 그렇다면 타일러도…….

"브랜드켈이 아들에게 돈을 준 거예요." 내가 충격받은 얼굴로 말했다.

"틀림없지."

"왜죠?"

"글쎄. 아직은 나도 모르겠다."

"타일러가 거짓말을 했을까요?"

"무리의 알파인 자기 아버지한테? 내가 이제껏 만난 루가루 중 가장 편집 증이 심한 루이스에게 거짓말을 해? 글쎄, 그게 가능할까?"

나는 눈을 비볐다. 피곤이 몰려오는 데다 아드레날린 상승으로 잊었던 통 증 때문에 얼굴을 찌푸렸다. 나는 결론을 내렸다.

"루이스 브랜드켈은 아는 거예요. 아들이 여학생과 사귀는 걸 알고 매수 하기 위해 돈을 준 거예요. 인간인 여학생과의 교제를 금지하기는커녕 부추 기는 건 무슨 꿍꿍이가 있기 때문이겠죠. 그 여학생을 무슨 일에 끌어들이 려는 걸까요?"

"아까도 말했지만 아직은 잘 모르겠구나." 할아버지는 섣불리 결론을 내 리지 않았다.

나는 한숨을 쉬었다.

"아까 기절해서 그런지 생각을 깊이 할 수가 없어요."

리무진이 멈춰 서 있었다.

"가서 쉬어라." 할아버지가 나를 차에서 내리게 하면서 말했다. "생각이 정리되면 내일 아침에, 아니 자정이 넘었으니 오늘 아침에 다시 얘기하자 꾸나."

저택은 불빛으로 훤했고, 루가루 여러 명이 나와 공손하게 인사했다.

나는 한밤중인데도 우리를 기다리고 있던 할머니의 뺨에 입을 맞추고는 내 방으로 달아났다. 질문이 쏟아질 게 뻔했다. 지금은 내 침대와 베개만이 호의적으로 느껴졌다. 다른 이들에게 신경 써줄 경황이 없었다.

16
계략

잠에서 깼을 때 머리맡에 세라피나가 있었다.

나는 흠칫 놀랐다.

세라피나는 내가 떠날 때보다 더 아름다워져 있었다. 나를 살피는 금빛 눈이 불안해 보였다. 등이 훤히 드러나는 옷을 입어 아무것도 걸치지 않은 것처럼 보였다.

세라피나가 손으로 맨살이 드러난 내 윗몸을 살짝 건드렸다.

"와." 세라피나가 속삭였다. "시퍼렇게 멍들었는데도 이렇게 멋진 몸은 처음 본다. 꼭 콤바인에 깔렸던 것 같다, 너."

나는 그녀의 가는 팔을 잡아 강제로 내 몸에서 떼어내려고 했다.

"내 방에서 뭐 하는 거야, 세라피나?"

내 어조에는 그녀를 방에 들여보낸 자의 털을 다 뽑아버리겠다는 경고가 담겨 있었다.

늑대의 힘으로 완강히 버티던 세라피나가 머쓱한지 자신의 손톱을 응시하다가 환한 미소를 보냈다.

"며칠 가출했다가 돌아왔어. 가출은 했지만 내 분별력을 보여드렸지. 아무 문제도 일으키지 않고 얌전히 돌아왔거든, 내가." 세라피나가 속삭이듯 달콤하게 말했다. "그래서 부모님이 나에게 자유를 주셨어. 어쩌면 대학에 가는 것도 허락할 것 같아. 나는 그냥 네가 와 있다는 소식을 듣고 환영해주려고 온 거야, 자기야."

그러고는 느닷없이 내 입에 입술을 포갰다. 이상하게도 바로 그 순간 찰칵하는 소리가 들렸다. 나는 몸을 뒤로 빼면서 그녀를 거칠지는 않지만 단호하게 밀쳐냈다. 처키가 문틀에 기대고 서서 찬성하는 표정으로 우리를 쳐다보고 있었다.

"내 방이 아무나 들락거리는 대합실인 줄 알아?" 나는 벌컥 화를 냈다. "뭐야, 너희 둘? 둘 다 여기서 뭐 하는 건데? 그리고 세라피나, 나를 환영하려고 왔다는 말은 집어치워! 지난번에 키스를 할 게 아니라 차라리 내 머리를 뽑아버렸어야 한다는 듯 난리를 친 게 누구지?"

"네 머리를 뽑아? 누가, 내가? 무슨 그런 끔찍한 말을!" 세라피나는 재미있다는 듯 말했다. "그러면 사방에 피가…… 웩. 너를 원망하지 않는다는 걸 보여주고 싶을 뿐이야, 난."

혹시나 했는데 역시나 세라피나다웠다. 그녀는 내가 키스를 하고 싶은지 아닌지 전혀 개의치 않았다. 그녀는 모두가 자신의 키스를 갈망한다는 착각에 빠져 있었다.

"처키가 간밤에 네 문 앞에서 보초를 섰어. 네드와 교대로." 세라피나가 태연하게 말을 이었다. "네 할아버지는 네가 무방비 상태로 있는 걸 원치 않거든. 그건 그렇고 대학 생활은 어때, 멋지지? 학생들도 많이 만나고, 할 것도 많겠지?"

세라피나의 목소리가 어찌나 들떠 있는지 나는 미소를 짓지 않을 수 없었다.

"넌 아마 인간, 늑대 할 것 없이 전부 다 지배하려고 들겠지." 나는 비위를 맞춰주었다.

세라피나가 어린 소녀처럼 손뼉을 쳤다. 너무 과장된 몸짓이었다.

"루가루는? 대학에 다른 루가루도 있지?"

"응, 여섯 명쯤. 그중에는 루이스 브랜드켈의 아들도 있고."

그 이름을 듣자 세라피나는 즉시 관심을 보이며 나를 향해 몸을 숙였다.

"루이스 브랜드켈의 아들? 타일러 브랜드켈 말이야? 걔는 어때?"

"버릇이 좀 없어서 그렇지 괜찮아. 투도어 메르세데스를 몰면서 아주 돈을 뿌리고 다니지. 네 마음에 쏙 들 거야."

"그 대학에 꼭 가야겠네!" 세라피나는 불쾌할 때 모든 늑대가 그렇듯 갑자기 발끈했다. "더는 꾸물거리지 않겠어!"

그녀의 눈에서 이글거리는 빛이 보였다. 좋았어. 나는 방금 그녀의 관심을 내가 아닌 다른 먹잇감으로 돌린 것이다. 불쌍한 네드. 세라피나를 사랑하는 네드의 괴로움이 다시 시작되는 것인가. 불쌍한 타일러도 세라피나를 만나는 날 '지배'라는 말이 무슨 뜻인지 뼈저리게 깨달을 것이다.

"네 할아버지와 할머니가 너를 기다리고 계셔." 묘한 표정으로 우리를 줄곧 지켜보던 처키가 불쑥 말했다. "너도 준비해야지."

처키의 어조가 퉁명스러웠다. 쭉 뻗은 다리를 강조하는 노란 쇼트를 입은 세라피나가 일어났다. 내가 늑대였다면 아마 침을 질질 흘렸을 것이다. 카테리나에게 빠져 있는데도 세라피나의 매력 역시 치명적이라는 사실을 인정하지 않을 수 없었다. 세라피나는 내가 조금도 흔들리지 않는 걸 확인하고는 꼬리를 치듯 허리를 건들거리며 방을 나갔다.

"냠냠." 처키가 입맛을 다셨다.

"쟤는 위험하기로는 공공의 적이야." 나는 짜증스러워하면서 말했다. "2분만, 빨리 샤워하고 갈게."

"식당에서 아침을 들고 계셔." 처키는 그렇게 말하고 방을 나갔다.

잠을 깨려고 튼 찬물이 상처를 자극하는 바람에 저절로 신음이 나왔다. 비계 사고로 다쳐 봉합한 상처와 어제저녁에 내가 다시 벌린 상처가 불에 덴 것처럼 화끈거렸다. 지금 이 순간만큼은 늑대의 신체 회복 능력이 부러웠다. 어제만 해도 유리 파편이 박혀서 너덜너덜하던 처키의 주먹은 흉터 하나 없이 말짱한데.

나는 후닥닥 비누칠을 했다. 할아버지, 할머니가 세 가지에 대해 얘기할 것이다. 사고와 살인미수, 엄마 그리고 카테리나 또는 인간 여자에 대해.

바쁜 하루가 예상되었다.

나는 수건으로 물기를 대충 닦으면서 눈으로 핸드폰을 찾았는데 보이지 않았다. 문 옆의 서랍장 위에 올려놓은 것 같은데……. 별일 아니지만 짜증이 났다. 오후에 산책하면서 카테리나와 통화할 생각이었다. 핸드폰이 없으면 일이 좀 복잡해진다. 내가 그녀에게 연락할 거라고 의심한 할아버지가 내 핸드폰을 압수한 걸까?

나는 재빨리 옷을 입고 1층에 있는 식당을 향해 미친 황소처럼 뛰어갔다.

"할아버지! 내 핸드폰 어디 있어요?"

할아버지가 베이컨을 곁들인 계란 물에 빵을 적시다가 놀란 눈으로 나를 쳐다봤다.

"네 핸드폰? 모른다. 그걸 왜 나한테 묻니?"

"할아버지가 가져간 거 아니에요?"

할아버지가 눈살을 찌푸렸다.

"내가 왜 네 핸드폰을 가져가?"

거짓말이 아니었다. 또 속이 울렁거리는 것 같았다.

재스민과 라일락, 커피 향기에 현기증이 일었다. 할머니가 김이 나는 주전자를 들고 내 뒤에 서서 활짝 웃었다.

"인디아나, 기분 어때? 잠은 잘 잤니? 조금 있으면 닥터 브라운이 너를 진찰하러 올 거야. 처키 말로는 몇 군데 꿰맸다면서."

나는 뜨거운 주전자를 피해 할머니를 포옹한 다음 의자에 가서 앉았다. 초록색 톤의 아름다운 식당 벽면에 쭉 걸린 조상들의 초상화가 우리를 응시하고 있었다.

"괜찮아요, 할머니. 두세 군데 상처가 조금 깊지만 계속 소독하고 있으니 걱정 마세요."

할머니는 검은색 나무 식탁 중앙에 놓인, 은으로 도금한 빨간 받침에 주전자를 내려놨다. 은이 아주 조금 함유되었을 뿐이라 해를 끼칠 정도는 아닌데도 할머니는 매우 조심했다. 할머니가 내게 차를 따라주었고, 나는 팬케이크와 우유에 만 시리얼을 먹었다.

"기억나는 건 전부 다 자세히 얘기해봐." 할머니가 사뭇 진지한 얼굴로 말했다. "범인이 누군지, 왜 그랬는지 알아야 하니까."

내가 지나가는 순간 비계가 머리 위로 무너져 내린 것 말고는 특별히 본 것이 없었다. 할머니는 차를 한 모금 마신 뒤에 천천히 붕괴 장면을 얘기하라고 말했다. 그리고 보지는 못했어도 느끼고 들은 것이 있을 거라고 지적했다. 내니로부터 내가 감기에 걸렸던 뒤로 거의 늑대 못지않게 감각이 예민해졌다는 보고를 받았기 때문이다. 할머니가 나에게 눈을 감고 후각과 청각에 집중하라고 했다.

나는 할머니의 목소리에서 희망을 읽었다. 할머니는 내 몸속에서 늑대의 특성이 나타난 것이 형질전환의 징후이길 바라고 있었다.

실망하실 텐데.

나는 시키는 대로 눈을 감고서 큰 소리로 사고 상황을 말했다. 비계가 시야를 가려서 유일하게 기억하는 것은 우지끈거리는 소리에 고개를 쳐들었지만 떨어지는 철근 더미를 피할 수 없었고, 어렴풋한 텔컴파우더 냄새 말고는 아무것도 느끼지 못했다. 나는 눈을 떴다.

"텔컴파우더 냄새?" 할머니가 놀라며 물었다.

"네, 체조 선수가 철봉이나 평행봉 같은 훈련을 할 때 미끄러지지 않게 손에 바르는 거예요. 그 냄새가 났어요."

이번에는 할아버지가 눈살을 찌푸렸다.

"그게 단서가 될 수도 있잖아?"

"나를 죽이려 할 정도로 원한을 품은 체조 선수가 있다는 뜻이에요? 할아버지, 나는 농구부라서 평행봉 근처에는 가지도 않는데 좀 억측 아닐까요?"

"하지만 범인이 비계에서 미끄러지지 않으려고 텔컴파우더를 묻힌 장갑을 꼈다면 얘기는 달라지지." 할머니가 생각에 잠긴 얼굴로 말했다.

"아니에요. 텔컴파우더와 라텍스 냄새로는 범인을 찾을 수 없어요. 그리고 그럴 필요도 없고요. 비계를 오르는 건 쉽거든요. 기둥 사이에 사다리가 있어서."

"네 엄마에게 그 시간 속으로 가라고 부탁해보자." 할머니가 불쑥 말했다. "누가 왜 너를 죽이려고 하는지 알아야 해."

"제시카는 우리 말을 들어준 적이 없었어, 15년 동안 단 한 번도." 할아버지가 말했다. "당신이 원하는 걸 어떻게 이해시킬 생각이오? 제시카는 미쳤어, 앰버. 우리가 상상하는 것 이상으로 미쳤어. 내가 인디아나를 데리고 갔을 때 제시카가 어떻게 했는지 알아? 제시카가 어찌나 난폭하게 사라졌는지 우리 둘 다 의식을 잃었단 말이오. 제시카가 무슨 이유로 이렇게 오랫동안 시간 여행을 중단했는지는 모르지만 난 그 경험을 다시 하고 싶지 않아. 휴, 힘이 얼마나 센지!"

할아버지가 이 정도로 흔들렸을 줄은 상상도 못 했는데. 하지만 곧 우리의 알파를 쓰러뜨릴 수 있는 이가 그리 많지 않았다는 사실이 떠올랐다.

"그래도 해볼 거예요." 할머니는 준엄한 여성 알파답게 응수했다. "자기 아들인데 도와주겠지!"

할아버지가 항복했다.

"네 할머니에게 맡겨보자. 우리 과학자들이 처키가 가져온 철근을 분석했다."

"벌써요?"

"그래, 하지만 처키 말이 맞았어. 너를 공격한 자는 장갑을 꼈고, 맨살로는 비계를 건드리지도 않았어. 그리고 라텍스와 고추, 후추 말고는 어떤 냄새도 남기지 않았고."

"주도면밀한 늑대였어요. 내가 이해할 수 없는 건 카테리나의 집에 한 짓이에요. 그녀의 아버지 셰이머스 씨가 범인을 봤을 거 같아요."

할아버지와 할머니가 어두운 얼굴로 나를 쳐다봤다.

나는 카테리나가 나에게 해준 말, 즉 그녀의 아버지가 술에 취한 상태에서 한 말을 전했다.

"셰이머스가 늑대 '들'이라고 했단 말이지." 할아버지가 꽃무늬 찻잔을 소리 나게 내려놓았다.

할머니는 귀한 중국산 도자기 찻잔이 깨질까 봐 조마조마한 얼굴이었다.

"네. 하지만 헛소리였을지도 몰라요."

"그래도 여러 명일 가능성을 배제할 순 없어. 너를 학교로 돌아가게 하는 게 현명한 일인지 확신이 안 서는구나, 인디아나. 네가 안전할지 걱정이 돼."

할아버지가 덜덜 떠는 할머니의 손 위에 커다란 손을 얹었다. 할머니는 불안에 떨고 있었다. 하지만 나는 단호했다.

"늑대들이 나를 죽이려 한다는 이유로 갇혀 지낼 수는 없어요. 우리 이성적으로 생각해요. 그들은 실패했고, 우리가 추적할 것을 알기 때문에 아주 조심할 거예요. 할아버지, 내 생각에는 할아버지가 리코스 목장 밖에서도 나를 지킬 수 있다는 걸 보여줄지, 아니면 은신처에 숨겨둘지 알아보려는 일종의 테스트 같아요. 나를 처키와 함께 떠나보내는 것으로 놈들에게 우리가 겁먹지 않았다는 걸 보여주세요."

할아버지와 할머니가 눈짓을 주고받았다. 나는 헬리콥터 안에서 무슨 말을 할지 준비했고, 샤워를 하면서도 대답할 말을 정리했다. 나는 두 분이 나의 탈출 전략을 눈치채기 전에 감정적인 면을 건드릴 생각이었다.

"네드가 인디아나를 급습했지. 등 뒤에서." 할아버지가 생각에 잠긴 표정으로 나를 응시하며 불쑥 말했다.

할머니가 소스라치게 놀랐다.

"뭐라고요?"

"내 명에 따라."

"당신의 명? 당신……."

"그런데 인디아나가 네드를 쓰러뜨렸어. 목을 딸 뻔했다니까."

할머니는 멍하니 입을 벌리고 있다 정신을 차렸다.

"어떻게 쓰러뜨렸는데?"

선택의 여지가 없었다. 단검을 꺼내 보였다. 하지만 바꽃 가루와 별 모양 표창은 꺼내지 않았다.

할머니는 혐오감을 감추지 않은 채 단검을 살폈는데, 손은 대려고도 하지 않았다.

"설마 은으로 만든 건 아니겠지? 냄새가 나는데."

"섞였어요." 나는 정직하게 말했다. "은이 많이 함유되고, 강도와 칼날을 위해 철을 조금 섞었어요. 네드는 빨리 회복하지 못할 거예요."

할머니가 금빛 눈으로 나를 쳐다봤다.

"그런데 왜 방어할 필요를 느낀 거니, 인디아나? 그리고 이건 새 단검이 아니구나. 어제 처음 사용한 게 아니야."

이런, 악셀에 대해 말할 수는 없었다. 세미로부터 나를 방어하라는 악셀의 뜻에 따라 지니고 다니는 단검이었다.

"송곳니와 갈퀴 발톱이 있는 늑대들에 비해 나는 무방비 상태잖아요." 나는 얼른 말을 지어냈다. "형평성을 위해 뭔가가 필요했어요. 이제 나를 해치려는 반역 루가루 무리가 있다는 걸 안 이상 단검을 갖고 다니길 잘했다고 생각해요."

거짓말이 아니었다. 어쨌든 루가루에게 위력적인 갈퀴 발톱과 송곳니가 있는 건 사실이니까. 할아버지와 할머니는 내가 한 말을 곰곰이 생각했다.

이윽고 같은 생각으로 의견이 일치했는지 할아버지, 할머니가 미소를 지었다. 비정하면서 냉정한 미소였다.

"좋아. 떠나도 된다, 인디아나." 할아버지가 선언했다.

나는 잠시 의아했지만 곧 알 수 있었다. 그래서 나도 냉소를 흘렸다.

"나를 미끼로 쓰진 않을 거죠?"

할아버지가 미소를 짓는 동안 내 정맥에서는 아드레날린이 요동치면서 상승했다.

"당연하지."

"고맙습니다."

"뭐가 고마워? 적을 격퇴하기 위해 목숨을 걸겠다면서?"

"나를 믿어줘서요."

할아버지가 호기심이 동한 얼굴로 나를 빤히 쳐다봤다.

"인정하고 싶지 않겠지만 네가 더 늑대 같구나, 인디아나. 이 게임이 마음에 들지?"

나는 인정해야 했다.

"두렵지 않니?"

"떨고 있어요."

"좋아. 다른 대답을 했다면 너는 죽는 날까지 여기 틀어박혀 있어야 했을 게다. 두려우면 조심하게 되지. 내가 듣고 싶은 말이 그거였다. 이제 네 인간 친구들에 대해 말해보자."

근육이 팽팽해지는 게 느껴져 나는 긴장을 풀려고 노력했다.

"그렇게 긴장할 것 없다." 할아버지가 미세한 떨림도 대번에 간파하는 알파의 대단한 감각으로 말했다. "내가 한 약속은 번복하지 않을 거야. 그리고 네 할머니도 내 생각에 동의했고. 네가 여성 루가루와의 만남을 받아들이면 너에 대해서는 금지령을 풀자고 제안할 거야. 네가 거부하면 포기하는 거다."

"포기에 대한 말은 없었잖아요." 내가 항변했다.

"그거야 당연히 포함되는 조건인데 굳이 말할 필요 없지." 할아버지가 태연하게 말했다. "우리가 도와주면 너도 법칙을 받아들이는 게 당연하잖아. 다른 선택은 없다."

나는 항복했다. 내가 예상했던 것보다는 훨씬 나았다.

"남자의 명예를 걸고 약속해요, 할아버지. 원하시는 대로 여성 루가루들을 만나볼게요."

처키였다면 이 말을 동네방네 떠들고 다녔을 것이다. 나는 할아버지, 할머니가 나를 귀찮게 하지 않기만 바랄 뿐이었다.

할아버지, 할머니는 흡족해했다. 그들이 나한테서 듣고 싶은 대답이었던 것이다. 이 약속의 대가로 두 분은 나를 도와줄 테니 승자는 나였다.

"타일러 브랜드켈은 어떻게 하실 거예요?" 내가 물었다.

나는 카테리나를 보호하기 위해 최선을 다했다. 만약 타일러가 나를 해칠 목적으로 그녀를 농락하는 거라면 녀석의 심장을 박살 내버릴 것이다.

할머니는 신선한 오렌지 주스를 한 모금 삼키다 인상을 썼다. 오렌지 맛 때문은 아니었다.

"할아버지한테 5만 달러에 대한 얘기 들었다. 그래서 오늘 아침에 루이스 와 통화했어."

나는 숨이 막힐 뻔했다. 루이스 브랜드켈과 통화를 했다니!

"뭐라고 해요?"

"우리가 상관할 일이 아니라고. 자기 아들 일이고, 인간 여자와 즐기는 것 일 뿐 임신시킬 생각은 전혀 없으니 걱정할 일은 없다고 하더라."

서서히 분노가 올라왔다.

"즐기는 것일 뿐이라니요. 즐기는 게 뭔지 내가 그에게 보여줄게요. 상황 에 따라 다른 판결을 내리면 그게 법칙이에요? 나는 복종해야 하는데 타일 러는 원하는 걸 다 해도 되는 거예요?"

그 개자식을 그냥 죽게 내버려뒀어야 하는 건데.

내가 격분하자 할아버지와 할머니가 반응했다. 눈빛이 이글거리면서 금 빛으로 변한다는 건 늑대로 변신하기 직전의 전조였다.

"진정해, 인디아나." 할아버지가 엄하게 말했다. "너는 화가 나면 전지 같아 서 우리 모두가 그 에너지의 영향을 받을 수 있어. 차 안에서도 그랬잖아!"

뭐라고? 무슨 말을 하는 거지?

"내가요? 내 에너지가 영향을 준다니 무슨 말씀이세요?"

"넌 정말 알다가도 모르겠구나." 할머니가 다정하게 말했다. "우리가 왜 너한테 자유를 줬다고 생각하니? 네 분노가 폭발하면 그게 어찌나 격렬한지 여기 있는 루가루가 어른 아이 할 것 없이 모두 변신할 정도야. 너는 늑대가 아닌데도 알파의 에너지를 지녔어. 네 힘이 우리에게 영향을 줄 정도로 세단 말이다."

알파의 기분은 무리의 기분을 지배했다. 알파의 기분이 좋으면 무리도 기분이 좋고, 알파가 예민해지면 무리도 예민해졌다. 알파의 분노가 폭발하면 그 에너지가 루가루를 강제로 늑대로 변신시킬 수 있었다. 많은 것이 단박에 설명되었다. 내가 바이크를 타고 몇 시간씩 없어졌다 돌아와도 아무 말도 안 한 것은 무관심해서가 아니었다. 루가루의 평화를 위해서였다. 알파의 에너지? 내가 아이였을 때도 그랬단 말인가? 전혀 몰랐던 일이었다.

나는 이를 악물었다. 이전에 말해줄 수도 있었을 텐데, 왜 이제 와서!

"아니." 할아버지가 내 머릿속을 읽은 것처럼 말했다. "혼란을 부추길 필요는 없으니 말해주고 싶지 않았다. 그렇게 한 번씩 돌아다니면서라도 네가 화를 삭일 필요가 있었으니까. 하지만 이제는 너와 우리에게 위험한 일이 되었어. 특히 네드에게 보여준 것처럼 그렇게 빠르게 반응한다면. 맙소사, 여보, 나는 그렇게 빨리 움직이는 인간은 처음 봤어. 당신 말대로 우리 손자는 아주 놀라운 아이야."

할아버지와 할머니가 애정 어린 시선으로 나를 쳐다봤다. 나는 한순간 내가 얼마나 특별한지 털어놓을 뻔했다. 하지만 엄마의 경고가 머릿속에 울려서 입을 다물었다. 위기의 순간이 지나갔다.

"그럼 타일러에게 아무것도 할 수 없다는 거예요?" 나는 도저히 그냥 넘어갈 수 없어서 물었다.

"감시를 할 수는 있지. 인간 여자와 사귀는지 살펴야지." 할아버지가 대답했다. "그렇게 되면 임신할 위험이 있고, 그 여자는 죽게 될 거야. 나는 타일러가 그걸 이해할 만큼 성숙해서 여자를 위험에 빠뜨리지 않길 바란다."

"타일러는 갖고 싶은 것은 무조건 빼앗는 녀석이에요. 다른 사람이야 어떻게 되든 아무 관심 없다고요."

"인디아나, 루이스 브랜드켈에게 경고하는 것 말고는 아무것도 할 수 없어서 우리도 유감이구나." 할머니가 끼어들었다. "고문헌을 뒤져봐도 이런 경우 제재했다는 전례가 없어. 우리 앞서가지 말자꾸나. 그 아이를 위해서도 너를 위해서도 좋을 게 없어."

기가 막혔다. 나는 카테리나에게 사랑한다는 말을 할 수도 없는데 늑대인 타일러는 그녀를 도와주고 있었다. 게다가 나는 정체불명의 킬러로부터 나 자신을 지켜야 했다.

내 인생이 정말 꼬이고 있었다.

"언제 떠나면 될까요? 엄마한테는 내가 필요 없어요. 엄마가 다시 시간 속으로 사라졌으니 모든 게 정상으로 돌아왔고, 나는 수업을 빼먹고 싶지 않아요."

할머니가 조금 지나치게 탐색하는 시선으로 나를 쳐다보다 물었다.

"타일러가 무슨 짓을 하는지 감시하고 싶은 건 아니고?"

"그건 걱정하지 않으셔도 돼요." 나는 이를 악물었다. "지금 타일러는 병원 침대에 누워 있을 거예요. 피를 많이 흘려서 수혈을 받아야 하니까."

내 대답에 할아버지와 할머니는 안심하는 눈치였다.

"원한다면 오늘 저녁에 떠나도 돼." 할머니가 말했다. "우리에게 시간을 좀 내주렴. 학교생활에 대해 듣고 싶구나."

할아버지, 할머니와 자주 통화했기 때문에 특별히 할 얘기가 없었지만 두 분의 마음이 편해지도록 몇 가지 재미있는 일화로 두 분을 웃게 했다. 특히 처키가 갑자기 달리는 바람에 목줄을 잡은 내가 질질 끌려가다 몇 번이나 넘어졌던 일, 강당에서 처키를 보고 놀라던 교수의 얼굴 등등.

닥터 브라운이 와서 병원에서 치료를 잘해줬는지 확인하고, 내 손의 상처를 소독한 뒤 안전을 위해 붕대를 감아주었다.

세라피나가 다시 나타나지 않아서 다행이었다. 하지만 처키와 네드가 어디를 가나 따라다니는 통에 머리가 지끈거렸다.

나는 짐을 싸러 방에 들어갔다가 서랍장 밑에 떨어져 있는 핸드폰을 발견했다. 에이, 더 찾아볼걸!

부재중 전화가 몇 통 와 있었다. 두세 동급생과 학교에서 온 전화였다. 카테리나에게 온 건 없었다.

카테리나가 내 부탁을 들어준 것이 흡족하면서도 한편으로는 이상하게 마음이 편치 않았다. 나라면 한 번쯤은 전화했을 텐데. 나는 입술을 깨물면서 연락하지 않고 참았다가 내일 아침에 만나기로 했다.

나는 카테리나와 키스했다는 사실을 조부모에게 말하지 않았다. 그녀에게 사랑을 고백하지 않겠다는 약속은 깨뜨리지 않았으니까. 하지만 카테리나에게는 그 키스에 대해 무슨 말이든 해야 했다.

나는 못난 거짓말쟁이였고, 할아버지, 할머니는 고약한 독재자들이었다.

오후는 시간이 빨리 갔다. 처키는 약간 흥분한 상태였고 기분이 좋지 않아 보였다. 늑대 무리 속에 돌아와 있는데 무슨 일이지? 처키는 몇 번이나 나한테 무슨 말을 하고 싶은 눈치였지만 네드가 줄곧 따라다녀서인지 끝내 입을 열지 않았다.

헬리콥터 안에서도 처키는 평소의 낙천적인 성격과는 달리 입을 꾹 다물었고, 좋아하는 닌텐도 DS를 갖고 놀지도 않았다. 나는 모른 척했다. 카테리나를 만난다는 생각에 내 심장은 쿵쿵 뛰었다.

우리가 나눈 키스가 머릿속을 떠나지 않았다. 플라스틱과 등유 냄새가 진동하는 헬리콥터 안에서 나는 그녀의 향기를 느꼈다.

우리는 아주 늦은 시간에 미줄라의 집에 도착했다. 내니는 방금 사냥을 하고 돌아왔는지 산토끼를 입에 물고 있었다. 흥분한 내니가 낑낑거리는 소리로 우리를 반갑게 맞아주고는 주방으로 달려갔다. 내가 없는 사이에 깔끔하게 청소해놓은 방에서 짐을 푸는 사이 인간 모습으로 변신한 내니가 들어왔다.

"이렇게 늦게까지 기다릴 필요는 없었는데."

"너희를 기다린 게 아냐, 인디아나." 내니가 미소를 지으면서 말했다. "그냥 사냥을 하고 싶었어. 으음." 내니가 기지개를 켜면서 덧붙였다. "가끔 늑대 무리가 그립지만 경쟁 없이 사냥하는 것도 나쁘지 않아."

"목장으로 돌아가도 돼. 여기는 유모가 없어도 되지만 거긴 유모가 빨리 돌아가지 않으면 엉망이 될 것 같던데."

내니가 눈살을 찌푸렸다.

"농담이지? 매기가 잘할 수 있게 얼마나 꼼꼼하게 가르쳐놓고 왔는데. 괜한 말로 내 능력을 모욕하지 마. 인디아나, 네가 무리의 품을 떠나 있는 한 나는 여기 있을 거니까."

휴, 내니는 화가 나 있었다. 늑대였다면 귀를 접고 물러섰겠지만, 나는 인간이기 때문에 미소를 지으며 사과했다.

나는 이날 밤 잠을 이루지 못했다. 가슴이 두방망이질 쳤다. 카테리나, 함정, 킬러, 계략, 타일러, 루이스 브랜드켈, 엄마, 모든 게 혼란스러웠다.

이튿날 나는 너무 초조해서 시리얼을 먹는 둥 마는 둥 하고 카테리나를 만나러 뛰쳐나갔다. 늑대 모습의 처키는 뚱한 표정으로 뒷좌석에 올라 웅크리듯 엎드렸다.

카테리나의 집까지 가는 길이 그렇게 길게 느껴진 적은 처음이었다.

골목길 끝에 그녀의 집이 보였다. 나는 늘 차를 세우던 자리에 주차하고 내렸다. 카테리나는 내가 돌아왔다는 걸 몰랐다. 오늘 아침에 전화를 걸었지만 받지 않았고, SMS에도 답이 없었다. 아직 핸드폰을 열어보지 않은 게 틀림없었다.

몇 분 후 나는 클랙슨을 울렸다. 집 안에는 아무런 인기척이 없었다.

나는 불안한 마음으로 현관까지 갔다. 처키는 수풀에 맺힌 이슬로 목을 축일 겸 나를 따라왔다. 처키가 내 옆으로 오는 순간 수풀 속에서 뭔가가 보였다. 아주 짧은 순간이지만 햇빛을 받아 뭔가 반짝였다. 분명히 풀과 낙엽 속에 뭔가 감춰져 있었다.

"처키, 움직이지 마!" 내가 소리쳤다.

수풀에 발을 들여놓으려던 처키가 흠칫 놀라며 슬금슬금 물러났다.

나는 막대기 하나를 움켜잡고 조심스럽게 다가갔다. 그러고는 처키 바로 앞에 막대기를 꽂았다.

처키의 주둥이 높이에 놓은 덫이 찰칵 소리를 내며 닫혔고 막대기가 두 동강 났다.

처키는 신음하며 좀 더 뒷걸음쳤다.

"잠깐. 위에서 내려다봐야 보이는데 너는 지금 늑대 모습이라 볼 수 없잖아. 이쪽으로 와. 여긴 괜찮으니까."

처키는 귀를 접고 순순히 따랐다.

자갈이 깔린 오솔길에 들어서자 처키가 으르렁거리기 시작했다. 금빛 눈에 두려움과 분노가 이글거렸다. 카테리나나 그녀의 아버지가 내다보고 있을지 몰라 처키는 인간 모습으로 변신할 수 없었다. 나는 공기의 냄새를 맡고 귀를 곤두세웠다. 집에는 아무도 없는 것 같았다.

"잘 모르겠어." 나는 처키의 눈에서 읽은 질문에 대답했다. "카테리나의 아버지 셰이머스 씨가 곳곳에 덫을 놓은 것 같기도 한데. 셰이머스 씨가 미쳤거나 아니면 정말 늑대를 봤거나 둘 중 하나야."

나는 햇빛 때문에 눈을 찡그리면서 의연한 체했다.

"조금만 더 기다려. 확인해봐야겠어."

나는 내가 본 것을 사실대로 얘기하면 처키가 충격을 받고 흥분할까 봐 너무 두려웠다. 덫의 틀과 물림 장치의 금속 색깔이 달랐다.

나는 조심스럽게 덫에 가까이 가서 물림 장치를 살폈다. 내 예감이 맞았다. 가슴이 오그라드는 것 같았다.

은으로 만든 것이었다.

늑대들이 이 사실을 알면 셰이머스는 죽은 목숨인데……. 그는 카테리나의 아버지 아닌가. 나는 속으로 다짐했다. 내가 카테리나와 그녀의 아버지를 보호해줘야 해.

나는 일어나서 오솔길로 돌아갔다.

처키가 의문을 품은 눈길을 던져 나는 둘러댔다.

"네가 왜 금속 냄새를 맡지 못했는지 모르겠는데 덫에 동물의 기름을 발라놨어. 가서 카테리나에게 무슨 일인지 물어보자. 설명해주겠지."

하지만 나의 첫 번째 느낌이 맞았다. 집에는 아무도 없었다. 나는 몸을 숙이고 냄새를 맡았다. 차 한 대가 왔다 간 냄새가 났다. 그런데 차의 냄새가 익숙해 찜찜했다. 그리고 바퀴 자국으로 보아 누군가 카테리나를 데리러 잠깐 왔던 게 아니라 한동안 주차되어 있었던 것이 분명했다.

나는 정신없이 학교를 향해 차를 몰았다. 옆에 앉은 처키가 불안해 보였지만 아직 인간 모습으로 변신하지는 않았다.

지각이라 교문 앞이 한산했다. 나는 강의실을 향해 뛰었다. 다행히 교수들이 복도에서 한창 얘기 중이라 슬그머니 강의실로 들어갔다.

카테리나가 보였다. 옆자리에 한 여학생이 앉아 있었다. 가슴이 조금 철렁했다. 카테리나는 늘 옆자리를 잡아놓고 나를 기다려주었다. 타일러가 그 자리를 차지할 때도 있긴 했지만. 이 이상한 기분은 뭐지? 아직도 내 메시지를 읽지 않았나?

아니면 내가 전화를 걸지 않아 화가 난 걸까? 혹시 엄마가 아파서 간다는 말로는 부족했나?

내가 자리를 잡고 앉는 동안 카테리나는 나에게 단 한 번도 눈길을 주지 않았다. 나는 정신이 멍했다. 친구들이 인사하면서 결석한 이유를 물었을 때 나는 카테리나가 들을 수 있도록 일부러 큰 소리로 엄마가 몹시 아팠다고 설명했지만 그녀는 반응이 없었다.

처키가 반갑게 맞아주는 여학생들에게도 시큰둥한 채 웅크렸다. 처키는 어제저녁부터 기분이 나빠서 잘못 걸리면 잡아먹을 태세였다. 어쩌면 나와 함께 집을 떠나기가 싫었는지도 모른다. 아니, 처키는 불안해했다. 가스가 가득 찼는데 방귀를 못 뀌어서 그런가? 이유를 모르는 나는 더 신경 쓰지 않기로 했다. 카테리나는 여전히 나에게 눈길도 주지 않았다.

뭔가 잘못되어가고 있는 것이 분명했다.

나는 수업을 받는 내내 좌불안석이었다. 카테리나를 뚫어져라 응시하면서 돌아봐주길 바랐지만 그녀는 고갯짓도 하지 않았다.

나에게 텔레파시 능력이 있다면 좋으련만.

수업이 끝나는 종이 울리자마자 카테리나는 가방을 챙겨 쏜살같이 달아났다. 그녀는 출구 바로 옆자리였고, 나는 학생들에게 막혀서 곧장 따라갈 수 없었다. 책상을 뛰어넘어 가고 싶은 심정이었지만 처키의 목줄을 잡고 있어서 그럴 수 없었다.

이어지는 강의 두 개가 취소되었다. 구내식당으로 달려갔지만 카테리나는 없었다. 체육관에도 캠퍼스 내 어디에도 없었다.

나는 처키를 향해 몸을 숙이고 말했다.

"네 후각을 좀 써봐. 카테리나를 찾을 수가 없어!"

처키는 귀를 접고 꼬리를 다리 사이에 넣은 채 뒷걸음쳤다.

"처키, 대체 왜 그래, 너! 어제부터 한마디도 안 했잖아. 카테리나를 찾고 싶지 않아? 여학생들한테도 뿌루퉁하게 굴고. 생리라도 하는 거냐?"

오는 걸 보지도 느끼지도 못했는데 문학 교수가 뒤에서 웃었다.

"자네는 이 개에게 말하면서 마치 대답을 기다리는 것 같군. 자네 이름이……?"

"텔러입니다, 교수님." 일어나서 대답하는데 가슴이 쿵쿵 뛰었다. "인디아나 텔러예요."

"우리 집도 오래전부터 개를 키우네, 텔러 군." 교수가 처키의 보드라운 털에 감탄하면서 말했다. "하지만 이렇게 큰 개는 처음 봤어. 그레이트데인의 잡종인가? 그런데 크기 말고는 그레이트데인의 특징이 전혀 없군."

맙소사.

"그건 잘 모르겠습니다, 교수님. 할아버지께서 특이한 종의 개를 여러 마리 키우시는데 다 이렇게 덩치가 큽니다."

교수는 고개를 끄덕였는데 학생이 잡종견에 관심 없다는 사실에 약간 실망한 눈치였다.

"언제 자네 할아버지를 한번 만나 뵈면 좋겠군." 교수가 아쉬운 듯 말했다. "많은 얘기를 나눌 수 있을 것 같은데."

나는 뛰어가려다 말고 문득 떠오른 생각이 있어서 물었다.

"죄송하지만 제가 어제 어머니가 편찮으셔서 결석을 했습니다. 카테리나 오하라라는 여학생과 약속을 했는데 혹시 그 여학생을 보셨습니까?"

나를 알아보지 못하는 것으로 보아 내가 묻는 여학생을 알 가능성도 거의 희박했지만.

"봤네, 그 학생이 오늘 아침 내 차 옆에 차를 세웠거든. 그 근사한 차가 그 학생의 차인지 모르겠지만. 아주 고급 차였는데……."

"차종이 뭐였습니까?"

"그게…… 아, 아주 근사한 은색 메르세데스였지!"

17

배신

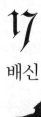

교수가 걱정스러운 표정으로 나를 쳐다보는 것으로 보아 내가 머리를 한 대 얻어맞은 얼굴인 모양이었다.

"자네 괜찮은가?" 교수가 물었다.

"네, 네, 고맙습니다. 근데…… 그 여학생이 타일러의 메르세데스를 타고 있었다고요?"

교수가 빙긋이 웃었다.

"아, 맞아! 그 차 주인이 남학생이라는 건 알고 있었는데. 그 학생 이름이 타일러 브랜드켈이었지. 그 학생이 차를 빌려준 모양이군. 그러기 쉽지 않은 일이지. 나라면 그런 고급 승용차를 어린 여자의 손에 맡기진 않을 텐데 말이야."

교수는 그렇게 말하고 어떤 상황인지 짐작이 간다는 듯 내 어깨를 툭툭 쳤다.

나는 목이 멨다. 울부짖고 싶었다. 다 물어뜯고 싶었다. 더는 아무것도 이해되지 않았다.

나는 교수에게 가능한 한 공손하게 인사하고 주차장으로 뛰어갔다. 메르세데스는 어디에도 보이지 않았다. 카테리나가 집으로 돌아간 모양이었다.

나는 반항하는 처키를 강제로 차에 태우고 그녀의 집으로 향했다. 운전하는 내내 질투심과 불안으로 괴로워하면서 전속력으로 배트를 몰았다. 그렇게 액셀을 밟아대는데도 엔진이 폭발하지 않고 계속 파란불이라 신호에 걸리지도 않은 걸 보면 정말 수호천사가 나를 지켜주는 것 같기도 했다.

나는 그녀의 집 앞에서 급브레이크를 밟았다.

타일러의 메르세데스가 서 있었다. 처키는 차에서 내리길 거부하면서 내가 목줄을 잡아당기자 이빨을 드러냈다. 나는 포기했다. 늑대 덫 때문에 풀이 죽은 건가? 아니면 나와 카테리나의 대화를 듣고 싶지 않은지도 몰랐다. 하긴 카테리나의 냉랭한 태도를 생각하면 나도 떨리는데.

나는 심호흡을 하고 현관까지 걸어갔다. 네 개의 계단을 올라가는 것이 그렇게 힘들 수가 없었다. 엄청난 일이 터질 것만 같았다.

나는 초인종을 눌렀다.

아무도 나오지 않았다.

나는 초인종을 한 번 더 눌렀다.

적막.

부아가 치밀었다.

"카테리나, 안에 있는 거 알아!" 내가 소리쳤다. "이해를 못 하겠어. 내가 뭘 잘못했는데? 빌어먹을! 엄마가 편찮으셔서……."

그 순간 문이 벌컥 열리고 카테리나가 나타났다. 그녀는 거칠게 방충망을 젖혔다. 손등을 덮을 정도로 소매가 길고, 노란 가슴 장식이 달린 셔츠, 수놓인 조끼, 스키니진, 체인을 두른 부츠, 질끈 동여맨 머리, 18세기에서 튀어나온 여장부 같다고 할까, 아무튼 그런 모습이었다. 그녀는 어찌나 격분했는지 내 가슴을 찌를 검이 없는 걸 한스러워하는 얼굴이었다. 카테리나가 내 앞에 버티고 섰다.

내가 또 뭘 잘못했다고?

카테리나는 진정하려는 듯 차가운 공기를 들이마시고 나서 나를 빤히 쳐다봤다. 그러고는 얼음같이 차갑게 말했다.

"왜?"

"뭐가 왜야?"

"왜 나한테 키스했어?"

"모…… 모르겠어." 나는 말을 더듬었다. "카테리나, 얘기 좀 하자. 미…… 미안해. 그러지 말았어야 했는데……."

분노가 더 커진 카테리나는 차갑고 날카로운 칼날 같았다.

"내가 남친을 원하지 않는다는 걸 알면서도 넌 키스를 했어."

"그래, 알아." 나는 목멘 소리로 대답했다.

카테리나를 잃는다면……. 절대 그럴 수는 없었다.

"너 상습범이지?"

"뭐?"

"여자에게 키스한 다음에 다시는 만나고 싶지 않다고 말하는 거!"

나는 정신이 멍해져서 층계참에 기대섰고, 그녀는 꼿꼿하게 서서 나를 응시했다.

"난 너를 다시는 만나고 싶지 않다고 말한 적 없어!"

카테리나가 자신의 핸드폰을 내밀었다. 침착한 태도였지만 그녀가 감정을 억누르고 있다는 것이 느껴졌다.

핸드폰 화면에 문자메시지가 떠 있었다. 메시지를 이해하는 데 몇 초가 걸렸다.

미안, 큰 실수엿어. 나를 워망 마. 너와 나는 불가능애. 나한데 다시는 전화하지 마. 오자투성이. 카테리나는 핸드폰을 홱 빼앗더니 버튼을 따다닥 눌렀다.

"이건 네 핸드폰으로 보낸 거야." 카테리나가 야멸차게 따겼다. "나도 처음에는 장난인 줄 알았어. 만나면 설명해주겠지 생각하면서. 그런데 그다음 날은 결석. 그러다 11시에 갑자기 또 이걸 받았어."

그녀의 목소리는 한 옥타브가 올라가 있었고, 또다시 자신의 핸드폰을 내밀었다. 이번에는 그녀의 눈에서 불꽃이 일었다. 나는 화면을 보고 아연실색했다.

사진이었다. 등이 훤히 드러난 상태로 내 쪽으로 몸을 숙인 금발 여자와 내 얼굴.

세라피나.

"처키." 마침내 알아차린 내가 중얼거렸다. "이놈을 죽여버릴 거야."

첫 번째 문자메시지는 내가 집에 간다는 걸 알리라고 핸드폰을 주었을 때 보낸 것이고 사진은 할아버지 집에서 보낸 것이었다. 처키는 내 핸드폰을 훔쳐 가서 카테리나에게 사진을 보낸 다음 발신함을 지워버렸다. 그러고는 핸드폰이 미끄러져서 떨어졌다고 믿게 하기 위해 서랍장 밑에 놔둔 것이다.

"뭐라고?" 카테리나가 신경질적으로 내뱉었다. "아, 됐고, 상관없어. 이제 꺼져, 인디아나. 난 네가 친구라고 믿었는데…… 잘못 생각했어."

그녀는 돌아섰고, 자신의 인생에서 나를 지우려 하고 있었다. 나는 펄쩍 뛰어서 그녀가 집으로 들어가지 못하게 문 앞을 막아섰다. 내가 어찌나 빠르게 움직였는지 놀란 카테리나가 멈춰 섰다.

"비켜!" 카테리나가 위협적으로 말했다.

내가 허리를 숙이자 그녀는 물러섰다.

"내 말 잘 들어." 나는 침착하게 말했다. "네가 받은 SMS는 처키가 보낸 거야. 엄마가 많이 편찮으셔서 떠나야 한다고 전해달라고 핸드폰을 처키에게 맡겼거든. 네가 받은 사진도 처키가 보낸 거야. 처키와 세라피나가 이 웃기는 코미디를 꾸민 게 틀림없어. 나도 이상한 생각이 들긴 했는데……. 세라피나가 나에게 키스할 때 찰칵하는 소리가 들렸거든. 그때 처키가 사진을 찍은 거야. 내 핸드폰으로."

"내가 알 바 아냐, 인디아나. 그리고 너도 싫지 않은 표정이었는데, 뭘 그래."

"그건 계략이었어. 세라피나가 키스했을 때 나는 분명히 밀쳐냈어. 그리고 옷을 벗은 게 아니라 등이 드러난 옷이었는데 빌어먹을 자식이 옷을 안입은 것처럼 보이게 찍은 거야. 그렇지만 사진을 조금만 확대해보면 긴 머리에 가려 있어서 그렇지 목덜미에 걸어 묶은 끈을 볼 수 있어."

카테리나는 더욱 화를 내며 전화를 거들떠보려고도 하지 않았다.

"네가 누구와 뭘 하든 나한테 설명할 필요 없잖아. 내 남친도 아닌데. 너하고 싶은 대로 해."

나는 반박하려다 참았다. 하고 싶은 대로 하라면서 왜 나한테 화를 내는거지? 여성 루가루들과 생활한 경험으로 화가 난 여자를 상대로 반박하지 말아야 한다는 것쯤은 오래전에 터득했다. 특히 갈퀴 발톱 공격으로 목을 베어버릴 수 있는 여성일 경우에는.

"세라피나는 세상에서 가장 못된 계집애야. 카테리나, 내 어린 시절을 지옥으로 만들었던 애라고. 나는 대학에 갔는데 자기는 목장에 처박혀 있으니까 괜히 나를 원망하면서 악랄하게 굴어. 분명히 말하는데 세라피나는 나를 이용하려는 거지 나를 원하는 게 아냐."

카테리나가 나를 빤히 쳐다봤다. 아무튼 그녀가 당장 집으로 들어가 버리지 않는다는 것은 좋은 징조였다.

"왜?" 카테리나가 반문했다. "처키가 왜 그런 유치한 짓을 하는데?"

'왜냐하면 처키는 멍청한 루가루이고, 너를 나에게서 떼어놓는 것이 나를 지키는 일이라고 믿으니까.' 나는 속으로 대답했다.

나는 변명할 말이 없어서 침묵을 지켰다.

카테리나의 표정이 돌변했다.

"내 생각이 맞았네. 아무 이유가 없어, 그치?"

이렇게 카테리나를 잃는 건가? 나는 그녀를 잃을 것 같았다. 그래야 하는 건 알지만 이런 식으로는 아니었다. 안 돼, 이런 식으로는 안 돼. 배 속이 뒤틀리면서 토하고 싶어졌다. 소리를 지르고 싶었다.

카테리나가 돌아섰지만 나는 멍청하게 서서 문을 열고 들어가는 그녀의 뒷모습을 멀거니 바라봤다.

아픔이 치명적인 독약처럼 서서히 내 정맥을 타고 올라왔다.

"이건 아냐, 이건 아냐, 아냐, 안 돼…….."

내가 문을 어찌나 세게 쳤는지 경첩이 부서지고 손에서 피가 흘렀다.

"안 돼애애애애!" 나는 치명상을 입은 짐승처럼 울부짖었다.

나는 돌아서서 성난 눈으로 차를 노려봤다. 처키는 사라지고 없었다. 차에 뛰어올라 미친 듯이 달렸다. 불그스름한 안개 속을 달려 집에 도착하니 인간 모습으로 변신한 처키가 깔끔하게 손질한 잔디에서 나를 기다리고 있었다.

처키는 두 팔을 벌리고 애원하는 눈빛으로 나를 향해 걸어왔다.

"인디아나, 나는 너를 위해……."

나는 다짜고짜 처키의 머리통에 주먹을 날렸다. 악셀과의 훈련으로 익힌 기술대로 체중을 싣고 모든 근육을 썼다. 처키가 벌렁 나가자빠졌다.

처키는 움직이지 못했다.

난생처음 맨손으로 루가루를 때려눕혔다.

나는 쓰러진 덩치에게 눈길도 주지 않고 그 앞을 지나쳤다. 그 광경을 지켜보던 내니도 알파의 분노를 느꼈는지 눈빛이 불안했다.

내니는 단호한 내 얼굴을 힐끔 보고 냉정을 찾았다. 그녀는 잔디밭에 쓰러진 처키를 다시 한 번 쳐다보고는 눈을 치켜떴다.

"무슨 일이니?"

"알 것 없어." 나는 퉁명스럽게 내뱉었다.

"네가 때렸어?"

"응."

"뭘로?"

나는 손을 가리켰다.

내니가 다시 한 번 눈을 치켜떴다.

"뭘 썼느냐고. 몽둥이, 아니면 벽돌?"

"아니." 나는 시큰둥하게 대꾸했다.

내니는 호기심이 동한 얼굴로 나를 빤히 쳐다봤다.

"두 주먹만으로 처키를 때려눕혔단 말이야?"

"아니."

"아아, 나도 그럴 줄……."

"한 주먹으로."

내니가 멍하니 입을 벌린 채 나를 쳐다보는 사이 나는 방으로 올라갔다.

학생들과 대면할 자신이 없어서 이날 오후 수업은 빼먹었다. 어찌나 화가 치미는지 온몸의 근육이 경직되었다. 손이 아팠다. 몇 분 사이에 문을 부수고 처키의 머리통을 날렸으니. 나는 손을 대충 씻고 여기저기 피를 떨어뜨리기 전에 붕대를 감았다. 방이 더러워지는 건 괜찮지만 내니에게 일거리를 주고 싶지는 않았다. 그리고 방 안을 서성거렸다. 카테리나가 오해라는 걸

납득하게 해야 하는데. 나는 두 시간 동안 우리 안의 곰처럼 빙빙 돌다가 문 득 멈춰 섰다.

카테리나에게 왜 타일러의 차를 갖고 있는지 묻지 않았다. 까맣게 잊고 있 었다.

이유를 알아야 하는데. 질투심에 사로잡힌 나는 상처받고 표독해진 어린 짐승 같았다.

나는 더 오래 생각하지 않았다. 자동차 키를 집었다가 문득 뛰어가는 것이 낫겠다는 생각이 들었다. 카테리나를 만나 침착하게 말하려면 화를 삭일 필 요가 있었다. 파란색 반바지에 연한 빨간색 민소매 티셔츠, 운동화를 신고 뛰어나갔다. 거실에 있던 내니와 처키가 계단을 급히 내려가는 나를 쳐다봤 다. 처키가 무슨 말을 하려고 했지만 나는 차가운 시선으로 쏘아보고는 뛰 쳐나갔다.

3킬로미터까지는 너무 빨리 달렸다. 얼마 후에는 숨이 차고 다리가 후들 거려서 속도를 약간 늦췄다. 루가루와 마찬가지로 나는 달리기를 좋아했다. 내가 원했던 대로 근육이 차츰 풀렸고, 뻣뻣했던 등이 편안해지면서 호흡도 조금씩 안정되었다. 불안한 마음도 훨씬 가라앉았다.

나는 뛰면서 시간을 거슬러 가는 능력을 이용해 카테리나를 살펴보는 건 어떨까 생각했다.

눈앞에서 다람쥐가 휙 지나가 나는 멈춰 섰다.

"안 돼." 나는 다람쥐와 새들을 향해 큰 소리로 말했다. "절대 안 해. 나는 카테리나를 배신하지 않아. 지금 이 자리에서 절대 그녀를 감시하기 위해 시간 여행을 하지 않겠다고 엄숙히 맹세한다."

허공에 대고 큰 소리로 말한다는 것은 정신이 온전하지 않다는 신호였 지만 이렇게 나 자신에게 맹세를 하고 나니 위안이 되었다. 나는 근육이 식

17 배신
263

기 전에 다시 달렸다. 더 천천히. 카테리나의 집 근처에 이르렀을 때는 오후 3시였다. 메르세데스가 없는 걸 보면 카테리나는 수업을 들으러 학교로 돌아간 것이 분명했다. 나는 집을 쳐다봤다. 여기까지 온 김에 셰이머스 오하라가 왜 집 주위에 늑대 덫을 놓았는지 살피기로 했다. 물림 장치를 은으로 만들었다는 건 분명 늑대를 잡기 위한 것일 텐데.

내가 수풀을 유심히 살피며 정원의 잔디밭에 발을 들여놓자마자 느닷없이 셰이머스가 튀어나왔다.

그러고는 총으로 내 배꼽을 조준했다.

18

범인

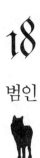

"거기 서!" 셰이머스가 소리쳤다. "꼼짝 마, 아니면 묵사발을 만들어버릴 테니까!"

나는 얼어붙었다.

"이 총에는 은으로 만든 총알이 장전되어 있다." 셰이머스가 말했다. "나는 주저치 않고 쏠 거야."

셰이머스는 술에 취해 있었다. 내가 있는 데까지 술 냄새가 났고, 무엇보다 공포의 냄새를 맡을 수 있었다.

총을 들고 있는 건 셰이머스였다.

그런데 셰이머스에게 두려움을 주는 건 나였다.

나는 꼼짝하지 않은 채 인내심을 가지고 기다렸다. 셰이머스가 나를 향해 총을 흔들었다.

"꺼져! 빌어먹을 텔러, 더러운 루가루를 내 땅에 들여놓지 않겠다!"

충격적이었다. 덫을 봤을 때 예상했지만 이렇게 총알에 대해 까놓고 말할 줄이야.

은으로 만든 물림 장치를 발견했을 때 순간적으로 스쳤던 생각이 떠올랐다. 루가루는 인간이, 그것도 알코올중독 인간이 비밀을 아는 걸 결코 용납하지 않을 텐데.

셰이머스는 죽을 것이다. 반드시 막아야 했다.

"제가 가길 바라신다면 움직여야 하는데 꼼짝 말라고 하셔서요." 나는 부드럽게 말했다.

셰이머스와 시선이 마주쳤을 때 나는 그 눈에서 고통을 보았다. 이 사람은 발광하기 직전이었다.

"나는 가지 않을 것이고, 당신을 해칠 생각도 없습니다. 그리고 나는 루가루가 아닙니다." 나는 가능한 한 차분하게 말했다.

그리고 내가 위험하지 않다는 걸 보여주기 위해 가슴 위로 두 팔을 교차시켰다.

"아니, 너는 루가루야." 셰이머스가 씹어뱉듯이 말했다. "텔러 집안 놈들은 전부 다 루가루야. 내 증조부를 누가 죽였는지 모를 줄 알아? 야만적인 놈들! (셰이머스는 땅에 침을 탁 뱉었다) 그자가 내 눈앞에서 변신하더니 말했어! 텔러 집안 놈들이 내 증조부의 목을 땄고, 내 아버지도 익사시켰다고. 나는 그걸 몰랐기 때문에 땅을 팔고 떠났던 거야. 이제 복수할 때가 왔다!"

그렇지만 나는 셰이머스에게 총을 쏠 의사가 없음을 알았다. 그는 화가 난 것이 아니라 공포에 떨고 있었다. 그로서도 어쩔 수 없었다.

"누가 그렇게 말했습니까?"

셰이머스의 눈빛이 흔들렸다. 거짓말을 하리란 느낌이 들었다.

"누군가. 모르는 사람."

늑대가 냄새를 맡지 못하게 후춧가루와 고춧가루를 뿌린 자가 틀림없었다. 나는 화제를 바꿨다. 가능한 한 많은 정보를 얻으려면 셰이머스의 마음을 흔들어야 했다.

"술을 끊으셨다고 들었는데 그자가 강제로 마시게 했습니까?"

셰이머스와 마찬가지로 나도 '그자'라고 호칭했다.

"술을 마시는 게 낫다고 그자가 말했어. 술을 끊었지만 죽을 것 같았지. 의사도 술을 천천히 끊어야 한다고 했고. 괴물들…… 괴물들이 나를 괴롭히고 있어. 조금은 마셔야지 그렇지 않으면 견딜 수가 없어."

상태로 봐서는 조금이 아니라 많이 마신 것 같았다. 나는 카테리나에게 동정심을 느꼈다.

"아, 네, 이해합니다. 내가 증명해 보일 수 있습니다."

내가 밑도 끝도 없이 불쑥 말하자 셰이머스가 의아한 눈으로 나를 쳐다봤다.

"뭘 증명해?"

"좀 전에 말한 것처럼 내가 루가루가 아니라는 사실을 증명해 보이겠습니다."

나는 손을 내리고 몸에 지닌 칼집에서 단검을 꺼냈다. 셰이머스가 총을 들었다. 하지만 나는 맨손으로 칼날을 잡았다가 땅에 던졌다. 그러고는 두 손을 보여주었다.

"은으로 만든 단검입니다. 보이시죠? 손이 타지 않았잖아요. 나는 은을 만져도 아무렇지 않아요."

"내가 바보인 줄 알아?" 셰이머스가 으름장을 놓았다. "그 단검을 은으로 만들었는지 어떻게 알아? 아니, 더 좋은 방법이 있다. 그자가 루가루의 살이 어떻게 재생되는지 보여줬지. 얼마나 소름 끼치던지. 네놈도 칼로 찔러봐."

나는 한숨을 쉬고 나서 순순히 단검으로 팔뚝을 베었다. 너무 아파서 몸서리가 났다. 셰이머스와 나는 팔뚝에 흐르는 피를 응시한 채 기다렸다. 상처

18 범인
267

는 아물지 않았다.

"보셨죠?"

"하지만 그게 은이면 아물지 않는 게 당연하지." 셰이머스가 사냥칼을 내쪽으로 던져주면서 말했다. "이 칼로 다시 해봐. 이건 강철이니까 두고 보면 알겠지."

이런, 내가 왜 그 생각을 못 했지?

"하지만 내가 루가루이고 이게 은이었다면 살이 탔을 겁니다."

셰이머스가 총을 겨누는 시늉을 했고, 나는 이를 악물었다.

나는 상처를 후후 불고 나서 사냥칼로 내 팔뚝을 베었다.

우리는 또 잠시 기다렸다. 몇 분이 지나도 상처가 아물지 않는 걸 보고 셰이머스는 긴장을 풀었다.

"이해가 안 되는군. 네가 루가루가 아니라고?"

"네, 아닙니다."

"하지만 텔러 집안 자식인데 어떻게 루가루가 아니지? 그자가 텔러 집안은 모두 루가루라고 했어."

"그자가 누군지는 모르겠지만 거짓말을 한 겁니다." 나는 셰이머스가 그자를 믿지 못하게 만들 필요가 있었다.

"이런 거짓말을 한 걸 보면 다른 말들도 거짓일 게 틀림없습니다." 나는 쐐기를 박듯 좀 더 밀어붙였다.

내가 안도하는 걸 본 셰이머스는 다시 총을 쳐들었다.

셰이머스가 갑자기 구역질 난다는 표정으로 나를 쳐다봤다. 무슨 생각을 하는지는 몰라도 기분이 좋아 보이지는 않았다.

셰이머스가 내 배꼽 쪽으로 총구를 내렸다. 지친 기색이 역력했다.

"이제 꺼져! 너는 늑대가 아닌데 그자가 거짓말했다고 치자. 하지만 왜 그런 못된 짓을 꾸몄는지 그딴 건 내가 알 바 아냐. 내 딸과 나와는 아무 상관 없는 자니까. 다시는 내 집에서 너를 보고 싶지 않아, 내 말 알아들었나? 한 번만 더 얼쩡거리면 그때는 그냥 쏴버릴 테니까."

"말씀하지 마세요."

"누구에게 뭘 말하지 말라는 거야?"

"변신하는 인간을 봤다는 사실을 카테리나에게는 말하지 마세요. 모를수록 안전할 겁니다."

셰이머스는 그 말을 거부할 것처럼 오랫동안 나를 빤히 보기만 했다.

"내 딸을 사랑하나?" 셰이머스가 이맛살을 찌푸리면서 물었다.

그것이 셰이머스를 설득하는 유일한 방법이라면 나는 사실을 말해야 했다. 딸에게 아무 말도 하지 않길 바라면서.

"네."

"내 딸을 지켜주겠다는 뜻이야? 네 집안으로부터도?"

나는 주저 없이 대답했다.

"내 목숨을 바쳐서라도 지켜줄 겁니다."

셰이머스는 안도하는 것 같았다. 마치 내가 그의 어깨를 짓누르는 짐을 덜어준 것처럼.

"그 아이에게 괴물을 봤다고 말했는데 중요한 문젠가?" 그렇게 말하며 셰이머스는 자신의 실수를 깨달았다.

"카테리나는 아버님이 하신 말씀을 믿지 않았어요. 그냥……."

"알코올 금단현상으로 알고 있나?"

"네."

셰이머스가 냉소를 지었다.

"그래도 이번만은 술에 감사해야겠군. 내 딸에게는 아무 말도 하지 않겠네."

그것으로 합의가 되었다. 우리 두 사람의 공통점은 카테리나를 사랑한다는 것이었다. 우리는 최선을 다해 카테리나를 지킬 것이다.

나는 안심하고 돌아섰지만 셰이머스의 총은 여전히 내 등을 겨누고 있었다. 오솔길을 벗어나서야 긴장이 풀렸다.

그렇지만 내 머릿속에는 의문이 가득했다. 왜 루가루가 셰이머스를 찾아가 우리를 경계하게 했을까? 그자는 셰이머스의 부모 일을 어떻게 알았을까? 두 집안의 일인데. 셰이머스는 무엇이 두려워서 정원에 늑대 덫을 놓고 손님에게 총을 겨누는 걸까?

나는 종종걸음 치며 숲 속으로 들어갔다. 20분쯤 후 나는 그루터기를 넘으려다 멈춰 섰다. 셰이머스는 나만 두려워하는 것이 아니었다.

눈앞에서 변신한 자 역시 두려워하고 있었다. 도대체 왜? 그 루가루와 셰이머스 사이에 무슨 일이 있었던 거지? 카테리나의 아버지이기 때문에? 복수를 원하기 때문에? 비계 사고와는 아무 관계가 없을까? 나는 혼란스러웠다. 무슨 일이 일어나고 있는 건 분명한데 도무지 이해가 되지 않았다. 셰이머스, 정체불명의 루가루, 늑대 덫, 카테리나, 타일러의 메르세데스…… 의문투성이. 나는 두 손으로 머리를 감쌌다.

정신이 멍해지고 몸이 천근만근 무거워졌다. 그리고 갑자기 심한 현기증이 일면서 세상이 뒤죽박죽되었다.

나는 시간 속으로 들어갔다.

무슨 일인지 금방 알아채지는 못했다. 깜깜했고 나는 학교 캠퍼스 위에 둥둥 떠 있었다. 경비들의 눈을 피해 멀쩡한 비계를 올라가는 사람이 보였다. 사고가 나기 이전의 비계가 틀림없었다.

내 신경세포들이 회복되기 시작했다. 그제야 깨달았다. 또다시 시간 속으로 들어온 것이다.

지난번에는 너무 짧았고 상황도 몹시 불안해서 이것이 얼마나 짜릿한 일인지 깨닫지 못했다. 나는 분명히 살아 있는데 아무도 나를 보지 못했다. 믿을 수 없었다. 어느 쪽으로 갈지 생각만 하면 되었다. 아크로노트 능력을 사용하지 않기로 했지만 이왕 이렇게 된 이상 나를 죽이려 한 비열한 놈이 누군지 살펴보기로 마음을 굳혔다.

나는 두방망이질 치는 가슴으로(비록 몸은 보이지 않아도 감각이 느껴졌다) 원숭이처럼 비계를 기어오르는 사내를 뒤쫓았다. 복면으로 얼굴을 가리고 있었다.

사내는 층을 오를 때마다 능숙하게 철근 장선을 조인 너트를 풀었다. 거의 눈에 띄지 않게 움직이면서 일을 처리하는 손놀림이 프로 뺨치는 전문가였다.

이어서 사내는 자기가 만진 모든 것에 빨간 가루를 묻혔다. 처키의 후각을 마비시킨 고춧가루가 틀림없었다. 사내는 비계의 골격을 흔들어본 뒤 모든 흔적을 없애기 시작했다. 시간까지 재며 신속하게 일을 끝냈다. 우리 수사관들은 인부들이 십장으로부터 부품이 부족하니 이튿날 아침에는 일하러 올 필요 없다는 연락을 받았다는 사실을 알아냈었다. 하지만 조사에 응한 십장은 인부들에게 그런 연락을 한 적이 없다고 주장했다. 그 순간 퀵 모션 영화를 보는 것처럼 복면의 사내가 비계를 내려가더니 도로 쪽으로 향하다 숲 속으로 사라지는 모습이 보였다. 차를 이용하지 않고 숲 속으로 달아난다…… 늑대라는 뜻인가?

그래서 나는 복면의 사내 머리 위로 둥둥 떠 따라갔다. 사내가 복면을 벗었을 때 나는 소스라쳤다.

늑대가 아니었다. 셰이머스였다.

얼마나 놀랐던지. 셰이머스의 두려움, 우리 집안에 의해 부모가 살해됐다고 믿고 벌인 복수, 미스터리한 루가루의 개입……. 내 무의식은 이미 퍼즐의 몇 조각을 맞추기 시작했다. 타일러에게서 받은 5만 달러는 카테리나를 도와주기 위한 것이 아니라 내 목숨값이었다.

그때 셰이머스가 호주머니에서 꺼낸 서류 한 장을 보고 나는 눈이 튀어나올 뻔했다. 실제로 받은 금액은 5만 달러가 아니라 50만 달러였다! 셰이머스에게 딸이 모르는 또 다른 은행 계좌가 있었던 것이다. 이제 모든 게 설명되었다. 집수리, 새로 사들인 가구, 대출금 상환…… 50만 달러는 이 모든 것을 하기에 충분한 금액이었다. 셰이머스에게는 돈이 다가 아니었다. 가문의 복수를 했으니 마음의 빚도 갚은 셈이었다. 50만 달러는 루가루들이 조상들에게 가한 고통 때문에 하찮은 인간으로 전락한 남자의 복수심을 해소하기 위한 하나의 구실일 뿐이었다.

나는 일련의 사건을 재구성했다. 셰이머스가 고의로 비계의 너트를 풀어놓고, 그다음 날 돌아와서 내 머리 위로 철근을 무너뜨렸다. 그토록 공포에 떤 이유는 비계를 무너뜨리라고 지시한 브랜드켈이 자기를 살려두지 않을 거라고 의심하기 때문이었다.

세 가지 의문이 남았다.

① 셰이머스는 왜 도망치지 않았을까? 50만 달러면 원하는 곳에서 새로운 삶을 살 수 있는데.

② 셰이머스는 좀 전에 나에게 총을 겨눴다. 내 가슴에 총을 쏜 다음 도둑인 줄 알았다고 말하면 큰 문제가 되지 않을 텐데 왜 그러지 않았을까?

③ 카테리나는 알고 있을까? 셰이머스는 아니라고 했다. 그 말을 믿어도 될까? 셰이머스는 내 능력을 알 턱이 없는데 왜 죄의식을 느끼는 걸까?

셰이머스에게 유감은 없었다. 셰이머스는 받은 돈에 대한 대가로 나를 죽이려고 한 것이었다. 하지만 카테리나가 연루되었다는 사실이 내 가슴에 비수를 꽂았다.

셰이머스가 숲 속으로 달아나는 동안 나는 생각에 잠겼다. 정직하고 올곧은 카테리나가 나에게 연기를 했다고는 상상도 할 수 없었다. 그녀는 세라피나가 아니었다. 1초의 망설임도 없이 나를 배신할 여자와는 비교할 필요도 없었다. 나는 무의식적으로 시간 속에서 빠져나왔다. 내 몸이 움직이는 걸 느꼈기 때문이다. 나는 순식간에 좀 전에 내가 출발했던 곳에서 유형화되었다.

몸이 무겁고, 열이 나는 것처럼 뜨거우면서 약간 떨렸다. 나는 셰이머스가 나를 죽이려 한 순간으로 돌아가려고 노력했다. 셰이머스 뒤에서 누군가가 엿보진 않았는지 확인하고 싶었다. 하지만 불가능했다. 지칠 대로 지친 몸이 시간 속으로 들어가길 거부했다. 내 능력은 아직 효율적이지 않은 것 같았다. 엄마와는 달리 공포에 질리거나 크게 낙심했을 때에만 작동하는 걸 보면.

나는 재빨리 옷을 입고 나무 아래 앉아 벌레가 있거나 말거나 골똘히 생각에 잠겼다.

이건 아니다. 뭔가가 더 있었다. 나를 죽이는 데는 그렇게 복잡한 계략이 필요하지 않다. 아무리 머리를 쥐어짜도 루이스 브랜드켈이 무슨 일을 꾸미는지 이해가 되지 않았다. 나 자신에게 화가 나서 핸드폰을 꺼내 메시지를 보내고는 집까지 달려갔다. 내가 땀을 흘리면서 집에 도착했을 때 처키와 내니는 여전히 거실에서 영화를 보고 있었다.

처키는 어찌할 바를 모르는 얼굴이었다. 나한테 얻어맞은 멍 자국은 이미 사라지고 없는데도 매 맞은 개처럼 겁에 질려 있었다.

"미안해." 처키가 주절거렸다. "내가 카테리나에게 몹쓸 짓을 했어."

나는 처키에게 눈길도 주지 않고 지나가려다 멈추고서 더는 참지 못하겠다는 표정으로 쳐다봤다.

"한심하고 유치한 자식, 멍청한 뚱보가 어련하겠어. 믿은 내가 바보지."

"너를 보호해주고 싶었어."

"입 닥쳐, 처키! 네 보호는 필요 없어. 네가 나보다 빠르고 힘이야 세겠지. 하지만 나도 그렇게 약하지 않아."

"그 여자가 너를 약하게 만들잖아." 처키가 늑대의 야수적인 눈빛을 번뜩이며 말했다. "위험한 여자야! 그 여자를 위해서라면 넌 우리 무리를 위태롭게 할 수도 있으니까!"

"지시를 받았지, 처키?"

나의 예리한 질문에 뜨끔했는지 처키의 야수적인 눈빛이 사라졌다.

처키는 내 눈을 피하지 않았다.

"내가 누구의 지시를 받아?"

나는 질문을 다시 했다. 처키가 이런 식으로 빠져나가게 두지 않을 것이다.

"세라피나는 우리 집에 온 적이 없어. 걔는 할머니를 좋아하지 않아. 할머니도 세라피나를 좋아하지 않고. 게다가 나는 한밤중에 도착했어. 할아버지와 할머니가 나를 불러들인 건 아무도 몰랐어. 그런데 어떻게 세라피나가 내 방에 들어와서 그런 행동을 할 수 있었지? 하필이면 내 인생을 망치기로 작정한 너에게 그런 사진이 꼭 필요한 때에 말이야? 타이밍이 좋았다고 하기엔 너무 절묘하지 않냐? 우길 걸 우겨야지, 미친 자식!"

처키가 고개를 숙였다.

"내가 세라피나를 데려왔어. 그게 다야." 처키가 중얼거렸다.

내니는 아무 말도 하지 않았지만 입술이 실룩거렸다. 우리 둘 다 처키가 거짓말하고 있다는 걸 알았다. 할아버지가 처키에게 지시를 내린 것이 틀림없었다. '인디아나를 잘 감시해. 인디아나가 여자 인간과 너무 가까이 지내

는 것 같으면 네가 그 사이를 깨뜨려.'

일단 내 휴대폰으로 멍청한 메시지를 보낸 것은 처키가 틀림없었다. 하지만 뒤에서 카테리나에게 고도의 함정을 놓은 것은 할아버지였다. 처키 혼자서는 결코 그런 생각을 할 수 없었을 것이다. 그리고 세라피나 역시 그렇게 멸시하는 처키가 시키는 대로 했을 리 없다.

처키는 대답을 회피했다. 나는 처키를 막다른 골목으로 몰아넣지 않았다. 이럴 때는 천 마디 말보다 침묵이 나았다. 그리고 지금은 내 편이 필요한 때였다. 나는 이런 위협에 맞서 혼자서 싸울 수도, 싸우고 싶지도 않았다.

"네가 루가루들의 비밀이 알려질까 봐 걱정하는 건 알아. 그런데 루이스 브랜드켈이 이미 그런 짓을 저질렀어. 루이스는 루가루가 변신하는 장면을 셰이머스 씨에게 보여주었어. 그리고 나를 죽이기 위해 그를 돈으로 매수했고."

처키와 내니가 아연실색해서 나를 쳐다봤다.

"뭐라고?" 내니가 용수철처럼 벌떡 일어나면서 외쳤다.

나는 내가 본 것을 자세히 설명했다. 시간 속으로 들어간 것만 빼고. 나는 셰이머스가 술에 취해서 나에게 다 고백했다고 거짓말을 했다. 처키나 내니가 셰이머스에게 사실인지 아닌지 확인할 가능성이 거의 없기 때문이었다. 내니와 처키는 너무 놀란 나머지 내 심장이 마구 뛰고 있다는 걸 알아차리지 못했다.

"재판에 넘겨야 해." 내니가 단호하게 말했다. "루이스 브랜드켈은 재판을 받아야 해. 죽음을 면할 수 없어. 파렴치한 음모를 꾸며서 우리 공동체 전체를 위험에 빠뜨렸으니까. 할아버지, 할머니에게 알려야 해. 지금 당장 전화해."

내니의 말이 맞았다. 하지만 그리 간단한 문제가 아니었다.

"루이스는 음모가 탄로 났다는 걸 아는 즉시 셰이머스 씨를 죽이려고 할 거야. 자기 아들이 부상까지 당했는데 나는 죽지 않았으니까. 유모의 도움이 필요해. 처키의 도움도."

"너를 보호해달라고?"

"아니, 셰이머스 씨를 보호하기 위해서."

침묵이 흘렀다.

"인디아나, 농담이지?" 내니가 버럭 소리를 질렀다. "너를 죽이려고 한 놈을 보호해줄 순 없어!"

"루이스를 재판하려면 우리에게 증언이 필요해. 셰이머스 씨는 아까 나를 죽일 수 있었는데도 그러지 않았어. 루이스에게 이용당했다는 사실을 깨닫고 다시는 이 일에 연루되고 싶지 않은 것 같았어. 내 생각에 셰이머스 씨는 기회가 닿는 대로 도망칠 거야. 집 주위에 덫을 놓고도 굉장히 겁에 질려 있었거든. 오래 버티지 못할 거야. 나는 셰이머스 씨가 도망치는 걸 원치 않아. 유모가 그의 집 주위를 정찰하면서 은근히 모습을 드러내줘. 그러면 셰이머스 씨는 아마 집 안에 틀어박혀 절대 나오지 않겠지. 처키, 네가 교대를 해. 둘이 여섯 시간마다 교대하면……."

"그건 안 돼!" 내니가 퉁명스럽게 말했다. "처키는 네 옆에 있어야 해. 네 보디가드라는 거 잊지 마. 가족에게는 내가 알릴게. 그 셰이머스라는 자가 죽거나 말거나 내가 알 바 아냐."

내니는 이해하지 못했다. 이건 전략이었다. 할아버지와 할머니가 나에게 가르쳐준 것. 나는 이면을 봐야 한다고 배웠다. 카테리나에 대한 불안 때문에 나는 알파의 목소리로 힘주어 말했다.

"안 돼!"

내니와 처키가 늑대 모습이었다면 깜짝 놀라 귀를 접었을 것이다. 내가 터뜨리는 분노의 에너지에 질겁했는지 둘이 납작 엎드리더니 자기들도 모르게 늑대로 변신했다. 그들의 옷이 큼직해서 천만다행이었다.

갈가리 찢어진 옷, 짙은 갈색과 금빛 늑대 둘이 나를 쳐다봤는데 눈이 어찌나 휘둥그레졌는지 흰자위가 보였다.

"복종해, 알았어?" 나는 으름장을 놓았다. "내 작전에 따르라고. 도망칠 생각은 하지 마! 무리의 행복을 위해, 루이스 브랜드켈을 확실하게 제압하기 위해 둘이서 교대로 셰이머스 씨를 보호해야 해. 셰이머스 씨는 우리의 유일한 증인이야. 나는 카테리나를 맡지. 그리고…….

갑자기 늑대 둘이 으르렁거리기 시작했다. 둘이 덤빌지 모른단 생각에 바짝 긴장했지만, 그들은 문 쪽을 향해 코를 벌름거리면서 냄새를 맡고 있었다.

나도 냄새를 맡고 미소를 지었다.

지원군이 도착한 것이다.

나는 뛰어가서 문을 열어주고 내 몸이 땀에 젖어 있다는 것도 잊은 채 덥석 끌어안았다.

악셀은 싱긋 웃으며 몸을 약간 떼었다. 추우나 더우나 늘 그랬듯 악셀은 검은색 가죽옷 차림이었고, 하얀 이 때문에 얼굴이 더 시커메 보였다.

"인디아나, 스톱. 내 점퍼 젖잖아."

"악셀, 만나서 정말 기뻐!"

등 뒤에서는 늑대 둘이 침입자를 물어뜯을 기세로 여전히 으르렁거리고 있었다.

"괜찮아, 내 친구야." 내가 늑대 둘을 진정시켰다. "세미 악셀을 소개할게. 우리를 도와서 셰이머스 씨를 보호할 거야."

내가 등을 탁 쳤지만 악셀은 꿈쩍도 하지 않았다.

"어떻게 이렇게 빨리 왔어? 날아온 건 아닐 테고."

"그게…… 인디아나, 그건 둘이서만 얘기하지?" 악셀이 난처한 얼굴로 말했다.

나는 논쟁하기 싫다는 압박을 충분히 가했지만 할 말이 있는 듯한 악셀의 심각한 표정을 보고 물러섰다. 나도 악셀에게 할 말이 많았다.

"나가서 좀 걷자. 샤워만 하고 바로 내려올게. 유모?"

내니가 으르렁거리는 소리로 대답했다. 세미를 경계하느라 다시 변신하지 않고 있었다.

"유모, 나는 전혀 위험하지 않아. 악셀과는 열세 살 때부터 알고 지내는 사이야. 나를 잡아먹으려고 했다면 이미 오래전에 그랬겠지. 유모가 할아버지와 할머니에게 알려. 내가 연락하면 시간이 많이 걸리니까. 불쾌했다면 미안해, 유모. 너무 중요한 문제라서 그래. 할아버지가 위기 상황이라는 건 유모도 알잖아. 봄에 정기 평의회가 열릴 텐데 루이스 브랜드켈이 도전하면 할아버지가 위험해져. 그런 일이 일어나지 않게 내가 막으려는 거야. 제발 부탁이야, 유모."

내니는 금빛 눈으로 내 눈을 응시했다. 나는 피하지 않았다. 내니가 하얀 송곳니를 드러내자 악셀이 긴장했다. 하지만 내니는 공격하지 않았다. 내니는 생각에 잠겨 있었다. 내니는 코를 킁킁거리는 것 같은 이상한 소리를 내더니 계단을 올라갔다. 갈퀴 발톱 소리가 맨발 소리로 바뀌었다. 잠시 후, 내니의 목소리가 들렸다. 그리고 할아버지 목소리. 몹시 화가 난 목소리였다.

처키는 악셀을 감시하고 있었다. 슬그머니 소파에 앉은 악셀은 맛있는 케이크를 발견하고 허겁지겁 먹었다. 나는 샤워를 하러 뛰어갔다. 씻고 옷을 갈아입는 데 2분이 걸렸다. 내니는 여전히 통화 중이었다. 내가 거실로 내려갔을 때는 처키도 악셀도 조용했다. 처키가 그 틈에 악셀을 공격할지 모른다고 생각했기 때문에 피 한 방울 떨어져 있지 않아 흡족했다. 나의 알파 흉내가 먹힌 모양이었다.

사실 처키가 송곳니를 드러낸 채 으르렁거리는 걸 보면 진정한 화합과는 거리가 멀었지만.

악셀이 나를 따라 밖으로 나왔다. 우리는 이내 집에서 멀리 떨어졌지만 두 늑대의 청각이 워낙 뛰어났기 때문에 그래도 조금은 불안했다.

나는 시간 속으로 들어갔다 돌아온 직후 악셀에게 연락을 했다. 나는 두 가지에 놀랐다. 몇 달 동안 내 전화에 아무 답이 없던 악셀이 이번에 보낸 메시지는 단번에 봤다는 것, 그리고 이렇게 빨리 내 집에 나타났다는 것. 마침내 악셀이 멈춰 서서 나무 밑동에 등을 기대고 서자 나는 심호흡을 했다. 내가 하려는 일은 위험했다. 악셀은 세미였다. 사실 악셀은 루가루 무리의 일을 알 필요도 연루될 필요도 없었다. 하지만 나는 악셀의 도움이 절실했다.

나는 악셀에게 그간의 일을 설명하고 카테리나를 사랑한다는 말도 덧붙였다. 나로서는 위험 부담이 있는 행동이었지만, 악셀 역시 젬마를 사랑해 위험에 처한 적이 있었다. 무엇보다 악셀은 루가루 무리의 일원이 아니니 나를 배신하지 않을 터였다. 물론 시간 속으로 들어가는 능력에 대해서는 말하지 않았다.

악셀은 나직하게 휘파람을 불었다. 가끔 달빛을 받은 가죽점퍼의 메탈 장식이 반짝일 뿐 보이는 것은 악셀의 그림자가 다였다.

"네가 궁지에 빠지는 건 시간문제야, 인디."

악셀은 나를 '인디'라 부르고도 주먹을 맞지 않는 유일한 사람이었다.

"내 탓이 아냐. 미친 건 루이스 브랜드켈이지 내가 아니라고. 그리고 정말 고맙게 생각하긴 하지만 어떻게 이렇게 빨리 온 거야?"

악셀은 내가 잘 보이도록 달빛 속으로 들어왔다. 보름달이 뜬 첫날 밤이었다. 변신하지 않기가 무척 힘들 텐데도 악셀은 내색하지 않았다.

"내 대답을 들으면 불쾌할 거야."

나는 악셀을 뚫어져라 쳐다봤지만 그의 시커먼 얼굴에는 아무런 변화가 없었다.

"알았으니까 빨리 말해."

"나도 너만큼 여기 오래 있었어."

"뭐?"

"실은 너를 감시하라는 임무를 맡았어. 하지만 캠퍼스에서는 네가 나를 알아볼까 봐 숨어야 했지. 그래서 처키를 또 보낸 거야. 그러니까 너는 이중으로 보호받고 있었던 셈이지. 철근 더미가 네 머리 위로 무너져 내릴 때 나는 난생처음 공포를 느꼈어."

순간 모든 게 명확해졌다. 그래서 할아버지가 처키에게 핸드폰이 없다는 걸 알고 나에게 전화를 걸었던 것이다. 악셀한테 모든 보고를 받고 있었기 때문에. 그리고 처키가 늑대 냄새가 나는데 좀 다르다고 말했던 게…… 바로 악셀의 냄새였다.

"하지만 그게 전부는 아냐." 악셀이 말을 이었다. "인간의 살을 먹는 세미들이 이 도시에 있다는 사실을 알았어. 그래서 흔적을 찾아다녔지. 그 세미들은 하루 이틀 전에 온 게 아니라 여기 온 지 적어도 두 달은 됐어."

소름이 끼치면서 나도 모르게 거부 반응과 혐오감이 일었다. 세미들이 인간을 잡아먹는다는 건 알고 있었지만 이 동네에서 어슬렁거린다는 말에는 충격을 받았다.

"그래서 놈들을 잡았어?"

"아니, 폐쇄된 제재소 부근에서 흔적을 놓쳤어. 네 할아버지에게는 위험 요소가 제거되었다고 알렸지. 어쨌든 지금까지는 세미들이 다시 나타나지 않았어."

"언제부터 세미가 루가루와 손을 잡았지?"

"내가 말했잖아. 네 할아버지가 내 목숨을 살려줬다고. 도망친 내가 살 곳을 알려주신 분이야."

그것으로 많은 것이 설명되었다. 할아버지가 악셀을 고용한 것이다. 그러고 보니 이런저런 일이 우연이 아니라 다 의미가 있었다. 쉽게 믿어버리는 나 자신이 한심해서 내 머리를 한 방 갈기고 싶었다.

갑자기 정신이 번쩍 든 내가 차분하게 말했다.

"5년 전 나한테 달려들었을 때 너는 똥칠을 하고 있었어. 그때 너희 땅에 있으면서 네가 냄새를 없애려고 했다는 게 이상하긴 했지만 더는 생각하지 않았지. 하지만 너는 우리 땅을 돌아다니고 있던 거였어. 내가 화가 머리끝까지 나 있는 순간이었으니까 타이밍도 아주 절묘했고."

완전한 인간이었다면 이럴 경우 약간 당황하면서 몸을 비비 틀었을 것이다. 악셀은 내가 어떻게 나올지 전혀 모르겠다는 듯 몸을 약간 웅크리는 자세를 취했다. 화가 났다는 이유로 때려눕힐 마음은 없다는 말로 악셀을 안심시킬 걸 그랬나.

"응. 네 할아버지와 할머니는 네가 얼마나 상심했을지 알고 계셨어. 그래서 너를 훈련시켜달라고 부탁하셨지. 나는 네가 산책 나왔을 때 우연히 만나기 위해 기회를 보고 있었고. 그런데 격분한 네가 영역의 경계를 넘어주는 바람에 만남이 쉽게 이루어진 거야."

나는 잠자코 악셀을 쳐다보다가 씁쓸하게 내뱉었다.

"내가 너무 순진했어. 네가 용병이라고 했을 때라도 할아버지 할머니가 개입했을 거란 의심을 했어야 했는데. 그런 줄도 모르고 내가 계획이 있다고 둘러대면서 돈을 달라고 했을 때 두 분은 얼마나 재밌었을까. 소위 내 자유라는 것도 환상에 불과했구나."

악셀이 까만 눈으로 내 눈을 응시했다.

"첫째, 나는 너랑은 달라." 악셀이 자조적인 목소리로 말했다. "그리고 둘째, 내가 네 입장이라면 어떻게 해서든, 그것도 아무도 모르게 너를 도와주려고 애쓰는 가족이 있다는 사실을 하늘에 감사하겠어. 셋째, 너에 대한 내 우정은 미션과 아무 상관 없어. 넌 내 친구야, 인디아나. 너를 내 형제라고 생각해. 그건 믿어도 돼."

악셀의 말이 맞았다. 나는 투정쟁이 아이처럼 징징거리고 있었다. 나는 한숨을 쉬면서 항복했다.

"그래, 알아. 할아버지가 너를 선택해서 다행이야. 하지만 우리가 작별 인사를 하는 순간에라도 말해줄 수 있었잖아."

"그랬다면 화를 냈겠지. 내 도움이 필요할 때 전화를 걸지도 않았을 거야."

"아니, 했을 거야!" 내가 반박했다. "난 순진한 거지 어리석지는 않다고. 친구니까 연락해서 용병을 구해달라고 부탁했을 수는 있지."

악셀이 손사래를 쳤다.

"그럴 필요 없어. 너는 셰이머스 오하라를 지켜주고 싶은 거잖아."

"지원군을 보내줄 동안."

"오하라가 재판에서 증언해야 할 경우에는 아마 그를 목장으로 데려가야 할 텐데." 악셀이 생각에 잠겼다. "그럼 카테리나는 어떡할 거야?"

당황한 내가 발로 찬 돌멩이가 나무에 맞고 튕겨 나갔다.

"모르겠어. 셰이머스 씨가 딸은 여기 남아 있게 거짓말을 해줘야 하는데."

"최고 수장의 손자로서 너도 재판에 참석해야 한다는 건 알지? 네가 그녀의 아버지를 목장으로 데려가야 할 거야."

악셀은 내가 불안하다는 걸 어떻게 알았을까? 나는 악셀을 잘 알았다. 내 본능은 카테리나와 함께 있겠다고 말하고 있었지만 나는 선택의 여지가 없었다.

"네가 카테리나를 지켜줄 수 있지?"

악셀이 고개를 저었다.

"아니, 난 너와 함께 가야 해. 네 할아버지에게 보고해야 하니까. 그리고 세미가 도와줬다는 걸 루가루들에게 알릴 좋은 기회잖아. 고마운 마음이 조금이라도 생기면 사이가 좋아지기도 하니까."

악셀은 거짓말을 하고 있었다. 그가 돌아가고 싶은 건 그런 하찮은 이유 때문이 아니었다. 나를 감시했다면 내 감각들이 예민해졌다는 것도 틀림없이 알아차렸을 것이다. 물론 어느 정도인지 상상할 수는 없겠지만. 나는 아무것도 모르는 척했다.

나는 압박감에 노이로제에 걸려 있었다.

"그럼 내니에게 맡기……."

그때였다. 갑자기 핸드폰이 울려서 나는 소스라치게 놀랐다. 발신자 번호가 없었다.

"인디아나, 인디아나!" 울먹이는 목소리를 듣고 나는 단번에 누군지 알았다. "아빠가 미쳤나 봐. 루가루들에게 포위당했다고 소리치고 있어!"

"카테리나, 뭐? 너 뭐라고 했어?"

"아빠가 나한테 도망치래. 아니면 루가루들이 나를 잡아먹을 거라면서! 그리고 내가 집으로 돌아오면 총으로 쏴버리겠다고 고래고래 소리를 질러대!"

19

카테리나

나는 욕설을 내뱉었다. 술주정뱅이를 믿다니, 이렇게 논리적이고 지혜로운 사람을 멍청하게!

"넌 지금 어디 있는데?"

"아직 일하는 중이야." 카테리나가 불안에 떨면서 대답했다. "어떻게 해야 할지 모르겠어. 인디아나, 아빠는 완전히 겁에 질려 있어! 정신이 이상해진 것 같기도 하고……. 경찰에 연락하고 싶은데 아빠…… 아빠가 최악의 상황을 만들지도 몰라. 경찰에게 총을 쏘기라도 하면……."

"내가 갈게."

전화를 끊는데 속이 메슥거렸다. 일이 계속 꼬이고 있었다.

"빨리 가봐야겠어." 악셀에게 말했다. "셰이머스 씨의 정신이 이상해졌나봐. 카테리나는 아버지가 미쳤다고 생각해. 나는 그녀가 아르바이트하는 곳으로 갈 테니까 너는 가서 내니에게 집에 남아 있으라고 말해줄래? 내가 카테리나를 집으로 데려가게 되면 내니가 필요해. 카테리나가 지낼 방을 준비해달라고 말해줘. 그리고 처키에게는 셰이머스 씨를 감시해달라고 하고."

악셀이 고개를 끄덕였다. 나를 따라 집으로 가는 도중 악셀이 시계를 보면서 말했다.

"지원군이 지금 오는 중일 거야. 네 할아버지가 신속하게 동원했을 테니. 아마 미줄라에서 그리 멀지 않은 데 있는 병사들이겠지. 나는 여기 있겠다고 알려야겠어. 아니면 병사들에게 내 일자리를 뺏기니까."

나는 이맛살을 찌푸렸다. 병사를 동원한다는 것이 마음에 들지 않았다.

"오케이, 처키나 내니에게 부탁해서 할아버지에게 연결해달라고 해. 전화보다는 화상으로 통화하는 게 나아."

악셀은 안심하라는 뜻으로 내 등을 툭 쳐주고 집으로 달려갔다. 나는 차에 올라 내달렸다. 카테리나가 일하는 레스토랑은 미줄라 시내에 있었다. 늘 그랬듯 전속력으로 달릴 때는 엔진이 말을 잘 듣지 않았지만 도착하는 데 그리 오래 걸리지는 않았다.

타일러의 메르세데스가 보였지만 이번에는 의문을 가질 틈이 없었다. 눈앞의 일을 생각하면 그런 일에 신경 쓸 때가 아니었다. 거무스름한 나무로 내장한 레스토랑에 타일러가 와 있었다.

그리고 카테리나가 타일러의 품에 안겨 있었다.

카테리나는 나를 보는 순간 타일러에게서 몸을 빼고 달려왔다. 나는 타일러의 찌푸린 얼굴을 보면서 잠자코 카테리나를 꼭 끌어안았다. 그녀를 다시는 놓아주고 싶지 않았다. 카테리나가 곤경에 빠지면서 우리의 말다툼, 그녀의 분노, 모든 것이 눈 녹듯 사라졌다.

"진정해." 내가 그녀의 머리에 입을 대고 속삭였다. "카테리나, 진정하고 같이 방법을 찾아보자."

카테리나가 눈물로 얼룩진 얼굴을 들었다.

"인디아나, 아빠가 미쳤어! 돈이 들어온 뒤부터……. 돈이 아빠 안에 있는 끔찍한 뭔가를 깨운 것 같아."

"카테리나, 미안해." 힘이 없어서 의자에 주저앉아 있던 타일러가 뱀파이어보다 더 창백한 얼굴로 말했다. "너한테 돈을 보내지 말았어야 했는데. 내가 너무 바보 같은 짓을 저질렀어."

"네 잘못이 아냐." 카테리나가 중얼거리듯 말했다.

카테리나와 눈이 마주치는 순간 나는 멍청하게도 키스하고 싶다는 생각밖에 없었다.

"인디아나, 너라면 어떡하겠어?"

"오늘 밤에는 우리 집에서 자. 내니가 준비해줄 거야. 칫솔이며 필요한 건 다 있어. 레스토랑 주인에게 말해. 집에 급한 일이 생겨서 지금 가야 한다고."

"하지만 그런다고 아빠 문제가 해결되지는 않아." 카테리나가 지친 손으로 아름다운 청록빛 눈을 닦으면서 탄식했다.

"나한테 맡겨. 제발, 카테리나, 내가 시키는 대로 해."

나는 사랑하는 여자에게 알파의 위엄 있는 목소리를 사용하고 싶지 않았다. 그런데 놀랍게도 그게 통했는지 카테리나는 고개를 끄덕이고 주방으로 향했다.

타일러가 으르렁거렸다.

"카테리나는 우리 집에 가도 되는데. 네 집에만 여성 루가루가 있는 게 아냐."

나는 타일러에게 그의 아버지가 무슨 짓을 했는지, 나를 죽이기 위해 카테리나의 아버지를 매수하고 복수심을 이용했다는 사실을 말해줄 수 없었다. 타일러가 내 친구는 아니었지만 그래도 내 목숨을 구해줬는데. 그리고 우리 사냥꾼들이 루이스 브랜드켈의 뒤를 캐고 있는데 그 아들에게 정보를 준다는 건 말도 안 되는 일이었다.

"고마워." 내가 툭 내뱉었다.

"뭐가?"

"내 목숨을 구해줘서. 네 몸으로 나를 보호해줬어. 내가 본 가장 용감한 행동이었어. 고맙다, 타일러."

그리고 나는 손을 내밀었다.

타일러도 머뭇거리다 손을 내밀었다. 악수를 하는 타일러의 손에 힘이 하나도 없어 놀랐다.

"너도 처키와 함께 내 목숨을 구해줬다는 거 아버지한테 들었어." 타일러가 나의 진지한 태도에 머쓱해하면서 말했다. "그럼 이제 우린 빚진 게 없는 거다. 같은 상황이라면 너도 똑같이 했을 거야."

"뭐, 그랬겠지. 아무튼 지금은 카테리나를 두고 너와 내가 경쟁할 때가 아냐. 훨씬 중대한 일이 생겼어. 우리가 반드시 카테리나를 보호해야 해. 우리 둘이서 힘을 합치자."

타일러가 깜짝 놀라며 나를 쳐다봤다.

"왜? 카테리나가 위험해?"

타일러의 의심을 사지 않게 뭐라고 둘러대지? 문득 좀 전에 악셀이 한 말이 기억나면서 묘안이 떠올랐다.

"카테리나의 아버지가 변신하는 루가루들을 본 것 같아. 이 지방에 세미들이 있다는 건 너도 알지? 학기 초에 미스터리한 실종 사건들이 있었잖아."

순간 타일러가 아주 불안한 표정으로 고개를 끄덕였다.

"응, 알아. 아버지한테 들었어. 그래서 저녁때 나 혼자 밖에 돌아다니는 걸 금지하셨어. 공격받을까 봐."

타일러는 나보다 더 잘 알고 있었다.

"카테리나의 아버지가 너무 겁이 났는지 정원 여기저기에 늑대 덫을 놨

데 물림 장치가 은이었고, 집에 오는 모든 사람에게 총을 겨누고 있어."

"제기랄."

타일러는 사태를 대번에 알아차리고 불안한 눈길을 던졌다.

"루가루 무리의 비밀이 탄로 날 위험이 생기면……."

"……카테리나의 아버지를 죽이겠지." 내가 타일러 대신 말을 맺었다. "그리고 우리가 사랑…… 좋아하는 여자의 아버지의 죽음에 대해 우리가 책임을 져야 할 거야."

"제기랄." 타일러가 반복했다. "그럼 누구든 카테리나의 아버지와 마주쳤다가는 죽을 수도 있다는 거잖아!"

"응, 나도 카테리나에게 왜 네 차를 갖고 있는지 물어보려고 찾아갔다가 죽을 뻔했어. 나한테 내가 루가루라면서 총을 쏘려고 했어."

"정말 그렇게 말했어?"

"응."

"아, 불안하네."

"아주 심각해."

"나는 당분간 쓰지 않아서 카테리나에게 빌려준 거야." 타일러는 생각에 잠겨 혼잣말처럼 중얼거렸다.

"뭘 빌려줘?"

"내 차 메르세데스. 팔을 다쳤는데 그 차는 자동이 아니거든. 그래서 카테리나가 건강이 어떠냐고 안부 전화를 했을 때 뭐 도와줄 게 없나 생각하다 차를 빌려준다고 했어. 그런데 너에 대해 굉장히 화를 내더라고. 휴, 오른쪽 고막이 터지는 줄 알았어."

카테리나가 몹시 화가 나서 나한테 냉랭할 때였다.

"근데 너는 여기 무슨 일로 왔어? 네 얼굴로 봐서 아직은 침대에 누워 있어야 할 것 같은데."

"안부를 물으려고 카테리나에게 전화했지. 근데 너랑 통화하다 방금 끊었던 모양인지 네가 또 전화한 줄 알고 뭐라고 계속 말하는데 도무지 무슨 말인지 알 수가 없는 거야. 그래서 우리 집 기사 데니스에게 부탁해서 여기로 데려다 달라고 했어. 나는 운전할 수 없으니까. 사실 부탁한 건 아니지. 대놓고 싫은 티를 내는 데니스에게 고함을 쳐서 강제로 차를 몰게 했으니까."

아, 이제 이해가 되었다. 우연의 일치였다. 나는 안도의 숨을 내쉬었다. 카테리나가 타일러에게도 전화한 줄 알고 오해할 뻔했는데.

그사이 레스토랑 주인에게 상황을 설명하는 카테리나의 목소리가 들렸다. 다행히 마음씨 좋은 주인이 집에 문제가 생겼다는 카테리나의 말을 이해해주었다.

"내가 아버지에게 말하고, 너는 할아버지에게 말해서 우리 둘이 부탁하면 집행을 유예시킬 수 있지 않을까? 그리고 카테리나의 아버지는 쿠웨이트에서 머리를 다친 데다 온종일 술에 취해서 인사불성이 되어 있잖아. 크게 위험할 것 같진 않은데, 안 그래?"

하지만 카테리나의 아버지는 루이스 브랜드켈에 대해 증언하기 위해 할아버지의 목장에 머물면서 루가루 보호 대책에 깊숙이 개입할 예정이었다. 나는 셰이머스를 구하기 위해 최선을 다해야 했다. 그리고 우리가 카테리나의 아버지에게 관심이 있다는 사실을 루이스가 알아서는 안 되었다.

"아니, 그건 안 돼. 우리끼리 해결해야 해. 먼저 카테리나의 아버지를 진정시킨 다음 술 때문에 헛것을 본 거라고 주장하면서 발설하지 않게 설득해봐야지. 그런 다음 알코올중독 치료 시설로 들여보내야 하는데 그건 돈이 필요할 거야."

타일러가 눈을 반짝이며 일어났다.

"내 돈 때문에 이렇게 된 거니까 그건 내가 해결해야지. 치료 시설 돈 문제는 나한테 맡겨, 오케이?"

"오케이. 이제 너는 집이든 병원이든 있던 곳으로 돌아가. 내가 카테리나를 안전하게 보호할게. 지금 당장은 그리 위험한 것도 아니고. 일단 카테리나를 우리 집에 데려다 놓고 나는 셰이머스 씨를 만나러 갈 거야."

"한밤중에? 너는 늑대가 아냐, 인디아나. 미쳤다는데 정말 총이라도 쏘면 이번엔 내가 너를 구해주지 못해."

"은으로 만든 총알이야."

"죽기는 마찬가지야."

나는 걱정해주는 타일러를 보며 목이 멨다. 타일러를 미워할 때가 더 나았다. 타일러는 자기 아버지의 음모를 전혀 모르는 눈치였다. 그렇지 않았다면 나를 죽게 내버려뒀을 것이다. 카테리나를 서로 좋아하지만 않았다면 우리는 친구가 되었을지 몰랐다. 오늘도 이런 일이 일어나지 않았다면 친구가 될 수 있었으련만. 카테리나와 그녀의 아버지, 내 가족을 구하기 위해 나는 타일러를 배신해야 했다.

이런 순간이 정말 싫었다. 어른이 되는 것이 이런 거라면 어린 늑대들에게 얻어맞으며 사는 게 훨씬 나을 것 같았다.

"알아. 조심할 테니까 걱정 마. 나도 몸에 구멍이 나고 싶지는 않아."

타일러는 확신하지 못했지만 그래도 고개를 끄덕였다.

카테리나가 돌아왔다. 그녀는 타일러에게 슬픈 미소를 보낸 뒤 내 옆에 섰다. 나는 타일러에게 인사했다. 타일러가 전화하겠다는 손짓을 보냈다. 나는 고개를 끄덕이고 나서 카테리나의 팔을 잡았다.

차가 몇 킬로미터쯤 달릴 때까지 침묵하던 카테리나가 물었다.

"인디아나, 집에 간 다음에 너는 뭐 할 거야?"

"네 아버지를 만나러 갈 거야."

"인디아나, 위험해! 누구든 집에 오는 사람에게 총을 쏠 거라고 했어. 그래서 경찰에 연락도 못 하는 거야. 아빠는 경찰이라도 주저 없이 쏠 테니까."

나는 빙긋이 웃었다.

"걱정 마. 내니를 데려갈 거야. 여자는 절대 쏘지 않겠지. 안 그래?"

"난…… 모르겠어, 인디아나. 정말 모르겠어."

"고마워." 내가 불쑥 말했다.

카테리나가 눈을 동그랗게 떴다. 눈물을 흘리는데도 아름다웠다.

"나한테 연락해줘서……. 너는……."

나는 말을 어떻게 맺어야 할지 몰라 우물거렸다.

"네가 자꾸 우물쭈물하니까 너를 밀어냈던 거야." 카테리나가 말했다. "인디아나, 난…… 너무 막막했어. 믿을 사람이 친구들밖에 없는데…… 타일러와 너를 진짜 친구라고 믿고 있어서."

나는 이맛살을 찌푸렸다. 타일러와 동등해지는 건 정말 싫은데.

"솔직히 나는 타일러가 오지 않았으면 했어." 카테리나가 난처한 얼굴로 말했다. "타일러의 전화번호가 떴을 텐데 보지도 않았어. 네가 다시 전화한 줄 알았거든. 어쨌든 이게 다 타일러가 보낸 빌어먹을 돈 때문이야."

카테리나가 이 모든 게 훨씬 복잡하게 얽힌 일이라는 사실을 안다면! 이 일은 집안 간의 오랜 원한, 음모, 땅 그리고 내가 잘 모르는 뭔가가 얽히고설킨 문제였다. 지금으로서는 내 죽음이 할아버지와 할머니를 슬프게 하는 것 말고 루이스에게 무슨 도움이 되는지 나도 몰랐다.

우리는 곧 도착했다. 불빛이 훤했다. 내니와 악셀이 현관에서 우리를 기다리며 이야기를 나누고 있었다. 검정 세미와 금빛 여성 루가루는 싸우기는커녕 잘 통하는 것 같았다.

카테리나가 차에서 내리자 내니와 악셀이 동시에 긴장했다.

"카테리나!" 내니가 외쳤다. "어서 와, 방을 준비해놨어. 밥은 먹었니? 뭐든 필요한 게 있으면 말해."

카테리나는 조금 겁먹은 듯 내 친구 악셀에게 조심스러운 눈길을 보내더니 따뜻하게 맞아주는 내니에게 감격해 울음을 터뜨렸다. 내니는 엄마처럼 카테리나를 안아주면서 나를 힐끔 쳐다본 뒤 집 안으로 데리고 들어갔다.

내가 무슨 말을 하려고 하자 악셀이 손짓으로 막았다.

"내가 카테리나 집에 처키를 내려주고 왔어. 소지품과 핸드폰도. 보초를 서는 중인데 첫 번째 연락이 왔어. 셰이머스 씨가 집에 있고 술은 마시지 않았대. 총도 내려놨고. 지금은 괜찮아. 조금이라도 이상한 일이 있으면 처키가 변신해서 우리에게 연락한 다음 그를 지켜주러 갈 거야."

나는 긴장이 풀렸다. 적어도 내 계획 중 카테리나와 셰이머스 보호 작전은 가동되고 있었다.

나는 시간 속으로 들어갔다 온 뒤로 두통이 일어나는 머리를 부여잡으면서 말했다.

"만나서 말해봐야지. 다만 셰이머스 씨가 총을 쏘기 전에 말을 붙일 겨를이 있느냐가 관건이야."

"나도 갈게. 나는 총이 무섭지 않아."

"은 총알이야."

악셀이 얼굴을 찡그렸다.

"아, 오케이. 그건 무섭네."

"지금은 여기서 보초를 서주면 좋겠어. 그리고 교대를 하자. 처키가 셰이머스 씨를 위해 보초를 서는 여섯 시간 동안 나는 카테리나를 안심시키기 위해 그를 만나러 갈 거야. 그다음 내가 카테리나를 지키는 다섯 시간 동안 너와 내니가 쉬어. 그런 식으로 교대하자. 지원군이 오는 대로 그들에게 셰이머스 씨를 맡기고 우리는 카테리나에 대한 보호를 강화하는 거야."

악셀은 속으로 내 작전을 평가하고 있었다. 처키가 셰이머스, 내가 카테리나, 악셀이 셰이머스, 내니가 카테리나를 보호해주는 식이었다. 이대로라면 내가 루가루에 대해 발설하지 못하게 셰이머스를 설득하는 짧은 시간을 제외하고는(나는 그 시간이 짧기를 바랐다) 괜찮은 작전이었다. 하지만 불행하게도 악셀이 내 작전의 약점을 지적했다.

"하지만 루이스 브랜드켈이 노리는 건 카테리나가 아니라 너야." 악셀이 상기시켰다. "너는 누가 지켜주는데?"

"악셀, 나도 알아. 하지만 지금으로서는 이게 내가 할 수 있는 최선이야, 오케이? 그러니까 그런 건 잊고 정말 중요한 일에 집중하자. 우선 오하라 집안을 보호하는 데만 신경 쓰자고."

악셀이 눈을 게슴츠레하게 떴다. 내가 말실수라도 했나? 내가 너무 카테리나, 카테리나 하면서 티를 냈나? 이윽고 악셀이 어쩔 수 없다는 듯 말했다.

"오케이. 어서 가서 네 여친에게 인사나 하고 나와. 네가 돌아올 때까지 내가 확실하게 그녀를 보호해줄 테니까."

"푸하하. 악셀, 너 진짜 웃긴다. 마치 십자군 원정을 떠나는 기사가 된 기분이야."

"야, 십자군이 들으면 웃겠다."

"고마워. 너랑 있을 때 좋은 점은 다른 사람의 문제에 한없이 관대하다는 거야."

악셀이 웃음을 터뜨렸고, 나는 계단을 뛰어 올라갔다.

내니는 루가루 무리에서는 키가 작은 편이지만 카테리나보다는 컸다. 카테리나가 빌려 입은 내니 잠옷의 가운 자락이 바닥에 끌렸다. 울어서 빨간

코하며 감색 벨벳 때문에 두드러져 보이는 도자기 같은 피부, 시커먼 강물처럼 어깨 위로 구불구불 흘러내린 머리. 카테리나는 깨물어주고 싶을 정도로 귀여웠다. 나는 두 팔을 벌리며 다가오는 카테리나를 품에 안았다.

이러면 안 되는데. 내니 앞에서 카테리나를 껴안는 것은 상황을 어렵게 만드는 일이지만 나는 참을 수가 없었다. 머리에서 풍기는 라벤더 향기를 맡으니 그녀의 따뜻한 몸이 나를 미치게 만들었다. 나는 네안데르탈인으로 변해서 그녀를 둘러메고 내 안의 동굴로 들어가 다시는 떠나지 못하게 붙잡아두고 싶은 욕망밖에 없었다.

"지금 가려고." 내가 마지못해 말했다.

"알아." 카테리나가 내 몸에 꼭 붙어서 속삭였다. "조심해, 인디아나. 만약 네가 보기에 아빠가 너무 위험하다고 판단되면 경찰에 연락해. 아빠가…… 그러다 자살이라도 할까 봐 걱정돼 죽겠어."

"알았어. 무슨 일이 생기면 전화할게. 내니와 나는 지금 바로 출발할 거야. 걱정 마. 조심할 테니까."

카테리나가 물러서며 내 품을 빠져나갔는데 못내 아쉬워하는 느낌이었다. 소파에 앉는 그녀의 모습이 어찌나 귀엽고 연약해 보이는지 나는 가슴이 미어졌다.

나는 마음을 다잡고 뛰쳐나갔다.

내니는 준비가 되어 있었다. 악셀이 우리를 기다리며 보초를 설 것이다. 보름달이 떠 있다는 것도 호재였다. 누군가 집을 공격할 경우 악셀이 마음대로 변신할 수 있었다.

배트의 엔진에서 나는 심상찮은 소리 때문인지 내니는 자기 차로 가자고 제안했다.

"카테리나를 사랑하는구나." 내니가 운전하면서 말했다.

나는 이를 악물고 대답을 피했다. 내니는 곁눈질로 나를 힐끔 쳐다봤다.

"할아버지, 할머니는 모르시겠지? 내가 보고해야 한다는 건 알지?"

"마음대로." 나는 어깨를 으쓱하면서 내뱉었다. "카테리나는 많은 학교 친구들 중 한 명일 뿐이야."

나는 자신만만하게 대꾸했다. 실제로 카테리나는 한 인간에 불과했다. 내니는 눈을 찡그렸지만 아무 말도 덧붙이지 않았다.

가는 내내 침묵이 흘렀다. 내니나 처키에게 나를 돕겠다는 생각밖에 없다는 걸 모르지 않았다. 나는 둘에게 고마우면서도 인간과 나 사이에 대해 해부하듯 분석할 생각 같은 건 접고 제발 관심 꺼주길 바랐다.

우리는 도착하면서 의도적으로 요란한 소리를 냈다. 나는 몰래 접근해 셰이머스를 겁주고 싶지 않았다. 몇 초 후 처키가 나타나 인간으로 변신하고는 어둠 속에서 말했다.

"특기 사항 없음. 내 모습을 셰이머스의 눈에 띄게 했는데 좀 이상해."

"뭐가?"

"나를 두려워하지 않았어."

나는 깜짝 놀라 처키를 쳐다봤다.

"어떻게 했는데?"

"인디아나, 셰이머스 씨는 마치 커다란 개를 본 것처럼 행동했어. 심지어 내가 늑대 덫에 걸리지 않게 나를 쫓으려고 하더라고."

처키 말대로 이건 좀 이상한 일이었다. 갑자기 처키가 마치 기침하는 것 같은 묘한 소리를 내더니 앞으로 푹 고꾸라졌다. 내니가 뛰쳐나가는 사이 냄새가 코를 찔렀다. 날카로운 발톱에 찢긴 처키의 목에서 흐르는 피 냄새, 사향 냄새, 상한 고기 냄새, 젖은 털 냄새. 그 순간 갑자기 달려든 커다란 실루엣이 내니를 마구 흔들어대더니 나무에 처박아 기절시켰다.

마침내 정체불명의 실루엣이 달빛 속으로 걸어 나왔다. 나는 숨이 멎을 뻔했다. 내 눈이 믿기지 않았다. 송곳니가 삐죽삐죽 나온 아가리, 흡사 칼처럼 날카로운 발톱, 반인간 반늑대의 흉측한 몸뚱이가 달빛 속에 우뚝 섰다.

세미.

인상이 험악했다.

나는 뒷걸음치면서 별 모양 표창, 일명 슈리켄 몇 개와 단검을 꺼내 재빠르게 바꽃 가루를 묻혔다.

내가 머릿속으로 악셀과의 모든 훈련을 떠올리는 사이 세미가 앞으로 걸어오며 킁킁 냄새를 맡았다.

"냠냠, 어린 인간이로구나. 너부터 잡아먹어주지. 그다음은 집 안에 있는 인간. 그리고 연하고 육즙이 많은 그 계집애를 찾을 거다. 사흘 밤의 진수성찬이라. 음, 인생은 살 만하다니까!"

나는 곧바로 휘파람으로 답했다. 공기를 가르며 날아간 표창 세 개가 놈의 가슴에 꽂혔다. 내 바람대로 바꽃은 즉시 효력을 발휘했다. 젊은 세미였고, 육상 선수처럼 움직이는 악셀과는 달리 힘에만 의존하는 우직한 놈이었다. 약간 놀라 표창을 만지던 세미는 은 때문에 살이 지글거리며 타들어가자 비명을 질렀다. 그러고는 표창들을 몸에서 잡아 뽑다가 손가락이 타들어가자 또다시 괴성을 질러댔다.

나는 무슨 일이 일어나는지 지켜보지 않았다.

도망쳤다.

세미가 훨씬 빠르기 때문에 걸음아 날 살려라 줄행랑쳤다. 나는 헉헉거리며 잔디밭에서 멈춰 섰다. 하지만 오랫동안 놈에게 등을 보일 생각은 없었다. 어느새 따라온 놈이 나를 쳐다봤다. 검은 눈에서 붉은 안개 같은 것이 서서히 피어올랐다.

"나를 아프게 했어, 어린 인간. 아프지만 이 정도로는 어림없지."

세미는 나를 덮치려고 붕붕 날아다녔다. 힘이 장사였다. 주먹으로 쳤다면 죽었을 텐데 몸을 제대로 가누지 못하는 것으로 보아 이미 반쯤은 바꽃에 중독된 게 틀림없었다. 놈이 내게서 겨우 1미터 앞에 착지하다 중심을 잃고 대자로 뻗었다. 나는 단검을 휘두르면서 놈의 주의를 끌었다. 두려움에 떠는 내 모습이 즐거운지 놈이 웃음을 터뜨리며 걸어왔다. 그때 철커덕하는 소리가 났다.

내가 몇 초 전부터 바라던 일이 일어난 것이다. 물림 장치가 닫히는 소리였다. 놈의 앞발이 은으로 된 물림 장치에 끼어 으스러졌다. 놈이 내지르는 쩌렁쩌렁한 괴성에 온 동네가 떠나갈 정도였다. 인간성을 완전히 잃고 덫을 물어뜯던 놈이 고통으로 미친 듯이 날뛰었다. 그 순간 나는 등 뒤에서 인기척을 느꼈다.

나는 덤벼들 기세로 빙그르르 돌아섰다. 그런데 셰이머스가 총부리를 겨누고 서 있었다.

"안 돼요!" 내가 소리쳤다. "죽이면 안……."

탕! 하는 폭발음에 내 말이 묻혀버렸다. 세미의 머리가 폭발했다.

몸뚱이가 경련을 일으키더니 갑자기 변신했다. 괴물이 사라지고 오른팔이 덫에 걸린 알몸의 인간이 널브러져 있었다.

세미가 숨이 끊어지면서 내뱉은 신음 소리는 짧았다. 셰이머스는 땅에 침을 탁 뱉으면서 말했다.

"사방에 늑대 덫을 놓길 정말 잘했지. 더러운 놈 같으니라고!"

나는 다리가 후들거려서 풀밭에 주저앉고 싶었지만 덫에 엉덩이가 물릴까 너무 두려웠다. 셰이머스는 죽은 시체를 들어내고 다시 덫을 놓았다. 그러고는 시체를 정원과 연결되는 숲 기슭까지 질질 끌고 갔다.

"어서 와서 돕지 않고 뭐 해?" 셰이머스가 말했는데 놀랍게도 정신이 맑아 보였다. "차고에 삽이 두 자루 있으니까 가서 찾아와."

"잠깐만요!" 나는 조금 전 어둠 속을 뛰어오는 동안 식은땀을 흘리게 한 덫들을 조심스럽게 피하면서 말했다. "처키와 내니가 놈에게 당했어요!"

"내니?" 셰이머스가 믿기지 않는다는 어조로 물었다. "여자인가?"

"네."

나는 더 설명하지 않고 일단 위험 지역을 벗어나 뛰었다.

세미가 갑자기 튀어나와 공격했던 곳에 이르니 처키가 욕설을 지껄이며 핏덩이를 뱉어내고 있었다. 나는 안도의 숨을 내쉬었다. 처키의 목에 난 상처는 이미 아물고 있었다. 내니가 머리를 부여잡으며 힘겹게 일어나 앉았다. 셰이머스가 뛰어왔다.

"맙소사. 괜찮소, 부인?"

"아야." 내니가 멜로드라마틱한 어조로 앓는 소리를 했다. "근데 이게 무슨 일이죠?"

"망할 놈의 족속에게 공격을 받았어요, 부인. 지옥에서 튀어나온 놈인데 다행히 내가 놈의 머리통에 총알을 박아버렸지요."

내니가 금빛 눈으로 셰이머스의 파란 눈을 응시했다.

"선생님이 나를 살려주신 거예요?" 내니가 귀부인처럼 물었다.

내니를 부축해서 일으켜주던 셰이머스는 만만치 않은 무게에 놀란 듯 한 순간 눈살을 찌푸렸지만 내색하지 않았다.

"아무튼 다행입니다, 부인."

셰이머스는 우리를 거들떠보지도 않은 채 내니를 집으로 데리고 들어갔다. 나는 처키가 가리키는 곳으로 뛰어가서 옷을 가져다주었다. 셰이머스는 내니에게 정신이 팔려 처키의 목이 반쯤 찢어지고 알몸 상태임을 알아채지 못했다. 나는 처키의 감탄하는 눈길을 받으며 표창들을 회수했다.

"은이야?" 처키가 쉰 목소리로 물었다.

나는 고개를 끄덕였다. 바꽃 가루에 대해서는 언급하지 않았다. 처키가 눈을 찡그렸다. 그의 머릿속에서 내 이미지가 '최고 수장의 변변치 못한 손자'에서 '잠재적 능력자'로 변하는 순간이었다.

우리가 집으로 들어갔을 때 셰이머스는 널린 술병과 지저분한 것들을 정신없이 치우는 중이었다. 소파에 누운 내니는 눈을 감고 모른 척 시치미를 떼고 있었다.

"마실 걸 가져올게요. 뭘 줄까요?" 셰이머스가 어쩔 줄 몰라하며 물었다.

"차를 마시면 좋겠어요." 내니가 죽어가는 목소리로 말했다.

당황한 기색이 역력한 셰이머스가 주방으로 뛰어갔다. 주전자를 올리고 불 켜는 소리에 이어 찬장을 뒤지며 내뱉는 욕설이 들렸다.

"괜찮아, 유모?" 내가 나직한 소리로 물었다.

내니는 머리털 안으로 손을 넣었다 뺐는데 피가 묻어 있었다. 나는 쭈그리고 앉아서 조심스럽게 머리를 만져봤다.

"응."

"메스껍다거나 졸리고 어지럽진 않아?"

"인디아나, 응급처치는 내가 가르쳐준 거니까 그만해. 뇌진탕이야. 그놈이 너무 강하게 내리쳐서. 하지만 이미 아물고 있어. 상처는 몇 분 지나면 치유될 테니까 내가 피를 많이 흘렸다는 사실을 셰이머스가 알아채지 못하게 해야 해. 안 그러면 내가 빨리 회복되는 걸 보고 의심할 거야."

나는 재빨리 다른 쿠션을 받쳐주고 피 묻은 쿠션을 소파 밑으로 밀어 넣었다. 바로 그때 셰이머스가 언제 것인지 모를 아주 오래된 티백 하나와 찻잔, 주전자를 쟁반에 담아 의기양양하게 돌아왔다. 셰이머스는 내니 앞에 쟁반을 내려놓고 설탕을 찾으러 다시 뛰어갔다.

셰이머스가 허둥대는 모습에 나는 미소를 짓지 않을 수 없었다.

"아무래도 유모가 시중드는 기사를 찾은 거 같아."

"셰이머스 저 남자, 정말 귀엽다." 내니가 속삭였다. "세미에게 총을 쏜 남자의 집에 들어와 있다니, 와우, 기분 좋네."

"군인 출신이야." 내가 말했다.

"아, 그래? 어쨌든 그 세미가 우리를 도와준 셈이네. 세미가 셰이머스를 두려움에서 해방시켜줬잖아. 괴물을 무찔렀다는 자신감 때문에 우리를 집에 들여놓은 것만 봐도 알 수 있지. 미션 성공이네. 처키는 어떠니?"

처키가 고개를 들었다. 풀로 몸을 닦았지만 목에 피가 묻어 있었다.

"괜찮아요." 처키가 쉰 목소리로 말했다. "한동안 말할 때 좀 아프겠지만. 놈이 바람 부는 방향에 있어서 바로 뒤에 오기 전까지 냄새를 맡지 못했어요."

설탕, 대용 설탕, 꿀, 메이플 시럽을 들고 돌아오는 셰이머스를 보고 우리는 대화를 멈췄다. 셰이머스는 내니에게 잘 보이려고 쩔쩔매고 있었다. 내니는 귀부인처럼 우아하게 셰이머스의 관심을 받아주었다.

셰이머스가 진지한 얼굴로 내니를 쳐다봤다. 나는 닭살이 돋았다. 첫눈에 반한 게 아니라면 내 성을 갈지! 내니는 찻잔을 들고 맛있게 마셨다. 그러고는 부드러운 목소리로 고맙다고 하자 셰이머스의 얼굴이 환해졌다.

이윽고 현실로 돌아온 셰이머스가 나를 쳐다봤다.

"괴물을 치워야 해. 내 정원에 엎어져 있게 놔둘 수는 없어!"

"셰이머스 씨, 왜 루가루들이 잡아먹을 거라는 말을 카테리나에게 하셨습니까? 우리 합의했잖아요?"

셰이머스가 내 눈을 응시했다. 핏발이 서 있었지만 정신은 놀라울 정도로 맑아 보였다.

"공포에 사로잡혀 있었어, 완전히. 괴물을 봤는데 숨지도 않고 버젓이 어슬렁거리는 거야. 카트가 돌아오면 갈기갈기 찢어놓을 게 뻔했어. 하지만 나는 놈을 죽일 수 있을지 자신도 없고, 위험을 무릅쓰고 싶지도 않았다. 내가 미쳤다고 믿게 해서 딸을 도망치게 하는 수밖에."

내니가 일어나면서 신음 소리를 냈다. 얼굴을 보니 내니는 연약한 여자 흉내를 내는 중이었는데 셰이머스의 마음에는 쏙 든 모양이었다. 내니가 찻잔을 내려놨다.

"우리는 루가루에 대한 비밀을 아는 인간을 제거합니다. 셰이머스 씨, 당신의 행동은 현명하지 못했어요. 유령이나 자이언트 쥐, 파란 토끼나 핑크 코끼리가 나타났다고 했다면 모를까, 루가루라는 말은 절대 입 밖에 내지 말아야 했어요. 이제 카테리나까지…… 당신만큼 위험해졌어요."

셰이머스는 눈이 휘둥그레져서 내니를 돌아봤다.

"부인이……." 셰이머스가 목멘 소리로 말했다. "부인도 그럼……."

"네, 맞아요." 내니가 아주 태연하게 대답했다.

셰이머스는 다리가 후들거리는지 옆의 소파에 털썩 주저앉아 믿기지 않는다는 얼굴로 내니를 뚫어져라 쳐다봤다.

"하지만…… 하지만 이 아이는……."

"네, 이 아이는 아니에요." 내니가 유감스럽다는 얼굴로 대답했다. "하지만 나와 처키는 루가루예요."

그 순간 뭔가 생각이 나 나는 눈살을 찌푸렸다.

"말이 나온 김에 질문이 있어요. 세미가 모습을 드러냈다고 하셨는데 처키가 도착했을 때는 바람 부는 쪽에 숨어 있었던 것 같아요. 하지만 아까 처키가 이 집 주위를 정찰할 때는 커다란 개라고 생각하셨다는 것이 이해가 안 됩니다. 처키는 왜 루가루가 아니라고 생각하셨어요?"

셰이머스는 이 말에 충격을 받아 숨이 멎을 뻔했다.

"뭐라고?" 셰이머스가 소리쳤다. "설마 내 정원에 쓰러져 있는 놈처럼 부인도 괴물로 변신한다는 뜻은 아니겠지요?"

20

음모

우리는 놀란 눈으로 셰이머스를 쳐다봤다.

"아니, 맞아요!" 기분이 상한 내니가 혼란스러워하는 남자에게 진실을 숨기지 않기로 작정한 듯 말했다. "하지만 이번 일은 우리와 아무 상관 없어요! 내가 보여주죠."

나는 말리려고 했지만 내니는 재빠르게 옷을 벗었다. 눈앞에서 여자가 벗은 몸으로 변신하는 광경을 보게 된 셰이머스는 질겁했다. 금빛 눈의 멋진 늑대가 나타났다.

셰이머스는 딸꾹질을 하더니 공포에 사로잡혀 몸을 움츠렸다. 당연히 충격적이겠지. 나야 익숙해서 아무 반응도 하지 않지만 사람들이 놀라는 것은 이해할 수 있었다. 처키가 셰이머스의 두려움을 느끼고 비웃음을 흘렸다.

"내가 사탄에게 홀렸나. 이건 꿈이야……." 셰이머스는 땀을 흘리면서 중얼거렸다.

내니가 꼬리를 살랑살랑 흔들면서 천천히 셰이머스에게 다가갔다. 늑대들의 방식이었다. 이어서 내니는 금빛 아가리를 셰이머스의 허벅지에 올리고 '나를 쓰다듬어주지 않을래요?' 하는 것처럼 손을 툭툭 건드렸다.

셰이머스는 두려움으로 굳어졌다. 나는 셰이머스가 거의 마지못해 내니의 머리를 쓰다듬어주는 걸 보고 깜짝 놀랐다. 내니는 그 손길에 눈을 감고 고양이 소리를 냈다. 이번에는 처키가 변신해 자기도 쓰다듬어달라고 머리를 들이댔다. 이럴 때 보면 처키는 정말 엉뚱했다. 그렇게 2분쯤 지나자 차츰 진정이 된 셰이머스가 나를 힐끔 쳐다봤다.

"음…… 멋지구나!"

나는 고개를 끄덕였다.

"네, 진짜 루가루들이에요. 아누비스의 직계 후손으로 부모의 피를 받고 태어난 진짜 루가루죠."

"누구의 후손이라고?"

"이집트의 자칼 신 아누비스가 루가루의 조상으로 알려져 있어요. 아누비스 신이 침략자로부터 이집트를 지키기 위해 루가루를 창조했는데 나라가 정복되자 루가루들이 이주했다고 전해집니다."

셰이머스의 손이 잠시 멈추자 내니는 계속하라는 뜻으로 주둥이를 내밀었다. 셰이머스가 미소를 지으며 말했다.

"그리스도교도는 아니겠죠?"

"네, 아니에요." 내니를 대신하여 내가 대답했다. "루가루의 조상은 종교와 아무 관계 없어요. 그리스도교, 무슬림, 유대인, 불교도를 비롯해 무신론자도 있으니까요."

"아." 셰이머스는 이상할 정도로 안도했다. 마치 내니가 그리스도교라는 것은 루가루에게 아주 기괴한 일이라는 듯.

셰이머스가 눈살을 찌푸리면서 물었다.

"그럼 아까 그놈은?"

"세미였어요. 루가루에게 물린 인간이죠. 세미는 루가루처럼 온전한 늑대로 변신할 수 없어요. 그들은 대부분 인간의 살을 먹지만 순수 혈통의 루가루는 그렇지 않아요. 죄송하게도 셰이머스 씨는 지금 루이스 브랜드켈과 내 할아버지 칼 텔러, 두 수장의 알력 다툼에 휘말리신 겁니다."

"브랜드켈? 메르세데스 주인과 같은 성이잖아! 우리에게 돈을 준 남학생?"

"네."

셰이머스는 정보들을 되씹고 있었다. 나는 그가 나를 죽이려 했던 사실을 알고 있다고 말할 생각이 없었다. 섣불리 말을 꺼냈다가는 내니와 처키가 내 거짓말을 바로 알아챌 터였다.

"타일러가 우리를 이용한 거였어? 카트와 나를?"

나는 정직하게 말했다.

"타일러는 자기 아버지가 한 짓이라는 사실을 몰라요. 이 모든 건 루이스 브랜드켈이 꾸민 일입니다."

"그 루이스가 아까 말한 세미인가?"

"아니요. 루이스는 진짜 루가루이고 타일러의 아버지입니다. 왜 그러십니까?"

"오늘 밤 이전에는 진짜 루가루를 본 적이 없어서." 셰이머스는 내니를 쓰다듬던 손길을 갑자기 멈췄다. "내가 본 것은 저기 죽은 괴물의 친구가 유일하니까."

내니와 처키가 동시에 으르렁거렸다. 나도 똑같이 할 뻔했다. 연이어 몰아치는 사건에 끌려다니다 보니 깊이 생각할 겨를이 없었다.

"당연히 루이스 브랜드켈이 직접 오진 않았겠죠! 그가 세미를 만들기 위해 인간들을 물었거나 물라고 시켰을 겁니다. 그러고는 세미들에게 실종된 인간들의 살을 먹여 계략에 이용한 게 틀림없어요."

처키와 내니가 뒷걸음치더니 다시 변신했다. 셰이머스는 둘이 옷을 입는 동안 시선을 피했다.

"그래서 우리에게 큰 문제가 생겼어요." 내니가 인간의 모습이 되자마자 말했다. "재판에서 당신이 루이스를 고발해주길 바랍니다. 눈앞에서 변신하는 걸 봤으니까 당신은 그를 알아보고 증언할 수 있다고 생각해요."

"재판이라니요?"

"우리는 인간에게 루가루에 대한 비밀을 밝힐 수 없어요. 하물며 우리 일에 끌어들이다니 안 될 말이죠." 내니가 설명했다. "그런 짓을 저지른 자와 그 사실을 아는 인간에게 사형선고를 내리는 것이 우리의 법이에요. 하지만 루이스가 형을 받게 하려면 당신이 우리 위원회에 가야 해요. 증거가 될 만한 것을 철저하게 감췄을 테니 루이스가 범인이라는 사실을 증명하기가 쉽지 않을 거예요."

"그럼 나도 죽는 거요?" 셰이머스는 심장이 벌렁벌렁하는데도 아주 침착하게 물었다.

내니가 매력적인 미소를 지었다.

"그건 내가 막을 수 있어요."

셰이머스가 얼떨떨한 얼굴로 내니를 쳐다봤다.

"당신이 나를 지켜주겠다고요?"

"네." 내니가 단호하게 대답했다. "셰이머스 오하라, 당신은 좋은 사람이고 당신이 생각하는 것보다 훨씬 용감해요. 당신이 한 일은 모두 딸을 위한 거였잖아요."

"나…… 나는 술주정뱅이예요." 셰이머스가 자조적으로 대꾸했다.

"그건 고쳐져요." 내니가 다정하게 응수했다. "다 건전한 동기에서 비롯된 일이었잖아요."

내니는 얼음도 녹일 것 같은 따뜻한 미소를 지어 보였다. 셰이머스도 수줍어하면서 미소를 보내다 갑자기 굳은 얼굴로 말했다.

"나는 인디아나가 루가루가 아니라는 걸 몰랐어요." 셰이머스가 허벅지 위에 놓인 두 손을 꽉 쥐었다. "그 하프가……."

"하프가 아니라 세미예요."

"아, 네. 그 세미가 비계를 무너뜨려서 인디아나를 다치게 하면 된다고 했어요. 일종의 경고라면서."

"어쨌든 당신은 이 아이를 죽이려고 하진 않았잖아요." 내니가 용서를 구하는 것처럼 말하는 셰이머스에게 부드럽게 말했다.

"당연히 아니죠. 죽이라고 했으면 거절했을 거예요. 이 아이의 조부모와는 원한 관계지만 나한테 아무 짓도 하지 않은 아이인데……. 인디아나가 내가 보는 앞에서 내 칼로 팔뚝을 베었을 때만 해도 내가 무슨 짓을 했는지 깨닫지 못했어요. 늑대가 아니기 때문에 상처가 금방 아물지 않는다는 걸 보여줬는데 그제야 알아차렸죠. 놈들이 나를 이용해 인디아나를 죽이려고 한 건데 내가 그것도 모르고……."

셰이머스는 우리가 그의 살인미수에 대해 알고 있다는 전제하에 말하고 있었다. 이제는 내가 인간이라는 사실을 알고 셰이머스가 왜 그렇게 공포에 떨었는지 이해가 되었다. 내니가 셰이머스의 정직함을 칭찬했다.

"아, 나라도 그렇게 믿었을 거예요. 루가루가 칼에 찔리는 정도로는 죽지 않는다는 걸 알고서 그랬을 테니……. 이해해요."

내니의 칭찬에도 불구하고 셰이머스는 가책에 괴로워하면서 고개를 숙였다.

"돈과 분노, 이건 아주 나쁜 조합이에요." 셰이머스가 후회 막심한 얼굴로 중얼거렸다. "사람을 비정하게 만들고, 눈을 멀게 만들고……."

나는 셰이머스가 자책하게 내버려두지 않았다. 카테리나가 우리 집에 피신해 있다고 알리면서 안전을 위해 집으로 모셔 가겠다고 말했다. 그리고 딸의 관심을 돌리기 위한 전략을 제시했다.

"내니가 말한 대로 핑크 코끼리나 파란 토끼를 언급하면 카테리나가 이 사건의 내막을 모르는 채로 넘어갈 수 있을 겁니다. 카테리나가 의심하지 않게 잘 납득시키면 위험하지 않을 수 있어요. 내니와 처키까지 나서서 증언해주면 아버지가 정말 미쳤다고 믿고 몬태나에 루가루가 있다는 생각은 하지 않을 겁니다."

셰이머스는 정신이 번쩍 나는지 고개를 들었다. 너무 충격을 받은 탓에 딸을 까맣게 잊고 있던 모양이었다.

셰이머스는 주섬주섬 소지품을 챙겼다. 그사이 나는 재판에 필요한 증거를 수집하기 위한 지시를 내렸다.

"처키, 세미의 시체가 필요해. 셰이머스 씨, 집에 얼음 있습니까?"

"놈을 땅에 묻지 않고?"

"루이스를 재판하려면 증거물이 있어야 해요. 그를 형질전환시킨 범인을 지목하기 위해서 세미가 살아 있는 편이 더 좋았겠지만 은으로 된 총알이 워낙 치명적이라서……."

"미안하네. 하지만……."

"어쩔 수 없는 일이었잖아요. 정원에 괴물이 있는데 누구라도 죽이려고 했을 겁니다. 이해할 수 있습니다. 살아 있는 세미를 증인으로 세웠다면 훨씬 좋았겠지만 충분히 이해합니다."

셰이머스는 처키에게 냉장고가 있는 곳을 가리켰다. 세미의 시체를 잘 보존하려면 얼음이 필요했다. 내가 카테리나에게 전화를 거는 사이 처키가 세미의 시체를 방수포로 싸서 내니의 차 트렁크에 실었다. 내니의 차가 픽업이 아닌 게 좀 아쉬웠다.

"인디아나?"

카테리나의 목소리는 불안과 슬픔으로 쉬어 있었다.

"잘됐어." 내가 빠르게 말했다. "아버지는 우리와 같이 있고 정신은 맑으셔. 지금 옷 갈아입으시니까 집으로 모셔 갈게."

카테리나가 안도의 숨을 내쉬었다.

"인디아나, 오, 인디아나, 뭐라고 말해야 할지⋯⋯. 고마워, 고마워. 정말 고마워."

"금방 갈게."

나는 전화를 끊으면서 바보 같은 미소를 지었다.

내니가 나를 쳐다보고 있었다. 기분이 좋지 않아 보였다.

"두렵구나." 내니가 불쑥 말했다.

나는 어리둥절했다.

"뭐가 두려워?" 나는 세상에서 가장 강한 여자의 고백에 마음이 흔들렸다.

"브랜드켈, 세미들, 카테리나, 모두 다. 난 네가 걱정이야. 내 귀염둥이, 넌 내 아들이나 다름없어. 내 곁에 왜 남성 늑대가 없는지 이유를 아니?"

"나야 모르지."

"내가 불임이기 때문이야. 남성 루가루들은 나를 원치 않아. 모순이라고 생각하지 않니? 우리는 인간처럼 행동하고 싶어 하면서도 불임일 때는 배우자를 가질 수 없어. 하지만 나는 사랑할 수 있어. 너에게 모든 사랑을 쏟는 걸 보면 알잖아."

나는 가슴이 뭉클해져 내니를 쳐다보다가 얼른 뛰어가서 내니를 꼭 안아 주었다.

"나도 사랑해, 유모. 나는 절대 유모를 떠나지 않아. 내가 늑대는 아니지만 엄마의 아들인 것 못지않게 유모의 아들이기도 해."

내니가 눈물을 주르륵 흘렸고, 나도 울컥했다. 그 순간 셰이머스가 내려와서 우리는 떨어졌다. 하지만 내니의 고백으로 그동안 내가 루가루에게 당했던 서러움이 생생하게 되살아났다. 나는 그들이 내니를 내쳤다는 사실에 화가 나는 동시에 나를 향한 내니의 헌신적인 사랑에 가슴이 뜨거워졌다.

호되게 당한 탓에 훨씬 신중해진 처키가 변신했다. 그가 바람의 냄새를 맡았지만 내니의 차 트렁크 안에 싸늘하게 식은 시체 이외의 다른 세미 냄새는 나지 않았다.

"제기랄!" 내니가 운전하면서 구시렁거렸다. "몇 주 동안은 차에서 악취가 진동하게 생겼네!"

눈발이 날리고 있었다. 하지만 내니는 늑대 특유의 반사 신경 덕분에 빨리 달렸다. 우리는 모두 경계 태세를 취했고, 셰이머스는 혹시라도 받을지 모를 공격에 대비해 총에 은 총알을 장전했다. 셰이머스는 침묵하고 있었지만 자동차 바퀴가 옆으로 미끄러질 때마다 근육이 팽팽해졌다. 나는 미소를 감추었다.

내니가 운전에 집중하고 늑대로 변신한 처키가 말을 못 하는 틈을 타 나는 작전을 설명했다. 카테리나가 의심하지 않고 아버지가 우리와 함께 리코스 목장으로 떠나도록 허락하려면 획기적인 작전이 필요했다.

모두 내 작전을 마음에 들어하지 않았다.

처키가 으르렁거렸다. 셰이머스와 내니도 마찬가지였다. 하나같이 내가 카테리나를 향한 사랑만 생각한다고 비난했다. 그들의 말도 맞지만 나는 개의치 않았다. 실현 가능한 작전이었다. 카테리나와 내 문제를 동시에 해결할 수 있는데……. 다른 건 나한테 중요하지 않았다.

카테리나는 현관에 나와 서서 덜덜 떨고 있었고, 악셀은 현관 불빛을 피해 약간 아래쪽 어둠 속에서 보초를 서고 있었다. 나는 카테리나에게 뛰어가 뜨겁게 안아주었다. 진정이 된 카테리나는 총을 든 아버지를 보고 눈이 동그래져서 달려갔다.

"아빠! 아빠!"

셰이머스가 딸을 끌어안았다.

"괜찮다, 괜찮아. 내 딸, 다 잘될 거야. 미안해. 내가 얼마나 미안한지 모른다."

"아빠, 아빠, 어떻게 된 거예요? 왜 총을 갖고 있어요?"

셰이머스가 난처한 얼굴로 총을 쳐다봤다.

"사실은 핑크 코끼리와 파란 토끼 때문이었어. 그놈들이 쳐들어와서 거실을 쑥대밭으로 만들어놨잖아!"

카테리나는 한 걸음 물러서서 어처구니없다는 얼굴로 아버지를 쳐다봤다.

"토끼라니요, 루가루라고 했잖아요!"

셰이머스가 고개를 끄덕였다.

"처음엔 그런 줄 알았지. 근데 육식성 파란 토끼였더라고. 커다란 이빨이 정말 소름 끼치게 무서웠거든. 그리고 핑크 코끼리들이 어찌나 울어대는지 아주 귀가 먹는 줄 알았어!"

"아빠, 정신착란이 일어난 거였어요?" 카테리나가 물었다.

셰이머스가 고개를 끄덕였다.

"전쟁터에서 돌아온 이래 최악이었어. 불쌍한 네 아버지의 뇌가 갈가리 찢어지는 중이다. 이제는 정말 술을 끊어야겠구나."

카테리나는 믿지 않는다는 듯 미소 지었다. 이런 약속을 수도 없이 들어온 딸의 미소였다.

"그러면 정말 좋죠." 카테리나가 중얼거리듯 말했다.

"추운데 밖에서 떨어서 그런가? 맙소사, 얼굴이 파래진 것이 꼭 네가 토끼 같구나." 내니가 웃음기 섞인 엄한 목소리로 카테리나에게 말했다. "모두 안으로 들어갑시다, 이 아이 병나기 전에!"

나는 순종하는 셰이머스를 보며 미소를 지었다. 카테리나는 나를 따라왔다. 처키와 악셀은 정찰하기 위해 밖에 남았다. 세미 수십 명이 쳐들어오지 않는 한 지금은 안전했다.

다행히 방이 여섯 개였다. 내니가 부축해달라고 하자 셰이머스는 현관 입구에 총을 내려놨다. 카테리나가 안도의 숨을 내쉬었다. 내 지시에 따라 내니와 셰이머스는 2층으로 올라갔다.

카테리나와 나만 남았다.

카테리나가 나를 바라보다 내 품에 안겼다. 카테리나는 추위와 복받치는 감정 때문에 떨고 있었다. 내가 카테리나를 꼭 안아주자 차츰 떨림이 멈췄다. 그녀가 고개를 들었다. 나는 그녀의 눈을 응시했다. 마치 똑같은 열정에 휩싸인 것처럼 우리는 달아올랐다.

하지만 나는 몸을 숙이지도 그녀의 입술에 키스를 하지도 않았다. 근육이 뒤틀리는 것처럼 힘들었다. 나는 그녀를 빨간 가죽 소파로 데려가 앉혔다. 그러고는 떨리는 손을 감추고 멀찍이 떨어진 자리에 마주 보고 앉았다.

카테리나는 한마디로 빛이 났다. 나의 조심스러운 태도가 당황스러웠을 텐데도 행복한 결말에 안도한 그녀의 얼굴에는 환한 미소가 번졌다. 우리의 감정은 정반대였다. 그녀는 행복한 반면 나는 공포에 떨고 있었다. 그런데 나는 아무것도 말해줄 수 없었다. 게다가 거짓말을 해야 했기 때문에 가슴이 떨렸다. 아마 내가 피노키오였다면 코가 끝없이 길어졌을 것이다. 나는 헛기침을 하고 나서 말했다.

"할아버지가 중독 치료 병원을 소유하고 있는데 아주 괜찮은 곳이야. 알코올중독도 치료하거든. 3주면 술을 끊게 할 수 있어. 전화해봤는데 입원할 수 있다고 해. 당장 아버지를 모셔 갈 수 있어."

카테리나가 의혹에 찬 눈초리로 눈살을 찌푸리는 걸 보고 나는 그녀가 이상한 생각을 하지 못하게 재빨리 덧붙였다.

"아니, 아니, 난 타일러가 아냐. 나는 힘든 문제가 생긴 친구를 도우려는 것뿐이야. 카테리나, 이 정도에서 끝났기에 망정이지 오늘 밤은 정말 안 좋게 끝날 수도 있었다고."

카테리나는 어느 정도였는지 전혀 짐작하지 못하면서도 긴장했다.

나와 눈이 마주치자 그녀는 긴장을 풀었다. 모든 감정이 표정에 다 나타나는 얼굴은 정말 매력적이었다.

"도와준다는데 어떻게 거절하겠어?" 카테리나가 생각에 잠긴 얼굴로 마침내 받아들였다. "그 도움이 사심 없는 것일 때는 특히."

이왕 이렇게 됐는데 어쩔 수 없지. 나는 한술 더 떴다.

"너는 강하고 용감해. 아버지를 지키기 위해 많이 힘들었잖아. 카테리나, 술을 끊게 하는 건 네가 할 수 있는 일이 아냐. 그냥 내 가족에게 맡겨. 우리에게는 별것 아냐. 그리고 네 아버지가 치료되면 네 생활은 완전히 달라질 수 있어."

카테리나는 고개를 흔들다 심호흡을 하고 나서 항복했다.

"알았어. 그럼 이제 어떻게 할 건데?"

나는 안도하면서 잠시 침묵하다가 빨간 소파에 앉은 검은색 머리에 청록빛 눈을 가진 아름다운 그녀를 쳐다봤다.

"내가 병원으로 모셔 갈 거야. 텔로라 스프링에 있어. 거기서 얼마 동안 있을 거니까 넌 아무 걱정 말고 여기서 지내. 내니가 잘 보살펴줄 거야. 나는 가능한 한 빨리 돌아올게."

"내니를 귀찮게 하고 싶지 않아." 카테리나는 감사의 미소를 지었다. "정말 고맙지만 난 집으로 돌아갈래."

"안 돼!" 나는 벌떡 일어나면서 외쳤다.

나의 격한 반응에 카테리나가 의아한 눈초리로 쳐다봤다.

"인디아나? 그렇게 소리 지를 필요 없잖아!"

나는 그녀 옆에 앉아 손을 잡았다. 카테리나는 약간 겁먹은 얼굴로 가만히 있었다.

"네가 내니와 함께 있으면 좋겠어, 괜찮지? 그 집에 너 혼자 있게 하고 싶지 않아서 그래."

카테리나가 의아한 얼굴로 나를 쳐다봤다.

"무슨 말이야, 인디아나? 아빠가 며칠씩 밖에 나가 있을 때 내가 어떻게 살았는지 넌 모르잖아? 나는 오래전부터 혼자 지내는 데 익숙해."

이런, 이런, 시작부터 꼬였다.

서툰 변명을 했다가는 작전을 망칠 텐데……. 바로 그때 구원의 목소리가 들렸다.

"안녕, 인디아나?"

나는 질겁한 토끼처럼 소스라치게 놀랐다. 카테리나에게 집중하느라 아무 소리도 듣지 못했다. 이래가지고 무슨 보디가드를 하겠다고…….

할아버지의 오른팔 데이브 대위였다. 데이브가 인간 모습과 늑대 모습의 루가루들을 데리고 방금 도착한 것이다. 그들은 늑대의 습성대로 절도 있고 신속하게 움직였는데 인간의 눈에는 직업 군인처럼 보였다. 나는 속으로 욕설을 내뱉었다. 에이, 처키, 미리 좀 알려주지.

데이브가 다가와 카테리나에게 손을 내밀었다.

"안녕하세요, 아가씨. 나는 텔러 씨의 오른팔 데이브예요. 인디아나와 아가씨의 아버님을 모시러 왔어요."

"아, 네, 정말 고맙습니다." 당황한 카테리나가 대답하면서 데이브가 꽉 잡고 흔드는 손을 뺐다.

내니가 셰이머스와 함께 내려왔다. 셰이머스는 덩치 큰 늑대로 가득한 거실을 보고 바짝 긴장했다.

"와우!" 셰이머스가 어색한 미소를 지으며 말했다. "아주 멋진 개들이군요. 처키와 같은 종이겠죠?"

데이브가 냉소를 지었다.

"오하라 씨죠? 네, 맞습니다. 텔러 씨께서 초대하게 되어 기쁘다고 말씀하셨습니다. 따님 곁에는 내니가 있을 테니 염려 마십시오. 헬리콥터가 대기하고 있습니다."

우리 집안의 막강한 힘에 놀란 카테리나가 딸꾹질을 하더니 내 옆으로 다가와 속삭였다.

"인디아나, 어떻게 된 거야? 이해가 안 돼. 헬리콥터라니? 그리고 이 사람들은 왜 하나같이 경호원 같지?"

카테리나가 이렇게 생각할 줄 알았다. 우리의 경찰 늑대, 사냥꾼들의 딱딱한 얼굴은 순진한 이들에게 두려움을 주기에 충분했다.

"우리 목장의 카우보이들이야." 나는 장난삼아 말했다. "온갖 힘든 일을 도맡아하지. 걱정 마, 괜찮으니까."

"두 사람과 개 두 마리를 두고 갈 거니까 잘 지켜줄 겁니다." 데이브가 말했다.

카테리나는 어리둥절한 얼굴을 하고 서 있었다. 셰이머스가 딸을 안아주면서 잘될 거라고 말한 뒤 내니에게 여러 가지로 고맙다며 한참 인사를 나녔다. 정확하게 무슨 말을 나누는지 알 수 없었지만 내니는 우아한 몸짓으로 셰이머스의 마음을 받아주었다. 나는 카테리나의 얼굴에 나타나는 여러 가지 감정을 보면서 불안했다. 의혹, 걱정, 두려움. 그리고 내니를 쳐다보는 그녀의 탐색하는 시선, 입꼬리의 미세한 떨림. 카테리나를 잘 아는 나는 마치 그녀가 큰 소리로 말하고 있는 것처럼 생각의 흐름을 읽을 수 있었다. 불쌍한 내니, 그녀는 우리가 떠나 있는 동안 어떤 일을 맞게 될지 전혀 모르고 있었다. 카테리나는 내니에게 유도신문을 하려 들 것이 틀림없었다. 나는 두 여자가 제발 아무 일 없이 잘 지내기를 바랐다. 그리고 아주 비겁하게도 이럴 때는 멀리 떨어진 데서 루이스 브랜드켈과 대적하는 편이 훨씬 낫다는 이기적인 생각만 하고 있었다. 내니가 다시 2층으로 올라가면서 나에게 따라오라고 손짓했다. 내니는 그사이에 준비해놓은 여행 가방을 내밀면서 말했다.

"자, 가져가. 목장에도 필요한 건 다 있다는 걸 알지만 짐을 좀 챙겼어." 내니가 걱정스러운 미소를 지으며 말했다. "할아버지, 할머니께 내 안부 전해줘. 그리고 그 법이 폐지된다면 내가 셰이머스에 대한 선택권을 행사할 거란 말도 전해주고. 나는 불임이라 아이가 생길 일이 없으니까. 셰이머스가 나에게 잘 어울린다고 생각해."

선택권? 이건 선언과도 같았다. 늑대가 이런 선언을 한다는 것은 마음이 선택한 것을 위해 싸울 각오가 되었음을 모두에게 알리는 것이었다. 이건 한눈에 반하는 것보다 더 빠른 결정인 것 같았다. 내니가 셰이머스와 카테리나를 도와주려고 최선을 다하리라는 데는 의심의 여지가 없었다. 나는 내니가 내 소지품을 챙겼다는 건지 아니면 나를 집어삼키려고 기다리는 벼랑 끝으로 떠미는 건지 종잡을 수가 없었다.

나는 내니를 꼭 끌어안았다.

"선택권? 그건 좀 예민한 문제지만 할아버지, 할머니도 신중하게 생각하시겠지. 고마워, 유모. 보고 싶을 거야. 빨리 돌아올게."

내니의 금빛 눈에 눈물이 글썽했다. 유모가 있는 곳이 내 보금자리이고 진정한 내 집이라고 생각한다는 말에 내니는 감동했다.

출발을 위한 채비가 끝났다. 만약을 대비해 집에 남아 있기로 한 루가루 두 명을 뺀 늑대들이 나갔다. 처키가 자신은 나의 보디가드라고 항변했지만 결국 집에 남기로 했다. 내가 카테리나 곁에 우리의 무서운 사냥꾼들만 있기보다 아는 사람이 한 명이라도 더 있기를 원했기 때문이다.

카테리나가 나를 껴안았다. 아무 말도 없었지만 그녀의 머리는 빠르게 회전하고 있었다. 그때 갑자기 욕망이 벼락처럼 나를 사로잡았다. 어찌나 격렬했는지 그녀가 알아차리기 전에 물러서야 했다. 카테리나가 진지한 얼굴로 내 눈을 응시했다. 그 모습이 무척이나 아름다웠다.

"아빠를 부탁할게. 너를 믿어, 인디아나. 부탁해."

"나를 믿어."

"알아. 전화해."

나는 바보같이 사랑한다고 외칠 것만 같아 얼른 돌아섰다.

늑대들이 잘 지켜줄 수 있을지 확신이 없는데 카테리나와 내니, 내가 사랑하는 두 여자를 두고 떠나려니 발길이 떨어지지 않았다. 등 뒤로 현관문이 닫혔다.

루가루들의 사륜구동차를 향해 걸어갈 때 악셀이 내 옆에 나타났다.

"너는 감정을 좀 더 자제할 필요가 있겠어." 악셀이 느릿느릿한 목소리로 말했다.

"뭐라고?"

"늑대들은 알파가 분노하면 변신할 수 있잖아. 네 욕망의 힘 때문에 우리 모두 변신할 뻔했어. 까딱 잘못하면 데이브와 절반에 이르는 늑대들을 잃을 수도 있는데 조심해야지. 나는 밖에 있었는데도 그걸 느꼈어. 네가 발산하는 에너지 때문에 루가루 무리의 비밀이 탄로 날 뻔했단 말이야. 네가 알파가 아닌 건 확실하니?"

어둠 속에서 내 얼굴이 빨개졌다.

"우후, 몰랐는데. 알파가 느끼는 두려움이나 분노 같은 강한 감정이 무리와 공유될 수 있다는 건 알았지만⋯⋯."

"욕망도 마찬가지야." 악셀이 부드러운 목소리로 말했다. "너희 알파들이 다른 늑대들과 많은 감정을 공유할 수 있는 것도 맞고."

나는 무척 난감했다.

"난 알파가 아냐. 포옹을 좋아한다는 게 내 장점이자 단점이지. 세미도 똑같지 않아?"

"어떤 점에서는. 강력한 세미는 보름달이 떠 있지 않을 때도 강제로 다른 세미들을 변신시킬 수 있어. 나는 그게 최악의 악몽이라고 생각해. 강력한 알파는 모든 세미로부터 힘을 얻어 마음대로 변신할 수 있거든."

나는 악셀을 흘겨봤다. 악셀은 무슨 생각으로 이런 역할을 하는 걸까? 악셀에 대한 내 우정은 변함이 없는데 나한테 뭔가를 숨기고 있음을 알게 되자 맹목적 믿음이 줄어들었다. 그리고 나는 알파가 되길 원치 않았다. 편집증에 시달리며 늘 경계해야 하는 삶인데.

처키가 킬러 세미와 있었던 일을 데이브에게 설명했고, 내가 카테리나와 얘기하는 사이 내니의 차 트렁크에 있던 세미의 시체는 얼음주머니와 함께 사륜구동차에 옮겨져 있었다. 카테리나가 2층에서 나를 내려다보고 있었다. 노란 불빛 속에 그녀의 실루엣이 또렷이 드러났다. 나는 손을 흔들어주고 악셀, 데이브와 함께 차에 올랐다. 그녀를 버리고 떠나는 것 같아 마음이 아팠다.

"그 킬러 세미가 자네 부족의 일원은 아니겠지?" 데이브가 자갈길에서 거칠게 차를 출발시키면서 공격적으로 물었다. "아까는 대답을 안 했는데."

"그 세미의 얼굴을 여러 번 살펴봤습니다." 악셀이 침착하게 대답했다. "하지만 본 적도 없고, 냄새를 맡아본 적도 없는 세미였습니다. 더 불안한 건 내가 당신의 알파를 위해 뒤를 밟아온 자들 중 한 명도 아니라는 겁니다."

데이브가 눈살을 찌푸렸다. 악셀이 방금 그들이 같은 보스를 위해 일하고 있음을 교묘하게 상기시킨 것이다. 나는 미소를 감췄다. 그래, 저게 세미의 전형적인 모습이지. 칼을 휘두르게 내버려두다가 느닷없이 기습 공격을 하는 것이 세미였다.

"루가루 무리 중 누군가가 사조직으로 세미 부대를 만든 것 같습니다." 악셀이 덧붙였다. "그 이유가 정말 궁금합니다."

데이브가 코를 킁킁거리면서 그동안의 소식을 전해주었다. 얼마 전부터 이상한 일들이 일어났고, 루가루 무리 중 몇몇이 신변에 위협을 느끼고 재판을 요구했다. 내 조부모의 고소에 따른 루이스 브랜드켈의 재판이 받아들여졌다. 루이스는 이틀 후 우리 앞에 출두할 것이고, 그사이 여행 중인 다른 늑대들이 목장으로 집결할 것이다. 목장은 봉쇄되었고, 늑대 무리에게는 통행증이 발급되었다. 데이브가 루이스 브랜드켈을 체포하기 위해 한 팀이 떠났다면서 덧붙였다.

"셰이머스 씨가 너를 위해 그 비열한 자의 죄를 증명할 수 있길 바란다. 아니면 너도 우리도 궁지에 빠질 거야."

"네?" 나는 깜짝 놀랐다. "근데 왜 할아버지는 그런 말씀을 안 하셨죠?"

"나는 모르겠어, 인디아나." 데이브가 대답했다. "나는 우리 알파께 그런 질문은 하지 않아."

물론 그렇겠지! 하지만 데이브가 방금 한 말로 마침내 모든 것이 명확해졌다. 재판! 통행증! 나는 루이스가 뭘 하려는 것인지 깨달았다. 재판 청구는 우리 부족의 땅으로 모든 늑대를 불러들이는 일이라서 자칫 할아버지에 대한 충성심에 분열이 일어날 위험이 있었다. 루이스가 우리 쪽에 함정을 놓은 것이다. 그의 목적은 정기 평의회가 열리는 봄까지 기다리지 않고 모든 늑대를 모이게 해 재판을 주도하는 데 있었다.

그리고 임시 평의회에서 할아버지와 결투를 벌여 죽이려는 속셈이었다.

나는 어쩌면 이렇게 둔할까! 나 자신을 저주하면서 곰곰이 생각했다. 할아버지는 내 도움을 거절할 것이다. 알파의 권한이 달린 문제였다. 따라서 허를 찌르는 기습 작전이 필요했다. 루가루들은 이상한 상황을 간파하는 데 능하기 때문에 브랜드켈이 너무 일찍 발각되었다는 냄새를 맡으면 일단 작전을 미루고 예의 주시할 것이다. 그리고 분명 자신의 추종 세력을 총동원하겠지. 하지만 할아버지를 이길 자신이 있다면 왜 추종 세력이 필요하지? 아니, 결투가 목적이 아닌 게 틀림없어…….

쿠데타. 나의 뇌가 빠르게 회전했다.

우리는 헬리콥터에 올랐다. 반쯤 냉동된 세미의 시체와 악취 때문에 코를 찡그리는 악셀 옆에 앉아, 나는 할아버지가 패할 경우를 대비한 구출 작전을 짜야 했다. 나는 악셀과 작전에 대해 얘기를 나누면서도 악셀이 이토록 기를 쓰고 나와 동행하려는 이유를 알 수 없었다. 의심, 의혹, 두려움이 뒤섞인 혼란 때문에 구토증이 심하게 일었다.

세 대의 헬리콥터 중 한 대가 착륙했다. 할아버지의 리무진이 대기하고 있었다. 헬리콥터에서 내린 세이머스는 거구의 할아버지를 보고 놀랐는지 그 자리에 얼어붙었다. 할아버지가 경쾌하게 다가서며 세이머스에게 악수를 청했다.

"안녕하시오." 할아버지가 미소를 지으면서 말했다. "리코스 목장에 온 걸 환영하오, 오하라 씨. 아이들의 행복을 위해 우리 두 집안이 화해할 때가 된 것 같소."

할아버지 옆에 서니 아주 왜소해 보이는 셰이머스가 진지하게 고개를 끄덕였다.

"네, 어르신."

"칼이라고 부르시오."

"네, 저를 셰이머스라고 부르시고, 말씀 편하게 하십시오."

"그러지. 셰이머스와 인디아나는 내 차로 가자. 브라운 군, 자네도 우리와 함께 가고. 데이브, 자네는 2번 차에 타고 시체를 엄중히 감시하기 바란다."

악셀이 머리를 숙여 인사했고, 데이브는 복종했다. 할아버지가 나를 포옹하면서 미소를 지어 보였다.

"자주 보는구나, 인디아나! 네가 집을 그리워할 줄 알았다!"

나도 할아버지를 포옹했다. 할아버지는 내 두려움과 불안을 느꼈지만 말없이 조종사들이 내리는 세미의 시체를 지켜봤다. 생명 없는 몸뚱이를 힐끔 쳐다보면서 할아버지는 이맛살을 찌푸렸다. 이윽고 할아버지가 리무진 앞으로 걸어갔다. 헤드라이트 불빛에 금빛 눈이 반짝였다. 이번에도 네드가 운전기사였다. 네드의 표정이 어둡고 얼굴에 핏기가 없는 것으로 보아 불안한 것 같았다.

"인디아나." 네드가 인사를 하려고 몸을 숙일 때 속삭였다. "너에게 꼭 할 말이 있어. 중요한 거야."

나는 고개를 끄덕였다.

"시간 좀 내줄래? 마구간에서 기다릴게."

"응."

네드는 운전석에 앉아 차 문을 닫은 다음 늑대 특유의 유연성으로 기막히게 차를 출발시켰다. 셰이머스는 새파랗게 젊은 청년이 고급 리무진을 운전해 놀랐지만 내색하지 않았다.

할아버지는 모두 자리에 앉고 차가 출발하자 인자하게 미소를 지었다. 악셀은 그 옆에 조용히 앉아 있었다.

"셰이머스, 이제 어떻게 된 일인지 처음부터 자세히 말해주게. 내 손자를 죽이려고 한 비열한 작자가 잘못을 뼈저리게 느끼도록 해줘야 하니까."

셰이머스는 추운 날씨에도 불구하고 얼굴에 흐르는 땀을 닦았다. 셰이머스는 물 한 잔 아니, 위스키 한 잔이 간절할 것 같았다. 셰이머스가 세미 둘이 찾아와서 내민 돈을 받은 대가로 비계의 나사를 풀었는데 그것은 세미들이 인디아나는 루가루라서 부상만 입지 죽지는 않을 거라고 한 말을 믿었기 때문이라고 말했다.

셰이머스는 할아버지에게 정말 죄송하다고 사과했다.

할아버지가 손짓으로 싹 지우는 시늉을 했다.

"자네를 원망하지 않네. 솔직히 말해 자네가 이용당했단 걸 안 지금은 원망하지 않아. 내 손자는 무사하고, 브랜드켈의 아들이 중상을 입는 바람에 결과는 웃기게 됐지만. 나는 루이스가 고소당하기 위해 의도적으로 증거가 될 만한 것들을 남겼다고 생각하네. 봄에 있을 정기 평의회를 기다리지 않고 그전에 임시 평의회를 소집하기 위한 유일한 방법이니까."

나는 놀라 할아버지를 응시했다. 할아버지는 정말 노련하고 지혜로운 늑대였다. 적의 수를 읽는 것이 할아버지에게는 그리 어려운 일이 아니었다.

셰이머스가 혼란스러운 시선으로 할아버지를 쳐다봤다.

"고소를 당하려고 일부러 그랬다고요? 바보가 아니고서야 왜?"

할아버지가 빙긋이 웃었는데 차 안에서 하얀 치아가 빛났다.

"그럴 만한 이유가 있지."

"그게 뭡니까?"

"나를 죽이고 내 자리를 차지하고 싶은 거지."

21
전투준비

셰이머스가 놀란 눈으로 쳐다보는 사이 할아버지는 루가루 무리의 지휘 체계를 설명했다. 셰이머스가 부르르 떨었다.

"하지만 인간이잖습니까?" 셰이머스가 의아한 얼굴로 물었다. "왜 동물의 지휘 체계를 따르십니까?"

할아버지는 한숨을 내쉬었다.

"우리 종족의 양면성 때문이네. 우리가 인간인 것은 맞아. 그래서 우리는 차츰 치열한 싸움을 몰아내고 평화로운 선거를 선호하게 되었네. 하지만 이따금 목을 베어 죽이는 것으로 찬성과 반대를 표하는 옛날을 그리워하는 이들도 있지. 이런 간악한 자들이 자기들 위에 군림하는 이들을 공격하는 법을 만들었어. 죽지 않고 끝까지 살아남는 자가 지배자에 오르는 것인데 처음에는 자신만만했지, 힘이 좋을 때는 늘 이겼으니까. 그러다 세월이 갈수록 그들의 관절이 삐걱거리고 겨울에는 추위에 떨게 되자 마침내 선거야말로 훌륭한 제도라는 생각을 하게 되었어. 문제의 간악한 자까지 인정했으니까."

"아, 문제의 간악한 자가 바로 루이스 브랜드켈입니까?" 셰이머스가 물었다.

"맞네, 루이스 브랜드켈."

"그럼…….."

셰이머스는 더 말을 잇지 못했다. 자신의 생각이 모욕적으로 여겨질까 봐 말할 수 없었던 것이다.

"불안하냐고?" 할아버지가 빙긋이 웃었다. "아니, 불안하지 않아. 나는 강하니까. 루이스가 생각하는 것보다 훨씬 더. 마지막 결투가 몇 년 전이었으니 루이스는 실제로 내가 싸우는 걸 본 적도 없지. 그리고 나는 2년 전부터 다시 훈련하고 있네, 악셀과 함께."

나는 소스라쳤다. 아, 그랬던 거야? 할아버지의 얼굴을 살펴보니 분명 농담이 아니었다. 악셀이 나를 힐끔 쳐다봤다. 할아버지가 눈치채고 말을 계속했다.

"루이스는 자기가 이끄는 무리와 우방 관계인 무리 그리고 재판을 청구한 루가루들을 위한 통행증을 요구했지."

"거부하셨겠죠?" 셰이머스가 추측했다.

할아버지가 비난하는 눈으로 셰이머스를 쳐다봤다.

"내가 왜 거부하겠나? 고소당한 것은 루이스 브랜드켈이고, 아직 범인으로 판결이 난 것도 아닌데. 나는 우리 땅에 야영을 하도록 허락했어. 그들이 반경 100킬로미터 떨어진 데 위치한 호텔의 절반을 차지하고 있지. 루이스의 우방을 포함하면 아마 천 명이 좀 넘을 거야."

나는 재빨리 계산했다.

"우리도 우방들과 합치면 비슷하잖아요."

셰이머스가 당황했다. 이상하게도 셰이머스는 우리 수가 그렇게 많을 거라고 생각하지 않은 모양이었다.

"그래, 비슷하지. 그래서 내가 목장을 재판 구역으로 선포하고 봉쇄했다."

리무진이 우리 저택으로 가는 길로 접어들자 정말로 저 멀리 저택을 에워싼 거대한 벽이며 보기 흉한 철조망, 감시탑, 보초들이 보였다. 불과 몇 시간 만에 세운 것이 분명했다.

불안해서 웅크리고 있던 나는 이제야 마음이 조금 놓였다. 할아버지는 영리했다. 재판 구역은 고소당한 이들과 집주인들만 드나들 수 있었다. 우리 땅에 들어왔다고 해도 브랜드켈의 루가루들이 무슨 짓을 꾸미기는 쉽지 않아 보였다. 가장 중요한 목장에는 특별 통행증이 없으면 발을 들여놓을 권리가 없기 때문이었다.

이번에는 악셀이 말했다.

"제가 이해할 수 없는 건 브랜드켈이 인디아나를 죽이라고 한 이유입니다. 인디아나에게 비계 사고가 일어나지 않았다면 셰이머스 씨까지 추적하는 일은 없었을 텐데요?"

헬리콥터 안에서 내가 가진 의문이었다.

"아니, 그래도 우리는 셰이머스까지 추적했을 거야. 카테리나가 병이 난 인디아나를 집에 데려다줬을 때 내니가 셰이머스에 대해 연락했거든. 그리고 신상에 대해서도 계속 보고를 받았지."

나는 입술을 질끈 깨물었다. 비밀을 지켜줄 거라고 믿었건만!

"나는 데이브를 보내 자네 뒷조사를 했어." 할아버지가 셰이머스에게 말했다. "자네가 내 손자에게 위험한 인물인지 알아보려고. 비계 붕괴 사고의 목적이 살인이었다는 걸 알았을 때 나는 대번에 자네를 의심했네. 내 손자가 죽었다면 나는 슬픔과 고통, 복수심으로 미쳤을 테고 아마 자네를 죽였겠지. 그다음엔 루이스와 대결하러 갔을 것이고. 루이스 브랜드켈이 사주했다는 걸 알고 있었으니까. 대결했다면 내가 그를 죽였거나 그가 나를 죽였을 거야. 그자가 원하는 것이 바로 대결이거든. 처음부터 그게 목적이었어. 루이스는 늑대들이 복수심이 강하다는 걸 아니까. 우리는 보복을 잊지 않아. 절대로."

할아버지가 금빛 눈으로 쳐다보자 셰이머스는 침을 삼켰다.

할아버지는 미소를 지었다.

"하지만 그렇게 되지 않아 기쁘네."

"저도 그렇습니다." 셰이머스가 진심으로 말했다.

분위기가 썰렁해졌다.

"내가 쓰러뜨린 건 거시기, 괴물이었습니다." 셰이머스가 말을 이었다. "그 자는……."

악셀이 갑자기 얼굴을 들이대는 바람에 셰이머스는 흠칫하며 말을 잇지 못했다.

"우리는 '거시기'나 '괴물'이 아닙니다." 화가 난 악셀이 손을 부르르 떨면서 말했다. "남에게 뭔가를 바라는 게 없는 그저 형질이 전환된 인간일 뿐이죠. 그냥 세미라고 하십시오."

셰이머스는 충격을 받은 얼굴이었다.

"자네도? 자네가 그럼 괴…… 세미란 말인가?"

"네."

"아!"

셰이머스는 혼란스러운 얼굴로 악셀을 쳐다봤다. 나의 당당한 친구가 험악하게 쳐다보자 셰이머스는 시선을 피했는데 차에 오를 때보다 훨씬 불안해 보였다. 나는 셰이머스가 불쌍했다. 둘 중 셰이머스에게 가장 위험한 건 악셀이 아니라 내 할아버지였다. 셰이머스와 악셀이 대화하는 동안 잠자코 있던 할아버지가 말했다.

"셰이머스, 우리는 증언에 대한 대가로 자네를 보호할 테지만 내 손자가 자네 딸에게 말한 것과는 달리 중독 치료 병원에 입원시키지는 않을 걸세. 자네도 재판을 받게 될 거야. 자네가 우리의 비밀을 폭로할 위험이 있는지 평가하기 위해서."

셰이머스가 할아버지를 빤히 쳐다봤다.

"제가 위험한지 평가하겠다는 말씀은?"

"위험성이 있다면 제거되겠지." 할아버지가 평온하게 대답하는 순간 리무진이 새로 방벽이 설치된 우리 집 대문 앞에서 멈췄다.

기겁한 셰이머스가 딸꾹질을 했다. 셰이머스는 잠시 입을 다물고 있다가 단호하게 말했다.

"앞으로 술은 단 한 방울도 입에 대지 않겠습니다."

"그러면야 좋지. 우리는 물론이고 무엇보다 자네 딸이 가장 안심할 테니."

할아버지가 찬성하는 사이 검문을 통과한 리무진이 다시 출발해 저택으로 향했다.

리무진이 현관문 앞에 이르자 할아버지가 제일 먼저 내렸다. 할머니가 뛰어나와 10년 만에 만나는 것처럼 나를 끌어안았다.

"얼마나 걱정했는지 모른다, 내 새끼. 너를 보니 정말 기쁘구나."

"나도 그래요, 할머니. 잘 지내셨죠?"

할머니가 코를 훌쩍이면서 얼굴을 찌푸렸다.

"그 교만한 자가 내 남편을 죽이겠다고 설쳐대지만 않았어도 잘 지냈을 텐데."

당연한 말이었다. 나는 고개를 끄덕였다. 할머니가 정중하게 셰이머스를 맞아주자 퇴역 군인은 몸 둘 바를 모르겠다는 듯 어색해했다. 할머니는 악셀에게 다정한 미소를 보냈다. 잘 아는 사이임이 분명했다.

저택은 계엄령이 내려진 상태였다. 우리 루가루가 도처에서 순찰을 돌며 확인하고 감시 중이었다. 루이스 브랜드켈은 2층 스위트룸 중 하나에 경호원 두 명과 함께 묵고 있었다. 그도 감시를 받았다. 할머니가 브랜드켈이 우리와 같이 식사할 거라고 알려줬을 때 나는 이맛살을 찌푸렸다. 하루하고 반나절이 지나야 재판이 열리는데 시간이 너무 많이 남아 있었다. 카테리나와 멀리 떨어져 있는 시간이 너무 길고(나는 전화 걸고 싶은 걸 꾹꾹 참으면서 혼자가 되길 기다렸다), 루이스가 꾸미는 가증스러운 작전을 위해서도 시간이 너무 많았다. 할아버지가 준비하는 작전을 위해서는 부족한 시간이지만.

토론, 심문할 내용 등 준비할 것이 많았다. 우리도 변호사와 검사 들이 있었다. 루이스 브랜드켈의 범죄 사실을 파헤쳐야 하는 검사 레오나르도 반 브린은 능력 있는 루가루였고, 뉴욕에서 방금 도착했다. 검사는 서류 작성을 위해 셰이머스와 함께 방에 틀어박혔다. 그들이 회의하는 동안 나는 카테리나에게 전화를 걸기 위해 밖으로 나갔다. 그녀를 깨우는 건 바보 같은 짓이었지만 내가 그녀와 내니를 걱정하는 것 못지않게 그녀도 자기 아버지와 나를 걱정하기 때문에 핸드폰을 꺼놓지 않고 전화를 기다릴 터였다.

아 참, 아직 할 일이 남아 있었다.

나는 원래 가려고 했던 안전지대 밖의 차고 쪽이 아니라 네드가 만나자고 한 마구간으로 향했다.

나는 카테리나의 목소리가 너무 듣고 싶어 떨리는 손으로 번호를 눌렀다.

카테리나가 곧 전화를 받았다.

"인디아나? 잘되고 있는 거지?"

걱정이 가득한 그녀의 목소리에 나는 마음이 아팠다.

"응, 물론이지. 방금 도착했는데 네 아버지는 우리 집에서 할아버지, 할머니와 얘기하고 계셔. 내일 병원으로 모셔 갈 거야. 너한테 전화하려고 밖으로 나왔어."

전화로 말하고 있자니 너무 이상했다. 그녀를 꼭 안아주고 싶었다. 핸드폰을 통해 들리는 목소리만으로는 위안이 되지 않았다.

그녀의 목소리는 다정했다. 그동안 겪은 고통에도 불구하고 그녀는 아버지를 깊이 사랑하고 있었다.

"네 조부모님과 내 아버지는 어때?"

"할아버지가 아직은 네 아버지를 잡아먹지 않았어." 나는 반농담처럼 말했다. "그래서 당분간은 괜찮아."

카테리나가 웃었다. 나는 그 웃음소리를 듣고서야 우리의 위험한 세계에 대해 모르는 사람에게 무심코 내뱉은 말 때문에 가슴이 철렁했다.

"너무 빨리 떠나는 바람에 주소도 못 물어봤어. 아빠를 언제 만나러 가면 되는지도."

내가 절대로 안 된다고 대답하면 카테리나가 의심할 우려가 있었다. 그래서 나는 정신을 번쩍 차리고 신중하게 말했다.

"3주의 치료 기간 중에 적어도 2주는 가장 힘들 때라 면회가 안 될 거야. 너도 알잖아, 네 아버지에게는 그리 쉽지 않은 일이라는 거."

이틀 후에는 셰이머스도, 나도 죽을지 몰랐다. 반대로 우리가 살아남으면 카테리나는 우리를 잃을 뻔했다는 사실조차 모르고 넘어갈 것이다. 나는 이렇게 살 떨리는 짓을 하게 만든 브랜드켈을 수없이 저주했다.

"내가 왜 너와 아버지를 따라가면 안 되는 거였는지 이해가 안 돼." 갑자기 심각해진 카테리나가 말했다. "그리고 또 한 가지 의문이 있어. 네 할아버지의 오른팔이라는 데이브 씨가 데려온 사람들 말이야. 왜 나를 감시하는 느낌이 들지? 그리고 모두 우르르 떠나기 전에 데이브 씨는 왜 우리를 보호하기 위해 남겨두는 거라고 말한 거야? 인디아나, 우리가 왜 보호를 받아야 하는데? 누구로부터?"

이런, 이런! 카테리나가 데이브의 실언을 새겨듣지 않기를 바랐건만. 나는 난처한 상황에서 도망칠 평계를 궁리했다.

"카테리나, 나 지금 할 일이 있어서 마구간에 왔어. 이따 다시 전화할게."

"무슨 일인데?" 카테리나가 의심하는 투로 물었다.

"네드라는 친구를 만나기로 했는데 아마 세라피나 때문에 사는 게 지옥이라는 말을 할 것 같아……."

그때 비웃는 목소리가 들려서 나는 말을 멈췄다.

"아, 아니지. 오히려 나 때문에 사는 게 천국이라고 말할걸, 아마!"

카테리나가 전화선 너머에서 킥킥거렸다. 어둠 속에서 불쑥 나타난 실루엣이 달빛을 받아 금빛과 은빛으로 환하게 빛났다.

세라피나.

"카테리나, 조금 이따 전화할게."

그리고 나는 황급히 전화를 끊었다.

"네드는 어디 있어?" 내가 퉁명스럽게 묻는 순간 내 핸드폰이 성난 벌처럼 진동했다.

세라피나가 비켜서자 고개를 숙인 채 뒤에 서 있는 네드가 보였다.

"세라피나! 너는 가!" 나는 명령조로 말했다.

놀랍게도 세라피나는 군소리 없이 순순히 사라졌다.

"네드? 왜 보자고 했어?"

"세라피나 때문에." 네드가 난처해하면서 말했다.

나는 한숨을 쉬었다. 세라피나는 조금도 신경 쓰이지 않았다.

"또 무슨 일인데?"

"네가 세라피나의 부모님을 설득해서 너랑 같이 대학에 다닐 수 있게 해줘, 인디아나. 세라피나가 계속 여기 있으면 우리 모두 돌아버리고 말 거야."

"나는 그럴 생각 없……."

"부탁이야." 네드가 지친 목소리로 내 말을 끊었다. "나는 세라피나를 열렬히 사랑해. 그녀를 위해서라면 뭐든 할 거야. 그런데 지금은 내가 죽을 지경이야. 나도 대학에 등록했고, 다음 주부터 다닐 거니까 네가 세라피나의 부모님을 설득해주면 세라피나는 내가 책임질게. 늑대의 명예를 걸고 약속해. 나를 위해서 그렇게 해줘. 무조건 네 편이 될게."

다시 거절하려는 순간 네드가 한 말이 뇌리에 꽂혔다. 늑대 무리에서 가장 중요한 것은 알파에 대한 충성심이었다. 나는 결투에서 네드를 이겼고, 그것으로 네드는 나를 알파로 인정했다. 네드가 내 편이 된다면 충성심을 기대할 수 있었다. 네드를 좋아하지 않아도 고려해볼 만했다. 혈전이 벌어질 경우에는 내가 믿을 수 있는 확실한 우군이 필요할 테니.

"좋아. 내가 부탁해볼게. 내 편이 되겠다고 한 말 잊지 마. 언제든 내가 상기시킬 거니까."

네드가 안도한 얼굴로 고개를 끄덕였다.

"고마워, 인디아나."

나는 손을 흔들어주고 돌아서서 호주머니에서 핸드폰을 꺼냈다. 네드와 얘기하는 몇 분 사이에 카테리나가 계속 전화를 걸었는지 부재중 전화가 열한 번이나 찍혀 있었다.

"그 여자였지?" 카테리나는 전화를 받자마자 까칠하게 내뱉었다. "내가 등만 봤던 그 여자. 모르긴 몰라도 쓰러질 정도로 아름다운 그 여자."

남자 친구를 원치 않는다고 그렇게 주장했으면서! 나는 카테리나의 목소리에서 질투심을 느꼈다. 이걸 어떻게 생각해야 할지 종잡을 수가 없었다.

"맞아." 나는 태연하게 대답했다.

"더는 거짓말 말고 솔직히 말하시지!"

"굉장히 아름다워. 톱 모델감이라고 해야 하나. 하지만 나한테는 거의 독거미나 다름없어."

카테리나는 내 말뜻을 생각하는지 잠시 침묵했다.

"그냥 하는 말이라는 거 알아."

"아냐. 사실대로 말하는 거야. 내가 공주님이고 그녀가 두꺼비였다면 그녀는 인간의 모습을 되찾을 가능성이 1퍼센트도 없었을 거야. 키스를 하느니 입을 뽑아버렸을 테니까."

이건 진심이었다. 카테리나도 진심이라고 느꼈는지 피식 웃었다.

"그 비유 좀 이상한 거 알지? 독거미가 뭐야? 징그럽게!"

"세라피나가 나한테 어떤 느낌인지 네가 알아야 하는데."

"아, 그래? 이제 좀 알 것 같긴 해. 그렇게 너를 귀찮게 해?"

"완전."

"으음……."

"완전 지겨워."

"알았어, 독거미 얘기는 그만하고……. 이제 우리를 누구로부터 보호한다는 건지 그거나 설명해줘."

"내니 때문이야. 결혼했었는데 남편이 찾아낸 것 같아."

카테리나는 내가 한 말의 의미를 추측했다.

"폭행하는 남편이라는 뜻이야?"

"응."

나는 얼떨결에 그렇게 말해놓고 제발 잘 넘어가길 바랐다. 빨리 내니에게 전화해서 내 거짓말을 알려야 한다는 생각이 머릿속에 가득했다.

"남편이 내니를 위협했어. 내니를 공격하려다 너까지 해칠까 봐 두려웠어. 하지만 집에서 남자들이 지키고 있다는 걸 알면 아마 접근하지 못할 거야. 데이브가 남자들을 남겨둔 것도 그를 찾아내 이제 끝났다는 걸 알려주기 위해서야."

카테리나가 생각에 잠긴 목소리로 대답했다.

"아, 그런 거였구나. 고마워, 솔직히 좀 불안해지기 시작했거든. 내니 문제가 잘 해결됐으면 좋겠다. 근데 내니는 워낙 차분하고 강한 분이라 매 맞는 아내라는 게 상상이 좀 안 된다."

내가 둘러댄 말을 알면 내니가 얼마나 어이없어할까. 매 맞는 남자는 바로 난데!

"응, 나도 그래." 나는 시치미를 뚝 떼고 아주 진지하게 대답했다.

나는 멀리서 내 쪽으로 걸어오는 데이브를 발견하고 이맛살을 찌푸렸다.

"카테리나, 이만 끊어야겠어. 자고 일어나서 바로 전화할게. 아니 네가 전화할래, 오케이?"

카테리나가 한숨을 쉬었다.

"네 집에 있는 게 좋아. 내니가 손님방에서 자라고 했는데 내가 몰래 네 방에 들어왔어. 지금 네 침대에서 전화하는 거야."

지저분한 팬티하며 냄새나는 양말이 떠올라서 나는 갑자기 현기증이 일었다. 제기랄, 떠나기 전에 내가 잘 치웠던가? 아니, 물론 아니었다. 방을 엉망으로 뒤집어놨는데⋯⋯.

"뭐⋯⋯ 뭐라고?" 나는 미친놈처럼 외쳤다.

카테리나는 마치 내 머릿속을 읽은 것처럼 또다시 피식 웃었다.

"진정해, 내니가 방을 깨끗이 치워놨으니까. 네가 『플레이보이』 수집해놓은 건 봤어."

"그건 내가⋯⋯ 수집한 게 아냐."

"히히히! 내가 한 건 했네! 당황하는 거 보니까 네가 수집한 거 맞는데 뭐."

나는 귀까지 빨개졌다.

"당했다."

"완벽하게."

"두고 봐."

"그래, 이거 때문에 돌아올 테면 와봐." 카테리나가 깔깔대고 웃었다. "난 조금도 후회하지 않으니까."

"이렇게 짓궂게 굴 거야?"

"너 괴로우라고, 내 절친!"

"알았어, 많이 괴로워할게."

나는 미소를 머금고 전화를 끊었다. 나를 미치게 만드는군.

그때 갑자기 세라피나가 피부에 뿌리는 텔컴파우더 냄새가 섞인 향수 냄새가 느껴졌다. 나는 돌아섰다. 세라피나가 나를 빤히 쳐다보고 있었다. 그녀는 한마디도 하지 않았다. 하지만 눈빛이 분노와 슬픔으로 이글거리고 있었다. 숨어서 나를 지켜본 것이다. 그녀는 그 자리에서 움직이지 않았다. 나는 아무 말도 하지 않았다. 그럴 필요가 없었다. 내가 이미 뱉은 말은 돌이킬 수 없는 것이었다. 뜨거운 눈물이 그녀의 볼을 타고 흘러내렸다. 세라피나는 돌아서서 조용히 어둠 속으로 사라졌다.

내가 세라피나를 붙잡을 새도 없이 데이브가 나에게 따라오라고 손짓했다.

나는 집으로 들어갔다. 카테리나를 사랑하지만 그렇다고 세라피나를 아프게 할 생각은 없었는데 꺼림칙했다. 나는 내니에게 전화를 걸어 카테리나에게 얼떨결에 둘러댄 말을 알렸다.

"아아, 어쩐지!" 내가 제2의 어머니라고 생각하는 내니가 골이 난 목소리로 말했다. "카테리나가 왜 그런 질문을 했는지 이제야 이해가 가는구나."

나는 가슴이 철렁했다.

"뭐라고 물었는데?"

"카테리나가 방금 나한테 오래전에 결혼했었는지 묻더라."

빌어먹을, 좀 더 빨리 할걸.

"그래서 뭐라고 대답했는데?"

"결혼한 적 없다고 했지. 인디아나, 그럼 내가 뭐라고 대답해야 하는데?"

"카테리나에게 가서 아까는 나를 때리는 난폭한 남자와의 결혼은 진정한 결혼이 아니라서 그렇게 말한 거라고 해야 해."

침묵이 흘렀다.

"내 귀염둥이, 이 모든 거짓말이 결국은 대가를 치르게 될 거야. 하지만 네 말대로 할게. 가뜩이나 불안해하는 아이를 더 불안하게 만들 필요는 없으 니까."

"고마워, 유모."

"천만에."

그렇게 말하고 내니는 전화를 끊었다. 나는 내니가 설득력 있게 잘 말해주 길 바랐다.

새벽 4시였고, 나는 피곤했다. 데이브가 나를 부른 것은 셰이머스를 맡아 줄 변호사에게 나를 소개하기 위해서였다. 교활한 눈매에 백발의 루가루 변 호사는 내 말을 유심히 들었다.

"육식성 파란 토끼?" 변호사가 재미있다는 얼굴로 웃었다. "내니가 기발 한 생각을 해냈군. 오하라 씨의 알코올중독 경력이 오히려 유리하게 작용할 거야. 믿을 만하지 못한 사람으로 보이니까. 죽음을 면하는 데는 큰 문제가 없을 것 같다."

짧고 불안한 밤이었다. 나는 악몽을 꿨다. 아버지가 나타났는데 가슴에서 꺼낸 칼을 나에게 내밀며 말했다. '인디아나, 이 방법밖에 없어. 너는 선택의 여지가 없어.' 내 앞에 꽁꽁 묶인 카테리나는 잔뜩 겁에 질려 있었다. 카테리나를 위한 칼이라는 걸 우리 셋 다 알고 있었다.

카테리나에게 다가간 내가 어떤 힘에 떠밀려 내 뜻과는 반대로 칼을 쳐든 순간 다행히 핸드폰이 울렸다.

"카테리나?" 나는 잠결에 전화를 받으면서 무심코 말했다.

"미안하지만 나야." 타일러의 목소리에 나는 침대에서 벌떡 일어나 앉았다.

속이 뒤틀렸다. 타일러가 자기 아버지를 고소한 사람이 나라는 걸 안 것이 틀림없었다.

"인디아나." 타일러는 소리를 지르는 것이 아니라 온화하면서 차가운 목소리로 말했다. "누구 바꿔줄 테니까 끊지 마."

내 예상은 완전히 빗나갔다. 어떤 의미에서는 내가 배신한 건데 타일러는 차분했다.

"저기, 안녕 인디아나!" 전화선 너머에서 새로운 목소리가 말했다.

머릿속에 경고음이 울렸다. 처키가 왜 타일러랑 있지?

"처키?"

"문제가 생겼어." 처키가 어쩔 줄 모르는 목소리로 말했다.

나는 두려움이 엄습했다.

"또 무슨 일이야? 네가 왜 타일러랑 같이 있는데?"

"인디아나, 미안해. 카테리나가 떠났어!"

22
반항적인 그녀

나는 주먹을 불끈 쥐면서 공포를 억눌렀다.

"왜? 언제?"

"오늘 아침 일찍. 카테리나가 타일러 집으로 데려다 달라고 했어. 메르세데스 키를 갖고 있는데 돌려준다는 걸 깜빡했다면서."

나는 심장이 오그라드는 것 같았다.

"처키, 카테리나가 그랬다고 설마 들어줬다는 건 아니지? 타일러는 우리를 죽이려고 하는 작자의 아들이잖아!"

"소리 지르지 마." 처키가 몹시 난처한 목소리로 말했다. "내 옆에 있단 말이야. 그리고 카테리나는 늑대도 아닌데 어찌나 고집이 센지 아무리 말해도 끄떡도 하지 않아."

"내니는 뭐 하고? 너희가 나가는데 말리지도 않고 가만히 있었어?"

처키가 잠시 침묵했다.

"내니는 다리를 풀어야 한다면서 운동하러 나가고 없었어. 카테리나를 잘 지켜야 한다는 걸 아니까."

나는 욕설을 내뱉었다.

"타일러 집에 왔는데 카테리나가 깜짝 놀라서 묻는 거야." 처키가 침울한 목소리로 말을 계속했다. "이 집 주위에서 순찰을 도는 경호원들은 다 뭐냐고. 아, 그리고 늑대들이 우리 집에 있는 늑대들과 닮은 것도 알아봤어."

"빌어먹을!"

"그러게."

"그래서 너는 뭐라고 했어?"

"아무 말도 안 했어. 내가 뭐라고 하겠어? 여기 도착했을 때 타일러는 자고 있었어. 그래서 우리가 집 앞에 와 있다고 알리고 기다리는데 갑자기 카테리나가 우리 집에다 자기 핸드폰을 놔두고 왔다면서 너와 통화하고 싶다는 거야. 내 전화를 빌려달라고 하고는 메르세데스를 향해 걸어갔어."

처키가 무슨 말을 할지 알고 있었다. 나는 카테리나를 잘 알았다. 카테리나가 그런 식으로 속일 수 있는 사람은 처키밖에 없었다. 제대로 고른 것이다.

나는 화가 나고 실망스러워 한숨을 내쉬었다.

"그래서 차를 몰고 가버렸다고?"

"응."

"너는 핸드폰이 없어서 연락도 못 했고?"

"응. 카테리나가 달아나는 걸 보고 타일러에게 빨리 나오라고 고함을 질렀지. 하지만 타일러가 뛰어나오는 사이 카테리나는 이미 가버렸어."

"타일러의 경호원들은 붙잡지 않고 뭐 했어?"

"그들이 뭐 때문에 그러겠어? 조용히 떠나는 카테리나를 경계할 이유가 없잖아."

"빌어먹을, 빌어먹을, 빌어먹을!"

바스락거리는 소리가 들리더니 타일러가 전화를 받았다.

"너한테 간 것 같아."

"그렇겠지."

"나는 너의 적이 아냐." 타일러가 말했다.

"알아. 카테리나에게 전화해봐야……."

타일러가 말을 잘랐다.

"너 정말 내 아버지라고 생각해? 이 모든 일을 꾸민 사람이? 비계 사고가 너를 죽이기 위한 거라고? 나를 다치게 할 위험을 무릅쓰고?"

"네가 나를 구하기 위해 달려들 줄은 예상하지 못했겠지. 타일러, 네 아버지가 우리 우정을 과소평가한 거야."

"더 많은 권력을 얻을 수 있는 일이라면 아버지는 주저 없이 나를 희생시킬 거야." 타일러가 씁쓸하게 말했다. 이 말은 내 가슴에 박혔다.

"그렇게 말하지 마. 네가 다쳤다는 걸 알고 놀라서 제정신이 아니었어. 네 아버지는 너를 많이 사랑하니까 그렇게 생각하진 마."

타일러가 잠시 침묵하는 동안에도 나는 카테리나에게 전화를 걸기 위해 빨리 통화를 끝내고 싶었다.

"아버지는 잔혹해." 타일러가 마침내 중얼거리듯 말했다. "조심해. 네가 위험해."

그렇게 말하고 타일러는 내가 뭐라고 하기 전에 전화를 끊었다.

내가 카테리나의 전화번호를 누르려고 할 때 전화벨이 울렸다. 또다시 처키였다.

"그냥 끊어버리면 어떡해?" 처키가 항변했다. "나는 어쩌라고?"

"전화를 끊은 건 타일러야. 내니에게 한 명만 데리고 집에 있고 나머지는 목장으로 돌려보내라고 말해. 우리 쪽에 필요하니까."

"문제가 생겼어?" 처키가 물었다.

"루이스 브랜드켈이 할아버지에게 도전하려고 이 모든 일을 꾸민 거였어."

"그게 아니면?"

"틀림없어. 너도 빨리 돌아와. 너는 덩치가 크니까 무력 대결 상황으로 바뀌면 네가 에이스 역할을 하게 될 거야."

처키가 침을 삼켰다.

"당장 헬리콥터를 빌려달라고 할게. 그럼 카테리나는?"

"내가 알아서 할게."

나는 전화를 끊었다. 그러고는 재빨리 카테리나의 전화번호를 눌렀다. 핸드폰을 집에다 두고 나왔을 리 없었다.

카테리나는 두 번째 신호에 전화를 받았다.

"네?" 카테리나가 조심스러운 목소리로 대답했다. 엔진 소리가 들렸다.

"카테리나? 너 어디야?"

"너희 집안은 전화 위치 추적도 할 수 있니? 영화에서처럼?"

이 이상한 질문을 이해하는 데 시간이 좀 걸렸다.

"뭐? 그게 무슨 말이야?"

"인디아나, 넌 나를 막지 못해. 하여튼 나는 전속력으로 추적해오는 검은색 오토바이나 차 들과 경주하고 싶은 마음 없어. 내가 운전을 잘하는 것도 아니니까 그딴 짓은 하지 말길 바라."

심각한 상황이었지만 나는 웃음을 참을 수 없었다.

"카테리나, 왜 그런 말을 해? 우리는 스파이도 정부 기관 요원도 아냐! 그리고 그런 일은 〈007〉에서나 일어나는 거지 현실이 아니라고. 너 무슨 상상을 하는 거야?"

"하지만 집에 경호원들이 우글거리잖아. 타일러의 집도 그렇고. 경호원들이 지키는 집은 본 적이 없어. 적어도 우리 몬태나에는 없다고. 그리고 너는 아버지를 데려갔어. 이유는 모르겠지만 아버지가 떠난 것이 알코올중독 치료와는 아무 관계가 없다는 느낌이 들어."

나는 믿기지 않는다는 목소리로 말하려고 노력했다.

"카테리나, 수상쩍다는 이유로 예닐곱 시간이나 운전할 필요는 없어. 네가 생각하는 그런 일은 절대 없으니까!"

"아니, 난 괜찮아. 타일러의 차는 편안하거든." 카테리나가 아주 차분하게 대꾸했다. "너희 병원이라는 데를 찾아가서 나에게 남은 유일한 가족인 아버지가 잘 지내는지 내 눈으로 확인해야겠어. 그런 다음 집으로 얌전히 돌아갈 거야. 이제 됐어?"

뭐라고 탓할 수 없는 생각이었다. 하지만 루이스가 승리하면 카테리나를 죽이려고 들 텐데.

"아버지를 만나는 건 불가능해, 카테리나. 아버지는 이미 치료에 들어가셨거든. 병원을 찾아가서 원장을 만날 수는 있겠지만."

카테리나에게 확인시켜주기 위해 엄마가 있는 병원까지 데려갈 수는 있었다. 요정들에게 숨어 있으라고 하고 뱀파이어들에게 송곳니를 드러내지 말라고 미리 알리면 얼마든지 가능한 일이었다.

"이런 식으로 방해하지 마." 카테리나는 물러서지 않고 똑 부러지게 말했다. "그럼 원장을 만나서 아버지가 정말 병원에 있는지 일단 그것부터 확인할게. 그런 다음 네가 왜 나한테 거짓말했는지, 그리고 내니한테 왜 거짓말하라고 시켰는지 설명을 들을 거야. 내니가 뭐라고 변명했는지 알아? '결혼했었지만 나쁜 남자였기 때문에 결혼하지 않았다고 말한 거다, 그래서 이제는 남편도 아닌 악당으로부터 나를 보호해주려고 험상궂은 경호원들이 거실에 와 있는 거다.' 이런 말도 안 되는 얘기를 그렇게 어색하게 하는 사람은 처음 봤어."

아, 물고기가 미끼를 물기는커녕 도리어 낚시꾼을 위협하고 있었다. 내니의 거짓말은 전혀 먹히지 않았다. 그 짧은 시간에 말을 지어내는 것이 내니에게는 역부족이었다.

나는 문득 빅토리아 여왕의 말이 떠올랐다. *절대로 불평하지도 변명하지도 말라.*

"설명할 게 없어."

엔진 소리와 그녀가 틀어놓은 음악 소리가 간간이 들릴 뿐 침묵이 흘렀다.

"인디아나, 뭘 감추는 거야?"

나는 갑자기 목이 꽉 막혀 아무 말도 할 수 없었다. 카테리나에게 너무 많은 걸 속여서 이 상황을 어떻게 해결할 수 있을지 막막했다. 평생 나를 증오할 텐데.

"인디아나, 듣고 있어?" 카테리나가 불안한 목소리로 물었다.

"내니는 진실을 말했어. 경호원들은 내니를 보호하기 위해 있는 거고."

그리고 내 말을 들으려고 하지 않는 바보 같은 너를 보호하기 위해서! 하지만 이 말은 할 수 없었다.

"거짓말."

"아니라니까!"

"인디아나, 너는 거짓말이 정말 서툴러. 네가 거짓말을 하면 난 금방 알 수 있어."

아니, 그동안 내 거짓말이 통했던 걸 생각하면 카테리나는 전혀 알아차리지 못했다. 그리고 데이브가 멍청한 실언을 하기 전까지는 전혀 눈치채지 못했었다.

그때부터 잘못된 거다. 나는 30분 동안 얘기를 했지만 카테리나는 노새보다 더 고집불통이었다. 나는 화가 나서 전화를 끊고 타일러에게 걸었다.

"너도 와야겠어."

"난 아버지와 너 사이에 끼어들고 싶지 않아." 타일러가 단호하게 말했다.

"카테리나가 텔로라 스프링으로 오는 중이야. 그래서 네 차를 가져간 거고. 어떻게든 막아보려고 했는데 쇠고집이야. 카테리나가 모든 걸 알게 생겼어."

"루가루에 대한 비밀?"

"응."

"자동차 도난 신고를 하고 체포하라고 할까?"

"그건 안 돼. 시간이 별로 없는데 경찰이 카테리나를 금방 찾아낸다는 보장이 없어. 그리고 카테리나가 경찰에 불복하기로 작정하면 나쁜 일이 일어날 수도 있잖아. 카테리나는 우리가 굉장한 스파이 조직이라고 확신하고 있어."

타일러가 으르렁거리는 소리를 냈다.

"그러면 모든 게 끔찍할 만큼 위험해지는데."

"응, 내 생각도 그래." 내가 비아냥거리듯 말했다. "게다가 네 아버지가 이겼는데 카테리나가 텔로라 스프링으로 오면 인간이라는 사실 말고도 우리 편이라는 생각에……."

"죽일지도 몰라." 타일러가 중얼거렸다.

"맞아."

"생각 좀 해볼게."

"그래, 연락 기다릴게."

나는 전화를 끊었다. 온몸이 뜨겁게 달아오르는 동시에 차가워졌다. 나는 욕실로 뛰어가서 빛의 속도로 면도를 하고 옷을 갈아입은 후 아래층으로 내려갔다.

식당의 대형 식탁에 루가루가 50명쯤 둘러앉아 있었다. 대부분 여러 부족의 대표들이었다. 털이 곤두설 정도로 긴장된 분위기였다. 이런 분위기라면 모두 변신할 거라고 생각했지만 나이 든 루가루들은 자제력이 대단했다. 그들은 동요하는 기색 없이 잠잠했다.

할아버지가 루이스 브랜드켈이 스위트룸에서 아침을 먹기로 했다고 알렸을 때 나는 안도했다. 안도의 순간도 잠시, 나는 비열한 루이스가 재판이 끝난 뒤 할아버지에게 결투 신청을 했다는 사실을 알았다. 자기가 이길 거라 자신하고 있었다.

주사위는 던져졌다. 이제 모두가 재판은 그저 구실에 지나지 않음을 알았다. 나는 루이스에 대한 증오심이 끓어올라 욱하는 마음에 바보 같은 짓을 저지를 것만 같았다.

세라피나가 나를 모른 척하면서 내 앞으로 지나갔다. 그녀가 공손하게 인사를 하자 할머니는 고갯짓만 까닥했다.

"세라피나가 여기서 뭐 하는 거예요?"

"재판 준비를 도와주고 있어. 자기가 제일 예쁘다는 것만 잊으면 똑똑해서 쓸 만할 텐데. 쯧쯧, 여기서 누가 미모를 알아준다고."

나는 심호흡을 했다. 할머니는 세라피나를 좋아하지 않는 것이 분명했다.

"루가루는 전부 다 모인 거예요?"

"응, 재판은 오늘 밤 자정에 열릴 거야."

나는 얼굴을 찌푸렸다. 루가루들처럼 밤을 좋아하지 않는 데다 자정에 재판을 한다는 것이 어쩐지 약간…… 감상적으로 느껴졌다.

나는 고갯짓으로 루가루들을 가리켰다.

"다들 그렇게 결정한 거예요? 루이스 브랜드켈과 할아버지가 대결하게 내버려두기로?"

할머니가 한숨을 내쉬었다.

"루이스가 너를 죽이려 한 범인임을 증명하지 못하면 그렇게 되겠지. 루이스는 아주 치밀하게 움직였어. 생각보다 훨씬 많은 이들을 설득하는 데 성공한 것 같아. 비통한 일이지. 돈에 관한 일이라면 늑대나 인간이나 상식을 벗어나니까. 재력가인 루이스가 영광스러운 내일을 약속하니 넘어갔겠지. 돈에 눈먼 자들은 네 할아버지에 대한 도전을 반대하지 않을 거다."

할머니가 금빛 눈으로 내 눈을 응시했다.

"할아버지를 구할 수 있는 사람은 너밖에 없어, 인디아나. 나는 너를 믿는다."

나는 침을 삼켰다. 세상의 무게를 짊어진 느낌이었지만 기분은 나쁘지 않았다. 할아버지가 나를 서재로 데리고 가서 원형경기장과 판사들이 앉는 단상의 지도를 보여주었다. 내가 몇 가지 사항을 변경하자고 제안하자 할아버지는 놀란 눈으로 나를 보며 미소 지었다.

"아주 좋은 생각이구나, 인디아나. 난 생각도 못 했어."

"할아버지는 늑대의 정신을 가졌고, 나는 토끼의 정신을 가졌잖아요. 싸우지 못하니까 그만큼 숨을 줄 아는 거죠."

할아버지의 미소가 사라졌다. 내 말이 마음에 들지 않아 기분이 상한 것이다. 하지만 어쩌겠는가, 그게 사실인데.

변호사 스티브 블레이크와 검사 레오나르도 반 브린은 아침나절에 루이스 브랜드켈을 만났고, 세미의 시체를 살펴본 후 일에 몰두했다. 루이스는 변호사를 거부할 정도로 자신만만했다. 나는 잘됐다고 안심해야 할지 두려워해야 할지 종잡을 수가 없었다.

검사와 변호사가 열심히 준비하고 있지만 아무 소용 없다는 걸 모두 알고 있었다. 루가루들은 재판 때문에 모인 것이 아니었다. 그들은 피를 보기 위해 와 있었다.

오전 내내 추위 속에서 망치질 소리, 드릴 소리가 들렸고 손에 드라이버를 쥔 이들이 분주하게 움직였다. 루가루들이 이미 원형경기장에 계단식 좌석이며 판사들의 의자를 배치해놓았다. 고대 원형경기장과 매우 흡사했고, 가장 인상적인 것은 모두를 굽어보는 최고 귀빈석이었다. 좌석이라기보다는 옥좌에 가까웠다. 루가루들에게 죽은 인간이나 세미 들의 뼈로 의자를 만들어 표범이나 곰 가죽을 씌워놓았다. 늑대 발 모양의 다리, 금을 입히고 틈새에 보석을 박아 번쩍거리는 의자. 루가루 여럿이 낑낑대면서 옮기는 걸 보면 무게가 1톤은 나갈 것 같았다.

경기장은 우리 쪽 루가루가 모두 앉아 재판을 지켜볼 수 있는 규모였다. 루이스 브랜드켈 쪽 루가루나 고소당하지 않은 루가루는 밖에 있어야 하지만 대형 스크린이 설치되어 있어서 재판 과정을 지켜볼 수 있었다.

그리고 결투.

악셀과 나는 눈과 귀를 피해 슬그머니 밖으로 나갔고, 눈이 쌓인 작은 빈터에서 훈련했다. 악셀이 그동안 만들어 바꽃 가루를 묻혀놓았던 별 모양 은제 표창을 많이 주었다. 표창이 있으면 공격하는 늑대들을 마비시키거나 죽일 수 있었다. 하지만 나는 늑대가 아니었다. 누군가를 죽인다는 생각만 해도 구토가 일었다. 악셀이 카테리나에 대해 말하면서 내 기분을 풀어주었다. 악셀은 카테리나가 처키를 따돌리고 차를 몰고 달아난 일을 무척 재미있어했다.

"넌 그게 재미있어?" 내가 악셀의 공격을 피해 물러서면서 퉁명스럽게 말했다. "카테리나가 여기 왔을 때……."

"……루이스가 승리하면 카테리나를 죽이겠지. 그래, 알아. 네가 수백 번도 더 말했잖아." 악셀이 번개같이 내 소매를 잡아 옆구리에 일격을 가하면서 말했다. "하지만 루이스는 결과에 상관없이 그녀를 죽이려고 할 거야. 자기 아들이 그녀를 사랑하기 때문만은 아냐. 그자는 아들이 권력과 돈 없는 여자를 사랑하는 걸 원치 않아. 겁쟁이, 모자란 놈, 싹수가 없는 놈으로 취급하면서 입으로는 새로운 세대의 위대하고 훌륭한 늑대가 되라고 말하지. 타일러가 그런 취급을 받으면서도 아직까지 미치지 않은 게 놀라울 정도야."

나는 두 번째 공격을 피하다 중심을 잃고 나무 밑동에 주저앉았다. 추위 속에서도 체온이 높아진 악셀의 몸에서 김이 피어올랐다.

"어떻게 그렇게 잘 알아?"

"내 귀가 길잖아." 악셀이 웃었다. "내가 고용한 정보원들이 있어. 네 할아버지가 나한테 오래전부터 루이스 브랜드켈을 감시하라는 임무를 주셨거든. 약점과 강점이 뭔지 아는 건 아주 중요하니까."

달려드는 나를 악셀은 뒤공중돌기로 가볍게 피했다. 나는 단검을 빼 들고 덮쳤지만 악셀이 어찌나 빠르게 반응하는지 역습을 피하지 못했다. 나는 얻어맞고 다리에 걸려 넘어지며 숨을 헐떡였다.

"이게 뭐야? 석 달 동안 훈련을 쉬었다고 내가 가르친 걸 벌써 다 잊어버렸네. 쯧쯧."

"신경 쓸 일이 많아서 그래." 나는 재빨리 일어나서 급습을 노리며 구시렁거렸다.

하지만 악셀의 반사 신경이 더 빨랐다. 악셀이 피하는 사이 나는 옆으로 굴러 단검을 휘두르면서 급습했다. 동시에 표창을 날렸다면 악셀을 맞혔을 것이다. 내가 던지는 시늉을 하자 악셀이 미소를 지었다.

"오, 나쁘지 않아. 이번엔 네가 이겼다. 오늘 밤, 네가 실력을 보여주길 기대할게. 이제 샤워하러 가자."

내가 열두 번이나 전화를 걸었지만 카테리나는 전화를 꺼놓고 받지 않았다. 위치 추적기에 대해 내가 한 말을 믿지 않는 모양이었다. 조금 있으면 카테리나가 도착할 텐데 나는 속수무책이었다.

내가 집에 들어가자 방금 미줄라에서 헬리콥터를 타고 도착한 처키가 다가왔다. 처키는 사과의 포옹을 하고는 손을 비비 꼬면서 말했다.

"내가 멍청했어, 인디아나. 내가 멍청한 것도 문제지만 네 여친은 너무 영악해."

"휴, 알아. 오, 달님이시여, 그녀를 어떻게 해야 합니까?"

처키는 금빛 눈으로 나를 쳐다보며 윤기 잃은 밤색 머리털을 쓸어 넘겼지만 곧 다시 흘러내렸다.

"카테리나는 들어오지 못할 거야."

"왜?"

"목장은 봉쇄됐고 오는 길도 통제되고 있어. 늑대뿐만 아니라 누구든 들어오지 못해. 통과가 안 되는데 어떻게 들어오겠어? 호텔에 방을 하나 예약해놓자. 상황이 나쁘게 돌아가면 어차피 여기 있을 수 없을 텐데 그래야 떠나기도 쉽잖아."

나는 목소리가 나오지 않았다. 복잡한 문제일수록 단순하게 풀라고 했는데! 처키의 말이 맞았다. 나는 미소를 지어 보였다.

"너를 용서할 마음이 전혀 없었는데 아주 좋은 제안을 했으니 봐준다. 여기서 그리 멀지 않은 호텔에 방을 예약해놓고 늑대들에게 카테리나를 통과시키지 말라고 해야겠어. 50킬로미터나 되는 길을 걸어서 온다면 모를까, 알지도 못하는 길인 데다 통제되어 있는데 여기까지 올 수는 없을 거야. 그리고 내일 아침에 병원을 보여줘야지. 우리가 죽지 않고 살아남으면 그사이 먼저 셰이머스 씨를 병원에 데려다 놓으면 되니까."

"카테리나가 전화해서 소리를 지르면 또 넘어가는 거 아니고?" 처키가 핀잔을 주듯 말했다.

"그러면 안 되지. 카테리나의 목숨이 달려 있는데."

하지만 카테리나는 바보가 아니었다. 그녀는 어디선가 목장의 자세한 지도를 입수했다.

그녀는 자동차로 오지 않았다.

걸어서 오지도 않았다.

말을 타고 왔다.

카테리나는 늑대들과 맞닥뜨릴 줄은 꿈에도 몰랐기 때문에 밤이 되길 기다렸다. 공교롭게도 할아버지가 루이스 브랜드켈 쪽 루가루들이 무력 도발할 경우를 대비해 외곽을 중심으로 정찰하라는 명을 내린 터라 루가루들은 그녀를 발견하지 못했다. 그들 역시 말을 타고 정찰을 돌고 있어서 말의 독한 냄새에 묻힌 카테리나 냄새를 맡지 못한 것이다.

카테리나는 밤 11시에 우리 집 근처에 도착했다. 재판이 열리기 한 시간 전이었다. 그녀는 말을 멀찍이 떨어진 곳에 매어두고 돌아서다 경호원들과 부딪쳤다.

그런데 불행히도 그녀를 발견한 것은 우리 쪽이 아닌 루이스 브랜드켈 쪽 루가루였다.

저녁때 할아버지가 나를 서재로 불러들였다. 할아버지는 우리의 안전을 위해 대비해놓은 것—그 대책이라는 것이 인상적이면서 뜻밖의 것이라 역시 할아버지라는 생각이 들었다—에 대해 설명한 후 우리 집안의 은행 계좌 번호들과 재산에 관한 모든 것을 자세히 알려주었다. 우리가 소유한 것과 목장 경영에 필요한 것들이었다. USB 여섯 개와 『늑대서』라는 두꺼운 검은색 책 한 권도. 루가루의 혈통에 관해 모든 걸 기술한 책이었다. 최고 수장마다 자신의 생애를 기록해놓았는데 할아버지의 생애를 비롯해 역대 최고 수장 넷의 생애가 수록되어 있었다. 서재에는 수백 권의 책이 일정한 습도와 온도를 유지해주는 유리 진열장 안에 보관되어 있었다. 알파에게만 허락되기 때문에 나는 읽어본 적 없는 책들이었다.

할아버지가 그것들을 주었을 때 나는 거부했다.

"받지 않을래요. 할아버지는 야비한 루이스와 싸우는데 내가 이것들을 갖고 있어서 뭐하겠어요?"

할아버지가 다정하게 미소를 지었다.

"인디아나, 이 싸움은 경기장에서 끝나는 게 아냐. 상처가 너무 깊으면 늑대도 살아남지 못할 수 있어. 루이스와 싸우다 보면 내가 쓰러질 수도 있고, 그가 쓰러질 수도 있지. 하지만 결과가 어떻든 너는 내 뒤를 이을 준비를 해야 해."

"나는 그럴 수 없……."

"물론 알파로서가 아니라 상속자로서. 루가루 무리의 것과 네 것을 나눠놨어. 네가 태어나고 늑대가 아니라는 걸 알았을 때 네 엄마는 정보를 가져다주는 대가로 네 재산을 만들어놓으라고 요구했어. 네가 원할 때 어디로든 떠날 수 있게. 이건 18년 동안 너를 위해 모아놓은 네 돈이야."

나는 눈살을 찌푸렸다.

"하지만……."

"우리가 말해주지 않은 건 네가 무엇보다 우리 루가루 무리에 대한 충성심을 갖고 인간으로서의 시련을 겪어야 한다고 판단했기 때문이야. 우리는 네가 인간과 우리 늑대 중 누구를 더 사랑하는지 알아야 했어."

나는 새파랗게 질렸다. 나는 카테리나를 사랑하고 있었다. 할아버지 눈에는 내가 인간을 선택하고 늑대를 배신했다고 보였을 것이다. 이제는 할아버지의 공포가 이해되었다. 나는 방금 할아버지가 한 말을 곰곰이 생각했다.

"내 재산이 얼마나 되는지 모르겠지만 그렇다고 위기에 처한 루가루 무리를 떠날 순 없어요."

"너는 우리만큼 부자야. 아니, 네 재산이 더 많을 거다. 네 엄마가 그걸 원했어. 우리는 네 엄마의 요구를 지켰다. 미쳐 있으면서도 네 엄마는 자신이 하는 일을 잘 알고 있었어. 우리는 매년 네 주식이 얼마나 되는지, 수익 결과를 알려주었다. 네 엄마는 관심이 없는 것처럼 보였지만 가져오는 정보를 보면 네 주식과 관련된 회사에 대한 것이었지. 네가 풍족하게 지낼 수 있는 건 엄마 덕분이야."

나는 감격했다. 엄마는 계속 나를 보살펴온 것이다. 일단 이 위기를 넘기고 나면 결과가 어떻든, 할아버지, 할머니가 동의하든 말든, 나는 엄마를 병원에서 데리고 나오기로 마음먹었다.

할아버지가 검은색 신용카드 한 장을 내밀었다.

"네 이름으로 된 카드야. 마음껏 써도 돼. 수백만 달러야. 루이스가 승리하면 너는 도망쳐야 해. 인디아나, 알았지? 루이스는 우리 집안을 몰살할 거야. 하지만 루이스는 너를 잘 몰라. 네가 누군지, 늑대들을 상대로 방어할 능력이 있다는 사실조차 모르지. 오늘 밤 무슨 일이 일어나든 나에 대한 복수를 하겠다고 싸우면 안 돼. 네 목숨을 위해서 싸워야 한다. 일단 안전한 데로 피신해서 만반의 준비를 한 다음 복수를 해. 그전에는 절대로 안 돼, 인디아나. 그전에는 복수하지 않겠다고 나한테 약속해."

나는 숨이 막히는 기분이었다. 어찌나 불안했는지 스트레스 때문에 시간 속으로 사라지려 하는 느낌이 들었다. 나는 미친 듯이 빠른 심장박동을 가라앉히기 위해 심호흡했다. 아찔한 순간이 지나갔다. 나는 마음을 다잡고 고개를 끄덕였다.

"네, 약속할게요. 그럼 할머니는요?"

"할머니도 마찬가지야. 싸우면서 도망쳐야지. 우리 늑대들이 최선을 다해 할머니와 너를 보호할 거야. 루이스 브랜드켈이 승리하면 그에게 복종해야 한다는 걸 아니까 시간이 조금밖에 없을 게다. 꾸물거리면 너무 늦어. 모든 늑대 무리가 너와 할머니를 공격할 테니까."

다 아는 이야기였지만 이렇게 직접적으로 들으니 흔들렸다. 할아버지는 우리가 간단하게 먹을 식사를 가져오게 하고는 나에게 몇 가지 지시를 내렸다. 오늘따라 할머니는 묵묵히 할아버지 곁을 지키고 있었다. 두 분은 먹었지만 나는 아니었다. 나는 아무것도 삼킬 수 없었다. 할머니가 마지막 점검을 하러 다시 나갔다. 재판이 한 시간밖에 남지 않았을 때 덩치가 큰 남자가 서재에 불쑥 들어왔다. 얼굴이 흉터투성이였다. 이어서 두 경호원이 격렬하게 몸부림치는 가냘픈 여자를 끌고 들어왔다.

여자가 고개를 드는 순간 나는 깜짝 놀랐다.

카테리나였다.

23
얼굴 없는 늑대

"이거 놔요!" 격분한 카테리나가 씹어뱉듯 말했다. "이거 놓으라고요!"

두 경호원은 쌍둥이였다. 루가루 종족에는 쌍둥이가 그리 흔치 않았다. 할아버지 못지않게 덩치가 컸는데 이상한 배코 머리에 넥타이 없는 검은색 고급 양복 차림이었다. 그중 한 명이 잔혹한 미소를 흘리며 카테리나를 더 거칠게 움켜잡자 카테리나가 비명을 질렀다. 내가 나서려고 하자 할아버지는 내 어깨를 손으로 누르며 의자에서 일어나지 못하게 했다.

"칼!" 얼굴에 흉터가 있는 남자가 냉랭하게 말했다. "산책 중에 우리를 염탐하는 이 인간을 발견했소. 이것도 당신 술책 중 하나요?"

순간 나는 이 험상궂은 남자가 누구인지 깨달았다. 루이스 브랜드켈. 할아버지만큼 덩치가 컸다. 나는 열 살 더 젊었을 때의 루이스를 본 적이 있는데 루가루에게 나이와 노화는 비례하지 않는지 에전 모습 그대로였다. 얼굴 한쪽은 멀쩡했지만 다른 한쪽은 화상을 입어 괴물처럼 흉측했다. 루이스의 공격을 받았던 소녀는 실패하지 않았다. 어떤 수술로도 결코 없애질 못할 흉터였다. 그렇지만 루이스는 흉터를 가리지 않고 마치 영광스러운 훈장이라도 되는 듯 과시하고 다녔다. 봄에 정기 평의회가 열렸을 때 루이스 브랜드 켈을 보고 나는 그가 애꾸라고 생각했었다. 그런데 붉은 눈썹만 태워버렸을 뿐 눈에는 닿지 않았다. 상대의 기를 꺾는 데는 애꾸눈이 훨씬 효과적이었 을 텐데.

할아버지는 미소를 지었다.

"포로는 풀어주지. 그 아이를 괴롭히는 게 무슨 소용 있다고."

루이스는 할아버지를 뚫어져라 쳐다보다 경호원들에게 명했다.

"짐, 짐, 놔줘라."

두 경호원의 이름이 같은가? 흥미로웠다. 그들은 복종했지만 카테리나를 아프게 한 경호원은 불만이 가득한 얼굴이었다. 가학을 즐기는 짐승 같은 놈은 마치 장난감을 빼앗긴 것처럼 골이 나 있었다.

"고맙네." 할아버지가 구슬렸다. "그리고 오하라 양, 뜻밖의 방문이지만 그래도 만나서 기쁘네."

"아버지를 만나러 왔습니다." 카테리나가 손목을 주무르면서 야무지게 말 했다. "그런데 이…… 사람들이 나를 붙잡았어요, 스파이라면서요. 나는 이 요새 같은 집에 오려고 했을 뿐이에요."

"면회를 신청하면 될 걸 가지고." 할아버지가 대답했다. "아무튼 이렇게 왔으니 환영한다."

"인디아나가 말한 것과는 다르네요." 카테리나가 예의를 지켜주는 할아버 지를 상대로 똑 부러지게 대꾸했다. "경호원들의 태도를 보니 아버지가 왜 그렇게 두려워했는지 이해가 됩니다."

나는 입이 근질근질했지만 꾹 참았다. 루이스는 그제야 내가 있다는 걸 알 아차리고 관심을 보였다. 그가 미소를 지었는데 그 얼굴이 오히려 더 섬뜩 했다.

"인디아나, 내 아들을 살려준 일에 대해 만나서 고맙다는 말을 하고 싶었는데 이렇게 보게 되는구나. 네 목숨도 위태로운데 내 아들을 구해줘서 고맙다. 그냥 갈 수도 있었을 텐데 너는 그러지 않았어. 정말 용감하구나."

나는 깜짝 놀랐다. 루이스와의 첫 대면에 대해 많은 상상을 했지만 이렇게 다정하게 나올 줄은 정말 몰랐다. 전화로 이미 고맙다고 했으면서 또 고맙다는 말을 할 줄이야. 할아버지에게 뭘 보여주려는 걸까? 나는 정신을 바짝 차렸다. 눈앞의 남자는 우리 집안을 단숨에 먹어치우려고 하는 철천지원수였다. 할아버지가 내게 조심하라는 눈빛을 보냈다. '흥분하지 말고 침착해.' 나는 미소를 지어 보이면서 대꾸했다.

"브랜드켈 씨, 오히려 내 목숨을 구해준 당신 아들에게 고마워하고 있습니다. 타일러가 아니었다면 나는 비계에 깔려 죽었을 겁니다."

"그런데 왜 너를 죽이려고 한 사람이 나라고 확신하는지 이해할 수 없구나." 루이스가 말했다.

주의 깊게 듣던 카테리나가 딸꾹질을 했다. 미소를 짓던 내 얼굴이 일그러졌다. 신중하게 대답해야 했다.

"그게 바로 재판 이유라고 생각합니다. 누가 배후에서 공격을 주도했고, 외부인에게 알려지지 말아야 할 우리 무리에 대한 정보를 주었는지 알기 위해 토론하자는 것입니다. 그리고 나는 이 문제에 대해 어떤 의견도 낼 자격이 없습니다. 지금부터 30분 후에는 전모가 밝혀지겠지요."

루이스가 날카로운 시선으로 쳐다봤다. 내가 함정에 걸려들지 않은 것이 못마땅한 눈치였다. 카테리나는 자신이 상상한 것과는 전혀 다른 사태의 심각성을 깨닫고 얼굴빛이 푸르스름하게 변했다.

"따라서 나를 고소한 인간의 딸을 비롯해 전원이 모였군." 루이스가 마침내 결론지었다. "우리가…… 네가 뭐라고 했더라? 아, 토론이라고 했지. 그래, 토론해보면 모든 것이 드러나겠지."

그렇게 말하고 루이스는 서재를 나갔다. 두 대머리 중 한 놈은 나가기 전에 마지막으로 우리를 노려봤다. 나를 향한 포식 동물의 시선에서 '어디 두고 보자'는 식의 도전적인 빛이 번뜩였다.

"재판?" 카테리나가 문이 닫히자마자 외쳤다. "무슨 재판? 저 사람이 너를 죽이려고 한 거였어? 인디아나, 이게 어떻게 된 일이야? '자기를 고소한 인간의 딸'이라니? 왜 그런 말을 하는 거야?"

나는 할아버지를 쳐다봤다. 할아버지가 고개를 끄덕였다. 나는 심호흡을 했다. 내 인생에서 가장 두려운 순간 중 하나였다. 카테리나가 나를 거부한다면 나는 살아갈 자신이 없었다.

"카테리나, 일단 좀 앉아."

카테리나는 나를 쏘아보다가 의자에 앉았다. 나를 좋게 생각해준 카테리나지만 사실을 알고 나면 실망과 분노에 치를 떨겠지. 그녀가 어떻게 나올지 도무지 알 수 없었다.

"우리는……."

나는 목소리가 갈라져서 헛기침을 했다.

"우리는…… 너와는 좀 달라, 카테리나. 우리는…… 특수한 신체를 지녔어. 다시 말해 우리 집안은 너와 약간 다른 인종이야."

카테리나가 믿기지 않는다는 얼굴로 나를 쳐다봤다.

"뭐라고?"

"내 손자 말은……." 할아버지가 끼어들었다. "우리는 인간이 아니라는 것이다. 그걸 네 아버지가 알았고."

카테리나가 묘한 미소를 지었다.

"나는 왜 몰래카메라를 찍는 느낌이 들지? 여러분이 뱀파이어라고 말씀하시는 겁니까? 우후, 정말 재미있네요."

할아버지가 한숨을 내쉬더니 일어나서 셔츠를 벗기 시작했다.

"인디아나, 뭐 하시는 거야?" 카테리나가 나직하게 물었다.

"미안하다." 할아버지가 나를 대신해서 대답했다. "백 마디 말보다 한 번 보여주는 게 확실하니까."

할아버지는 카테리나가 너무 민망하지 않게 팬티를 입은 채 납작 엎드린 상태에서 변신했다.

카테리나의 눈이 동그래졌다.

너무 놀란 카테리나는 비명을 지르면서 소파 뒤에 숨었다. 할아버지는 의자에 앉아 평온하게 입술을 핥았다. 팬티 입은 거대한 늑대의 모습은 코믹했지만, 카테리나는 웃지 않았다. 그녀는 마치 누가 죽이기라도 할 듯 비명을 지르기 시작했다. 그때 문이 벌컥 열리고 그녀의 아버지가 나타났다.

"카테리나!" 셰이머스가 소리쳤다.

"아빠!"

카테리나는 아버지의 품에 안겼다.

"맙소사, 이게 무슨 일이야?" 셰이머스가 완전히 당황해서 소리쳤다. "내 딸이 여기 왜 있어?"

"카테리나가 너무 고집불통이라 이렇게 됐어요." 내가 설명했다.

"네가…… 오라고 했니? 싸움이 일어나는 이런 곳에?"

"아닙니다! 최선을 다해 말렸어요. 하지만 카테리나가 타일러의 차를 몰고 오다 냄새로 보아(나는 냄새를 맡았다) 말로 갈아타고 온 것 같아요. 브랜드켈의 경호원에게 발각돼서 방금 우리에게 끌려왔어요."

"카테리나!" 셰이머스가 역정을 냈다. "너 미쳤니? 도대체 여긴 왜 왔어?"

카테리나는 아무 말도 할 수 없었다. 그녀는 마치 방금 본 것을 떨쳐버리려는 듯 아버지의 품에 얼굴을 묻고 더 꼭 끌어안았다.

"아버지를 만나러 병원에 가겠다고 했어요. 돈이며 비계 사고 등 모두 이해시킬 수도 있었지만 할아버지가 결정을 내리셨어요. 카테리나가 여기에 온 이상 어떤 수렁에 발을 들여놓았는지 알려주기로."

나의 냉소적인 어조에 카테리나는 고개를 돌리고 나를 째려봤다. 아버지의 따뜻한 품에 안긴 덕분인지 그녀는 당당했다.

"네가 거짓말했잖아!" 카테리나가 나를 비난했다. "거짓말을 했어! 넌……너는……."

"나는 너와 똑같아. 나는 인간이야, 늑대가 아니라."

"하지만, 하지만 네 집안은……."

"엄마는 인간이야. 늑대의 유전자가 나한테는 나타나지 않았어."

그녀의 머릿속에서 이 놀라운 상황이 조금씩 이해가 되는 것 같았다.

"그럼 병원 이야기는 뭐야? 가짜였지? 대체 왜 그랬는데? 이 모든 일이 아빠와 무슨 상관이기에?"

나는 그간의 일을 얘기했다. 카테리나는 아버지의 품을 빠져나와 비난이 가득한 시선을 보냈다.

"왜 아무도 나한테 사실대로 말해주지 않았는데? 재판, 고소, 전설의 괴물! 내가 어린애도 아닌데!"

"너를 보호하기 위해서였어, 카테리나." 셰이머스가 피곤해 보이는 얼굴을 문지르면서 말했다. "그들이 위험하다고 여겨지는 사람은 모조리 죽이겠다고 했단 말이다."

카테리나가 침을 삼켰다.

"그럼 타일러는……."

"늑대야." 내가 대답했다.

카테리나가 눈을 감았다가 다시 떴다.

"내니는? 처키는?"

"그들도."

카테리나의 얼굴에 두려운 빛이 역력했다.

"몇 명이나 되는데?"

"그건 비밀이라서 말해줄 수 없네, 오하라 양." 다시 인간의 모습으로 돌아와 옷을 입은 할아버지가 대답했다. "알 필요도 없고. 우리 종족의 비밀을 알게 됐으니 우리에 대해 좀 더 알려줘야겠지만 재판 때문에 시간이 많지 않아. 셰이머스, 나하고 가세. 몇 가지 더 말을 맞춰야 하니까. 인디아나, 네가 설명해주려무나. 이따 보자."

셰이머스는 마지못해 따라갔다. 내가 다가가자 카테리나는 뒷걸음쳤다.

칼에 찔린 것보다 더 아팠다. 맙소사, 카테리나가 나를 무서워하고 있었다. 나는 손을 내렸다. 내 얼굴에서 고통을 본 카테리나가 정신을 차렸다. 여차하면 달아날 작정으로 소파 끝에 앉은 카테리나는 내가 맞은편 자리에 앉기를 기다렸다.

"좋아. 이 모든 것이 공상 영화나 악몽이 아니라 현실이라고 치자. 너희 집안은⋯⋯."

카테리나는 말을 잇지 못했다.

"루가루 집안이야." 내가 말을 맺었다.

카테리나가 부르르 떨었다.

"하지만⋯⋯ 네 할아버지는 영화 〈반 헬싱〉이나 〈울프맨〉, 〈런던의 루가루〉에서처럼 보름달이 떴을 때 변하는 늑대인간이 아니었어. 그냥 아주아주 커다란 늑대로 변했어."

나는 늑대의 후예인 루가루와 루가루에게 물려 형질이 전환된 인간인 세미의 차이를 설명해주고 악셀에 대해서도 말했다. 그리고 나에 대해서도 얘기했다. 내 비밀을 숨기고 싶지 않았다. 하지만 한 가지, 내가 시간을 거슬러 가는 아크로노트라는 사실은 말하지 않았다.

카테리나는 불안과 호기심이 섞인 눈으로 나를 빤히 쳐다봤다. 그녀의 눈빛에 혐오감은 없었다. 내가 가장 두려워했던 일인데.

"와우." 카테리나가 마침내 말했다. "판타지 영화 속에 들어온 느낌이야!"

카테리나가 아름다운 청록빛 눈으로 내 눈을 응시했다.

"너라면 어떻겠어?"

"두려워서 죽을 것 같겠지."

카테리나는 불안에 떨면서도 어색한 미소를 지었다.

"너는 남자야. 남자들은 두려워서 죽을 것 같다는 말을 하지 않아."

"나는 두려워. 네가 방금 늑대로 변하는 인간을 봤으니까. 할아버지는 너를 배려해줄 시간이 없었어. 미안해. 나는 이 모든 걸 이해할 수 있게 시간을 더 주고 싶었는데. 넌 정말 대단했어, 카테리나. 다른 사람이었다면 기절했을 텐데."

카테리나가 고개를 끄덕였다.

"비명을 질렀는데, 뭐."

"응."

"굉장히 무서웠어."

"알아."

"지금도 많이 무서워."

"당연해."

"이제는 네가 왜 내가 오는 걸 원치 않았는지 알겠어."

"두세 가지 이유가 있었어."

"하지만 후회하지 않아."

나는 숨이 멎을 뻔했다.

"어떻게 보면 우리는 이런 유의 새로운 사실에 대비가 된 것 같아." 카테리나가 생각에 잠겨서 말했다. "우리 세대를 말하는 거야. 뱀파이어, 늑대인간 스토리의 영화들이 만들어진 것은 그럴 만한 이유가 있었기 때문이라는 생각이 들어."

카테리나는 두려움을 억누르기 위해 합리화하고 있었다. 나는 그녀의 용기에 얼마나 감탄하고 있는지 감히 내색하지 않았다. 그녀는 정말 놀라웠다.

"엘프 여러 명이 할리우드 스튜디오에서 관리를 받는 것 같아. 엘프와 뱀파이어는 호적수들이거든. 최근 몇 년 동안 '영웅 판타지' 영화가 유행하는 이유가 설명돼."

카테리나가 침을 삼켰다.

"그러니까 네 말은…… 뱀파이어와 엘프도 있다는 뜻이야?"

"마법사와 요정 들도 있어."

"그만 됐어. 공포 분위기 조성하는 것도 아니고."

"미안해."

카테리나는 잠시 침묵하면서 현실로 돌아오려고 애를 썼다.

"영화에서는 여주인공들이 곤경을 빠져나오잖아. 그럼 현실에서는?"

나는 이맛살을 찌푸렸다. 더는 거짓말할 수 없었다.

"그건 보장할 수 없어."

"나는 이제 도망…… 떠날 수 없는 거야?"

"응."

카테리나는 많이 놀라는 눈치였다. 그러고는 손목시계를 보면서 어깨를 으쓱했다.

"와우, 멋진 생일이 되겠네."

카테리나는 생일이 며칠인지 알려주지 않았었다. 그녀의 어머니는 카테리나의 열네 살 생일날 돌아가셨다. 그 뒤로 카테리나는 생일 파티를 한사코 거부해왔다.

"몇 분 후면 열여덟 살이 돼. 좀 색다른 생일을 상상해오긴 했지만⋯⋯."

나는 슬프지만 미소를 지어 보였다. 그녀의 말대로 정말 형편없는 생일이 될 터였다.

카테리나가 한숨을 쉬었다.

"그러니까 브랜드켈과 네 할아버지의 혈투가 벌어진단 말이잖아. 그리고 아빠가 너희 집안의 철천지원수인 늑대를 살인미수로 고소할 거고."

"응."

"내가 이 집의 멋진 바닥에다 토하면 많이 원망스럽겠지?"

나는 후다닥 뛰어가서 카테리나를 안았다. 그녀는 떨지 않았고, 나를 밀어내지도 않았다. 그녀는 나를 꼭 끌어안았다. 내가 손으로 등을 토닥이면서 최선을 다해 위로해주는 사이 그녀의 구토증도 가라앉았다. 마침내 안정이 된 카테리나가 얼굴을 들었다.

나는 너무 행복해서 소리를 지를 뻔했다. 그녀가 나를 버리지 않다니!

"네 할아버지가 이기면 우리는 위험에서 벗어나는 거고, 브랜드켈이 이기면 모두 죽는 거지?"

"응. 브랜드켈이 이기면 우리를 죽이려고 할 거야. 하지만 카테리나, 내가 가만있지 않아. 나를 믿어도 돼."

서재에는 배경 잡음 장치가 작동 중이었다. 내가 재빠르게 단검을 꺼내자 카테리나는 깜짝 놀랐다. 나는 단검을 돌려서 카테리나에게 손잡이를 잡게 했다.

"이건 바꽃 가루를 묻힌 단검이야. 늑대가 공격할 경우 이 칼로 조금만 찔러도 너무 고통스러워 너를 해치지 못해. 늑대는 아마 죽을 거야."

카테리나는 혐오스러운 눈빛으로 은과 강철로 된 칼날을 쳐다보다 단검을 잡았다.

"인디아나, 늑대가 공격하면 난 물리기도 전에 심장마비로 죽을 거야."

"난 걱정하지 않아. 할아버지의 경호원들이 우리가 목장을 빠져나가는 동안 보호해줄 거야."

카테리나가 바로 지적했다.

"그다음에는?"

나는 잠시 눈을 감았는데 눈앞에 쫓기는 카테리나의 모습이 떠올라 견딜 수 없었다.

"그다음에는 놈들이 우리를 추적할 거고, 우리는 도망자가 되겠지."

"그래도 당장 죽지는 않을 거야." 긍정적인 성격의 카테리나가 말했다.

"응."

카테리나는 잠시 생각에 잠겼다. 그러다 갑자기 이런 말을 해서 나를 놀라게 했다.

"완벽해. 나는 늘 여행을 떠나는 꿈을 꿔왔어. 선택할 수 있다면 나는 에스파냐에 가보고 싶었어. 아름다운 나라 같아. 따뜻하고 아니, 아주 더워서 늑대들에게는 좋은 곳이 아니지. 전혀."

나는 빙긋이 웃었다.

"나는 절대 네가 떠나게 두지 않아, 카테리나."

"아버지도 그렇고 너도 그렇고 나를 소중히 생각하는 사람들이야. 네가 좀…… 이상한 인간이라는 걸 알면 내가 널 버릴 거라고 생각했어?"

우리는 서로를 뚫어져라 응시했다. 그리고 미소를 주고받았다. 이윽고 나는 일어나서 카테리나의 스웨터를 들추고 바지 벨트에 단검이 든 칼집을 달아주었다. 우리 둘은 손을 잡고 서재를 나갔다.

시간이 되었다.

24
재판

카테리나는 루이스 브랜드켈의 경호원들에게 끌려올 때 너무 화가 난 상태라 건물에는 관심을 가질 수 없었다. 때문에 늑대 모습과 인간 모습의 루가루가 천천히 자리를 잡고 있는 경기장에 들어섰을 때 깜짝 놀라 멈춰 섰다.

"맙소사! 결투란 게 농담이 아니었어? 원형경기장이잖아? 로마 시대처럼 경기를 하는 거야? 피를 흘리면서?"

"응, 혈투를 벌여." 나는 딱딱하게 대답했다. "저기 아래 출구 쪽으로 가서 앉아. 누군가 공격하려고 하면 계단석 밑으로 달아난 다음에 상대가 덤벼들 때 내가 준 걸로 찔러, 알았지? 특히 말조심해야 해. 늑대는 인간보다 청각이 훨씬 예민해. 루가루의 청각은 늑대보다 더 뛰어나고."

카테리나는 고개를 끄덕이고 자리에 가서 앉았다. 그리고 처량한 미소를 지어 보였다. 금빛 루가루 속에서 진한 분홍빛의 카테리나는 단연 눈에 띄었다. 나는 늑대 수가 많아 놀랐다. 경기장이 가장자리까지 꽉 찬 걸 보면 할머니가 생각보다 훨씬 많은 통행증을 내준 모양이었다. 할머니는 집에 남아 여차하면 도망칠 준비를 하고 있다는 걸 알지만 나는 할머니가 곁에 없는 것이 아쉬웠다. 경기장은 그리 밝지 않았다. 늑대들은 어둠 속에서 더 잘 보고, 너무 밝은 빛은 예민한 시각에 방해가 되기 때문이었다. 그래서 조명 불빛이 닿지 않는 어두운 곳이 많았다. 악셀은 단 하나뿐인 입구 근처의 어둑한 곳에 숨어 있었고, 유일한 출구는 나무 벽의 그림자에 가려져 있었다.

재판관들은 이미 자리에 앉아 있었다. 계단으로 오르는 대형 단상에는 파란색 벨벳을 씌워놓았는데 양에 발을 얹은 늑대(할아버지의 문장이었다)가 새겨져 있었다. 단상에는 의자 일곱 개와 옥좌 한 개가 있었다. 그런데 루가루는 일곱 명뿐이었다. 세력이 큰 무리의 알파 여섯 명과 할아버지. 빈 의자는 루이스 브랜드켈의 자리였다.

알파들은 눈빛이 강했고, 몇몇은 머리가 희끗희끗했다. 그중 한 명은 뼈가 앙상할 정도로 말라서 몸을 약간 떠는 것 같았다. 매서운 추위에도 알파 여섯은 하나같이 입고 벗기 쉬운 갈색 토가를 걸치고 있었다. 숨결이 어찌나 뜨거운지 하얀 입김이 새 나왔다. 할아버지는 최고 수장을 뜻하는 빨간색 토가 차림이었다. 나는 경기장을 완전히 에워싼 우리 쪽 경호원들도 반짝이는 천으로 지은 빨간색 토가를 입었다는 걸 뒤늦게 발견했다.

검사와 변호사는 알파들의 앞쪽, 경기장 모랫바닥에 놓인 탁자 뒤에 셰이머스와 함께 앉아 있었다. 셰이머스는 얼어붙은 듯 앉아 있는 딸을 향해 다정한 눈길을 보냈는데 침착하면서도 결연한 얼굴이었다. 마지막 늑대들이 등장하고, 루이스가 경호원 둘을 데리고 경기장으로 들어오더니 뼈와 금, 모피로 이루어진 옥좌에 앉은 할아버지 앞에 섰다.

"늑대들이여, 우리뿐이다." 할아버지가 외쳤다.

그 말을 신호로 남녀 늑대들이 모조리 옷을 벗었다.

카테리나는 공포에 찬 눈으로 나를 힐끔 쳐다보더니 눈을 가렸다. 민망하기 때문이기도 하지만 공포에 따른 본능적 행동이었다. 하지만 빨리 멈춰야 했다.

셰이머스와 악셀, 카테리나, 나를 제외하고는 모두 늑대로 변신했다. 내 눈에도 위협적인 광경이었다. 카테리나가 마침내 눈을 뜨고 심호흡을 했다. 내가 있는 자리에서도 그녀의 두려움이 느껴져 보호해주고 싶은 충동이 일 정도였다. 하지만 그녀의 두려움이 늑대들의 식욕을 자극하면 '나는 사냥감이니까 잡아먹어도 돼요'라고 쓴 피켓을 들고 있는 것이나 다름없었다. 다행히 카테리나 주위에 있는 늑대들은 경기장에 참석한 많은 알파들 앞에서 불미스러운 짓을 저지를 정도로 야수적이지 않았다. 카테리나를 탐욕의 눈길로 쳐다보면서 조금 입맛을 다시는 정도로 그쳤다.

할아버지가 보름달을 향해 우렁차게 울부짖자 모든 늑대가 합창했다. 웅장하면서 야생적인 합창. 늘 그랬듯 나는 그들과 함께 울부짖지 못하는 것이 유감스러웠다.

그런데 이번에는 균열 같은 것이 느껴졌다. 몇몇 늑대는 소리를 맞추지 않고 은근히 불협화음을 내고 있었다. 이렇게 하모니가 깨진 소리를 듣기는 처음이었다.

합창이 멈추고 늑대들이 다시 인간 모습으로 변신했다. 이번에는 카테리나가 시선을 피하지 않았다. 나는 여장부처럼 용감한 카테리나에게 미소를 지어 보였다. 하지만 그녀는 나를 쳐다보는 게 아니라 뭔가에 시선을 고정한 채 입술을 비죽거렸다. 나는 고개를 돌리다 가슴이 철렁했다. 세라피나가 경기장 건너편, 카테리나와 마주 보는 위치에 있었다. 세라피나의 적대감이 나한테까지 전해졌다. 두 여자가 서로를 응시하고 있었다. 세라피나가 거만한 미소를 지었다. 카테리나는 얼어붙은 듯 서 있었지만 눈빛에서는 섬광이 흘렀다. 나는 입술을 깨물었다. 세라피나는 눈부시게 아름다웠다. 자신의 우월한 미모를 의식한 세라피나가 기지개를 켜는 체하면서 그야말로 스트립 쇼를 하기 시작했다. 손 닿는 데 있었다면 나는 그녀의 목을 졸랐을 것이다. 카테리나는 차가운 시선으로 세라피나를 응시하다 생각에 잠긴 표정으로 나를 쳐다봤다.

휴.

증인 자격으로, 집회가 있을 때 일어나는 모든 일을 기록하는 나의 5대조 헨리는 인간이 네 명 참석했다고 적었다. 그런데 헨리는 왜 악셀을 세미가 아닌 인간으로 기록했을까? 게다가 악셀은 경기장 출구 쪽 어두운 곳에 보이지 않게 꼭꼭 숨어 있는데 와 있는 걸 어떻게 알았지?

루이스는 낭비할 시간이 없었다. 옷을 입기가 무섭게 재판관들에게 따져 물었다.

"나를 고소한 죄목이 무엇이오?" 옆에 거구의 경호원 둘을 대동한 루이스가 통명스럽게 물었다.

자신이 무슨 죄로 고소당했는지 모를 리 없었지만 늑대들의 재판은 늘 이런 식으로 시작되었다. 검사가 루이스 브랜드켈 앞으로 다가갔다.

"신뢰하기 힘든 알코올중독자인 데다 텔러 집안과 불화가 있는 인간에게 루가루 무리의 존재를 누설한 죄. 그리고 그 인간을 50만 달러로 매수하여 텔러 집안의 유일한 상속자를 죽이라고 사주한 죄. 인간들을 감염시켜 세미로 만든 다음, 신원이 드러나지 않게 흔적을 감추고 배후에서 그 세미들을 이용한 죄."

검사는 이렇게 덧붙일 수도 있었다. '오로지 권력을 쟁취하려는 야심 때문에 여러 목숨을 해친 죄.' 하지만 검사는 기소 이유를 그 정도로 마무리했다. 내가 눈을 깜박여 보이자 검사는 뭔가 순조롭지 않다는 눈빛을 보냈다. 손가락에 가시가 박힌 것처럼 뭔가 꺼림칙했다.

루이스가 말아 올린 입술을 거만하게 실룩거렸다.

"좋소. 그럼 조목조목 따져봅시다. 내가 돈을 보냈다는 은행 계좌를 찾았소?"

"아닙니다." 검사가 대답했다. "아직 조세 피난처에 보유한 계좌를 찾지 못했습니다."

"그렇다면 50만 달러를 송금한 사람이 누군지 아무도 모르는 것 아니오?"

"현재로서는 그렇습니다." 검사가 인정했다.

"그런데 왜 나를 기소한 겁니까?"

"당신의 아들이 오하라 씨에게 5만 달러를 송금했습니다."

"타일러!" 루이스가 소리쳤다. "왜 오하라 씨에게 돈을 송금했지?"

나는 소스라치게 놀랐다. 타일러가 와 있는지 몰랐다. 내가 있는 쪽에서 타일러가 일어났는데 얼굴이 창백한 게 많이 아파 보였다.

"오하라 씨의 딸을 도와주고 싶었을 뿐입니다." 타일러가 대답했다. "오하라 씨는 돈이 없었고…….'

"내 아들이 인간과 사랑에 빠졌군요." 루이스가 아들의 말을 단칼에 잘랐다. "인간과 사랑에 빠지는 것은 우리 법으로 금지된 일인데 내가 배후자라면 뭐 때문에 은행으로 송금해서 증거를 남긴단 말이오? 자금의 흐름을 추적하면 이내 들통이 날 텐데!"

검사가 고개를 끄덕였다. 루이스의 목적이 내 할아버지를 도발하는 데 있다는 걸 알지 못할 경우 일리 있는 주장이었다. 새빨간 거짓말이라는 걸 아는 내가 들어도 그럴듯한데 다른 이들은 루이스의 말이 진실이라고 느낄 것이 분명했다. 루이스는 알파의 강력한 힘으로 빨라지는 심장박동을 억누르고 있었다.

루이스가 고개를 설레설레 저으면서 말했다.

"이 기소에 근거가 전혀 없다는 건 검사가 더 잘 알지 않소. 그리고 인간을 물어서 세미로 만들었다고 했는데 물론 그것도 법으로 금지된 일이지요. 내가 그랬다는 증거는 뭡니까? 고소한 자는 어디 있소?"

검사가 손짓을 하자 보좌관들이 세미의 시체를 들고 왔다. 카테리나와 셰이머스는 부들부들 떨었다. 셰이머스는 아직도 머릿속에 괴물의 모습이 생생한 듯했다.

"인간의 시체로군." 루이스가 중얼거리듯 말했다.

"오하라 씨? 증언해주시겠습니까?" 검사가 물었다.

"어느 날 밤, 이자가 나를 찾아와서 자기는 루가루라고 말했습니다." 셰이머스가 대답했다.

경기장에서 으르렁거리는 소리가 났다. 세미가 감히 루가루라고 한 것에 대해 늑대들은 화를 냈다.

"그러고는 괴물로 변하더니 두 발로 걸었습니다. 여러분이 방금 변신한 모습과는 전혀 달랐습니다. 여러분과는 완전히 다른 모습이었습니다."

늑대들은 셰이머스의 말이 거짓이 아니라는 걸 느낄 수 있었다. 침묵이 흘렀다. 세상에 알려지면 큰일 날 일이 아닌가.

"이자는 내 딸과 만나는 청년 인디아나 텔러도 루가루라고 했습니다. 그리고 인디아나의 조부모가 내 집안 어른들을 죽인 루가루라고 했어요. 그러면서 복수를 위해 어떤 사고를 일으켜주면 50만 달러를 주겠다고 했습니다. 처음에는 인디아나 텔러를 죽이는 일은 하지 않겠다고 거절했습니다. 그러자 인디아나를 죽이는 건 불가능하다는 걸 보여주더군요. 내 앞에서 칼로 자해했는데 바로 상처가 아물었습니다. 학교에서 공사를 위해 세운 비계의 나사를 풀어서 텔러 집안에 따끔한 맛만 보여주면 된다고 했어요. 겁을 주려는 것이라면서."

"이자가 텔러 집안에 겁을 주려는 이유를 말했습니까?" 검사가 물었다.

"아니요."

"그 이유에 대해서는 전혀 언급하지 않았습니까?"

"네."

검사는 실망한 듯 뿌루퉁했다.

"흠, 계속하세요."

셰이머스가 말을 이었다.

"우리는 궁금했습니다. 가난 때문에 고생하는 내 딸 카테리나를 생각해서 나는 결국 그 제안을 받아들였습니다."

또다시 으르렁거리는 소리가 울려 퍼졌다. 늑대들은 그들 중 일원을 죽이려 하는 것을 매우 싫어했다. 비록 내가 늑대가 아닐지라도.

루이스가 셰이머스 앞으로 갔다.

"나를 본 적이 있소? 이자가 당신 앞에서 내 이름을 말한 적 있었소? 단 한 번이라도?"

"아닙니다." 셰이머스가 차분하게 대답했다. "전혀. 그 이전에는 세미들을 본 적이 없습니다."

루이스가 놀랐다.

"세미들? 여러 명이었단 말이오? 한 명만 본 게 아니라는 거요?"

"셋이었습니다. 나를 찾아왔던 자는 세 명이라고 했지만 내가 본 건 두 명이었습니다."

"아하? 그렇다면 칼, 안보에 문제가 있는 거 아니오?" 루이스가 할아버지를 돌아보면서 빙긋이 웃었다. "당신 수하의 누군가가 인간들에게 장난을 친 것 같은데……."

"그게 사실이라면 어떤 늑대가 왜 그랬는지 조사하면 될 일이네." 할아버지가 응수했다. "하지만 검사가 인간들과 일하는 데 너무 익숙해져서 우리가 늑대라는 사실을 잊은 것 같으니 내가 나서지. 내가 직접 질문하고 자네의 심장 소리에 귀를 기울이겠다. 알파의 힘을 가졌다 해도 자네는 나한테 거짓말할 수 없어. 자네가 내 손자를 죽이려고 했지?"

순간 루이스가 움찔하더니 호주머니에서 핸드폰을 꺼냈다. 그리고 SMS를 읽었다. 얼굴의 흉터가 끔찍하게 일그러졌는데 그게 흡족한 미소였다는 걸 알아차리는 데는 시간이 좀 걸렸다. 루이스는 핸드폰을 호주머니에 집어넣은 다음 재판관들을 응시했다.

"아, 미안하오, 내가 학수고대하던 긴급 메시지가 와서……. 칼, 내가 당신의 손자를 죽이려고 했는지 알고 싶소?"

루이스는 마치 할아버지에게 인사하는 것처럼 팔을 들었다가 내리면서 말했다.

"당신 손자를 죽이려 했느냐고?"

루이스는 폭탄 발언을 했다.

"물론이다!"

그리고 아수라장이 되었다.

참석한 늑대 절반이 권총을 꺼내 우리 경호원을 향해 발사했다. 재판관 셋이 은 총알을 맞고 쓰러졌고, 나머지 재판관 셋은 루이스 쪽으로 뛰어갔다.

나는 할아버지가 쓰러지는 걸 보고 비명을 지르면서 달려갔다. 하지만 할아버지는 이내 옆구리를 잡고 일어났다. 총알의 충격 때문에 갈비뼈 여러 대가 부러졌지만 할아버지는 살아 있었다.

경호원들도 거의 무사한 상태로 일어났다. 승리의 미소를 짓던 루이스는 할아버지 쪽을 쳐다보다 믿기지 않는다는 얼굴이 되었다.

할아버지의 금빛 눈이 이글거렸다. 할아버지는 격분했다. 늑대들에게 정의와 명예의 의미를 주입시키려고 그토록 노력했건만 이렇듯 비열한 방식으로 배신을 하다니! 칼의 경호원들이 충격으로 비틀거리긴 했지만 죽지 않은 걸 보고 루이스는 손짓으로 사격을 중단시켰다.

"결국 이거였군." 총소리가 그치자 할아버지가 외쳤다. "재판을 원한 게 아니라 내 자리를 빼앗으려는 거였어. 모든 늑대를 지배하고 싶어서. 루이스, 자네가 방금 무슨 짓을 했는지 아는가?"

하지만 루이스는 할아버지의 말을 귓등으로도 안 들었다. 그는 치밀하게 준비한 작전이 예상대로 되지 않은 이유가 궁금할 뿐이었다.

"저들은 죽었다." 루이스가 재판관들을 가리키면서 거만한 어조로 말했다. "그런데 당신은 안 죽었어. 왜지?"

나는 이유를 알고 있었다. 할아버지가 서재에서 은밀하게 말해주었다. 몇 달 전 엄마가 그토록 관심을 보였던 부익스 회사는 탄력성이 좋은 차폐물이 아니라 그보다 훨씬 뛰어난 제품을 개발했다. 두께는 몇 밀리미터에 불과하지만 파괴할 수 없는 완벽한 방탄조끼를 만들 아주 튼튼한 신소재를 개발한 것이다. 어쩌다 한 번씩 정신이 맑을 때 엄마가 하는 요청에 따라 할머니는 부익스 회사의 주식을 공개 매입했다. 그리고 엄마는 그 신소재로 옷을 지어놓으라고 지시했고, 누가 언제 입어야 하는지도 알려주었다. 하지만 이유는 말해주지 않아서 할머니를 혼란스럽게 했었는데, 우리는 이제 그 답을 알았다. 할아버지와 경호원들이 입은 반짝이는 빨간 토가는 바로 그 신소재로 만들었다. 그래서 방금 이들이 목숨을 구한 것이다. 나에게는 방탄복을 입히라고 하지 않은 걸 보면 엄마는 아무도 나를 공격하지 않으리라는 사실을 알고 있었나 보다.

옥좌에 앉은 할아버지가 루이스를 노려보면서 경멸하듯 말했다.

"한심하기 짝이 없는 늑대에게 내 비밀을 말해줄 이유는 없다. 이제 자네의 늑대들이 베일을 벗었으니 싸우는 수밖에 없지. 자네와 나, 누가 더 센지 붙어보자! 비겁하게 총알 뒤로 숨지 말고 송곳니 대 송곳니로 결판을 내자!"

하지만 루이스는 알파끼리의 결투를 원치 않았다. 그는 우리 부족을 전멸시키고 싶었다. 할아버지가 토가를 벗고 번개같이 변신하는 사이 루이스는 부하들에게 우리 경호원들을 공격하라고 명한 다음 변신했다.

나는 루이스 쪽의 수를 보면서 우리가 당했다는 걸 깨달았다. 할아버지는 절대로 잠재적 적들에게 이렇게 많은 통행증을 내주지 않았을 텐데. 누군가 가짜 통행증을 만들어주고, 우리의 방어 체계를 자세히 알려준 것이 틀림없었다. 그리고 고맙게도 그 누군가는 방탄복에 대해서는 전혀 몰랐다.

하지만 우리는 수적으로 열세였다. 모든 루가루가 늑대로 변신했고 전투가 시작되었다. 나는 옆에서 싸우는 걸 금한다는 할아버지의 말에 복종했다. 할아버지는 정정당당하게 맞대결로 루이스를 이겨야 했다. 그래서 나는 가슴이 미어지지만 부상당한 할아버지가 더 젊고 더 민첩한 늑대와 벌이는 혈투를 뒤로하고 카테리나를 향해 뛰어갔다. 힐끗 쳐다보니 타일러도 나처럼 싸움에 끼어들지 않고 방어하는 것으로 만족하고 있었다. 카테리나를 보호할 사람은 나밖에 없었다. 카테리나는 믿기지 않는단 얼굴로 경기장에서 나뒹구는 두 알파 늑대를 바라보았다. 그 주위에서 두세 늑대가 우리 쪽 늑대들을 추격 중이었다. 카테리나가 위험하지 않다는 걸 알자 늑대들은 그녀에게 관심을 보이지 않았다. 아무튼 지금 당장은.

갑자기 뭔가가 뛰어가는 나를 덮쳤다. 나는 모랫바닥으로 몸을 굴리면서 단도를 빼 들고 공격자를 찌르려다 멈췄다. 거칠게 나를 깔아뭉갠 건 여성이었다.

세라피나. 그녀가 미소를 지었는데 금빛 눈이 기쁨으로 생글거렸다.

"세라피나, 저리 비켜. 나 혼자서도 방어할 수 있으니까."

세라피나가 웃으면서 나에게 몸을 숙였다.

"지금 내가 키스하면 성질이 나서 나한테 달려들려나, 너의 인간 여친이?"

나는 빠져나오려고 했지만 세라피나는 늑대의 힘으로 나를 쉽게 제압했다.

"세라프, 지금이 이럴 때라고 생각해? 위험하잖아. 나를 좀 도와줘. 그녀를 여기서 나가게 해야 해!"

세라피나가 눈살을 찌푸렸다.

"정말 알 수가 없는 애야, 너는. 인디아나, 어쩌면 이렇게 둔하고 멍청할까! 인간은 짐승보다 이용 가치가 없다고 한 루이스의 말이 맞았어!"

나는 얼어붙었다. 내가 놀란 틈을 타 세라피나는 내 손에서 단도를 떨어뜨렸다.

"뭐라고?"

세라피나가 미소를 지었다.

"아, 내가 말 안 했나? 난 할리우드에 간 게 아니라 메일을 보낸 것뿐인데. 내가 할리우드에 있다고 믿게 하려고 말이야. 완벽한 알리바이잖아, 안그래?"

우리 주위에서 늑대들이 사투를 벌이면서 계단식 좌석에 피를 튀기고 있는데도 세라피나는 아랑곳하지 않았다. 그녀가 몸을 숙였다.

"사실은 말이야." 세라피나가 속삭였다. "루이스 브랜드켈을 만나러 갔던 거야. 그리고 나를 지켜주는 대가로 그에게 몇 가지 정보를 넘겼지. 그와 나는 얘기가 잘 통했어. 오늘 밤, 나는 그의 여성 알파 늑대가 될 거야. 그리고 우리는 늑대와 인간 들을 지배할 거야!"

얼마 전부터 계속 꺼림칙했던 뭔가가 기억났다. 죽은 세미는 셰이머스에게 그의 할아버지에 이어 부모가 루가루에게 살해됐다고 말했다. 세미가 그걸 어떻게 알았는지 의문이었다. 우리 집안과 아주 가까운 부족의 일원만 그런 정보를 흘릴 수 있었다. 내 머릿속에서 퍼즐이 한 조각씩 맞춰졌다. 세라피나의 냄새!

세라피나에게서 탤컴파우더 냄새가 났다.

왜 그렇게 멍청했을까! 모든 것이 명확해졌다.

"너였어!" 나는 찢어지는 가슴으로 말했다. "비계에 올라갔던 게 너야! 네가 모든 짓을 꾸몄어. 셰이머스 씨는 절대 비계를 무너뜨리지 않았다고 했어. 그냥 나사를 풀었을 뿐이라면서. 어쩐지 이상하다 했어. 셰이머스 씨는 늑대처럼 빠르게 도망칠 수 없어서 금방 붙잡혔을 텐데. 처키가 탤컴파우더 냄새를 맡았다고 했었지……. 나를 죽이려고 한 건 너였어!"

세라피나가 고개를 끄덕였다.

"와우, 추리 끝내주는데! 근데 시간이 좀 많이 걸렸다! 그리 어려운 문제도 아니었는데. 루이스가 인간들을 깨물게 했지. 세미가 된 인간들이 루이스의 오른팔로부터 셰이머스에 대한 정보를 얻고 만나러 갔던 거 맞아. 루이스는 우리가 원하는 걸 준비해주었어. 나는 비계가 적시에 무너져 내릴 수 있도록 나사를 푸는 기술이 없으니까. 그다음 비계를 넘어뜨리는 건 정말 식은 죽 먹기였지. 하필 그 순간 타일러가 네 목숨을 구하다니, 진짜 유감이었지만. 네가 죽었다면 격분한 네 할아버지가 루이스를 공격했을 테고, 루이스는 기다리고 있다가 네 할아버지를 죽였을 텐데. 그랬으면 모든 늑대를 이곳으로 모이게 하려고 이렇게 복잡한 일을 꾸밀 필요도 없었겠지!"

세라피나의 배신에 너무 충격을 받은 나는 벗어나려고 발버둥 치지 않았다.

"통행증도 네 짓이지?" 내가 소리쳤다. "할머니를 안심시키려고 일을 도와주는 척했지만 실은 통행증을 손에 넣는 게 목적이었어."

세라피나가 비웃음을 흘렸다.

"거만하고 오만한 네 할머니! 네 할머니가 나를 좋아하지 않는데 나라고 좋아하겠니? 당연히 나도 싫지. 하지만 네 할머니는 내가 우리의 방어 체계에 관심을 갖자 기뻐했어. 그래서 아주 쉬웠지. 통행증을 훔쳐서 루이스의 늑대들과 그 우군들을 들어오게 했거든. 너희들은 그리 오래 버티지 못할 거야. 비록 방탄복 때문에 내가 네 할아버지한테 한 방 먹긴 했지만."

반드시 허점을 찾아야 했다. 맞대결을 펼치는 루이스와 내 할아버지를 바라보는 세라피나의 눈빛에서 불안한 기색이 보였다.

"루이스의 기분이 아주 나빠 보이네." 내가 지적했다. "작전이 실패하는 걸 아주 싫어하는 타입인가 봐."

부르르 떠는 세라피나의 눈빛에 잠시 공포가 감돌았다. 나는 기회를 잡았다.

"지금이라도 우리 쪽으로 돌아와, 세라피나. 아직 늦지 않았어. 루이스가 네 실패에 대한 대가를 치르게 하기 전에 우리를 도와."

세라피나는 주위를 둘러보다 루이스 쪽의 늑대들이 이기고 있는 걸 보고 심호흡을 했다. 다시 그녀의 시선과 마주쳤을 때 나는 돌이킬 수 없음을 깨달았다.

"이게 다 권력 때문이야, 세라피나." 나는 긴장을 풀고 몸에 힘을 빼면서 슬프게 말했다. "이 주검들, 이 고통, 이게 다 권력 때문이잖아?"

세라피나는 양심의 가책을 조금도 느끼지 않았다. 자신의 이익만 생각할 뿐 다른 것은 관심 밖이었다. 내가 더 이상 몸부림치지 않자 세라피나는 나를 놓아주었다.

"이게 다 권력 때문이라는 걸 내가 모를까 봐 알려주는 건 아니지? 나의 인간 왕자님. 너와 나는 멋진 커플이 될 수도 있었는데 유감이야. 이제 나는 너와 더러운 인간 계집애를 죽여야 해."

"그럼 나를 죽여, 세라피나." 나는 그녀가 내 말을 들으려고 몸을 숙여야 할 정도로 나직하게 속삭였다. "부탁인데 빨리 끝내줘. 고통스럽게 죽고 싶지는 않으니까."

나는 그녀가 어떻게 할지 알고 있었다. 세라피나는 키스를 하기 위해 몸을 숙이면서 치명타를 가하기 위해 내 손을 놓았다. 그 순간 나는 벌떡 몸을 일으키면서 이마로 있는 힘껏 그녀의 코를 받아버렸다. 세라피나는 벌렁 나가자빠졌고 반쯤 주저앉은 코에서 피가 흘렀다.

나는 세라피나에게 눈길도 주지 않았다. 다른 할 일이 있기도 했지만, 그녀를 죽일 수는 없었다.

나는 일어나서 단도를 집어 들고 뛰었다. 카테리나와 셰이머스는 내가 당부한 대로 경기장 출구 쪽 계단식 좌석 밑에 피신해 있었다. 늑대 하나가 달려들면서 깨물려고 했지만 카테리나가 용감하게 단검으로 주둥이에 상처를 냈다. 늑대는 은 때문에 고통스러운 비명을 지르며 비틀거리다 쓰러졌고 경련을 일으켰다. 나는 만약을 대비해 단도를 칼집에 집어넣고 별 모양 표창 두 개를 날렸고, 표창은 늑대의 옆구리에 박혔다. 늑대는 버둥거리다가 더는 움직이지 않았다. 바꽃 가루의 효력이었다. 나는 서둘렀다. 카테리나와 셰이머스를 여기서 빠져나가게 해야 했다. 카테리나는 내가 오는 걸 보지 못하고 나를 찌를 뻔했다.

"카테리나, 나야 나!" 단검이 약간 빗나가는 순간 내가 소리쳤다. "인디아나야! 카테리나, 빨리 나와!"

카테리나와 셰이머스가 차례로 계단식 좌석 밑에서 나왔다. 카테리나가 내 품에 안겼다. 그녀는 울지 않았지만 헐떡이는 숨소리만으로도 얼마나 공포에 떨었는지 짐작이 갔다.

"맙소사." 셰이머스도 은으로 된 단검을 들고 반쯤 웅크린 채 늑대들을 살피면서 물었다. "이제 어떡하지?"

늑대 하나가 또 우리를 향해 돌진했다. 나는 카테리나의 단검을 낚아채서 늑대의 털이 많은 몸뚱이를 피해 옆구리를 찔렀다. 늑대가 고꾸라졌다. 셰이머스가 몸을 일으키며 내 쪽으로 단검을 날렸다. 나는 미처 피할 겨를이 없었고, 단검은 내 귓가를 스치면서 내 머리를 뽑으려고 달려들던 늑대의 눈에 꽂혔다. 늑대가 비명을 지르면서 쓰러졌다.

심장이 너무 빠르게 뛰어 나는 호흡을 가다듬었다.

"고맙습니다, 셰이머스 씨."

"천만에."

나는 쓰러진 늑대의 옆구리에서 카테리나의 단검을 뽑아 돌려주고 하나밖에 없는 탈출구를 가리켰다.

"이제 저 출구까지 가야 해요. 뛰어요, 내가 엄호할 테니까!"

그 순간 거구의 늑대가 우리 옆에 나타났다. 카테리나가 비명을 질렀고, 셰이머스는 몸을 웅크리며 단검을 던질 기세였다. 나는 얼른 막아섰다.

"잠깐! 처키예요!"

처키가 절룩거리면서 내게 주둥이를 쑥 내밀었다. 처키는 피를 흘리면서도 따라오라는 신호를 했다. 처키가 큰 몸집으로 늑대들을 떠밀어버리거나 물어버리면서 길을 터준 덕분에 우리는 출구 쪽으로 갈 수 있었다.

우리가 거의 출구에 이르렀을 때 갑자기 늑대들이 싸움을 멈췄다.

루이스가 의기양양한 모습으로 내 할아버지의 꼼짝하지 않는 몸을 밟고 서 있었다. 루이스는 달을 향해 피범벅이 된 주둥이를 쳐들고 승리의 울음소리를 냈다. 그의 늑대들이 합창으로 울부짖는 반면 우리 쪽 늑대들은 죽음 같은 침묵 속에서 부들부들 떨고 있었다.

끝났다. 루이스가 이긴 것이다.

25
잊지 않은 자

루이스 브랜드켈은 인간 모습으로 변신했다. 그러고는 발로 할아버지의 몸을 떠밀었다. 늑대들이 우리를 에워싸고 출구를 봉쇄했다. 처키가 있는데도 우리는 뚫고 나갈 수 없었다.

나는 표창을 움켜잡고 전투태세로 몸을 웅크렸다. 가슴이 찢어지게 아팠고, 눈앞이 뿌예질 정도로 눈물이 앞을 가렸다. 루이스가 할아버지를 죽였다. 나는 이를 악물면서 죽는 순간까지 루이스를 추적해 복수하리라 굳게 다짐했다.

승리자들이 경기장 한쪽으로 패한 늑대들을 집결시켰다. 참혹한 전투였다. 목이 멨다. 이제 곧 우리는 모랫바닥에 널브러진 시체들 쪽으로 끌려갈 것이다. 나는 마지못해 처키와 헤어졌다.

세라피나는 코를 다시 세워놓은 상태였다. 하지만 콧등이 주저앉았다는 생각에 불안한지 떨리는 손가락으로 코를 가리고 있었다. 어쨌든 그 바람에 세라피나는 우리를 공격하는 것을 단념했다. 그녀는 지금까지 이런 고통을 경험한 적이 없었다. 세라피나는 미모만 믿고 오만하기 이를 데 없는 데다 모든 늑대로부터 사랑을 받은 탓에 버릇없이 자랐다. 내가 살기 위해 자기를 때리리라고는 상상도 못 했을 것이다. 세라피나는 자신이 사는 세계에 대해 아무 생각이 없다는 사실이 또 한 번 입증되었다. 나는 이 지경이 된 그녀를 보는 것이 내심 가슴 아팠지만 겉으로는 냉소를 보냈다. 그녀는 시선을 피했다.

늑대 절반이 인간으로 변신했고, 나머지 절반은 늑대 모습을 유지하고 있었다. 내가 표창을 날리려 할 때 셰이머스가 말리면서 속삭였다.

"지금은 때가 아니다. 여기서 나가려면 머리를 써서 내 딸을 구할 방법을 찾아봐. 나야 잘못을 했으니까 대가를 치러도 괜찮지만 내 딸은 안 돼."

나는 어쩔 수 없이 긴장을 풀었다. 셰이머스의 말이 옳았다. 카테리나의 목숨이 가장 중요했다. 내 분노보다, 내 목숨보다.

나는 표창을 점퍼 주머니에 도로 넣었다.

승리한 늑대들이 미친 개떼처럼 우리를 포위해 루이스 앞으로 떠밀었다. 그리고 무릎을 꿇렸다. 마치 왕 앞인 것처럼. 나는 분노를 억눌렀다. 내 태도가 불손하다고 생각했는지 한 늑대가 내 어깨를 내리쳐서 땅바닥에 엎어지게 했다. 그렇게 쓰러진 내 눈에 할아버지가 보였다. 할아버지의 몸이 움직였다. 할아버지는 아직 살아 있었다. 처참하게 다쳤는데도 할아버지는 힘겹게 숨을 쉬고 있었다. 나는 안도하면서 숨을 들이쉬다가 피 냄새를 맡았다. 카테리나가 나를 일으켜주었지만 잔뜩 겁에 질려 있었다. 늑대들이 사냥감인 양 그녀의 냄새를 맡으며 위협적으로 다가왔다. 내가 안심시키려고 손을 잡아주자 그녀는 긴장을 풀려고 애썼다. 셰이머스는 단검을 숨긴 채 기회를 노리고 있었다. 한 늑대가 알아차리고 셰이머스의 손을 때려 단검이 떨어지게 했다. 셰이머스는 손을 문지르면서 주의 깊게 살폈다. 전투가 일어났는데도 다친 데 없이 멀쩡한 타일러가 자기 아버지 옆에 약간 비켜서 있었다. 타일러의 불안한 시선이 카테리나에 이어 나에게 머물렀다. 타일러는 겁에 질린 채 적인데도 카테리나와 나를 걱정하고 있었다. 타일러는 싸움을 좋아하지 않았다. 손을 더럽히는 일 없이 사랑받는 왕자이고 싶었지만 그의 아버지는 아들에게 편안한 역할을 줄 생각이 없었다.

"우리는 마침내 목적을 이루었다." 루이스가 갈색 토가 냄새를 킁킁 맡은 뒤에 의기양양하게 말했다. "타일러, 내 아들아, 내가 늙은 칼을 물리쳤으니 이번에는 네 차례. 너의 적 인디아나 텔러의 심장을 선물로 줄 테니 죽여라!"

타일러는 부르르 떨었다. 나는 꼿꼿하게 몸을 세웠다. 늑대들이 나를 강제로 무릎 꿇렸지만 루이스는 호기심이 동한 얼굴로 명했다.

"내버려둬라. 인간이 뭐라고 하는지 어디 들어보자."

루이스는 영악했다. 내가 늑대가 아님을 강조한 것이다. 나는 포식 동물의 사냥감이 되었다. 송곳니와 갈퀴 발톱에 맞서 싸울 수 없는 나약한 인간. 나는 잠시 눈을 감았다. 이 밤에 죽게 되리라는 걸 알고 있었다. 하지만 죽을 때 죽더라도 할아버지와 카테리나, 셰이머스를 구해야 했다. 내가 입을 열려는 순간 증인으로 재판에 참석했던 나의 5대조 헨리가 갑자기 나섰다. 두 늑대에게 포위된 상태였다.

"찬탈자!" 조상 헨리가 모든 늑대가 잘 들을 수 있도록 쩌렁쩌렁한 목소리로 외쳤다. "너는 종족의 법을 어기고 우리 공동체를 퇴보시켰다. 송곳니의 시대, 가장 강한 자의 말이 곧 법이 되는 저주받은 시대, 동정과 관용이 아무 의미 없는 말일 뿐인 시대로 되돌려놓았다. 나는 천년을 살면서 모든 걸 지켜봤다. 루이스 브랜드켈, 너는 얼마나 살 것 같은가? 더 젊고 더 강한 늑대가 너와 똑같이 하기까지 얼마나 남았을까? 너는 두려움 속에서 살 것이다. 너 이전에 지금의 법을 만들기로 결정했던 이들과 똑같이 될 것이다. 저들을 봐라, 네 편에 선 자들(조상 헨리가 브랜드켈 편에서 싸웠던 세 재판관을 가리켰다), 저들 역시 알파들이다. 권력에 대한 욕심이 저들의 핏속에 흐르고 있다. 저들이 동맹을 맺고 너에게 맞서기까지 얼마나 남았을까?"

세 재판관이 헨리에게 싸늘한 시선을 던졌다. 하지만 헨리는 강타를 날렸다. 루이스도 느끼고 있었다.

"그만!" 성난 루이스가 외쳤다. "증인이라는 신분으로 당신을 보호해주고 있지만 지금은 이따위 말싸움이나 할 때가 아니다. 늙은 늑대, 입 닥치지 않으면 배를 갈라버리겠다."

조상 헨리는 방금 내게 필요한 루이스의 허점을 드러내주었다. 조상에게 감사하면서 이번에는 내가 나섰다.

"하지만 증인의 말씀이 옳습니다! 합법적으로 옥좌에 앉으려면 당신의 아들과 내가 결투를 벌여야 합니다. 나를 갈기갈기 찢어놓으면 당신 늑대들은 아주 흡족하겠지요. 하지만 그 기쁨이 얼마나 갈까요? 알파들이 아들과 함께 당신을 종족의 최고 수장으로 앉혀놓는 그 시간 동안? 그 시간이 얼마나 될진 모르겠지만."

"타일러, 저놈의 목을 따라, 아가리 닥치게!" 루이스가 호령했다.

타일러가 나와 카테리나를 차례로 쳐다봤다. 내가 없어지면 자기만 남는다는 걸 방금 깨달은 눈빛이었다. 타일러가 한 발 앞으로 나왔다.

"타일러가 어떻게 나오든 나는 방어하지 않을 겁니다." 내가 도전적으로 말했다. "내가 훨씬 강할지라도."

루이스는 놀랐는지 잠시 침묵했다. 이윽고 그가 껄껄대고 웃자 이내 늑대들도 따라 웃었다. 루이스는 눈물까지 닦으면서 나를 뚫어져라 응시했다.

"어린 인간, 아주 재미있는 녀석이구나. 네가 내 아들보다 강하다?"

"오늘 밤 내가 당신 늑대 셋을 죽였으니까요. 카테리나와 셰이머스 씨를 구하기 위해." 나는 떨지 않고 또박또박 말했다.

"뭐라?"

나는 모랫바닥에 널브러진 시체들을 가리켰다.

"저 상처들을 보세요. 송곳니에 물린 상처가 아닙니다. 내가 표창과 단검으로 죽였죠."

나는 바꽃 가루에 대해 말하지 않았다. 적에게 내 무기를 모두 알려줄 필요는 없었다.

"저 시체들을 가져와!" 루이스가 거친 목소리로 명했다.

늑대들이 복종했다. 루이스는 몸을 숙이고 시체를 살폈다. 그는 손가락으로 첫 번째 늑대의 시체에 박힌 별 모양 표창을 건드려보고, 두 번째 시체의 옆구리와 세 번째 시체의 눈에 난 상처를 유심히 들여다봤다. 그러고는 얼굴의 흉터를 문지르며 나를 노려봤다.

"은에 탄 상처들이구나. 송곳니가 없다고 이런 짓을 하다니, 쯧쯧쯧! 이건 아주 비겁한 짓이다!"

"네, 잘 아시다시피 나는 갈퀴 발톱도 송곳니도 없습니다. 그래서 방어할 것이 필요했지요."

"그래서 네가 내 아들을 상대로 싸우겠다? 그거 흥미롭구나. 하지만 그런다고 달라지는 건 없어. 너는 한낱 인간일 뿐이고, 우리 늑대와 싸울 자격이 없다. 내 아들과 너의 결투로 내가 얻을 건 아무것도 없어."

나는 삐딱한 미소를 지었다. 아, 나를 인간이라고 생각한단 말이지. 그럼 내가 그렇게 나약하지 않다는 걸 보여주지. 더는 참지 않아. 내 분노의 에너지가 벼락 치듯 거기 모인 늑대들을 덮쳤다. 내가 지닌 알파의 힘에서 끓어오르는 하울링이 그들을 향해 울려 퍼졌다. 깜짝 놀라서 눈이 동그래지긴 했지만 루이스는 용케 버텨냈다. 하지만 아들 타일러와 쌍둥이 경호원 둘은 납작 엎드려서 늑대로 변신했다. 내가 끄떡도 하지 않고 비웃음을 흘리자 루이스가 당황했다.

"오, 송곳니들이여! 너 대체 뭐야?"

나는 이 순간 루이스를 죽일 수도 있었다. 하지만 그랬다간 수하의 늑대들이 우리를 학살할 것이었다. 내 목적은 오직 사랑하는 여자와 내 가족을 구하는 것. 그래서 나는 루이스를 노려보는 것으로 만족했다.

"나는 늑대가 아니에요. 하지만 완전한 인간도 아니죠."

"내가 증인이다!" 조상 헨리가 갑자기 소리쳐서 루이스를 깜짝 놀라게 했다. "벤자민과 제시카 텔러의 아들이며 칼과 앰버 텔러의 손자이자 후계자인 인디아나 텔러는 알파의 힘을 지니고 있으며 강제로 늑대들을 변신시킬 수 있다. 그것이 바로 인디아나 텔러가 적법한 후계자라는 증거이다!"

루이스의 얼굴이 굳어졌다. 커다란 돌로 내 조상의 머리를 내리치고 싶겠지만 그의 편인 세 명의 재판관들이 못 하게 막을 것이 분명했다. 루이스는 독기 어린 눈으로 우리를 쏘아봤다.

"좋다, 너는 싸울 자격이 있다." 루이스가 마지못해 인정했다.

"내가 적법하다는 걸 인정합니까?"

"그래. 몇 분 동안이야 알파일 수 있겠지. 하지만 자축할 시간이 없을 테니 유감이구나."

내 옆에 있던 카테리나가 긴장했다. 그녀는 무슨 일이 일어나리란 걸 알았지만 완전히 이해하지는 못했다.

"그렇다면 나는 결투를 거부합니다." 내가 팔짱을 끼면서 말했다. "단 조건을 들어주면 결투를 하죠."

루이스는 멍하니 입을 벌렸다. 내 목숨을 걸고 도박을 하는 게 아니었다면 그 낯짝을 보는 게 재미있었을 텐데. 이윽고 루이스가 눈을 가늘게 떴다. 나는 그가 사형을 명하기 전에 말했다.

늑대들이 나를 주의 깊게 지켜보고 있었다.

"내가 당신 아들과 결투하는 조건으로 카테리나와 셰이머스 씨의 목숨을 살려주시죠(할아버지에 대해서는 말하지 않았다. 루이스는 아직 할아버지가 살아 있다는 걸 알아채지 못했는데 굳이 알려줄 필요는 없었다). 그들을 무사히 떠나게 하고 지금은 물론 앞으로도 영원히 해치지 않겠다고 약속해야 합니다. 이 제안을 거절할 경우 나는 당신 아들과 결투를 벌이지 않을 겁니다. 물론 당신은 나를 죽이겠죠. 하지만 늑대 무리를 지배하는 적법성은 영원히 논란거리가 될 겁니다."

"안 돼!" 카테리나가 고함쳤다. **"안 돼! 인디아나!"**

고통이 실린 그녀의 절규에 가슴이 아팠지만 나는 꿋꿋하게 버텼다. 나는 그녀를 구해야 했다.

"카테리나는 내가 책임져!" 인간 모습으로 돌아온 타일러가 씩씩거리면서 나에게 소리쳤다. "아버지, 나는 카테리나를 사랑해요. 아버지가 그녀의 목숨을 살려주지 않는다면 아버지에게 도전할 각오가 되어 있습니다. 인디아나, 영웅 놀이 할 필요 없어. 나는 너와 싸우지 않아. 카테리나는 나하고 있을 거니까."

타일러가 카테리나에게 다가갔다.

"내가 구해줄게." 타일러가 카테리나에게 몸을 숙이면서 진지하게 말했다. "난 너를 사랑해. 진심으로 내 마음을 다해서, 내 영혼을 다해서 사랑해. 너를 위해 죽을 각오가 되어 있어. 인디아나만 그런 게 아냐."

"아악!" 카테리나가 두 손으로 머리를 감싸면서 소리를 질렀다. "그만 좀 해! 난 전리품이 아냐!"

타일러는 카테리나의 말을 듣지 않고 무작정 끌어안았다. 나는 깊이 생각하지 않고 달려들어 타일러에게서 사랑하는 여자를 떼어냈다. 타일러가 으르렁거리면서 뒷걸음쳤다.

나는 입술을 깨물었다. 이렇게 바보 같은 짓을 하다니! 카테리나를 지키기 위해서는 꾹 참아야 했는데! 타일러가 나에게 덤벼들려는 순간 루이스가 타일러를 세게 때려 땅바닥에 주저앉혔다. 루이스는 아들에게 눈길도 주지 않고 내 쪽으로 고개를 돌렸다.

"결투를 원한단 말이지? 뜻대로 해주겠다. 규정대로 할 거야. 화가 나서 씩씩거리는 걸 보니 이 녀석이 너를 죽이려고 달려들겠는데. 젖은 닭처럼 겁쟁이라 걱정이었는데 이런 모습을 보게 해줘서 고맙구나."

루이스는 등을 돌리고 있어서 아들을 보지 못했다. 하지만 아버지에게 던지는 증오심 가득한 타일러의 눈빛을 보면서 나는 루이스가 뒤를 잘 살펴야 하리란 생각이 들었다. 아니면 쿠데타로 얻은 최고 수장 자리를 그리 오래 지키지 못할 테니.

나는 루이스가 비아냥거리거나 말거나 무시하고 카테리나에게 고개를 돌렸다. 그녀의 감정은 절망에서 분노로 바뀌어 있었다.

"인디아나, 나와 아빠의 목숨을 구하기 위해 싸우겠다는 거야? 미쳤구나! 모두 미쳤어. 전부 다 미친 짓이야. 신이시여, 제발 도와주소서! 더는 참을 수 없습니다!"

나는 카테리나가 공포에 떨기 전에 다정하게 안아주었다. 그녀는 절망적으로 내게 매달렸다. 잠시 후 나는 루이스에게 당당히 맞섰다.

"동의합니까?"

나는 루이스를 무리의 지배자로 호칭하지 않았다. 루이스의 눈빛이 분노로 이글거렸지만 그 모욕에 반응하지는 않았다. 그의 눈빛에서 의문의 빛이 반짝였다. 그 무언의 의문을 추측하기란 힘들지 않았다.

'이 계집에 대한 사랑 때문에 죽음을 불사하겠다고? 내 아들의 손에 조용히 죽겠단 말이지?'

나는 고개를 끄덕이면서 속으로 대답했다.

'네.'

우리는 눈빛으로 합의했다. 나는 죽겠지만 카테리나는 살 것이다. 그게 내가 원하는 전부였다.

"이 계집을 죽이지 않겠다." 루이스가 말했다. "내가 새로운 지배자니까 법을 바꾸지."

"그건 안 되오." 한 알파가 나서며 반박했다. "인간들은 우리 피를 희석시켜 힘을 약하게 만들기 때문에, 그리고 당신이 우리만큼 인간을 싫어한다고 생각하기 때문에 당신과 동맹을 맺은 것이오. 예외를 두는 건 어림없는 일이오!"

루이스가 맞받아쳤다.

"방금 무리의 지배자를 물리친 내가 네 목을 못 딸 것 같은가?"

"나를 죽이도록 내 부족이 가만있지는 않을 것이오." 알파도 지지 않고 용감하게 응수했다.

"아니, 네 부족은 나를 따를 거야." 루이스가 악랄한 미소를 흘렸다. "네 부족은 가장 강한 늑대의 법을 따를 텐데 가장 강한 늑대가 바로 나니까. 하지만 한 가지는 네 말이 옳다. 타일러에게 늑대가 아닌 아들이나 딸이 생기면 모두 처형할 것이다."

알파는 믿지 못하겠다는 얼굴로 인상을 썼다. 그걸 본 루이스의 얼굴이 분노로 일그러졌다.

"그리고 타일러는 이 계집 외에 여성 루가루를 두 번째 아내로 맞는다. 중요한 유전자를 보존하기 위해! 이상 끝!"

나는 튀어 나가려고 하는 카테리나를 재빨리 붙잡았다. 그 순간 그녀는 눈을 뽑아버릴 기세로 루이스를 향해 손가락을 까딱거렸다.

"이 쓰레기 같은 놈들!" 카테리나가 외쳤다. "흥, 하렘을 만드시겠다! 지금이 14세기도 아니고! 우리를 떠나게 해줘! 인디아나, 멀리 떠나겠다고 말해! 아무에게도 말하지 않고 살겠다고 말해!"

타일러가 입에서 흐르는 피를 닦으면서 일어났다. 자기 아버지와 카테리나에게 동시에 내쳐진 타일러의 얼굴은 창백했다. 알파들이 고개를 설레설레 저었다. 그들은 이런 나쁜 타협을 원하지 않았다. 하지만 그들은 입을 다물었다. 루이스가 승리했으니 그가 가장 강한 늑대였다. 지금으로서는.

카테리나는 아무 도움도 되지 않는 말을 했다는 사실을 깨닫고 오열했다. 나는 마지막으로 그녀에 대한 내 사랑을 담아 힘껏 안아주었다. 이윽고 셰이머스가 딸을 내게서 떼어내고 꽉 붙잡았다. 그녀는 몸부림쳤다.

"안 돼, 인디아나, 네 곁에 있게 해줘. 아빠, 놔줘요!"

타일러가 으르렁거렸다. 내 곁에 있겠다는 카테리나의 말에 상처를 받은 것이다. 타일러는 자존심에 상처를 입었다.

나는 가슴이 미어졌지만 카테리나에게 미소를 지어 보였다.

"카테리나, 사랑해. 네 용기와 네가 보여준 모든 것에 대해 고마워. 하지만 나는 혼자 싸워야 해."

나는 돌아섰다. 타일러가 다시 늑대로 변신했다. 끓어오르는 타일러의 분노가 느껴졌다. 다른 늑대들은 경기장 밖으로 나갔다. 모두 슬금슬금 물러섰다. 루이스는 흡족한 얼굴로 옥좌에 가서 앉았고, 내 할아버지는 그 발치에 쓰러져 있었다. 그 모습을 보는 것만으로도 냉정함을 잃을 지경이었지만 나는 자제했다. 할아버지는 아직 살아 있었다. 계속 버텨주면 좋겠는데!

마치 다른 차원의 세계에 접속된 것처럼 냉철한 생각이 머릿속으로 스며

들었다.

'시간 속으로 사라져! 그게 목숨을 구하는 유일한 길이야. 시간을 거슬러 가는 능력을 보여주면 루이스가 너를 살려줄 거야.'

하지만 나는 그게 해결책이 아님을 알고 있었다. 하나는 내가 시간 속으로 사라질 때마다 미칠 위험이었다. 그것은 카테리나와 셰이머스에게 아무런 도움이 되지 않을 것이었다. 또 하나는 그 능력을 보여주면 나는 루이스의 손아귀에서 벗어나지 못하고 영원히 갇히게 될 터였다. 그럴 바에야 죽는 쪽을 택하는 게 나았다.

내가 단검을 꺼내자 늑대들의 입에서 한숨이 새 나왔다. 타일러는 신중하게 경기장 반대편에 자리를 잡았다. 나는 아무도 눈치채지 못하게 칼날에 묻힌 바꽃 가루를 닦아냈다. 반사 신경으로 싸워야 했다. 나는 뜻하지 않게 타일러를 죽이고 싶지 않았다.

타일러가 나를 살피면서 옆으로 이동했다. 늑대들이 얼마나 빠른지 아는데, 타일러의 공격은 너무 느려서 쉽게 피할 수 있었다. 나는 눈살을 찌푸렸다. 나를 죽이고 싶지 않은 멍청한 녀석이 나와 놀이를 하고 있었다. 나는 돌진해서 타일러를 급습하고 옆구리에 상처를 입혔다. 은 때문에 화상을 입은 타일러가 울부짖다가 으르렁거리면서 모랫바닥으로 들어섰다. 아! 타일러를 흥분시키는 데 성공했다.

타일러의 두 번째 공격은 번개같이 빨랐다. 나는 여유를 부리면서 타일러가 피할 시간을 주었는데 빌어먹을, 타일러는 아주 민첩하게 움직였다. 타일러의 갈퀴 발톱에 긁혀 옷이 찢어지는 순간 나는 모랫바닥으로 굴렀다. 나는 이맛살을 찌푸렸다. 약간 아프지만 피는 나지 않았다. 일대일. 타일러가 단검을 쥔 내 손을 물려고 했다. 나는 살짝 피하면서 타일러의 귀를 베었다. 이게 실수였다. 은의 독성 때문에 반발심이 생겼는지 타일러가 미친개로, 아니 미친 늑대로 돌변했다.

타일러는 머리를 흔들면서 나에게 피를 뿌렸다. 이번에는 정말 격분한 상태였다. 나는 긴장했다. 타일러가 내 왼쪽을 공격했다. 예상하고 있었는데도 어찌나 빠른지 그의 아가리를 피할 겨를이 없었다. 아가리가 내 오른쪽 다리를 덥석 물었다. 우두둑, 다리가 부러졌다. 나는 너무 아파서 쓰러졌고, 루가루의 뜨거운 독이 내 정맥을 타고 흐르면서 불덩어리처럼 온몸이 뜨거워지기 시작했다.

나는 비명을 질렀다.

잠시 후 타일러의 아가리가 내 목을 물었다. 조금만 더 힘을 주면 나는 끝장이었다. 타일러가 머뭇거렸다. 나는 타들어가는 아픔에도 불구하고 중얼거렸다.

"타일러, 카테리나를 위해 나를 죽여."

금빛 눈이 어두워지면서 타일러가 나를 끝장내려는 순간 갑자기 주위에서 내 말에 대답하는 것처럼 울부짖는 소리가 났다. 위협적으로 느껴지는 격렬한 소리에 타일러는 머리를 쳐들고 경계 자세를 취했다.

하지만 울부짖은 건 늑대들이 아니었다.

어둠 속에서 튀어나온 악셀은 시커먼 털에 무시무시한 아가리의 두 발 달린 괴물로 변해 있었다.

그리고 악셀은 혼자가 아니었다.

악셀과 함께 백 명에 이르는 세미가 가공할 모습으로 등장했다.

세미들이 경기장으로 뛰어들자 늑대들은 너무 충격을 받아 허둥댔다. 많은 세미가 계단식 좌석으로 달려가더니 경기장이 한눈에 내려다보이는 가장 높은 데까지 뛰어 올라갔다. 늑대들은 완전히 포위되었다는 사실을 깨닫고 동요하기 시작했다. 처키와 눈이 마주쳐 나는 눈짓으로 할아버지를 가리켰다. 처키가 고개를 끄덕였다. 내 뜻을 파악한 것이다.

악셀은 얼이 빠진 듯 쳐다보는 루이스 앞에 섰다.

"악셀 풋프린트!" 루이스가 아연실색한 목소리로 외쳤다. "세미, 난 네가 죽었다고 생각했는데."

타일러는 나를 놓아주고 으르렁거리면서 자기 아버지의 뒤에 가서 섰다.

나는 머리가 핑핑 돌게 만드는 루가루의 독 그리고 다리의 통증과 싸우면서 일어나려고 애썼다. 타일러의 행동에 실망하고 격분한 카테리나가 아버지를 뿌리치고 달려와서 나를 부축했다.

"고마워, 카테리나. 빌어먹을! 악셀, 시간을 너무 끌었잖아!"

"미안해." 친구가 피식 웃었다. "세미들을 설득하는 데 생각보다 시간이 좀 걸렸어. 고집불통 대가리에 메시지를 우겨 넣기 위해 한두 놈을 죽여야 했거든. 하지만 이제는 내가 대장이니까 다 잘될 거야."

그뿐이었다. 나는 이맛살을 찌푸렸다. 할아버지가 권력을 유지하도록 도와달라고 부탁하면서 내가 권력 욕심 없는 악셀을 괴물로 만든 건가? 악셀의 영적 능력과 기동력을 보면서 나는 불현듯 불안해졌다.

하지만 루이스만큼 불안할까. 루이스는 악셀을 잘 알고 있었다. 내 의심대로 브라운은 본명이 아니었다.

"아니, 나는 죽지 않았다." 악셀이 루이스에게 대답했다. "젬마를 죽인 뒤 당신은 그렇게 믿고 싶었겠지. 하지만 나는 살아남았다. 그리고 지금 이렇게 나타났다. 브랜드켈, 당신에게 결투를 신청한다!"

나는 숨이 멎을 뻔했다. 악셀을 세미로 만들었던 연인 젬마를 죽인 것이 루이스 브랜드켈이었단 말인가? 나는 그제야 악셀이 그토록 우리와 행동을 같이하고 싶어 한 이유를 깨달았다. 악셀의 작전과 내 작전이 완벽하게 맞아떨어진 것이다. 헬리콥터 안에서 요란한 엔진 소리를 이용해 나는 악셀에게 도움을 청했었다. 이제 상황이 명확해졌다.

악셀은 복수를 위해 여기 있었다. 재판이 없었다면 악셀은 루이스와 대결할 기회를 가질 수 없었을 것이다. 지금이 그가 복수할 기회였다.

"나는 늑대 무리의 최고 수장이다." 성난 루이스가 으르렁거렸다. "하찮은 세미 주제에 감히 순수 혈통인 나에게 도전을 해?"

"당신은 늑대가 아니다." 악셀이 차분하게 응수했다. "더 많은 권력을 얻기 위해 신분 뒤에 숨은 도살자에 불과하지."

루이스가 벌떡 일어났다.

"늑대들이여, 인간으로 변신하라! 은 총알로 세미를 모조리 죽여라!"

그러고는 늑대로 변신해 악셀에게 달려들었다. 세라피나도 변신했지만 공포에 질린 시선으로 세미들을 쳐다보다가 줄행랑쳤다. 이것으로 싸워야 할 늑대가 한 명 줄었다.

처키가 내 뒤에 나타났다. 내가 보낸 무언의 눈짓에 따라 처키는 할아버지를 안고 있었다. 악셀의 등장으로 어수선한 틈에 보초를 해치운 것이다. 처키는 재판관들의 탁자에 놓인 물병을 집어 들고 할아버지의 얼굴에 뿌렸다. 할아버지가 눈꺼풀을 깜박거렸다. 하지만 할아버지의 상태를 본 나는 가슴이 미어졌다. 루이스가 할아버지의 배를 갈라놓은 것이다.

이제부터는 경호와 관련된 두 번째 작전. 작전을 짤 때 나는 할아버지에게 단상 밑에 구멍을 만들어달라고 부탁했었다. 그래서 셰이머스와 카테리나가 들어가기 충분한 크기의 탈출구를 단상 아래, 정확하게 말해 계단 밑에 뚫어놓고 회전식 널빤지로 막아놓았다. 나는 널빤지를 밀었고, 모두 탈출구로 들어간 뒤에 다시 널빤지를 막았다. 우리 인원이 얼마나 될지 예상하지 못했기 때문에 공간이 협소했지만 어쩔 수 없었다.

그때 갑자기 정신이 든 할아버지가 말을 했는데 어찌나 힘이 없는지 금방이라도 다시 의식을 잃을 것 같았다.

"포로로 붙잡힌 늑대들을 풀어줘라. 그들은 아직 루이스에게 충성을 맹세하지 않았어. 늘 나에게 복종했던 이들이니 우리가 여길 빠져나가도록 도와줄 거다. 인디아나, 네가 해. 너는 나의 합법적 후계자니까 나를 대신해 지시를 내릴 자격이 있어."

어쩌면 우리 모두 죽을지 모르는 완전한 혼돈 상태였지만 나는 할아버지의 말에서 자긍심을 느꼈다. 끔찍한 고통에도 불구하고 말을 할 수 있다니, 나는 할아버지가 자랑스러웠다. 할아버지를 부둥켜안았다. 할아버지가 살아 있었다. 오늘 밤 일어난 일 중 가장 중요한 일이었다.

"네, 할아버지. 당장 그렇게 할게요."

할아버지는 나에게 미소를 지어 보이고 처키의 품에 쓰러졌다. 처키가 할아버지를 셰이머스와 카테리나에게 맡기자 두 사람은 몸을 웅크리고 할아버지를 에워쌌다. 카테리나는 이를 악물었지만 세라피나와는 달리 도망칠 생각을 하지 않았다. 위험에 처해 있을 때도 한순간도 도망치려고 하지 않았던 카테리나였다.

카테리나는 정말 놀라웠다. 나는 고맙다는 눈빛을 보낸 뒤 처키와 함께 탈출구를 나갔다.

처키는 피가 흐르는 다리 때문에 빨리 걷지 못하는 나를 부축하고 질질 끌다시피 하면서 우리 늑대들이 포로로 잡혀 있는 경기장으로 향했다. 고맙게도 그들은 세미와의 싸움에 동참하지 않고 있었다. 나는 외쳤다.

"텔러 집안의 늑대들이여! 내 할아버지, 여러분의 알파는 살아 계시며 우리에게 합류하라는 명을 내리셨습니다!"

보초 두 명이 몹시 당황하며 돌아봤다. 처키가 먼저 달려드는 보초를 때려 눕혔고, 나는 두 번째 보초의 가슴에 바꽃 가루를 묻힌 표창 두 개를 날려 끽

소리도 못 하게 만들었다. 다행히 중상을 입지 않은 데이브가 인간 모습으로 내게 다가왔다.

"그럴 줄 알았어." 데이브가 굵은 목소리로 말했다. "우리 알파께서 아직 살아 있다는 걸 느꼈다. 어떤 명을 내리셨지?"

"우리는 루이스에게 복종하면 안 돼요. 루이스는 대결하기도 전에 은 총알로 할아버지를 죽이려고 했어요. 할아버지는 은 총알의 충격으로 힘을 못 쓰는 상태이고, 방탄복을 입었는데도 갈비뼈가 몇 대 부러진 것 같아요. 따라서 일단 집으로 후퇴하고 후일을 도모하면서 사태를 지켜볼 거예요."

데이브가 고개를 끄덕였다. 우리 쪽 늑대들이 경호해주었다. 다행히 이번에는 루이스의 늑대들이 몇 분 전 우리와 같은 처지에 놓여 있었다. 수적으로는 열세가 아니지만 강력한 세미와 맞서는 것은 역부족으로 보였다. 그들은 세미의 거친 공격에서 살아남기도 버거워 우리를 막아설 여력이 없었다. 하지만 은 총알을 맞은 세미들이 곳곳에 널브러져 있었다.

경기장에서 격전이 벌어진 사이 우리는 처키가 안은 할아버지의 지시에 따라 질서 있게 후퇴했다. 할아버지는 너무 고통스러워 숨을 헐떡이면서도 세미에게 적대감을 보이지 말라고 누누이 말했다. 세미들이 우리를 구해주었으니.

악셀과 루이스가 격렬하게 싸우고 있어서 역적 늑대들이 우리에게 신경쓸 겨를이 없는 건 사실이었다. 우리는 경호를 받으며 집으로 피신했다. 우리가 후퇴하는 걸 본 루이스의 늑대들이 공격하려고 했지만 놀랍게도 세미들이 우리를 보호해주었다.

주의 사항: 잊지 말고 악셀에게 수백만 번 고마워할 것.

데이브는 자신도 부상을 입었으면서도 잘 걷지 못하는 나를 안았다. 남자답지 못했지만 하는 수 없이 안긴 나는 고마움을 표했다.

일단 집으로 들어가고 문이 닫히자 할머니가 뛰어왔는데 얼마나 불안에 떨었는지 얼굴에 핏기가 하나도 없었다.

"무슨 일이니? 무시무시한 괴성이 들리던데……. 세미들이 왜 우리 땅에 들어왔지?"

"세미가 우리를 구해줬어요, 할머니." 나는 통증 때문에 신음 소리를 내지 않으려고 입술을 질끈 깨물며 대답했다. "할아버지는 부상을 당했고, 루이스가 이겼어요. 그리고 타일러가 내 다리를 부러뜨렸고요."

할머니가 재빨리 할아버지를 살피는 동안 나는 소파에 쓰러졌다. 할머니가 이내 뛰어와서 뼈를 맞춰주었는데 얼마나 아픈지 비명이 나왔다. 할머니는 퉁퉁 부어오른 다리에 금속과 플라스틱 재질의 부목을 대고 움직이지 못하게 고정했다. 그러고는 통증을 완화해주는 주사를 놓고 타일러의 이빨 자국을 소독했다. 상처의 깊이를 본 할머니가 이마를 찡그렸다.

"그놈이 너를 물었다고……?"

"독이 퍼지는지 불에 타는 것 같았어요, 할머니."

"맙소사, 네가 세미가 되면 큰일인데……." 할머니가 중얼거렸다. "그러면 재앙이야!"

옆에 서서 걱정이 가득한 얼굴로 깊은 상처를 지켜보던 카테리나가 마치 진짜 여성 루가루처럼 벌컥 화를 냈다.

"넌 알고 있었잖아! 네 친구 악셀이 도와줄 걸 알았으면서 왜 우리한테 아무 말도 안 했어? 너무 무서워서 죽는 줄 알았단 말이야!"

나는 긴장을 풀려다가 통증이 너무 심해 오만상을 찌푸렸다.

"악셀이 세미들을 설득할 수 있을지 자신이 없다고 했어. 루가루들이 세미를 보기만 하면 잡아 죽였던 걸 잊지 말라면서. 카테리나, 우리는 세미들에게 있어 보복하는 네메시스◆와도 같은데 왜 도와주겠어? 난 헛된 희망을 주고 싶지 않았어."

카테리나의 분노가 누그러졌다. 그녀가 고개를 끄덕였다. 이해한 것이다.

"이제 먹을 게 푸짐하니 네 친구들에게 저녁 식사는 대접하지 않아도 되는 건가?"

맙소사, 카테리나는 이 와중에 너스레를 떨었다.

"세미가 우세하긴 하지만 확신할 수는 없어." 할아버지가 힘없는 목소리로 말했다. "그놈의 은 총알 때문에. 우리는 목장에서 철수해야 해."

"그래요, 그럽시다." 할머니가 말했다. "필요한 건 다 준비해놨으니까."

할머니가 횃불 등롱을 오른쪽, 왼쪽으로 움직이자 비밀 장소가 나타났고 사람들을 치료하거나 이동하는 데 필요한 들것들이 보였다. 카테리나와 셰이머스는 눈이 휘둥그레졌다. 비밀 장소는 긴 통로로 이어졌다. 할아버지는 내가 열 살 때 처음으로 여길 보여주었다.

"바깥까지 4킬로미터 되는 통로야." 할머니가 설명했다. "인간들이 우리 존재를 알 경우 도망칠 수 있게 조상들이 수십 년 전에 파놓았지."

할머니가 처키에게 할아버지를 들것에 눕히라는 손짓을 했다.

"그래도 우리 부족이 도망치는 데 사용하게 될 줄은 상상도 못 했다." 할머니가 씁쓸하게 말했다. "갑시다, 내가 자동차들을 대기시켜놨어. 다른 은신처에 머물면서 어떻게 되는지 상황을 지켜보자. 카테리나, 셰이머스, 두 사람이 제일 느리니까 맨 앞에서 가요."

카테리나는 내 곁에 있고 싶었지만 할머니의 눈치를 보고는 순순히 말을 들었다. 늑대들이 카테리나를 따라가고 할머니와 할아버지가 그 뒤를 이어 출발했다. 잘 걷지 못하는 나는 맨 마지막에 바퀴 달린 들것에 실렸다. 모양

♦ 그리스신화에 나오는 율법의 여신. 절도와 복수를 관장하며 인간에게 행복과 불행을 분배한다.

은 좀 빠지지만 그래도 따라갈 수는 있었다.

처키가 천진난만한 미소를 지으며 바퀴 달린 들것을 움켜잡았다. 처키가 전동 자동차 놀이라도 하는 듯 신이 나 있을 때였다. 갑자기 문이 폭발하는 소리에 우리는 소스라치게 놀랐다. 나는 벽에 바짝 붙어서 손을 뻗고 재빨리 횃불 등롱을 밀었다. 벽이 빙그르르 돌면서 닫혔다.

"왜 그랬어? 어떡하려고?" 질겁한 처키가 외쳤다.

"처키, 내 말 잘 들어. 너는 빨리 늑대로 변신해서 여길 도망쳐, 알았어? 놈들이 찾는 건 할머니와 할아버지, 나니까 너를 쫓진 않을 거야. 나는 그들에게 비밀 통로가 발각되길 원치 않아. 놈들이 들이닥치기 전에 나를 2층에 데려다줘."

처키가 큼직한 이마를 찡그렸다.

"하지만…… 그럼 너는?"

"빌어먹을! 처키, 따지지 말고 시키는 대로 좀 해! 내가 뭘 해야 할지는 알고 있으니까!"

처키는 으르렁거렸지만 내 알파의 어조에 복종했다. 처키는 나를 어린애처럼 답삭 안고 계단을 날아갈 듯 올라가서 내 방 벽장에 넣었다. 이러면 내옷들에서 나는 냄새 때문에 늑대들이 방에 들어와도 내가 있다는 사실을 알아채지 못할 것이었다. 처키는 창문을 열어놓고 변신한 다음 2층에서 펄쩍 뛰어내렸다. 갈퀴 발톱이 돌멩이에 긁히는 소리가 나다 잠잠해졌다.

나는 벽장에서 나와 몇 가지 준비를 했다. 단검 세 개 중 하나는 침대 밑에 넣어두고, 또 하나는 탁자 밑에, 나머지 하나는 책상 밑에 접착제로 붙여놓았다. 단검에 바꽃 가루도 꼼꼼히 묻혔다.

나는 냄새를 킁킁 맡았다. 시큼한 냄새가 났다. 한 놈이 집에 들어왔는데 귀에 익은 목소리였다.

"꼬마야, 꼬마야." 놈이 부드러운 목소리로 말했다. "어디 숨었니? 네가 여기 있는 거 알아. 심장 소리가 들리거든. 숨결도 느껴지고!"

아마 진짜일 것이다. 나는 두려움에 가슴이 오그라들고 숨이 가빠졌다. 루이스의 소름 끼치는 쌍둥이 경호원 중 하나, 짐이었다. 잔혹한 사디스트가 틀림없었다. 다리가 아팠지만 나는 구석진 곳으로 기어가서 몸을 기댔다. 벽장에 숨어 있고 싶지 않았다. 밖에서 쿵쿵거리는 소리가 들리다 숨소리가 멎었다.

놈이 나를 찾은 것이다.

놈은 방문을 살그머니 열면서 거의 끝나가는 몰이의 마지막 순간을 즐겼다. 놈이 힘없이 바닥에 앉은 나를 발견하고 활짝 웃었다.

"어린 인간! 까꿍! 주인님께서 너에게 화가 많이 났다고 말씀하셨단다. 주인님을 화나게 하는 자들을 내가 어떻게 하는지 알지?"

"짓밟으며 고통을 주다가 목을 비틀어 따버리기밖에 더 하겠어?" 내가 섭어뱉듯 내뱉었다.

놈의 얼굴에서 미소가 사라졌다.

"제법 센 척하는구나? 다른 사람들은 어디 있니?"

"몰라. 오래전에 떠났으니까. 다리를 다친 나는 따라갈 수 없어서 여기 숨어 있기로 했지. 세미들이 너희를 모조리 죽였길 바랐는데."

짐이 머리를 설레설레 흔들었다.

"세미들이 그렇게 하더라도 너는 틀렸다. 어린 인간, 너는 이제 끝이야."

나는 의도적으로 두려움이 엄습하게 내버려두었다. 두려움, 분노, 무기력, 혼란. 이 모든 감정이 몰려와서 내 몸이 심한 스트레스에 빠져들게 했다. 놈이 다가왔다. 나는 놈이 변신할 거라고 생각했다. 그런데 그러기는커녕 호주머니에서 칼을 꺼냈다. 톱니가 달린 한쪽 면에만 독을 묻힌 칼이었다. 내장을 뜯어내는 무시무시한 칼. 나는 침을 삼켰다. 두려움이 점점 커졌다. 놈이 희열에 찬 미소를 날렸다.

"아이고, 귀여운 녀석, 완전히 겁먹었구나. 네가 이 정도로 떨 줄은 생각도 못 했는데. 아까는 제법 알파의 능력을 보여주더니 말이야. 알파는 용감해. 근데 너는 그렇지 못하구나. 이제 그게 느껴지네. 내 주인님에게 고마워해야 겠다. 너는 나를 위한 만찬이 될 테니!"

놈이 바짝 다가왔다. 나는 눈을 감고 미친 듯이 정신을 집중했다.

아무 일도 일어나지 않았다. 내 능력이 발동하지 않았다! 그것에 기대를 걸었는데. 하지만 놈은 내가 위험하지 않다고 판단한 것이 분명했다. 내 얼굴에 닿는 뜨거운 숨결을 느끼면서 나는 눈을 떴다.

미소를 짓는 놈의 표정이 잔혹했다. 놈은 눈썹 하나 까딱하지 않고, 어떻게 할지 아무런 조짐도 주지 않고 칼날로 내 왼쪽 어깨를 찔렀다.

나는 비명을 질렀다.

그리고 나는 시간 속으로 사라졌다.

놈이 고꾸라졌다. 내 옷과 빈 부목, 피 묻은 칼을 깔아뭉갠 채.

나는 놈의 머리 위 공중에 떠 있었다. 어깨와 다리가 아팠지만 그래도 내가 무형화되는 순간 칼을 휘둘렀기 때문에 더 이상의 부상은 당하지 않았다.

나는 안도의 숨을 내쉬었다. 미치지 않고 능력이 작동했다. 나는 루이스의 킬러를 어떻게 무찌를지 알고 있었다. 우선 내가 몇 주 전에 했던 일을 해야 했다. 내가 있던 위치의 1미터 이내에 다시 유형화되어야 했다.

나는 있는 힘을 다해 정신을 집중했다. 비계 밑에서 내가 이미 결과를 경험했던 일종의 탄성이 내가 원하는 짐의 뒤쪽이 아니라 앞쪽으로 나를 데려가고 있었다. 짐은 얼이 빠진 채 마치 내가 조그맣게 줄어들어 숨어 있기라도 한 듯 정신없이 내 옷가지를 뒤지고 있었다. 나는 이를 악물고 있는 힘을 다해 짐의 뒤쪽으로 갔다. 그리고 나를 보기 직전에 펑, 소리를 내면서 유형화되었다. 정확히 내가 원하는 곳에. 나는 책상 밑에 숨겨둔 단검을 움켜잡았다.

짐이 칼을 들고 돌아섰다.

갑자기 내가 나타난 것도 놀랄 일인데 발가벗은 모습을 보고 어리둥절해진 짐은 잠깐 머뭇거렸다. 나는 때를 놓치지 않고 번개같이 달려들었다. 내 단검이 짐의 심장을 찔렀다. 잠시 후, 짐의 기겁한 얼굴을 보니 어찌나 고소한지 아프지 않고 두렵지 않았다면 웃음이 터질 지경이었다. 이윽고 짐은 칼을 떨어뜨리면서 푹 쓰러졌고 더는 꼼짝하지 않았다. 은과 바꽃 가루의 효력이 나타나고 있었다. 몇 번 경련을 일으킨 뒤 짐은 죽었다.

나는 떨리는 손으로 어깨를 잡았다. 짐은 나를 죽이는 것이 아니라 고통을 주려던 모양이었다. 동맥을 피해 어깨의 지방 부위를 찌른 걸 보면. 그래도 고통스러웠다! 나는 통증 때문에 이를 악물고 간신히 옷을 입었다. 하지만 부목은 다시 댈 수 없었다.

밖에서 성난 고함 소리가 들렸다. 경기장 밖에서 악셀이 이미 많이 다친 루이스를 죽이려고 달려들었지만 늑대들이 에워싸고 있었고, 타일러는 미친 듯이 총을 쏘고 있었다. 악셀은 총알은 잘 피했지만 전진할 수가 없었다. 그때 방탄 장치를 한 검은색 차 한 대가 바로 뒤에 멈추더니 루이스와 타일러를 태웠다. 악셀은 막을 틈이 없었다. 문이 닫히는 순간 금빛 털의 여성 루가루가 번개같이 차에 올라탔다. 세라피나가 브랜드켈의 진영을 선택한 것이다.

악셀이 하늘을 향해 갈퀴 발톱을 세우고 적의 패주를 바라보며 울부짖었다. 승리한 세미들도 함께 울부짖었다. 루이스의 늑대 중에는 달아난 놈들도 있고, 한쪽 구석에 모여 부들부들 떨고 있는 놈들도 있었다.

배신한 재판관 셋도 방패가 되어준 경호원들 덕분에 도주했다. 나는 핸드폰을 꺼냈다. 할머니가 이내 대답했다.

"인디아나." 할머니가 불안한 목소리로 물었다. "오, 달님이시여, 너 어디니?"

"내 방이에요." 내가 힘없이 대답했다. "할머니의 도움이 필요해요. 칼에 찔렸어요. 루이스는 도주 중이고요. 악셀이 이겼는데 놈들이 루이스를 탈출시켰어요. 이제 모두 돌아오셔도 돼요. 할머니, 사랑해요. 그리고 카테리나에게도 사랑한다고 전해주세요."

나는 전화를 끊고 푹 쓰러졌다.

그리고 의식을 잃었다.

26
납치

보통 영화에서는 주인공이 깨어날 때, 그는 깔끔한 몸으로 침대에 누워 있고, 한 아름다운 여인이 다정하게 몸을 숙이고는 며칠 전부터 정신을 잃은 상태였다고 속삭인다. 그리고 주인공이 그렇게 잠자는 사이 아무 일도 없었다는 듯 모든 것이 깨끗이 치워져 있다.

내 경우는 아니었다.

내가 깨어났을 때 낯익지만 아름다움과는 거리가 먼 할아버지의 얼굴이 나를 내려다보고 있었다. 할아버지의 안색이 평소와 달리 푸르스름했다.

나는 아수라장이 된 내 방 바닥에 누워 있었다. 그리고 온몸이 굉장히 아팠다.

"침대와 아름다운 여인은 어디 있는 거야?"

"맙소사. 여보, 얘가 헛소리를 하네요!" 걱정이 가득한 할머니의 목소리가 들렸다.

나는 일어나 앉으려고 하다가…… 신음 소리를 내면서 포기했다.

"아니, 아니에요. 깨어났어요. 어떻게 된 거예요?"

"우리는 가능한 한 빨리 돌아왔어." 할아버지가 설명했다. "네 말대로 루이스는 도망쳤고, 현재 상황을 파악하는 중이야. 악셀은 루이스 쪽 늑대들이 어딘가에 숨어 있지 않은지 확인하러 나갔어. 놈들이 권총과 은 총알을 갖고 있으니 위험을 무릅쓰고 싶진 않구나. 우리 쪽은 스무 명이 희생됐다."

할아버지의 목소리에 담긴 슬픔이 내 슬픔에 더해졌다. 모두 내가 아는 늑대들이었고, 내 친구였든 아니든 함께 살아온 가족이나 다름없었다. 나는 누가 살아남고 누가 죽었는지 알고 싶지 않았다.

"세미도 다섯 명이 당했지만 루이스 쪽 사망자는 서른 명 이상이야."

이번에는 할아버지의 목소리에 담긴 희열을 나도 함께 느꼈다. 우리가 적을 물리친 것이다.

어느새 돌아온 처키가 나를 부축해 침대에 눕혀주었다. 내가 부목을 풀어버린 이유를 모르는 할머니가 나를 치료해주었다.

또!

"괜찮아." 할머니는 내 어깨에 붕대를 감아주고 다리에 다시 부목을 대주면서 말했다. "이번에는 피를 많이 흘리지 않았구나. 며칠 동안은 또다시 몸에 구멍 뚫리는 일이 없어야 할 텐데. 너한테는 늑대의 재생 능력이 없다는 걸 상기시켜야겠니?"

나는 힘없이 미소를 지어 보였다.

"할머니, 괴로울 정도로 잘 알고 있어요. 카테리나와 셰이머스 씨는 어디 있어요?"

"아래층에. 데이브가 보호하고 있다. 어쩌다 이렇게 됐는지 우리는 모르잖아. 자, 이제 네가 말할 차례야. 어떻게 된 거니?"

나는 이야기했다. 쌍둥이 짐 중 한 명과 싸웠는데 놈이 할아버지와 할머니가 어디로 도망쳤는지 알려고 내 어깨를 칼로 찌르고는 고통을 주려고 부목을 떼어버렸다, 하지만 나는 감춰놓은 단검으로 놈을 죽였다고. 나는 사실과 거짓말을 섞어서 말했고, 할머니는 내 말을 믿었다.

"잘했구나." 잠자코 듣던 할아버지가 말했다. "하지만 다음에 또 그런 짓을 하면 상속권을 박탈할 테니까 명심해! 네가 따라오지 않은 걸 알았을 때 나는 가슴이 터져 죽을 뻔했어."

할아버지는 아직 힘이 없는데도 내 어깨를 피해 나를 꽉 끌어안았다.

그때 데이브를 뿌리치고 막무가내로 뛰어 들어온 카테리나가 나에게 달려들었다. 나는 비명을 질렀다.

"아아아악!"

카테리나가 질겁해서 물러났다.

"인디아나? 왜 그래?"

나는 어깨를 가리켰다. 카테리나가 손을 입에 댔다.

"어머, 미안해. 하지만 너 때문에 미칠 뻔했단 말이야!"

카테리나가 자세를 바로 하더니 내 이마를 찰싹 때렸다.

나는 어리둥절해서 카테리나를 쳐다봤다.

"아야, 왜 때려?"

"네가 통로를 닫아버렸는데 우리는 이유도 몰랐으니까. 그리고 네 할아버지, 할머니가 너를 뒤쫓아 가지 못하게 나를 막으셨어. 너 한 번만 더 그런 짓 하면……."

"상속권 박탈?"

"뭘 박탈해?"

"방금 할아버지가 그러셨거든."

"아니, 다시는 너랑 말도 하지 않을 거야."

나는 매 맞은 개처럼 겁먹은 시늉을 했다.

카테리나가 미소를 지었다.

"그래도 귀여우니까 봐준다. 그리고 우리 목숨을 구해주었고……."

그때 악셀이 바람같이 뛰어 들어오자 카테리나는 파랗게 질려 말을 멈췄다. 세미의 모습은 인상적이었다. 악셀은 깔끔한 편이었지만 피와 야수의 냄새가 났다.

"인디아나!" 악셀이 외치면서 나에게 달려들었다.

나는 비명을 질렀다.

"아아아악, 내 어깨! 제기랄, 한 번만 더 나를 끌어안으면 물어버린다!"

악셀은 나를 놓아주고 웃었지만 곧 다시 표정이 어두워졌다.

"성공하지 못했어, 인디아나. 내 사랑 젬마의 복수를 하지 못했어."

"악셀, 넌 우리 모두를 구했어. 네가 없었으면 우리는 지금 그 미친놈의 손아귀에 있을 거야. 그리고 난 세미들이 그렇게 오래 버텨줄지 몰랐어."

"나는 루이스를 계속 추적할 거야." 악셀이 진지하게 말했다.

"알아. 하지만 네가 루이스의 집으로 찾아가서 공격하는 건 자살행위야."

할아버지가 끼어들려고 할 때 갑자기 핸드폰이 울렸다. 할머니의 핸드폰도 동시에 울렸다. 할아버지와 할머니는 전화를 받고 잠자코 듣다가 서로를 쳐다봤다.

나는 긴장했다. 갑자기 두려움이 엄습했다.

할아버지가 나를 돌아봤다.

"인디아나?"

"네?"

"끝난 게 아냐."

가슴이 철렁 내려앉았다.

"무슨 일인데요?"

"네 엄마한테 문제가 생겼구나."

우리는 카테리나와 셰이머스를 목장에 남겨두고 출발하면서 삼엄한 경비를 서게 했다. 할아버지와 할머니, 나는 늑대 열과 악셀, 세미 다섯의 경호를 받으며 시속 200킬로미터로 달려 10분 만에 정신병원에 도착했다.

온몸이 덜덜 떨렸다. 시커멓게 그을린 병원 건물에서 사람들이 불을 끄느라 분주했다. 평소에 그토록 단정하던 뱀파이어 원장의 머리가 헝클어져 있었다. 검댕이 묻은 얼굴에 비뚤어진 넥타이, 원장은 뱀파이어의 이빨을 드러내고 있었다. 누구든 시비를 걸면 물어버릴 기세였다. 할머니를 발견한 원장이 얼른 머리를 가다듬고 이빨을 감추며 옷을 매만졌다.

"루가루들의 밀레이디, 정말 죄송합니다." 원장이 할머니에게 깍듯하게 인사하면서 말했다. "병원이 공격을 받았는데 놈들이 통신 장치를 고장 냈기 때문에 도움을 청할 수 없었습니다. 우리 요정과 마법사 들이 최선을 다했지만 역부족이었습니다."

맙소사, 눈치챘어야 했는데……. 그 긴급 메시지. 루이스가 학수고대하며 기다렸다던 연락은 공격 개시를 알리는 것이었다.

"늑대들 아니었어요?" 내가 조심스럽게 물었다. "늑대들이 공격한 거죠, 약 한 시간 전쯤?"

원장이 나에게 놀란 시선을 던졌다.

"그래, 맞아. 어떻게 알았니?"

내가 부상당한 몸을 가리켰다.

"우리도 당했어요. 완벽하게 연계된 행동인 것 같아서요. 전화를 했어도 우리는 도와주지 못했을 겁니다."

"문제는 도주하면서 놈들이 우리의 수감…… 환자들을 모조리 풀어주었다는 겁니다." 원장이 성난 목소리로 할아버지에게 보고했다. "그중에는 아주 위험한 환자들도 있습니다. 그들이 인간을 공격하는 날에는……. 그럴 것이 불 보듯 뻔해서 정말 걱정입니다. 그렇게 되면 그 시신들을 숨기기 어려울 텐데……. 우리 모두 위험에 처하게 될 겁니다."

할아버지는 눈을 감았다.

"악셀?"

"네?"

할아버지가 눈을 뜨고 악셀을 뚫어져라 쳐다봤다.

"이제 너와 네 무리를 위한 미션을 주겠다. 너는 오늘 밤 신뢰와 충성, 역량을 완벽하게 증명해 보였다. 너에게 고맙다고 말할 틈이 없었구나."

"감사 인사는 제가 아니라 어르신의 손자에게 하셔야 합니다." 내 친구가 입가에 엷은 미소를 머금고 말했다. "인디아나는 나를 설득했고, 내가 목숨을 걸고 지킬 가치가 있다는 걸 일깨워주었습니다. 정말 훌륭한 협상가를 손자로 두셨습니다, 어르신."

"고맙다." 할아버지가 말했다. "너희 세미에게 말뿐만이 아니라 다른 것으로 보답할 날이 있을 것이다. 하지만 지금은 우선 환자들을 찾아서 다시 가둬야 한다. 내 늑대들과 세미들을 데리고 그들을 찾아. 데이브, 세미들이 더 강하지만 자네는 후각이 뛰어나니까 함께 찾아라. 뱀파이어들은 요정과 마찬가지로 날아다닐 수 있다는 걸 잊지 말고."

악셀은 늑대들이 정신병원에 뭘 찾으러 온 것인지 몰랐다. 나는 엄마가 걱정돼 고맙다는 미소조차 지어 보이지 않았다. 그럼에도 악셀은 고개를 끄덕였다. 나는 악셀이 복종할 걸 알고 있었다. 기진맥진해서 손가락 하나 까딱할 수 없거나 복수심 때문에 미션이고 뭐고 다른 것은 안중에도 없다면 모를까. 데이브의 표정이 굳어졌다. 루가루는 대부분 세미와 함께 행동하는 것을 달가워하지 않았기 때문에 데이브에게는 쉽지 않은 일이었다. 데이브가 경멸하는 시선을 던졌지만 악셀은 모른 척하면서 재빨리 옷을 벗고 늑대로 변신했다. 악셀이 킁킁 냄새를 맡자 세미들과 우리 늑대들이 따라 했다. 할아버지는 최고 수장 경호를 위해 남으려는 늑대들에게 말했다.

"어서 가라! 공격자들은 오래전에 떠났고 여기는 전혀 위험하지 않다. 너희들 쪽에 한 명이라도 더 필요하다."

할아버지가 원장을 향해 돌아섰다.

"이제 제시카를 보러 갑시다."

엄마가 머무는 쪽에서는 아직도 연기가 났고, 불은 진화되는 중이었다. 한 요정이 소화기를 들고 분사하는 사이 한 마법사가 주문을 읊으면서 불길을 죽이고 있었다.

우리는 마침내 엄마의 병실 앞에 도착했다. 나는 문을 열다가 가슴이 철렁 내려앉았다. 갈가리 찢긴 시신 두 구가 널브러져 있었다. 엄마를 지키는 루가루 둘이었다.

하지만 엄마는 어디에도 없었다.

뱀파이어 원장이 나간 사이 나는 부서진 가구를 보면서 엄마가 킬러들이 오기 전에 시간 속으로 사라졌기를 진심으로 빌었다.

돌아온 원장이 우리 앞에 노트북을 내려놓고는 애통한 표정으로 다시 나갔다. 할아버지는 밖에서 우리의 대화를 듣지 못하게 배경 잡음 장치를 작동했다. 나는 비디오를 연결했다.

병실 안 CCTV들은 병원 것이 아니라 할아버지, 할머니가 엄마를 지키기 위해 설치한 것이었다. 병원에서 설치한 CCTV는 건물 곳곳에 있었다. 비디오가 지지직거리면서 뿌옇게 되다 화면이 선명해졌다.

의식이 없는 인간을 데려가는 늑대 군단이 보였다.

엄마.

나는 쓰러질 뻔했다. 제발, 엄마를 죽이면 안 되는데. 우리의 에이스카드를 노리리란 예측은 했지만 엄마는 고려하지 않았다. 엄마가 약간 움직이자 한 놈이 엄마의 팔에 주사를 놓았다.

나는 안도했다. 엄마가 살아 있었다!

기쁨도 잠시 할머니가 정신이 번쩍 드는 말을 했다.

"오, 달님이시여." 할머니는 아연실색했다. "놈들이 네 엄마를 납치한 거야!"

"처음부터 이게 목적이었던 거예요." 나는 머리를 빠르게 굴리다가 결론을 내렸다. "루이스가 할아버지의 자리를 노린 건 분명해요. 하지만 중요한 목적은 우리가 아니었어요! 비디오를 보면서 늑대의 수가 얼마나 되는지 세 보세요. 병원을 공격하는 늑대가 몇 명인지 보셨죠? 우리를 공격할 때 저 늑대들까지 있었다면 루이스가 이겼을 거예요. 그 모든 술책과 음모가 엄마 때문이었어요! 시간을 거슬러 가는 존재를 손에 넣기 위해서! 많은 인원을 동원했기 때문에 목장 밖에서 대기하는 무리를 위한 통행증이 필요했던 거예요. 그게 없으면 그 많은 늑대가 우리 땅에 들어올 수 없으니까요. 꽤 복잡한 음모를 짜고 우리를 공격한 거였어요."

"그걸 어떻게 알았니?"

나는 구역질이 나서 눈을 감았다.

"세라피나."

할머니의 얼굴색이 변했다.

"뭐라고?"

"세라피나는 할리우드에 간 게 아니었어요. 싸움이 시작되었을 때 나한테 고백했어요. 나를 죽이려고 한 게 자기였다고."

할머니의 눈이 커졌다.

"세라피나는 루이스를 찾아가서 우리 집안, 우리의 방어 체계에 대해 전부 누설했어요. 그리고 세라피나는 네드와 사귀고 있었어요. 세라피나에게 절절매는 네드가 엄마 얘기를 발설한 게 틀림없어요. 이곳으로 늑대 무리를 데려온 게 네드였을 거예요. 비계를 무너뜨린 건 세라피나였고요. 그 대가로 루이스가 세라피나를 여성 알파로 만들어주겠다고 약속했대요."

할아버지와 할머니가 이 믿기지 않는 이야기를 이해하는 동안 잠시 침묵이 흘렀다.

"세라피나가 우리를 배신하다니." 할아버지가 슬픈 목소리로 말했다. "그 아이를 영원히 무리에서 추방하겠다. 날이 밝는 대로 즉시 법령을 공포할 거야."

할아버지가 방금 한 말은 사형선고나 다름없었다.

"이제 브랜드켈의 보호를 받고 있으니 그래봐야 세라피나가 눈 하나 깜짝 안 할 텐데." 격분한 할머니가 떨리는 손으로 머리를 쓸어 넘겼다. "브랜드켈이 이제는 아크로노트까지 납치했으니 무적이 되었구나. 우리를 노골적으로 집어삼키려고 들 거야. 제시카를 꼭꼭 숨겨놓겠지, 우리가 절대 찾지 못하게!"

나는 할머니를 쳐다봤다. 할머니가 좋은 생각을 떠오르게 했다.

"할머니, 설마 모두가 아크로노트를 갖고 싶어 한다는 말씀은 아니죠?"

"맞아. 모두가 원하지." 할머니가 신경질적으로 대답했다. "인디아나, 네 눈에는 엄마이자 여자겠지만, 내 눈에는 무시무시한 무기일 뿐이야."

"초자연적 존재들이 아크로노트를 위해서라면 싸울 각오가 되어 있을까요?"

"그렇겠지……."

"잠깐." 할아버지가 끼어들었다. "인디아나에게 무슨 묘안이 있는 것 같은데."

"우리에게 아크로노트가 있었는데 루이스가 납치했다고 모두에게 알리면 어떻게 될까요?"

할머니가 격분했다.

"미쳤니? 절대 안 돼, 인디아나. 아크로노트의 존재를 발설하면 절대로 안 돼!"

생각에 잠겨 있던 할아버지가 눈살을 찌푸리면서 천천히, 아주 크게 말했다.

"인디아나 말에도 일리가 있어. 우리만 나서서는 절대 찾지 못할 거야. 하지만 모든 종족이 찾으려고 한다면 가능해. 루이스의 삶이 굉장히 복잡해질 테니까! 오, 달님이시여. 인디아나, 루이스는 그걸 아주 싫어하는 작자거든! 루이스는 우리가 납치 사건을 비밀에 부칠 거라 생각할 게 틀림없어. 쥐로 변신이라도 해서 그 소식을 접했을 때 놈이 어떤 낯짝을 하는지 정말 보고 싶구나!"

할아버지는 패배한 이후 처음으로 나에게 미소를 지어 보였다. 그러고는 내 어깨를 툭 치려다가 내 눈을 보고 얼른 생각을 바꿨다.

"그건…… 너무 위험한데." 할머니가 중얼거리듯 말했다. "인디아나, 여보, 무슨 짓을 하려는 건지 알고 하는 말이에요?"

"암, 알고말고! 여보, 우리 손자가 늑대는 아니지만 우리 텔러 집안의 순수한 혈통이야! 이 아이는 명석한 두뇌를 가졌어. 인디아나, 네가 방금 제안한 대로 해보자꾸나. 그리고 네 엄마가 있는 곳을 제일 먼저 알려주는 자에게 엄청난 현상금을 걸자. 돈 때문이든, 또 다른 이유 때문이든 네 엄마가 어디 있는지 곧 알게 되겠지. 소재가 파악되면 네 엄마를 구출하면 돼. 내가 약속 하마."

가슴을 짓누르던 돌덩이가 빠져나간 것처럼 마음이 가벼워졌다.

아주 약간이지만.

경기장과 우리 저택을 둘러쌌던 방호벽들이 사라졌고, 우리는 평온한 일상을 되찾았다. 카테리나는 곧장 미줄라로 돌아가지 않았다. 우리 둘 다 학교가 그리웠다. 셰이머스는 그동안의 여러 가지 일에 대해 딸에게 미안하다고 사과했다. 우리 공동체 의사가 나를 치료해주었다. 나는 회복하기까지 보름이 걸렸다. 그래서 이 휴식 시간을 최대한 활용하기로 굳게 마음먹었다. 엄마를 찾으러 나서기 전까지 반드시 건강을 회복해야 했다.

어깨 때문에 목발을 사용할 수 없기 때문에 카테리나가 밀어주는 휠체어를 타고 목장을 산책하는 기분은 정말 묘했다.

우리는 적군 늑대들의 집으로 시신을 돌려보냈다. 적이지만 죽은 늑대들은 장례를 치러줘야 마땅했다.

늑대의 세계에서는 화장을 한다. 혹시라도 어떤 의사가 이상한 시체를 보고 의문을 가지면 위험하기 때문이다. 화장은 시간이 오래 걸렸고 고통스러웠다. 우리를 위해 싸우다 쓰러진 늑대에게 경의를 표했고, 우리와 함께 살지 않는 동맹군 늑대들은 그들의 가족이 경의를 표했다.

화장대 스물다섯 개에서 불길이 치솟았을 때—세미 다섯도 함께 장례를 치렀기 때문이다—카테리나가 내 손을 꼭 잡았다. 그녀는 자신도 이 희생자들 속에 있을 뻔했다는 걸 알고 있었다.

네드는 사라지고 없었다. 네드의 부모는 세라피나의 부모와 마찬가지로 늑대 무리에 남아 충성했다. 하지만 할아버지가 무리를 배신한 죄로 네드와 세라피나를 추방한다고 선언했을 때 우리 무리는 모두 가슴 아파했다. 그 누구도 상상하지 못한 반역 행위였다. 모두 늑대일 뿐만 아니라 인간이기도

26 납치
415

하다는 사실을 잊고 있었다.

늑대들과 달리 인간들은 사욕을 채우기 위해 무리를 희생시킨다. 그것이 야망이라 불리는 것이다.

날이 가면서 나는 카테리나의 머리에서 나쁜 기억들을 지우려고 노력했다. 그녀는 우리의 아름다운 땅을 무척이나 좋아했다.

나는 이 기회에 우리의 사랑을 만끽하고 싶었다. 하지만 루가루와 인간의 결합에 관한 금지법은 아직 폐지되지 않았고, 전투로 인해 우리 수도 스무 명이나 줄어들었다. 그래서 나는 그녀의 절친한 친구로 행동해야 했다. 하지만 특히 카테리나가 멀리 떠나는 게 어떠냐는 표정으로 쳐다볼 때는 정말 힘들었다. 나는 타일러와 결투를 벌이기 전, 그녀에게 사랑을 고백했다. 그런데 지금은 그녀를 좋은 친구로 대하고 있었다. 우리 둘 다 그것이 싫었다.

그렇지만 나는 카테리나를 웃게 만드는 방법을 찾았다. 이따금 늑대를 볼 때 내가 귀에 대고 '육식성 파란 토끼' 하고 속삭이면 그녀는 바로 폭소를 터뜨렸다. 그리고 누군가 이상한 짓을 할 때는 "저게 진짜 퀼림바족의 관습이지."라고 했다. 내가 지어낸 부족의 이름만 들어도 그녀는 빵 터졌다. 나는 그것으로 카테리나가 루가루에 대한 두려움에서 벗어날 수 있을 거라고 생각했다. 비록 변신이 이루어지는 과정을 볼 때는 혐오스러워하는 것 같았지만.

내가 조촐한 생일 파티를 해주었을 때 카테리나는 매우 감격했다. 나는 토끼 모양의 금 귀걸이를 선물했다. 그녀는 깔깔대고 웃었고, 선물과 케이크에 감동했다. 물론 우리 모두 상중이라 공식적인 파티는 아니었지만, 한바탕 웃으면서 조금이나마 긴장을 풀 수 있었다.

처키는 공식적으로 내 보디가드가 되었고, 내 곁을 한시도 떠나지 않았다. 나는 처키를 좋아했다. 내 목숨을 구해준 고마운 친구였다. 하지만 때로는 카테리나와 나를 놓아주길 진심으로 바랐다. 셰이머스는 딸에 대해 안심하고 미줄라로 돌아갔다. 나는 셰이머스가 서둘러 집으로 돌아간 이유가 금빛 눈의 내니 때문 아닐까 의심했지만 아무 말도 하지 않았다. 나중에 알아보기로 하고 묻어두었다. 안전을 위해 우리 루가루 둘이 셰이머스와 동행했다. 하지만 셰이머스는 이틀 후 정말 고맙지만 경호원이 필요 없다면서 돌려보냈다.

할머니는 나를 세심하게 살펴주었다. 나는 할머니의 금빛 눈에서 불안한 기색을 보았다. 할머니는 타일러에게 물린 내가 세미로 변할까 봐 걱정했다. 나도 내심 걱정이었다. 세미가 되면 나는 강력해질 테고, 루이스를 상대로 훨씬 잘 싸울 수 있었다. 하지만 내 가족을 잃는 일이기도 했다.

내가 세미로 변할지는 두고 보면 알게 될 일이었다. 하지만 나는 보름달이 뜨는 날이 기다려지지 않았다.

그러던 중 타일러의 연락을 받았다.

뜻밖이었다. 타일러가 내 핸드폰으로 전화를 걸었고 우리의 사설 통신망으로 화상 통화를 하자고 말했다. 주요 알파 늑대들은 원활한 연락을 위해 사설 통신망을 설치하고 있는데 루이스가 아직 차단하지 않은 모양이었다.

타일러의 눈은 퀭하고 얼굴에는 주름이 잡혀 있었다. 타일러가 그간의 일로 그토록 힘들어했으리라고는 생각지도 못했다.

나는 순진하게도 타일러가 여전히 친구라고 생각했다. 내가 어리석은 걸까?

"카테리나는 내 여자야." 타일러가 내 얼굴이 나타나자마자 말했다. "너는 그녀를 놔줘야 해."

내가 카테리나에게 이 화상 통화에 대해 말하지 않은 건 정말 잘한 일이었다.

"미안하지만 카테리나에게 나를 선택하라고 강요한 적 없어." 내가 불쾌한 어조로 대꾸했다. "타일러, 그건 너도 잘 알잖아!"

타일러의 얼굴이 일그러졌다.

"카테리나가 너를 선택한 이유가 네가 인간이기 때문이라는 사실은 너도 알고 나도 알아. 하지만 너는 나만큼 그녀를 보호해줄 수 없어, 인디아나. 그것도 잘 알잖아. 넌 나한테 졌어."

이상했다. 타일러는 내가 세미로 변할 거란 생각조차 하지 않고 있었다.

나는 고개를 끄덕였다.

"하지만 꼭 그렇지는 않아. 그냥 져준 거니까. 너를 죽일 수도 있었지만 그러면 네 아버지가 카테리나와 나를 죽였겠지. 셰이머스 씨는 물론이고. 나는 선택의 여지가 없었어."

타일러의 얼굴에 경멸의 빛이 감돌았다.

"내가 송곳니로 네 목을 물었어. 괜한 소설 쓰지 마."

할아버지는 자주 나에게 말했다. 남의 말을 들으려 하지 않는 사람은 귀머거리보다 더 나쁘다고. 나는 타일러를 설득하지 않기로 했다.

"카테리나는 내 여자야." 타일러가 분노의 눈빛으로 반복했다. "그녀는 내 아내가 되어 내 자식들을 낳을 거고, 자식들은 순수 혈통의 늑대일 거야. 알아들어, 인디아나? 순수 혈통의 늑대! 너에게서 그녀를 빼앗기 위해서라면 난 무슨 짓이든 할 거야."

타일러의 말은 충격적이었다. 이건 병적인 집착이었다. 하지만 나는 카테리나가 떠나겠다고 했다면 받아들였을 것이다. 죽고 싶을 만큼 슬프겠지만 받아들였을 것이다.

"넌 내 목숨을 구해줬어, 타일러. 우리는 친구야."

"꿈 깨. 난 하찮은 인간에게 볼일 없어."

더 심한 말도 들어왔는데 이 정도 모욕쯤이야 아무렇지도 않았다. 나는 화제를 바꿨다.

"우리 엄마 어디 있어?" 내가 단호한 어조로 물었다.

타일러가 놀란 표정으로 나를 쳐다봤다.

"네 엄마를 왜 나한테 물어봐?"

"네 아버지가 납치했잖아. 설마 모르는 건 아니겠지?"

타일러는 멍하니 입을 벌리고 있다가 다물었다.

"타일러?"

타일러는 곰곰이 생각하는 얼굴이었다. 그러다 대뜸 통신을 끊어버렸다. 나는 어이가 없어서 시커먼 화면을 응시했다. 다시 걸어보았지만 연결이 되지 않았다.

타일러는 왜 그렇게 이상한 반응을 보인 걸까? 가장 이상한 건 타일러가 엄마에 대해 전혀 모르고 있다는 점이었다. 나는 가슴이 오그라들었다. 루이스가 친아들에게도 작전에 대해 말하지 않을 만큼 편집증이란 말인가? 그렇다면 그만큼 엄마를 찾을 확률이 낮아지는 건데. 하지만 타일러와 통화를 했다는 사실은 일말의 희망을 주기도 했다. 나는 타일러의 전화를 기다렸다.

하지만 전화는 다시 오지 않았다. 나는 인내심을 갖기로 했다. 어떤 면에서는 타일러가 사냥감이고 나는 사냥꾼이었다. 하루나 이틀쯤 후에는 타일러가 버티지 못하고 내게 연락할 것이다. 그때 타일러에게 덫을 놓으리라.

마침내 할아버지가 엄마에 대해 발표했다. 우리의 아크로노트가 납치당했으며, 정보를 주는 이에게 천만 달러, 찾아주는 경우에는 5천만 달러의 현상금을 내걸었다.

그 소식은 이내 공동체에 전해졌고, 24시간도 안 되어 뱀파이어, 마법사, 엘프, 다른 종족에게도 퍼져나갔다. 이 발표는 루이스 브랜드켈을 상당히 곤혹스럽게 만들 것이 분명했다. 모두 시간을 거슬러 가는 존재를 원하니 다들 찾아 나설 터였다.

그렇지만 또다시 사망자가 발생하지 않게 할아버지는 루이스에게 한 가지 제안을 했다. 루가루 무리의 지배자로서 루이스가 항복하면 그의 늑대들을 사면해주겠다는 제안이었다.

루이스의 대답은 기상천외했다. 대낮에 요정이 양피지에 적은 메시지를 들고 우리 정원으로 날아왔다. 메시지는 간결했다.

전쟁.

루이스가 이제는 내 할아버지의 권위를 인정하지 않는다는 뜻이었다. 그리고 며칠 후 공식적으로 자신을 루가루 무리의 지배자로 선언했다. 의식을 치르는 장면을 녹화한 비디오가 우리에게 전달되었다. 할아버지는 이 찬탈자에게 충성을 맹세하는 옛 친구들을 보면서 눈살을 찌푸렸다. 할아버지는 밤새 전화통에 매달렸다. 다음 날 아침, 할아버지는 결심이 섰다. 루가루 무리의 절반가량이 할아버지에게 충성을 맹세했다. 괜찮지만 충분하지는 않았다. 루이스는 루가루 무리가 두려워하던 일을 해냈다. 루가루 무리를 두 파로 갈라놓은 것이었다. 600여 년 동안 일어난 적 없는 일이었다. 우리의 조상 헨리는 유감스럽다는 얼굴로 고개를 저었다.

이제는 내 엄마만의 문제가 아니었다.

두 부족 간의 전쟁이 시작된 것이다.

용어 해설

루가루: 이집트의 자칼 신 아누비스의 직계 후손으로, 침략자로부터 이집트를 지키기 위해 창조되었다. 루가루(티그르-가루나 우르스-가루도 존재한다)의 본성은 동물 쪽에 많이 가까우며, 전설과는 달리 달의 주기에 상관없이 마음대로 변신할 수 있다. 루가루의 몸무게는 대체로 200킬로그램 이상 나가는데 인간 모습이든 늑대 모습이든 체격은 변하지 않는다. 자유자재로 사용하는 송곳니와 갈퀴 발톱 말고도 루가루의 침에는 독성이 있어 인간을 물면 괴물로 변한다. 루가루는 놀라운 재생 능력을 지니고 있으며, 목을 베거나 심한 알레르기 반응을 일으키는 은과 바꽃을 사용해야만 물리칠 수 있다.

마법사: 격분하면 살생을 즐기는 세크메트 신(고대 이집트 신화에 나오는 파괴와 재생의 여신)으로 변하는 변덕스러운 바스테트 여신의 후손으로, 예측이 불가능한 존재이다. 남녀 마법사들은 때로 인간으로, 때로 고양이과 동물(루가루들과 달리 체격에 구애를 받지 않는다)로 변신할 수 있으며

음탕하고 대체로 게으르다. 그렇지만 마법사들은 뜻밖의 놀라운 능력을 발휘한다. 비범한 마법사는 마법과 과학을 결합하여 생명을 구하는 뛰어난 치료사가 되거나 강력한 은폐 주문을 사용하여 다른 사람의 눈에 보이지 않게 숨을 수 있고, 무시무시한 주문을 읊는 것이 진정한 무기가 될 수도 있다. 소금이 약점이다. 소금에 마법을 용해하는 성분이 있기 때문이다.

뱀파이어: 역사적으로 가장 나중에 나타난 종족이다. 아서 왕과 이복 누이 모르간의 근친상간으로 잉태되었다가 사산된 모드레드는 정신이 이상한 마법사 어머니에 의해 소생되었다. 하지만 생식력을 위한 강력한 의식과 연관된 소생 마법이 모드레드를 산송장으로 만들어버렸다. 이미 피를 많이 흘린 희생자에게 자신의 저주받은 피를 수혈했기 때문에 얼음장같이 차가운 존재인 뱀파이어로 소생한 것이다. 뱀파이어들은 여간해서 죽지 않기 때문에 초자연적 존재들 중 가장 무시무시하다. 비범한 힘과 재주에 날아다니는 능력까지 있는 데다 마치 그것만으로는 부족하다는 듯 인간들을 자기 뜻대로 움직이는 초능력을 지니고 있다. 뱀파이어는 방해가 되는 증인들의 기억을 지워버리고 문제가 되는 초자연적 종족을 무력화하는 해결사라고 할 수 있다. 뱀파이어를 죽이려면 심장을 찔러야 한다. 루가루와 마찬가지로 은에 알레르기 반응을 일으키지만 물푸레나무나 떡갈나무 말뚝을 뱀파이어의 심장에 박는 것이 가장 효과적이다. 단, 전나무는 효과가 없다.

세미: 루가루에게 물린 인간을 말한다. 루가루가 저지르는 최악의 짓이다. 순수 혈통 루가루의 침에 든 독이 핏속으로 직접 들어가면 세미로 형질이 전환된다. 세미는 늑대보다 더 강력하고 민첩하며 광적이

다. 형질전환이 일어날 때의 고통으로 정신착란을 일으키기 때문이다. 세미는 좋아하는 인간을 공격하여 주식으로 삼는다. 루가루와 마찬가지로 세미도 은과 바꽃에 약하고, 어떤 부상을 당해도 탁월한 재생 능력 때문에 죽는 일이 거의 없다. 뇌를 파괴해야만 죽일 수 있다. 완벽한 살상 기계나 다름없는 세미가 피에 대한 욕망과 고통스러운 살인 충동을 억제할 경우에는 루가루의 노동자나 용병 노릇을 할 수 있다. 루가루와는 달리 동물일 때의 모습은 완전하지 않다. 인간과 늑대의 중간 모습이며, 매달 보름달이 뜨는 사흘 밤만 변신할 수 있다. 모든 세미의 힘을 끌어낼 수 있는 강력한 수장인 알파만이 순종 루가루와 마찬가지로 마음대로 변신할 수 있다.

아크로노트: 가장 신비롭고 희귀하며 특별한 존재이다. 시간을 거슬러 가는 신비한·능력을 지녔는데 두 가지 불변의 규칙이 따른다. 첫째, 자신이 태어난 날까지의 과거 시간 속으로만 여행할 수 있다. 둘째, 시간 속으로 사라졌다가 돌아올 경우 자신이 출발한 바로 그 자리에서 유형화된다. 장소를 옮겨 다른 곳으로 돌아올 수 없기 때문에 그만큼 아크로노트를 가둬놓는 것이 수월하다. 인디아나의 어머니 제시카 텔러는 아주 특출한 아크로노트로 알려져 있으며, 유일하게 미래를 여행하는 데 성공했다. 시간을 거슬러 가는 능력은 이성과 맞바꾸어야 하는 고뇌가 따른다. 아들 인디아나는 아직 알려지지 않은 아크로노트이다.

엘프: 영국에서 유래한 엘프는 아름다움에 홀려 있는 존재이다. 이것으로 영화 스튜디오나 모델 회사 주변에서 자주 보이는 이유가 설명된다. 아름다움을 '복제하는' 능력이 있어 진정한 카멜레온이라 불리며, 어떤 면에서는 아름다움으로 먹고산다고 할 수 있다. 엘프가 뱀파이어

와 함께 수많은 판타지 영화에 단골손님으로 등장하는 것은 초자연적 종족의 커밍아웃이 임박했음을 인간들이 조금씩 받아들이게 하려는 이유이기도 하다.

요정: 나비 날개, 풍뎅이 날개, 벌새 날개 같은 온갖 종류의 날개를 가진 요정은 금빛 피부이며 스코틀랜드나 아일랜드에서 유래한다. 하지만 이 요정은 우리가 상상하는 것만큼 매혹적이지 않다. 마치 독침으로는 부족하다는 듯 양손 손가락에 가시가 튀어나와 있다. 그리고 마법 능력으로 희생물을 행복하게 해주거나 죽인다. 공격하는 요정을 쫓아내는 유일한 방법은 알레르기 반응을 일으키는 마늘이나 고춧가루를 뿌리는 것이다. '천사의 가루' 또는 '달의 가루'라고도 불리는 환각제도 중독을 일으키기 때문에 효과적이라고 알려져 있다.

초자연적 존재: 엘프, 루가루, 요정 같은 특이한 피조물을 가리킨다. 이 종족은 70억 인간으로부터 보호하기 위해 대체로 공동체를 이루고 있다. 인간이 공개적으로 화형에 처하려고 횃불이나 쇠스랑을 들고 추적할 경우 이들은 초자연적 능력이 있든 없든 심각한 문제를 만들 수 있다. 대부분 인간과 유사하며(트롤과 스칸디나비아 거인처럼 괴물 모습을 한 존재는 점점 희귀해지고 있다) 다행히 큰 어려움 없이 인간들 속에 섞여 살고 있다. 그렇지만 통신 도구의 대중화와 여러 가지 문제에 봉착하면서 뱀파이어는 인간의 뇌리에 박힌 특이한 종족의 흔적을 지우기 위해 매혹적인 엘프와 손잡고 음지에서 대대적인 커밍아웃을 준비하고 있다.